CW00493650

Nous rêvions
juste de liberté

DU MÊME AUTEUR

AUX ÉDITIONS FLAMMARION
Le Testament des siècles, 2003
Le Syndrome de Copernic, 2007
Le Rasoir d'Ockham, 2008
Les Cathédrales du vide, 2009
L'Apothicaire, 2011
Le Mystère Fulcanelli, 2013
Nous rêvions juste de liberté, 2015
J'irai tuer pour vous, 2018

AUX ÉDITIONS J'AI LU
GALLICA
1. *Le louvetier*
2. *La voix des brumes*
3. *Les enfants de la veuve*

LA MOÏRA
1. *La louve et l'enfant*
2. *La guerre des loups*
3. *La nuit de la louve*

SÉRUM – Saison 1
avec Fabrice Mazza
Épisode 1
Épisode 2
Épisode 3
Épisode 4
Épisode 5
Épisode 6

AUX ÉDITIONS BRAGELONNE
La Moïra, édition intégrale
Gallica, édition intégrale

Site officiel de l'auteur
www.henriloevenbruck.com

Henri Lœvenbruck est membre
de la Ligue de l'imaginaire
www.la-ldi.com

HENRI LŒVENBRUCK

Nous rêvions juste de liberté

© FLAMMARION, 2015

Le Code de la propriété intellectuelle interdit les copies ou reproductions destinées à une utilisation collective. Toute représentation ou reproduction intégrale ou partielle faite par quelque procédé que ce soit, sans le consentement de l'auteur ou de ses ayants droit ou ayants cause, est illicite et constitue une contrefaçon sanctionnée par les articles L335-2 et suivants du Code de la propriété intellectuelle.

Au SRHDC et aux Anges de Paris.
Pour Agnès.

Premier carnet

PROVIDENCE

Tu rêvais d'être libre, et je te continue.

Paul ÉLUARD

1

« Nous avions à peine vingt ans et nous rêvions juste de liberté. »

Voilà, au mot près, la seule phrase que j'ai été foutu de prononcer devant le juge, quand ça a été mon tour de parler. Je m'en faisais une belle image, moi, de *la liberté*. Un truc sacré, presque, un truc dont on fait des statues. J'ai pensé que ça lui parlerait.

Plus le temps passe, plus j'ai l'impression de voir nos libertés s'abîmer, comme un buisson auquel on fait rien que de couper les branches, « pour son bien ». J'ai le sentiment que, chaque jour, une nouvelle loi sort du chapeau d'un magicien drôlement sadique pour réglementer encore un peu plus nos toutes petites vies et mettre des sens interdits partout sur nos chemins. Quand je pense aux histoires que me racontait Papy Galo sur son enfance, des belles histoires de gosses aux genoux écorchés rouges, je me dis que ça pourrait plus arriver aujourd'hui, parce qu'il est devenu interdit de faire ci, interdit de faire ça, interdit d'aller ici, interdit d'aller là. Le passé, c'est comme un paradis perdu où tout était permis, tout était possible, et puis maintenant, plus rien.

Nous avions à peine vingt ans et nous rêvions juste de liberté.

Ça l'a pas beaucoup ému, le juge. C'est vrai qu'avec les accusations que j'avais au-dessus de la tête, l'émotion, elle était pas du bon côté. Peut-être que s'il avait connu toute l'histoire, toute cette satanée histoire, la sentence aurait été moins lourde. Mais les juges ne sont pas là pour entendre toute l'histoire, n'est-ce pas ?

Alors à vous, maintenant, je veux tout raconter. Tout.

2

Je m'appelle Hugo Felida, je suis né à Providence au sein d'une famille de type vachement modeste et la plus belle chose qui me soit arrivée, dans la vie, c'est de rencontrer les trois mauvais garçons qui sont devenus mes meilleurs amis.

De mon enfance, je garde presque aucun souvenir, et je pense que c'est pas plus mal, par ailleurs. Dans la brume, je revois vaguement des temps difficiles, tristes parfois, des coups de poing dans le ventre, la faim dedans pareil, et puis ma petite sœur qui est morte et qui s'appelait Véra. Fauchée comme ça d'un coup par une moto dans la Grande Rue, alors qu'elle tenait ma mère par la main.

Quand on m'a annoncé qu'elle était *partie*, j'avais six ou sept ans, je sais plus, je me suis caché dans un coin sombre de la maison, et la famille qui était tout autour a cru que je pleurais beaucoup, mais, en vérité, je m'étais mis dans l'ombre pour pas qu'ils voient que, justement, je pleurais pas. Ma petite sœur était morte, je savais bien que c'était très triste, je voyais ma mère qui ne tenait même plus bien debout, mais moi j'arrivais pas à pleurer. J'avais beau écarquiller les yeux de toutes mes forces pour activer le bidule, mince, j'arrivais pas à chialer. Ce jour-là, je me suis dit que je devais pas être normal, que j'avais sûrement quelque chose d'un peu dégueulasse à l'intérieur de moi.

Le jour de l'enterrement, presque toute la ville était venue dans l'église de la place des Grands-Chênes, avec le murmure du drame. Le curé avait laissé le cercueil grand ouvert, pour bien qu'on voie comment c'est moche, une petite fille qu'est morte. Mes parents lui avaient mis des chaussures rouges vernies, comme Dorothée dans *Le Magicien d'Oz*, sauf qu'elles étaient trop grandes, alors ça se voyait que c'étaient pas les siennes, et moi ça m'énervait qu'on veuille pas lui mettre ses vrais souliers, à ma petite sœur, ses petits souliers blancs usés qu'elle portait le jour de l'accident. Ça m'énervait, et c'est à peu près le seul souvenir de mon enfance lointaine.

Au final, c'est un peu comme si, pour de vrai, j'étais né à l'adolescence.

Je suppose que Providence était une petite ville comme il en existe un paquet d'autres et que notre histoire aurait pu arriver n'importe où ailleurs, mais c'est bien à Providence qu'elle a commencé et c'était l'année de mes seize ans.

Providence était – elle restera sans doute toujours – une petite ville tranquille, qui s'était enrichie à l'époque des grandes usines crasseuses, et puis qui s'était appauvrie après, à cause du progrès et de l'indifférence avec, et ça laissait partout des grandes maisons mal entretenues qui foutent les chocottes au milieu des fumées de charbon. Coincée entre les marais à l'ouest, la voie ferrée à l'est, les usines au nord et la forêt au sud, elle risquait pas de grandir un jour. Tout ça laissait six mille types un peu inachevés qui survivaient dans une région de plus en plus sinistrée, pleine de chaleur humide et de vent qui rend fou. Et puis ces rangées de maisons et d'arbres tout pareils, ça faisait pas bien de perspective. L'humidité, moi, elle me sortait par le nez, et les gens, ils me sortaient par les yeux.

D'aussi loin que je me souvienne, j'ai toujours eu envie de me tirer de là, merci.

Mon paternel, c'était un petit costaud qui parlait pas beaucoup, et c'était pas plus mal, parce que, quand il parlait, ça faisait sortir toute la colère qu'il avait dedans. Il travaillait dur, comme son père avant lui, dans le haut-fourneau de Providence, près des étangs de Carmel, pour fabriquer de la fonte qui sert ensuite à faire de l'acier. Passer des heures à faire chauffer le coke, aux ouvriers, ça leur filait des brûlures dedans, dehors, des maladies des yeux, des phlegmons, tout un tas de trucs dégueulasses que les patrons attrapent jamais. Le soir, quand il rentrait, mon père, il avait la gueule aussi noire que ses pensées. Il mettait les pieds sous la table et il commençait à mâcher bruyamment sans rien dire. On aurait dit qu'il en voulait à la terre entière, par principe.

Ma mère, elle travaillait pas pour de vrai, comme on dit, et ça lui laissait pas mal de temps pour penser à ma petite sœur qui était morte. Et pour boire aussi. Comme elle avait un peu honte, elle planquait des bouteilles partout dans la maison et elle les vidait en cachette. Ma parole, un jour, j'en ai même trouvé une qu'était enterrée dans le jardin comme un os de clébard. Et quand elle avait plus de quoi en acheter, elle s'enfilait de l'alcool à quatre-vingt-dix dans l'armoire à pharmacie, et je crois pas que ça devait aider beaucoup la tristesse. N'empêche, le soir – presque tous les soirs, même –, j'avais droit au sermon maternel. J'écoutais sans rien dire les hurlements de ma mère qui me faisait la morale, me disait que j'étais un mauvais fils, que je lui donnais les cheveux blancs sur sa tête, que j'étais pas un bon chrétien, que ma petite sœur aurait sûrement fait mieux que moi, et puis après elle disparaissait et elle s'envoyait des sacrées lampées de vodka, même si ça non plus ça devait pas être vachement recommandé dans la Bible.

Après m'être fait renvoyer du lycée public en plein milieu d'année – parce que je parlais beaucoup avec mes mains dans la gueule de mes camarades –, mes parents, désespérés, avaient vidé l'épargne de toute une vie pour m'inscrire de force dans le lycée privé de Providence, celui avec de bons petits chrétiens dedans. Ma mère disait que c'était *pour mon bien*, que c'était *pour mon avenir*, *pour avoir une belle situation* et ce genre de promesses, mais, pour moi, je peux vous dire que c'était une sacrée mauvaise nouvelle. Devoir fréquenter les gamins huppés de la ville (ceux à qui, quelques semaines plus tôt encore, je jetais des marrons quand ils passaient sous le pont de la rue des Grands-Champs) et subir leur catéchisme deux fois par semaine, foutre Dieu, ce n'était pas une promesse, c'était une punition !

Ma mère, à l'époque, elle faisait une sale peine à voir. Sur les vieilles photos, elle était belle pourtant, toute fine, toute gracieuse, avec des grands yeux verts pleins de sourire. Dans sa chambre, près du lit, il y avait même une coupure de presse jaunie encadrée où on la voyait à seize ans défiler avec une couronne sur un char, place des Grands-Chênes, comme elle avait gagné le prix de beauté de Providence. Et puis, après la mort de Véra, elle s'était mise à grossir drôlement, à s'enlaidir un peu exprès, avec l'alcool et les médicaments qui la rendaient toute bouffie, toute rouge. Ses yeux, ils étaient tellement brillants qu'on avait l'impression qu'ils pleuraient tout le temps et c'était tout comme. M'inscrire dans cette école, c'était devenu une obsession pour elle, comme si me faire devenir un bon petit chrétien, ça aurait pu ramener sa fille. Malgré le coût, mon paternel avait fini par céder. Pour avoir la paix, sans doute.

Le jour où ma mère m'avait traîné jusque dans le bureau du directeur – un certain M. Galant – pour le convaincre de me prendre parmi ses ouailles, parce que *vous savez, votre lycée, c'est sa dernière chance à mon gosse et je sais plus quoi faire de lui*, avec des larmes dans la bouche, j'avais tout fait pour les décourager, lui et le Christ en croix décharné qui pendait de manière un peu dégueulasse sur le mur dans son dos. Jeans troués, t-shirt sale, gros mots, regard défiant... J'avais sorti le grand jeu, tout ce qui était humainement possible pour couper toute envie au berger de faire entrer le loup dans la bergerie.

Manque de chance, ça n'avait pas marché. Le bonhomme devait aimer les défis, ou bien il avait eu pitié de ma mère.

La semaine suivante, en plein milieu d'année, je m'étais donc retrouvé tout seul, parachuté dans le centre-ville de Providence, du côté des riches, à l'ombre de l'église où j'avais plus jamais remis les pieds depuis les souliers rouges vernis de Véra. Ici, tout était petit, mignon, bien rangé, avec des murs en belles pierres bien droites, des rideaux brodés aux fenêtres, des arbres en fleur le long des rues et la grande statue du général Machin au milieu de la grande place.

Le lycée privé, il ressemblait à un vrai monastère, ma parole, avec la petite chapelle et tout le bazar. Debout dans la grande cour de briques rouges, je me sentais perdu parmi ces gosses de riches bien coiffés, bien repassés, avec leurs foutus mocassins ; merde alors, ce que je déteste les mocassins ! J'étais comme un canard au milieu d'une bande de saloperies de cygnes.

Nom d'un chien, il n'y a rien de pire que les gosses de riches ! Ils ont cette espèce d'assurance, de force héréditaire, comme si le monde leur appartenait, un monde dans lequel vous pourrez jamais venir les déranger, alors ils ont peur de rien, ces fumiers. Enfin, de presque rien. La seule chose qui fait vraiment peur à un gosse de riche, c'est de se prendre une bonne grosse droite en pleine face.

Moi, c'était le contraire. À part distribuer des beignes, je savais pas faire grand-chose d'intelligent. Quand le juge m'a demandé pourquoi j'avais toute cette violence en moi, j'ai pas trop su quoi répondre. J'aurais bien voulu lui dire que c'était parce que mes parents étaient une belle paire de salauds tortionnaires et que j'avais été battu pendant toute mon enfance dans la gueule, mais c'était même pas vrai. Bien sûr, mon paternel m'en collait pas mal dans le genre, mais, à l'époque, tout le monde faisait ça. Non, si j'avais toute cette violence à l'intérieur, c'était peut-être simplement parce qu'il y avait la place.

Les premières minutes dans la cour du lycée ont sans doute été parmi les plus angoissantes que j'avais connues jusque-là. Je me voyais déjà crever parmi les fesses bénies, à passer une année entière sans me faire un seul ami, obligé de réciter le *Notre Père* à la première heure pour me faire ensuite harceler par une armée de professeurs qui ressemblait plutôt à une meute de curés vicelards et de nonnes frustrées. J'avais beau jouer les gros durs, tout seul dans mon coin, il faut pas se raconter d'histoires : je n'en menais pas large.

Et c'est là que Freddy est arrivé.

Freddy Cereseto, je l'avais déjà croisé une ou deux fois dans les rues de Providence, plutôt du côté des mauvais quartiers. Avec six mille congénères dans le patelin, vous connaissez rapidement tout le monde, ou au moins la sœur ou le cousin germain débile de tout le monde. Lui et son grand frère avaient la réputation d'être les pires bagarreurs de la ville ; de sacrés cogneurs. Ils étaient beaux, aussi, beaux comme des acteurs de l'époque du noir et blanc, ténébreux, et les filles attendaient d'être sûres qu'on les verrait pas pour se retourner sur leur passage. Mais, juré, elles se retournaient toutes.

Leur paternel tenait un garage un peu dégoûtant au nord de Providence, du côté des marais :

le garage Cereseto, réparations toutes marques, et ça se voyait sous leurs ongles.

C'étaient deux petits Ritals à la peau mate, aux épais cheveux charbon et, à cette époque, les gens se méfiaient des Ritals *a priori*. Les Ritals, ils disaient, c'étaient rien que des voleurs et des menteurs. Quand il y avait cambriolage, tous les yeux se tournaient dare-dare vers les deux fils Cereseto – mais, moi, ça me les rendait plutôt sympathiques. Depuis tout petit, j'ai toujours éprouvé une sorte d'attirance naturelle pour les parias, un peu comme de la reconnaissance. Quand il y a un match de boxe à la télé, c'est plus fort que moi, je suis toujours du côté de celui qui s'en prend plein les gencives.

Quand il s'est pointé devant moi, près du panier de basket où je fumais clope sur clope pour avoir l'air d'être méchamment occupé en attendant la première heure de cours, il faut bien reconnaître que Freddy était habillé comme un parfait petit immigré. Chemise à carreaux et pantalon en velours, aussi étriqués que démodés, qui avaient dû être plus ou moins élégants dans un lointain passé – quand ils avaient appartenu à son grand frère – et que sa mère avait dû raccommoder plusieurs fois, vu les pièces grosses comme ça aux coudes et aux genoux. Mais, bizarrement, ces vieilles fringues de bûcheron, Freddy, je vous jure, il les portait avec classe. Et j'ai beau ne pas être porté du tout sur la chose religieuse, même la grosse croix en or de bigot qu'il avait autour du cou lui donnait une méchante allure !

— Alors, c'est toi, le petit nouveau ?

À cet instant-là, je me suis dit qu'il allait me mettre une belle rouste, comme ça, pour pas un rond. Une histoire de marquage de territoire, un rite de passage que devait subir tout nouvel arrivant ; un truc de mâle dominant. J'ai pensé alors qu'il n'y avait que deux issues possibles : soit on devenait des ennemis jurés jusqu'à la fin de l'année, soit on devenait des amis promis jusqu'à la fin de la vie. La deuxième solution me semblait avoir un avantage considérable : devenir son ami, c'était sûrement se mettre à l'abri de pas mal d'emmerdes. Personne venait chercher des noises à un ami de Freddy Cereseto. La légende racontait que ce type mettait jamais deux coups de poing. Tous les gugusses qui se frottaient à lui tombaient dès le premier. Pourtant, il avait rien d'une armoire à glace. C'était juste un petit nerveux, tout sec, tout rigide et, sa force, il devait la tenir de la colère qu'on devinait dans les deux billes noires qu'il avait à la place des yeux.

Mais comment devenir l'ami d'un type pareil ? Il paraît que, quand un loup vous mord, il faut le mordre aussi sec, pour lui montrer qu'on est de la même espèce et ça force le respect.

— Ouais. Faut croire, je lui ai dit.

Il a hoché la tête sans que je puisse deviner ce que ça voulait dire, et puis il m'a regardé de haut en bas comme on regarde une mule avant de l'acheter le dimanche sur le marché aux bestiaux.

— Tu aimes le rock, on dirait ?

Je portais ce vieux t-shirt troué d'un groupe qui n'était déjà plus à la mode à cette époque, mais dont j'écoutais religieusement les disques tous les soirs, dans la petite roulotte où je créchais derrière la maison de mes parents.

— Plutôt.

— Ah ouais ? Et tu t'y connais vraiment ?

Il avait lancé ça sur un air de défi, comme s'il me soupçonnait de pas vraiment savoir de quoi je parlais et de porter ce t-shirt simplement pour me donner un peu de consistance. Il y a beaucoup de gosses qui font ça et qui n'y comprennent rien, un peu comme de porter un t-shirt de Che Guevara le lundi et de Coca-Cola le mardi. Mais moi, en vérité, j'étais capable de réciter par cœur le nom de tous les albums de tous les groupes de rock que la terre avait connus depuis que cette musique existait, ce qui fait une paie, quand même. Bordel, j'étais même capable de faire la liste de tous leurs musiciens successifs, les remplaçants, les producteurs, les managers, et même le nom des petites copines dans les remerciements ! J'étais pas bien fort en maths, c'est sûr, mais en rock, j'étais un tueur en série.

— Assez, ouais.

Il a fait une grimace dubitative, et puis d'un air las :

— Moi, je dis que t'es qu'une petite fiotte et que t'y connais que dalle.

Dans ces moments-là, on réfléchit pas. Réfléchir, c'est mourir. Je lui ai flanqué une beigne.

Évidemment, au moment où mon poing s'est écrasé sur le menton de Freddy Cereseto, je me suis souvenu que j'étais en train de taper sur l'un des plus gros castagneurs de la ville. Mais c'était une question d'honneur. Quand on a que ça, on plaisante pas avec l'honneur. Ça m'a aussi permis de découvrir de première main que la légende selon laquelle Cereseto ne mettait jamais deux coups de poing était un peu surfaite : il m'en a collé trois avant que je m'écroule.

Une demi-heure plus tard, après qu'une grosse bonne sœur infirmière puant la sueur m'avait soigné le nez, qui était salement amoché, nous étions tous les deux dans le bureau de M. Galant pour une séance de remontrance gratuite, avec réduction pour les familles nombreuses. La première d'une longue série.

— Soit vous me dites qui a commencé la bagarre, soit je vous colle tous les deux.

Il nous a collés tous les deux.

Alors que j'étais sur le point de sortir du bureau, le directeur m'a retenu par l'épaule.

— Et je ne veux pas voir ce genre de t-shirts dans mon établissement, jeune homme. Vous n'avez pas lu le Règlement ? Vous n'êtes plus dans le public, Hugo, collez-vous bien ça dans la tête !

Quand, le lendemain matin, Freddy m'a vu arriver dans la cour avec le même t-shirt que la veille, j'ai compris dans son regard que je venais de marquer des points.

Le prix à payer pour ce morceau de bravoure : rebelote, rester de nouveau dans cette vieille taule rouge une heure de plus, dès le deuxième jour. Je me suis emmerdé sévère, ce soir-là, enfermé tout seul dans la salle de colle. Sur la table, au compas et par principe, j'ai quand même gravé *M. Galant est un gros moule à merde*, ce qui n'était pas loin de la vérité.

Quand je suis sorti du lycée, sur le coup de six heures, alors que tout le monde était rentré chez soi depuis longtemps, Freddy Cereseto était là, appuyé contre un mur sur le trottoir d'en face, à fumer une cigarette avec une classe d'enfer. Il m'a fait signe de traverser.

— T'as pris un abonnement ?

— Ouais.

— Pourquoi t'as pas dit au dirlo que c'était moi qui avais commencé la bagarre, hier ?

J'ai haussé les épaules.

— C'était entre toi et moi.

— Mon cul ! il a dit en ricanant. T'avais surtout peur que je te mette une deuxième branlée, hein ?

— Tu veux qu'on remette ça, pour voir ?

J'ai balancé ça sur le ton de la plaisanterie, et j'espérais très fort que la nuance lui avait pas échappé. En vérité, j'étais pas trop partant pour me prendre une nouvelle rouste.

Heureusement, Freddy a souri.

— Demain, t'as qu'à venir une demi-heure avant les cours, dans le kiosque à musique derrière le bahut. Je te présenterai les autres.

Je me suis gardé de lui demander s'il n'était pas un peu cinglé de se lever volontairement une demi-heure plus tôt le matin et j'ai hoché la tête. Je voulais bien rencontrer *les autres*.

3

Le lendemain matin, je me suis levé à l'aube et je me suis mis en route à l'heure où les ouvriers sortaient de leurs maisons de bois blanches toutes les mêmes pour aller se détruire les poumons vers le haut-fourneau, à l'extérieur de la ville. Le quartier où on habitait, le long de la voie ferrée, on appelait ça l'Enclave, et c'est là qu'on avait logé toute la main-d'œuvre pour les usines, dans le temps. Comme la moitié avait fermé, ça faisait pas mal de chômeurs et de maisons abandonnées alentour. Les métallos, je les voyais le matin qui faisaient leur mine sombre comme mon père en montant dans leurs automobiles, mais ce matin-là, moi, pour la première fois depuis très longtemps, j'étais content de m'être levé.

J'y avais pensé toute la nuit.

Pour rejoindre le centre-ville, je devais traverser à pied toute l'Enclave. Ça faisait un décor un peu triste, qui se répétait partout pareil, avec des vieilles balançoires en ruine, des clôtures défoncées, des volets de travers et des gros blocs de climatisation brinquebalants qui semblaient ne plus tenir aux fenêtres que par une ou deux vis bien rouillées. Mon sac en toile sur l'épaule, je suis passé par les raccourcis que je connaissais par cœur, entre les vieilles baraques, les bagnoles abandonnées dans les allées, et puis j'ai remonté les avenues pleines de poussière de charbon, bordées d'arbres tout morts, avec les bancs en bois sur lesquels personne ne venait plus jamais s'asseoir, et je me suis dit que c'était pas possible de vivre là-dedans toute une vie à cause de la misère sociale. Derrière moi, j'entendais les trains de marchandises qui passaient sur la voie ferrée. Plusieurs fois, je me suis imaginé en train de grimper là-dedans pour aller me faire vendre ailleurs.

Quand je me suis retrouvé soudain dans le centre-ville, avec mes habits qui disaient bien que j'étais pas ici chez moi, j'ai pas pu m'empêcher d'avoir un peu de honte, alors ça m'a mis la colère dedans.

À sept heures et demie tapantes, enfin, mon nez en chou-fleur et moi on est arrivés devant le fameux kiosque à musique qui se dressait en face de la place des Grands-Chênes, entre l'église et le lycée. Cette bâtisse en fer forgé, toute seule sur le grand terre-plein de sable, on aurait dit une vieille carte postale délavée. Tout est toujours un peu jaune et marron, à Providence. S'il ne faisait pas aussi chaud, on dirait que c'est tous les jours l'automne, un vieil automne d'hier.

Un jour, c'est sûr, comme toujours dans cette ville, ils finiront par détruire ce vieux kiosque à musique et une foutue banque poussera sur les ruines de nos souvenirs de gosses.

C'était à la mi-mai, quand la température commence sérieusement à grimper à Providence et, ce jour-là, il faisait chaud comme dans le haut-fourneau où mon grand-père avait attrapé son décès avant l'heure. Le soleil frappait déjà méchamment le sol et, avec la chaleur et l'humidité, ça faisait comme trembler l'air. La transpiration, dès le matin, ça vous faisait des rivières noires qui coulaient sur les joues. Mais si je dégoulinais de sueur, moi, c'était pas seulement à cause de la température : j'avais un peu les foies. Dans un coin de ma tête, j'avais pas encore écarté la possibilité que tout cela soit un piège et que je me fasse de nouveau tabasser menu. Du coup, j'éprouvais un mélange de fierté et d'appréhension à l'idée de retrouver Freddy et sa bande, dans ce qui semblait être leur QG.

J'ai compris plus tard que le rendez-vous relevait en fait de la tradition : tous les matins, ils se retrouvaient là, une demi-heure avant les cours, pour bavarder et fumer quelques cigarettes avant que la journée commence. Je suppose que c'était pas seulement pour le plaisir de se voir, mais aussi pour quitter le plus tôt possible le domicile familial. Merde, on avait déjà ça en commun : l'envie de mettre les voiles. Il faut pas se mentir : la seule chose qui oblige un mauvais garçon à se lever tôt, c'est le désir de fuir.

Freddy m'a fait signe de monter les marches du kiosque à musique, et c'est ce que j'ai fait, les poings bien serrés au fond de mes poches trouées. À la façon dont leurs sacs de classe traînaient par terre dans la poussière et les amoncellements de mégots, on voyait déjà un peu l'importance qu'ils attachaient à leur éducation.

— Les gars, je vous présente le petit nouveau.

— Salut, j'ai dit en prenant une voix grave.

Les deux autres m'ont regardé en souriant et je savais pas trop si c'était le signe d'un accueil chaleureux ou bien mon nez encore boursouflé par le poing de Freddy qui les faisait se poiler. Peut-être un peu des deux.

— T'as pas remis ton super t-shirt, aujourd'hui ? s'est moqué celui des deux qui était le plus grand – drôlement grand, même – et qui avait les yeux bridés.

Les cheveux longs et gras, les vêtements sales, il avait une vraie dégaine de canaille et, à sa manière de tenir son joint au bord des lèvres, on voyait bien qu'il avait l'habitude de téter ça comme un mouflet les nichons de sa mère.

J'ai pas trouvé de truc fort malin à lui répondre, alors j'ai juste balancé :

— Non. Je l'ai mis à laver.

Il a pouffé et il a tiré sur son pétard.

Il s'appelait Oscar, mais tout le monde l'appelait *le Chinois*. Un jour, j'ai appris qu'il était en réalité d'origine vietnamienne, mais il n'empêche qu'on l'appelait le Chinois et ça n'avait pas l'air de le déranger plus que ça.

— Bienvenue à bord, a fait le deuxième qui, lui, était pas bien grand, plutôt chétif tendance malade.

Alex, il s'appelait. Avec ses joues creuses et sa barbichette brune, on aurait dit une espèce de petit Jésus hippie, ou un genre de fakir. Une vraie petite fouine, celui-là, des yeux d'aigle qui semblaient voir jusqu'à travers vous.

— C'est pas toi qui habites dans une roulotte au bout de l'Enclave ?

— Si, j'ai répondu, un peu surpris.

J'étais donc plus connu que je le pensais ! Si ça se trouve, j'étais déjà un genre de personnage, une figure, et ça en jetait pas mal ! J'ai pris confiance et je me suis installé parmi eux.

Et comme ça, on a parlé musique. Ils ont eu l'air étonné que j'en connaisse un sacré rayon sur le sujet. Je me suis dit que je passais un genre d'examen d'entrée et que je m'en sortais plutôt pas mal. Freddy, il me regardait et il avait l'air de trouver amusant que je tienne tête à ses deux potes.

— Les Rolling Stones, niveau harmonie, à côté des Beatles, je veux dire, c'est de la merde en boîte.

— On s'en fout, de l'harmonie, ce qui compte, c'est le rock'n'roll, lopette !

— On s'en fout des Rolling Stones. Ce qui compte, c'est Led Zeppelin.

— Ouais, exactement, mec. Faut reconnaître, y a pas de magie, dans les Stones, c'est juste des péquenauds qui ont réussi. Alors que Led Zep, mon pote, c'est mystique.

Ça a continué comme ça pendant un bon moment, et puis, tout à coup, de l'autre côté de la rue, la sonnerie du lycée a retenti et tout le monde a grimacé.

— On te retrouve à la pause, gamin ? m'a demandé Freddy.

J'ai pris ça pour un compliment, j'ai fait oui de la tête et je les ai regardés partir ensemble. Plus âgés, ils étaient une classe au-dessus de la mienne, et ça m'emmerdait un brin vu que je serais bien resté avec eux. Ils détonnaient tellement du reste des étudiants que ça tenait de l'évidence, du *qui se ressemble s'assemble* et toutes ces grandes théories hyperscientifiques sur les rapports humains. Tout le monde avait peur d'eux, peut-être même les profs, et ça se voyait jusque dans l'occupation du sol. Quand ils étaient d'un côté de la cour, le reste du lycée allait de l'autre la queue basse et, dans les couloirs, la foule s'ouvrait devant eux comme la mer Rouge devant je ne sais plus quel zozo de la sainte Bible.

Ouais, ils avaient une foutue allure, et moi je voulais déjà en faire partie. Faire partie de la bande à Freddy.

4

Dans ce lycée, c'était pas seulement les professeurs : même les élèves étaient profonds sinistres. Pas un cheveu qui dépasse, pas une voix qui s'élève. Une belle bande de saletés de moutons prêts pour la tonte, qui avaient l'air de respecter *le Règlement* comme si leur vie en dépendait.

Le Règlement ! Bon sang, ça faisait pas trois jours que j'étais dans cette taule et j'avais déjà entendu ce mot bien répugnant une bonne trentaine de fois ! Ces tordus m'avaient même obligé à le lire en entier, pour cause de nouvel élève.

À dix heures, pour la pause, je suis sorti de la salle de classe devant tout le monde et j'ai dévalé les escaliers jusqu'à la cour. Quand je suis arrivé en vue de Freddy et de ses deux acolytes, j'ai ralenti et pris un air plus désinvolte, histoire de pas avoir l'air trop mort de faim au rayon amitié. Mais, en vérité, après deux heures passées en salle de classe, c'était déjà famine à bord et traversée du désert de l'âme sœur.

Quand j'ai rejoint Freddy, Oscar et Alex, et qu'on a commencé à parler en fumant nos cigarettes, je ne saurais trop expliquer pourquoi, mais je me suis senti chez moi. Mieux que chez moi. Je me suis senti parmi les miens. Dans leur façon de parler, dans leur façon de se tenir, dans leur façon de jurer, de se payer la tête des profs, j'avais l'impression de me reconnaître. Comme si on avait toujours été sur la même route – plutôt du genre chemin de traverse – et que je venais seulement de les rattraper, un peu essoufflé d'avoir couru. Vrai de vrai, j'avais jamais éprouvé ça de ma vie ; moi, je m'étais toujours senti différent, perdu, tout seul, et un peu très nul. Et là, ces types aimaient les mêmes musiques que moi, parlaient comme moi, se moquaient comme moi de tout ce foutu spectacle qui nous entourait de partout avec son arrogance ! Alors j'ai vu dans le regard des autres gamins de la cour – les gentils gosses de riches qui nous espionnaient de loin en faisant mine que non –, j'ai vu un truc que j'avais jamais vu dans les yeux de personne : une sorte de crainte et d'envie mélangées.

On a parlé comme ça jusqu'à ce que la cloche sonne, et puis on s'est séparés et là c'était la tuile, et puis on s'est retrouvés et là c'était bien. À la cantine, quand je les ai vus se pousser un peu pour me laisser une place à leur table, une table où personne d'autre n'osait venir s'asseoir, je vous jure, j'étais comme dans les nuages.

Bien sûr, ils m'épargnaient pas, surtout le Chinois, qu'était pas bien tendre, comme Chinois. J'avais droit à tout le rituel, façon bizutage et compagnie. La fraternité, ça se mérite. Mais moi je m'accrochais, je m'accrochais comme une sangsue. Et chaque fois que je les faisais rire, j'avais l'impression d'avoir gravi un barreau de plus sur l'échelle brinquebalante qui devait me mener jusqu'à leur reconnaissance du ventre.

Les semaines ont passé, et alors être entré dans ce maudit lycée où je croyais mourir est soudain devenu la meilleure chose qui m'était arrivée : j'avais trouvé un genre de famille.

5

Parfois, je me demande pourquoi j'ai été, si vite, si entièrement, si viscéralement fasciné par Freddy. Un jour, plus tard, il m'a dit que je me cherchais un frère à cause de ma sœur qui était morte et qui s'appelait Véra, mais c'est des conneries. Après tout, j'étais pas le seul : *tout le monde* était fasciné par Freddy Cereseto !

Ce qui m'éblouissait, chez ce Rital aux yeux noirs, en dehors de son chouette sens de l'humour, c'était cette capacité à rester classe et inébranlable en toutes circonstances. Quoi qu'il fasse, il était toujours sûr de lui, entier, solide. J'enviais tout, chez lui : sa démarche, ses attitudes, sa manière de parler aux profs, de parler aux filles, sans jamais avoir l'air d'être gêné, sa façon de s'imposer comme chef de bande sans avoir jamais besoin de marquer son territoire. C'était naturel, chez lui, animal. Et cette assurance en pierre brute, justement, elle me faisait cruellement défaut. Moi, jusqu'à ce jour, j'avais toujours été obligé de compenser mon manque de confiance en baissant les yeux et en levant les poings à la place. Alors j'avais l'impression de pouvoir lui en prendre un peu. Quand j'étais avec lui, je devenais plus que moi, je devenais un peu lui, et j'aimais vachement ça.

Faut pas croire. Freddy, il n'était pas des plus démonstratifs, au rayon amitié ; il était pas de ceux qui disent facilement *je t'aime*. Ce type, c'était plutôt le roi de la provoc' à la dure. Le genre à jamais perdre au concours de celui qui cligne les yeux le dernier. Pour le coup, c'était même un vrai vicelard : son passe-temps favori consistait à mettre les autres dans des situations bien embarrassantes, juste pour s'amuser du spectacle en les regardant froidement s'en dépatouiller. Je pense que c'était une sorte de bouclier. Mettre les gens mal à l'aise, même les gens qu'il aimait – *surtout* les gens qu'il aimait –, ça devait lui donner l'impression de contrôler la situation. Et si vous essayiez de lui rendre la pareille, vous pouviez vous brosser : pour lui coller la honte, mieux valait se lever de bonne heure. Vous pouviez faire tout ce que vous vouliez, Freddy Cereseto n'avait jamais la honte.

Et puis, aussi, il y avait chez Freddy cette haine de l'injustice et cet amour presque religieux de la loyauté et de l'honneur qui lui donnaient des airs de légende. Ça faisait comme un héros dans les vieux films de gangsters, un hors-la-loi du type réglo dans les westerns, un genre de Jesse James.

Un jour, je sais plus trop pourquoi, Freddy et moi on était tout seuls dans la cour et, tout à coup, le surveillant général – un type qui avait tout juste la trentaine – est arrivé tout droit comme ça, comme une flèche, avec son méchant regard furieux un peu ridicule. Da Silva, il s'appelait, et c'était un vrai salopard, celui-là. Pas le petit salopard qui fait ça par devoir, comme Galant. Non. Un vrai salopard par plaisir. La pire espèce.

— Cereseto !

Freddy a éteint sa cigarette en soupirant, comme il avait deviné que ça sentait le pas bon.

— Qu'est-ce que tu as fait de la montre ? il a dit, Da Silva, en se postant là devant Freddy d'un air carrément menaçant.

— Quelle montre ?

— Ne joue pas au con avec moi, Cereseto. Tu sais très bien.

Il essayait de parler avec des mots à nous, des mots un peu gros, juste pour se donner des airs de type à qui on la fait pas, de type qui a tout connu, même notre merde à nous, et qui parle notre langage, alors qu'en vérité, sur la merde, il devait pas en connaître bien large.

— Ben, justement, non, je vois pas de quoi vous parlez.

Je vous jure, Freddy, il cillait pas. Il était là, immobile, solide et droit comme la statue du général Machin, les yeux plantés dans ceux du surveillant, et je crois même qu'il souriait.

— Ne joue pas au con avec moi ! l'autre a répété. Les parents de Charles sont venus ce matin, ils m'ont dit que tu avais volé la montre de leur fils hier soir !

— Ils disent ce qu'ils veulent, mais c'est des conneries.

Da Silva a secoué la tête avec un air exaspéré. Moi, dans mon coin, je dois avouer que je me demandais si Freddy l'avait volée ou pas, cette montre. Honnêtement, c'était bien notre genre, de piquer des trucs aux gosses de riches. Pour dire, chez Freddy, c'était même limite une maladie. Lui, il était pas foutu de passer dans une boutique sans ressortir avec un truc planqué dans le froc. Notre façon de reprendre ce que la vie nous avait pas donné, ou une excuse bidon du genre. Mais là, Freddy avait l'air tellement sûr de lui que j'étais même pas certain.

Da Silva, il s'est approché encore un peu et il avait presque l'air d'avoir envie de lui en coller une.

— Tu sais ce qui va se passer, si tu la rends pas, Cereseto ? Ce sera le conseil de discipline, espèce de petit con. Et vu que ce n'est pas la première fois que tu passes devant, il y a peu de chance que tu restes encore longtemps dans ce lycée, et c'est pas moi qui vais m'en plaindre.

Il est resté comme ça à dévisager Freddy, l'air drôlement sûr d'avoir fait son effet, et puis il a fait demi-tour.

Sauf que là, Freddy l'a rattrapé par l'épaule et, à son tour, il s'est posté devant l'autre et il l'a regardé droit dans les pupilles. Tout à coup, on avait l'impression que c'était lui qui était sur le point de cogner, mais de cogner vraiment fort. Il a dit, lentement, en prenant son temps pour bien prononcer chaque mot :

— Écoutez, Da Silva : si vous voulez m'accuser d'un vol que j'ai pas commis, c'est votre problème. Mais je vais vous dire une bonne chose : ici, on est dans votre lycée, sur votre territoire. Vous pouvez faire le malin. Mais dehors, là, vous êtes plus rien. Vous êtes juste Da Silva et moi je suis juste Cereseto. Alors avant de faire une connerie, réfléchissez bien à ça.

Le surveillant général a écarquillé les yeux, vachement perplexe.

— C'est... C'est une menace ?

— C'est une information.

— Ah oui ? Et tu vas faire quoi, petit con ? Tu veux me casser la figure en pleine rue, c'est ça ? Tu veux finir au commissariat ?

— Je finirai peut-être au commissariat, mais je vous aurai cassé les deux genoux, Da Silva. La question, c'est de savoir si j'ai plus peur du commissariat que vous avez peur de vous faire casser les deux genoux, n'est-ce pas ?

Je vous jure, le surveillant général, il est resté un long moment avec la bouche bée, comme un vrai crétin. Il se demandait sûrement si Freddy était sérieux. J'aurais pu lui donner la réponse. Et dans ses yeux, soudain, il y a eu un paquet de trouille.

Finalement, Da Silva est parti sans rien dire et, vous n'allez pas me croire, mais, bon sang, je vous jure qu'on n'a plus jamais entendu parler de cette histoire de montre ! Affaire classée.

Moi, je suis resté là, éberlué, à me dire qu'il n'y avait que Freddy pour faire un truc pareil. N'importe qui d'autre se serait fait incendier sur place façon combustion spontanée. N'importe qui d'autre aurait fini dehors. Mais lui, il leur foutait les jetons. Il leur foutait *vraiment* les jetons. Et ça, c'était sacrément la classe.

Il a rallumé une cigarette comme un vrai James Dean et il a fait mine de vouloir reprendre la conversation avec moi, comme si rien ne s'était passé, mais moi, j'ai dit :

— T'es... T'es un grand malade !

Il a juste rigolé et il a dit :

— Je peux vraiment pas le sentir, ce mec.

J'ai jamais su s'il avait piqué la montre.

6

C'était un samedi.

Freddy m'avait donné rendez-vous à la tombée de la nuit à l'autre bout de Providence, du côté des marais, vers le garage de son père, où il y avait la vieille ferme abandonnée de M. Arnold. C'était un endroit bien connu où les gamins de la ville venaient fumer des cigarettes en cachette ou peloter les filles pareil, mais tout le monde n'osait pas s'y aventurer, parce que M. Arnold, le fermier, s'était pendu dans sa ferme au bout d'une chaîne et que ça faisait des histoires de maison hantée et de malédiction.

Quand je suis arrivé, j'ai aperçu au loin, à travers les herbes, les trois boules rouges que faisait dans la nuit le bout de leurs cigarettes, comme des lucioles. J'ai traversé la vieille cour toute pleine de moustiques qui tournaient autour des machines agricoles rouillées et, enfin, dans la pénombre bleutée, j'ai vu Freddy, Oscar et Alex qui étaient assis sur une barrière, à l'entrée de la grange en ruine. J'ai tout de suite compris à leur regard que c'était pas un rendez-vous comme les autres. Ils avaient l'air tellement sombre que j'ai cru qu'ils allaient me casser la gueule.

Il n'y avait pas un bruit à des kilomètres à la ronde, à part l'eau de la rivière qui coulait derrière la ferme. Ça sentait le vieux bois pourri, l'humidité et la poussière, et la lune faisait scintiller ici et là tout un tas de vilaines toiles d'araignées.

— Qu'est-ce qui se passe ? j'ai demandé, plus trop rassuré.

Freddy s'est levé, il m'a dévisagé un long moment, comme si j'avais fait quelque chose de mal, et puis il a fait un signe de tête.

— Si tu veux rentrer pour de bon dans la bande, Hugo, c'est maintenant qu'il va falloir faire tes preuves.

— C'est quoi, ces conneries ? j'ai dit en regardant les deux autres derrière lui, les bras croisés sur leur barrière.

Bon sang, ils avaient l'air drôlement sérieux.

— Tu veux entrer dans la bande, oui ou merde ?

— Bien sûr !

Freddy a lentement hoché la tête, l'air de pas trop y croire.

— Alors suis-moi.

Il a fait demi-tour et est entré dans la grange. Là, sans dire un mot de plus, je l'ai vu se mettre à grimper dans la pénombre le long d'une large poutre verticale qui montait jusque dans la charpente.

— Qu'est-ce que tu fous ?

— Suis-moi !

Je me suis retourné vers les autres, qui n'avaient pas bougé et qui me regardaient encore tous les deux pareil, la mine grave. Je me suis demandé ce que c'était que cette histoire de grimper comme un singe dans une vieille grange au beau milieu de la nuit ! Mince, c'était un peu étrange, comme mise à l'épreuve, mais s'il fallait faire des acrobaties pour entrer officiellement dans la bande à Freddy, c'était pas ça qui allait m'arrêter. Je me suis frotté les mains sur mon jean, et je me suis mis à escalader à mon tour.

Juré, c'est plus facile à dire qu'à faire. Freddy, en un instant, il était déjà arrivé sur la charpente, avec la classe et la manière, l'air de rien, mais moi, ma parole, il a fallu que je m'y reprenne à plusieurs fois et que je serre méchamment les dents pour pas gueuler comme un veau chaque fois qu'une écharde s'enfonçait dans mes paumes. En d'autres circonstances, j'aurais sûrement fini par abandonner, mais là, je pouvais pas. Question de vie ou de mort.

Quand, enfin, je suis arrivé tout en haut et que j'ai rejoint Freddy en équilibre sur la vieille charpente pourrie, j'avais les mains en sang et tout le reste qui tremblait. Nos pieds reposaient sur une poutre plus fine encore que la première. De chaque côté, six ou sept mètres de vide. En bas, une dalle de béton.

— Et maintenant, on fait quoi ? j'ai demandé en essayant de pas trop montrer ma sainte horreur du vide.

Freddy a plongé la main dans la poche arrière de son jean et il en a sorti un foulard.

— Mets ça autour de tes yeux.

— Tu déconnes ?

Il a pas répondu, la main toujours tendue vers moi.

J'ai fait mine de sourire, mais en vrai j'en menais pas bien large. Freddy, il me fascinait, sûr, mais je savais aussi qu'il était quand même pas mal dangereux, dedans sa tête. Capable de tout. J'ai avalé ma salive, j'ai mis le foulard sur mes yeux et je l'ai noué derrière ma tête.

À peine j'avais terminé le nœud que j'ai failli perdre l'équilibre. Aussitôt, j'ai senti la main de Freddy m'attraper par l'épaule et me serrer bien fort pour m'empêcher de tomber. Il me serrait si fort, même, que ça me faisait mal autant que ça me faisait du bien. Lentement, j'ai levé les bras à l'horizontale, pour essayer de retrouver mon équilibre. J'entendais la poutre craquer sous mes pieds et c'était comme si, avec ce foulard sur les yeux, le vide était devenu mille fois plus grand encore.

Et puis, soudain, dans l'obscurité, j'ai entendu la voix de Freddy, toute proche, toute chuchotée.

— L'amitié, Hugo, la vraie, c'est une histoire de confiance. De confiance aveugle. C'est ça qui différencie les vrais amis des autres. Alors, la question, c'est : est-ce que tu me fais confiance ?

— Ben oui, j'ai murmuré.

— Vraiment ?

— Oui !

— Est-ce que tu me fais suffisamment confiance pour sauter dans le vide, si je te le demande ?

J'ai senti mon ventre se serrer. C'était un piège, forcément. Un genre de test.

— Euh... Oui, j'ai murmuré.

J'ai senti les deux mains de Freddy passer dans mon dos et m'obliger à me tourner vers la droite.

— Alors saute.

— T'es... t'es sérieux ?

— Si tu es mon ami, si tu es l'un des nôtres, saute.

J'ai pas réfléchi.

Si j'avais réfléchi, j'aurais pensé aux six ou sept mètres qui nous séparaient du sol. J'aurais compris qu'au mieux cette chute ne pouvait se terminer que par une ou deux jambes cassées. Au mieux. J'aurais objecté que si lui était un ami, il m'aurait pas demandé de faire une chose aussi stupide.

Mais j'ai pas réfléchi. Parce qu'à cet instant-là je ne rêvais que d'une chose, c'était de faire partie de la bande à Freddy, pour de bon, pour toujours, et je crois que j'aurais donné plus qu'une jambe pour ça. Pour Freddy, j'aurais donné bien plus.

Alors j'ai sauté. Les yeux bandés, j'ai sauté.

Je me souviens encore de cette sensation. Le cœur qui se soulève de l'intérieur, les bras qui battent l'air comme pour s'y agripper. La chute, sans doute, n'a duré qu'une seconde, mais à moi elle a paru beaucoup plus longue. Assez longue pour me dire que j'étais bien fêlé, que j'allais peut-être mourir, mais que c'était par amitié, et qu'il n'y avait pas de plus belle fin que de mourir par amitié.

Et puis soudain, le choc.

Moi qui m'étais attendu à une collision brutale avec le béton, je me suis senti m'enfoncer, perplexe, dans une surface presque molle. Les jambes d'abord, puis mon corps tout entier qui s'étale. Très vite, j'ai reconnu le contact du foin. Un immense tas de foin qu'Alex et Oscar, en silence, profitant de mon aveuglement, avaient apporté dans une grande charrette, pile à l'endroit où Freddy m'avait fait sauter. Assez épais pour amortir le choc, mais trop peu pour me priver d'une belle entorse à la cheville gauche.

J'entends encore les hurlements sauvages et les éclats de rire. Les miens, les leurs. Quand j'ai ôté le foulard et que je l'ai jeté en l'air dans un geste de victoire, j'étais ivre, ivre de peur, de joie, de folie.

— Pousse-toi ! a hurlé Freddy avant de se jeter à son tour dans le vide.

Un vrai saut de l'ange. Quand il s'est relevé à côté de moi, il m'a pris dans ses bras, il m'a serré contre sa poitrine, et il m'a glissé à l'oreille :

— T'es un des nôtres, maintenant. On sera toujours là pour amortir la chute, mon pote.

On m'avait jamais rien dit d'aussi doux.

7

Le lundi suivant, au lycée, quand j'ai rejoint les gars pendant la récréation, Freddy, discrètement, m'a donné un couteau, un sacré gros couteau du genre qu'on n'emmène pas dans un lycée, et il m'a désigné derrière nous un endroit précis sur le mur de briques rouges.

J'ai regardé le mur, et là, j'ai eu comme le bide qui se mettait à bouillir. Leurs trois noms étaient gravés dans la brique.

Freddy, Oscar, Alex.

Freddy m'a juste fait un sourire et un signe de tête.

Ça peut paraître idiot, mais je vous jure qu'à ce moment j'avais la chair de poule, parce que j'ai peut-être pas beaucoup d'éducation, mais je sais bien ce que ça veut dire que de graver quelque chose dans la pierre. C'est pas pour rien qu'on fait ça sur les tombes.

Ça faisait un mois que je traînais avec la bande, et je vous promets que c'était comme le plus beau jour de ma vie. Alors, les dents bien serrées, j'ai tatoué mon prénom juste en dessous des leurs.

Hugo.

Dans ma tête, aujourd'hui, c'est un peu comme si c'était là que tout avait commencé. Parfois, j'y pense, et je me demande si nos quatre prénoms sont toujours là et, putain, j'espère que oui. Avec tout ce qui s'est passé après, sûr, j'espère qu'ils sont toujours là, comme un témoin immortel des plus belles heures du passé. *Freddy, Oscar, Alex, Hugo.*

Freddy a repris son couteau, il s'est assis sur le muret, et il m'a demandé en fronçant les sourcils :

— Tu nous as jamais dit ce que tu foutais dans une roulotte, mec. T'es genre un putain de bohémien ?

— Plus ou moins, ouais. C'est pas grand chez mes parents, y a qu'une chambre. Du coup, quand le vieux Gitan qui habitait derrière la maison est mort, c'est moi qui me suis installé à sa place, dans la roulotte. C'est cool.

— Tu vis tout seul dans une roulotte ? Mais t'es un enfoiré de sacré veinard, mon pote !

— Ouais. Ma vie, c'est *Bohemian Rhapsody*, mec !

— « Scaramouche, Scaramouche, tu veux danser le fandango ? »

À cette époque, à seize ans, on devait pas être nombreux à Providence à vivre « sans nos parents », et même si les miens n'habitaient jamais qu'à huit mètres quarante-cinq de ma roulotte, il fallait reconnaître que j'avais une chance du tonnerre. Le vieux m'avait sans doute mis là pour se débarrasser de moi – parce que j'étais *un foutu bon à rien* – et ça l'empêchait pas de venir m'y mettre de bonnes raclées de temps en temps, mais moi, dans ma roulotte, j'étais comme un roi dans son royaume.

— Vous n'avez qu'à venir ce soir, après le bahut, si vous voulez. On écoutera de la bonne musique.

— Genre Queen ?

— Genre.

L'idée leur a sérieusement plu.

Au fond, s'il fallait résumer, on pourrait dire que je suis entré dans la bande à Freddy grâce à un vieux t-shirt, un saut dans le vide et une roulotte de bohémien.

Le soir, ils sont venus chez moi et ça s'est vite transformé en une deuxième tradition. Le matin dans le kiosque à musique et le soir dans ma roulotte à bohème. Chez moi, c'est devenu un peu chez eux. Mon royaume, c'est devenu le nôtre. On a appris à se connaître – à se connaître comme personne ne pouvait nous connaître, comme personne ne pourra jamais nous connaître – en fumant des cigarettes au son de ma vieille stéréo.

À l'époque, j'aurais sans doute pas pu deviner jusqu'où m'emmènerait cette histoire, mais je savais déjà que je vivais le début de quelque chose de grand, quelque chose de phénoménal, où j'étais enfin heureux d'être moi, d'être quelqu'un, à travers leurs yeux. Jamais je n'avais aimé quiconque autant que je les aimais déjà. Jamais je n'avais eu autant envie de plaire, parce que rien ne m'avait rendu alors aussi fier que de faire partie de la bande à Freddy. Et c'était pas un hasard. Je veux dire : on n'était pas là par hasard. On n'avait pas besoin de se le dire pour savoir qu'on était faits du même bois, un bois un peu pourri, mais un beau bois quand même.

8

Je me souviens encore très bien du soir où j'ai compris que Freddy Cereseto m'avait vraiment accepté, pour de bon, je veux dire. Pour de vrai. Pas juste comme un membre de sa bande, mais comme ami à lui.

Oh, bon sang, oui, je me souviens encore très bien de ce soir-là.

C'était un début de soirée comme les autres : on était tous les quatre enfermés chez moi. À l'époque, ils commençaient déjà à m'appeler « Bohem », à cause de mon habitation et de mon caractère un peu aussi et, petit à petit, c'est devenu mon seul et unique nom. Plus tard, il y a même un paquet de types qui m'appelaient comme ça sans savoir qu'en vérité je m'appelais Hugo Felida. Ouais, pour pas mal de monde, je suis juste devenu Bohem, et ça me va bien comme ça, merci beaucoup. Sur ma tombe, si j'en ai une, je veux pas qu'on écrive autre chose.

Je n'ai gardé aucune photo de ma roulotte, mais je l'aimais tellement que je la revois encore, dans tous ses détails, comme si je l'avais jamais quittée et, toute ma vie, j'aurais l'impression d'être un peu dedans, de la porter, comme un maudit escargot.

C'était une vieille roulotte rafistolée de partout, en dessus, en dessous. Elle ne roulait plus depuis la nuit des temps, vieux cyprès immortel enfoncé dans la terre, mais elle était belle comme les cirques colorés qu'on voit sur les anciennes photos. Elle datait de l'époque de mon grand-père. Un jour, avant ma naissance, un vieux Gitan s'était arrêté dans le champ derrière la maison, après s'être fait expulser par tous les voisins de la rue Dumont, qui n'ont pas les bras bien ouverts, comme voisins. Mon grand-père – qui connaissait bien le sens de l'humanité dégueulasse grâce au haut-fourneau – lui avait apporté à boire et à manger et l'avait laissé s'installer pour de bon, entre la maison et la voie ferrée, sans lui demander le sou. Le Gitan n'est plus jamais reparti. Galo, il s'appelait, et moi je l'appelais Papy Galo, parce que j'ai presque pas connu mon grand-père et que le Gitan c'est un peu devenu ma famille. Il est resté là, à s'occuper du potager qui n'avait jamais donné des fruits aussi beaux, et puis à s'occuper de moi aussi, avec l'amour que les Gitans ont dans le cœur juste derrière la couche de pierre. Et puis un jour, quand j'avais neuf ans, il a arrêté de vivre, pas longtemps après ma petite sœur, et ça commençait à faire beaucoup pour pas chialer. C'est là que mes parents se sont débarrassés de leur fardeau et m'ont dit de m'installer dans la roulotte de Papy Galo, qui disait souvent que j'avais de la chance d'avoir eu un grand-père aussi bon, quand on voyait mon père, et je sais pas trop si c'était de l'humour.

Les planches aux murs étaient un peu pourries comme à l'intérieur de moi, mais ça se voyait pas avec les photos et les posters que j'avais collés là et qui, à la lumière des bougies, faisaient comme un autel bouddhiste avec offrandes et tout le tralala. Elle nous ressemblait drôlement, ma roulotte. Un peu cassée, un peu sombre, un peu désordonnée, mais bien vivante derrière ses gros volets fermés. Elle était pleine des cendriers que Freddy piquait sur les tables des bars de la ville – des dizaines, vrai de vrai. Comme on n'avait jamais de briquet, on allait allumer nos cigarettes sur la flamme du chauffe-eau. Mon lit, c'était notre canapé, et nos tabourets, c'étaient de vieilles barriques rouillées où je planquais aussi mes magazines cochons.

À l'époque, en dehors de la musique, notre grand truc à nous, c'étaient les jeux de rôles. La vache, je sais pas si les gosses d'aujourd'hui jouent encore à ce truc, mais nous, qu'est-ce qu'on a pu faire comme parties ! Assis autour de la vieille table de Papy Galo, nous incarnions chacun un personnage et prenions part à l'aventure inventée par le maître de cérémonie – moi, en l'occurrence. Comme on n'avait pas les moyens d'acheter les vraies règles originales, on s'était inventé les nôtres, sur des feuilles de papier agrafées, et ça nous allait bien, parce qu'au fond, ce qui comptait, ce n'était pas les règles officielles, c'étaient les histoires qu'on imaginait et qu'on vivait ensemble.

Des histoires de héros et de pouvoirs qui nous emmenaient loin, très loin de Providence et de toute la merde avec. On était capables de passer des heures et des heures à faire ça, sans voir le temps défiler, sans voir la vie continuer, nos corps enfermés dans ma roulotte et nos âmes envolées au pays des dragons. C'était chouette. Mince, ce que c'était chouette !

— Et là, j'ai dit avec cette voix sérieuse que je prenais toujours quand je leur faisais vivre mes aventures imaginaires, et là, le bourgmestre entre dans la pièce et vous regarde tous d'un air surpris. Il semble ne pas comprendre ce que vous faites ici...

Le Chinois s'est levé d'un bond et a crié, comme il le faisait souvent :

— Je sors mon épée et je lui défonce la gueule !

Tout le monde a soupiré.

— Oscar, t'es chiant ! On lui parle, avant !

— Ah ben non, le bourgmestre, moi, je lui défonce la gueule !

Il était comme ça, Oscar. Il se moquait de tout et il faisait un peu n'importe quoi, sans réfléchir, pour voir. Un vrai clébard. Dans la bande, c'était le plus agressif, même pour rire, et même pour pas rire. Dans la vie comme dans nos jeux, c'était toujours le premier à chercher les ennuis. Pourtant, c'était pas vraiment un costaud, le Chinois. Il n'était pas bien large, plutôt maigrelet même, mais il devait approcher les deux mètres de haut, et ça suffisait. S'il n'avait pas traîné des pieds avec cette démarche de vrai clodo, on aurait pu le prendre pour un basketteur.

Nos parents étaient tous plutôt du genre fauchés, jusqu'à super fauchés, mais la famille d'Oscar, c'était sans doute l'une des plus pauvres de tout le patelin, et s'il avait pu entrer au lycée privé, c'était seulement parce que sa mère n'avait pas réussi à détourner la bourse qu'elle avait obtenue pour ses études. On appelait ça un *cas social*, mais, pour le coup, Oscar, il était plus du genre *cas* que du genre *social*.

Une nuit, le père du Chinois, un vrai alcoolique du quarantième degré, avait foutu le feu à leur baraque. Personne n'a jamais su s'il avait fait ça volontairement ou s'il avait sombré dans un coma idyllique avec une cigarette au bec. Toujours est-il que femme chinoise et enfants chinois étaient parvenus de peu à s'en sortir vivants, mais que papa chinois, lui, avait brûlé tout entier, comme un avant-goût de ce qui l'attendait dans l'au-delà éternel. Depuis, la mère survivait comme elle pouvait dans un taudis préfabriqué, de ceux où on devait mettre des pièces dans le compteur pour avoir le courant, et il y en avait pas toujours. Elle faisait des ménages et des travaux de couture pour élever tant bien que mal ses six gosses bridés. Oscar, lui, l'aîné de la fratrie, il se plaignait pas de la situation et, de toute façon, il était défoncé du matin au soir, et encore aussi pas mal du soir au matin. À l'époque, j'avais encore jamais vu un type fumer autant de marijuana : mince, le Chinois, il fumait ses joints comme on fumait nos clopes et, quand il arrivait à l'école, il avait déjà les yeux injectés de sang et la bouche ouverte comme un vrai débile.

Oscar, je l'ai pas aimé tout de suite. J'ai appris à le faire, avec le temps, beaucoup. Il faut dire qu'au début il s'est pas montré des plus accueillants avec moi, comme si l'arrivée d'un nouveau type dans la bande l'emmerdait plus qu'autre chose, qu'il avait peur que je lui vole sa place – et, d'une certaine façon, je crois bien que j'ai fini par la lui prendre. Et puis toute cette herbe qu'il fumait, je me disais que ça cachait quelque chose. Avec le recul, je me rends compte que c'était un jugement vachement dégueulasse de ma part, parce que ce que ça cachait, justement, ça aurait dû m'inciter à l'aimer aussi sec. Oscar, il en bavait sévère.

— Je lui défonce la gueule.

— Oscar, t'es vraiment une baltringue, s'est marré Freddy.

— Tu peux pas de toute façon, est intervenu Alex. On doit d'abord tirer aux dés pour savoir qui a l'initiative.

— Je l'encule, l'initiative ! Je défonce la gueule du bourgmestre, et puis c'est tout !

Alex a fait son sourire crispé.

— OK, sauf que ça se passe pas comme ça dans les règles, Oscar le tocard !

Alex, lui, ce qu'il aimait, c'étaient les règles. De nous quatre, c'était le seul qui n'avait pas l'air d'être là pour le plaisir de l'évasion, pour le rêve. Lui, il était là parce qu'il aimait les règles. Il aimait les cases et les chiffres qui vont bien dedans et qui font des jolies colonnes. Un vrai obsédé. Il était rusé comme un renard. Au bahut, n'en déplaise aux professeurs, il avait même de sacrés bons résultats, et il en aurait eu de meilleurs encore si on lui avait pas ôté régulièrement des points pour mauvaise conduite. Ouais, la Fouine, comme on l'appelait, c'était un peu tout le contraire d'Oscar : je l'ai jamais vu avec un joint au bout des lèvres, et même la picole, si incroyable que ça puisse paraître, vu le contexte, il n'y touchait pas des masses. Non pas que la défonce le dérangeait en soi – bon sang, quand on en est arrivés là, c'était le premier à nous dégotter des produits illicites – mais ce n'était juste pas son truc. Raisons de santé. Parce que son truc à lui, c'étaient les médocs, les vrais. Ce type était tout le temps malade et il se déplaçait jamais sans sa satanée trousse à pharmacie. Un jour, il était asthmatique, le lendemain, il avait un ulcère et, entre les deux, il avait le temps de se choper une rhinopharyngite, un diabète, une gastro et une ou deux otites sévères. À un moment, il avait même attrapé le cancer et une hépatite en même temps. Si on avait cru à toutes les sacrées maladies qu'Alex nous affirmait avoir récoltées, ma parole, on n'aurait pas eu assez du cimetière de Providence pour creuser toutes ses tombes. Qu'est-ce qu'on a pu se marrer, avec les maladies d'Alex… Au fond, je crois que c'était surtout une excuse bidon pour qu'on ait pitié de lui et qu'on lui tape pas trop sur le coin de la gueule pendant les bastons.

Ses parents avaient beau être aussi fauchés que les nôtres, il s'arrangeait toujours pour être sur son trente-et-un. Au premier coup d'œil, on pouvait pas se douter que ce type faisait partie de la bande à Freddy. Trop propre sur lui. Mais moi, je l'aimais bien, la Fouine. Dès le début. Il faut dire qu'on partageait un truc un peu à part, un peu secret, un truc rien qu'à nous, un truc dont je parlerai plus tard.

— De toute façon, on n'a pas les vraies règles, a dit Oscar, alors on s'en fout des règles, tu nous emmerdes avec les règles : moi, je défonce le bourgmestre.

— Baltringue !

— Tapette !

— Personne me traite de tapette !

— Peut-être, mais t'es quand même une bonne vieille petite tapette, Alex !

— Dis-moi, trouduc, t'arrives à respirer par le nez, non ? Alors ferme ta gueule, s'il te plaît.

— C'est sûrement en voyant la tienne, de gueule, qu'un type a inventé la cagoule. Ta mère, elle est tellement grosse que quand elle monte sur une balance, c'est son numéro de téléphone qui s'affiche.

— Et toi, ta mère, elle est tellement pauvre que ce sont les oiseaux qui lui jettent du pain.

— C'est pas faux. Connard.

Ils ont fait encore semblant de se disputer vachement, et Freddy et moi on rigolait comme des ânes, et ça a continué comme ça jusqu'à ce que le soleil se couche, c'est-à-dire assez tard, en cette saison. Là, Oscar et Alex se sont levés, parce qu'ils étaient arrivés un peu à bout de leurs blagues sur leurs mères respectives et que c'était l'heure de partir, et alors ils ont fait un signe de tête à Freddy pour savoir s'il venait.

— Je vais rester un peu, il a dit.

Comme Freddy n'était jamais resté tout seul avec moi dans ma roulotte, ça m'a fait une chose toute bizarre du côté du cœur, et je crois bien que dans les yeux du Chinois ça a fait un peu de jalousie aussi.

— Eh bien, ça va, les pédés ? il a dit en rigolant plus ou moins.

— Dégage.

On les a regardés partir, on a allumé des cigarettes, et moi j'étais un peu gêné, de peur que ça se voie trop, la fierté, et puis quand pas mal de temps avait passé Freddy il a dit un truc du genre :

— Elles sont bien, les histoires que t'inventes.

Moi, comme d'habitude, j'ai haussé les épaules.

— Je dis pas ça pour te faire plaisir, Bohem. Dans le fond, t'es une petite fiotte, tu te bats comme une gonzesse, tout ça... Mais tes histoires, elles sont bien.

C'était la première fois que Freddy me faisait un genre de compliment. Merde, je me demande même si c'était pas la première fois que je le voyais faire un compliment tout court à qui que ce soit ! Alors je savais ce que ça lui coûtait, et je savais qu'il disait pas ça par hasard. Freddy, il disait jamais rien par hasard.

J'ai pas su quoi répondre, parce que j'avais l'émotion partout dedans, et qu'il avait tapé dans le mille, et que moi je parlais jamais de cette chose-là, même pas à Freddy. Surtout pas à Freddy. Alors j'ai fait mine de changer de sujet :

— Qu'est-ce que tu veux dire, exactement, quand tu dis que je me bats comme une gonzesse ? Quel genre de gonzesse ?

Il m'a regardé longtemps, un peu comme s'il hésitait, et puis tout à coup il s'est levé, et il a juste dit :

— Viens chez moi. Je vais te montrer un secret.

9

Aller chez Freddy. Aller *chez* Freddy !

Pour moi, ça voulait dire quelque chose ! C'était une sacrée marque de confiance, un adoubement, même. Ce que je savais pas, à l'époque, c'était qu'il n'avait jamais proposé ça à aucun des autres, ni au Chinois ni à la Fouine. Avec le recul, je me demande pourquoi. Pourquoi Freddy Cereseto m'a laissé entrer dans sa vie, qui était pourtant une vache de forteresse, du genre vieux coffre en bois enterré au cœur d'une forêt. Moi, j'ai toujours eu le sentiment de l'agacer. Je l'agaçais sûrement un peu, d'ailleurs, à vouloir trop l'aimer. Mais n'empêche, il m'a laissé entrer.

Quand je fais un peu le calcul, je crois qu'on m'a jamais rien offert de si précieux que l'amitié de Freddy Cereseto. Faut dire, on m'a jamais offert grand-chose, non plus.

— On va sortir par la fenêtre, j'ai dit. Si mes vieux me voient partir à cette heure...

Il a eu un petit rire, entre tendre et moqueur, du genre qu'on fait quand un gamin dit un truc idiot, et il m'a fait signe d'y aller.

J'ai eu un peu de mal à ouvrir les volets, parce que ça faisait des années qu'ils étaient fermés, eux aussi, et puis on s'est enfuis en riant dans la nuit qui tombait, avec les ronces qui nous déchiraient les mollets comme si elles voulaient pas que je parte.

Pour éviter les fenêtres de mes parents, on a suivi la voie ferrée et on est sortis de l'Enclave par le nord, à travers champs. Je me souviens encore du parfum des hautes herbes, le vent du soir qui caressait nos joues, le bruit de nos pas sur les chemins de terre, le parfum des cyprès qui était comme de l'encens, et ce ciel, tellement grand, tellement plus grand que tout le reste. À cette minute-là, je me suis dit que la liberté, ça devait avoir un peu cette odeur.

C'était un de ces moments où l'on se sent vivre pour de vrai, où plus rien ne compte que l'instant présent, parce que ce présent est si savoureux et qu'on a l'impression qu'il nous appartient tout entier. Et plus on courait, plus on riait, alors qu'il n'y avait rien de drôle, au fond, à part peut-être les ombres folles que faisaient nos guiboles sur la terre.

Freddy vivait avec son grand frère Mario et leurs vieux dans le garage familial, de l'autre côté de la rivière qui borde Providence par le nord. Ça faisait une trotte, de chez moi. Quand on est arrivés sur la berge, en face du garage, j'avais le cœur en avance. Plié en deux, le souffle court, j'ai eu du mal à parler quand j'ai vu Freddy enlever ses chaussures, ses chaussettes, son pantalon.

— Qu'est-ce... Qu'est-ce que tu fous ?

Il a haussé les épaules.

— À moins que tu veuilles remonter jusqu'au pont de la voie ferrée, va bien falloir traverser.

— T'es malade ?

— Lopette !

Et, sans m'attendre, il a commencé à descendre en caleçon dans la rivière noire, les bras bien tendus en l'air pour garder ses affaires au sec.

Je me suis pris la tête entre les mains en me disant que ce type était sérieusement frappé, et puis finalement le sourire est monté tout seul sur mes lèvres, parce que c'était l'aventure après tout. Alors j'ai fait comme lui.

Avec toutes les usines du côté des étangs, la rivière de Providence, c'est pas un exemple de propreté. Nos pieds s'enfonçaient dans une espèce de vase immonde, et même la flotte, elle sentait le charbon. Mais nous, on s'en foutait. Rien ne pouvait nous arrêter. Quand on s'est rhabillés de l'autre côté, on riait comme des gosses, et j'aime bien me souvenir de ces rires-là, aujourd'hui.

Et puis, l'air de rien, encore tout humides, on est entrés, les mains dans les poches, par la grande porte du garage Cereseto.

Moi, j'y avais jamais mis les pieds et j'avais les yeux grands ouverts comme pour bouffer le spectacle par les pupilles. Bon, faut reconnaître que c'était pas vraiment un palace. C'était même un sacré taudis, du genre bien bordélique, avec des outils qui traînaient partout, des grands bidons d'huile usagée, infestés de moustiques, et un ou deux clébards qui zonaient au milieu, même que j'ai jamais trop su si c'était vraiment à eux.

Mais ça m'allait bien.

Le bâtiment s'étendait autour d'une cour centrale où s'accumulaient les voitures en réparation. Les bagnoles qu'on emmenait au garage Cereseto, c'était pas du haut de gamme dernier cri, c'est sûr. Plutôt de la vieille caisse bien pourrie, genre dernière chance avant la casse. Mais, toutes ces tires aux longs capots, comme venues d'un autre temps, truffées de cuir au-dedans et de chrome au-dehors, la vache, ça en jetait pas mal !

D'un côté de la cour, il y avait l'aile du bâtiment où ils vivaient. De l'autre, l'atelier. Et c'est là que Freddy m'a emmené.

Quand on est entrés dans cette espèce de hangar qui puait l'essence, son père était allongé sous une voiture, où il travaillait à la lumière d'un projecteur et aux notes d'une vieille radio pleine de cambouis. En nous entendant arriver, il a dit un truc à son fils sans sortir de sous la caisse et il avait un accent italien si fort que j'ai rien compris.

Seulement qu'il avait l'air énervé, sans doute à cause de l'heure qui avait déjà trop tourné.

Freddy s'est contenté de répondre :

— Ouais, ouais, t'inquiète, on va à côté.

J'ai glissé un petit *bonsoir* timide en direction du paternel, mais je pense qu'il m'a pas entendu et que, de toute façon, il n'en avait rien à secouer.

À côté, c'était la petite pièce de l'atelier que M. Cereseto avait laissée à ses fils pour qu'ils se fassent la main, qu'ils apprennent le métier. Pour eux, la voie était toute tracée. Cambouis de père en fils.

Freddy m'a fait entrer et il a fermé la porte derrière nous.

— C'est ça, ton secret ? j'ai dit en regardant le bazar autour de nous.

Ma parole, c'était la caverne d'Ali Baba du mécanicien, cette piaule ! Des établis, des étaux à plus savoir qu'en faire, des presses, un poste à souder, tout un tas de machines dont je devinais à peine la fonction secrète, le tout enseveli sous un outillage à main tel qu'on se demandait bien comment les fils Cereseto faisaient pour s'y retrouver. C'était beau comme un beau foutoir.

Freddy s'est marré, il m'a fait un clin d'œil et, soudain, d'un air pas peu fier, il a soulevé une grande couverture grise qui était posée là devant nous, un peu comme quand on cache une statue avant de la montrer au public le jour de l'inauguration avec monsieur le maire. Et là, je dois bien dire que j'ai dû avoir l'air un peu crétin tellement j'étais bouche bée.

Là-dessous, il y avait une bécane.

Une foutue belle bécane du diable, rouge comme lui. Une moto comme ça, j'en avais jamais vu, sinon dans les journaux, et encore ! Promis, on aurait dit une œuvre d'art, genre une sculpture moderne et, quand elle est apparue devant moi, je pense que j'ai ressenti ce que doivent ressentir les gens qui vont dans les musées. C'était même plus que ça. Pour dire la vérité, je crois bien que ce jour-là, ma vie a changé. Ouais. Rien que ça.

— C'est à toi ? j'ai demandé en tournant autour, drôlement ébahi.

— C'est à mon frangin.

— La vache !

— Ouais.

À l'époque, je m'y connaissais pas des masses en matière de bécane – c'était même un sujet tabou, à la maison, à cause de la manière bien dégueulasse dont était partie ma petite sœur –, mais il n'y avait pas besoin d'être très calé pour voir que cette moto-là sortait foutrement de l'ordinaire et aussi du commun des mortels.

— C'est un vrai *chopper*, m'a expliqué Freddy. Fabriqué de zéro à partir d'un paquet de vieilles motos cassées que mon père a récupérées. Le moteur, c'était un 750 latéral tout défoncé, et on l'a refait à neuf avec mon frangin. On en a chié, je peux te le dire, mais il est balaise, Mario.

— Elle est... putain, elle est magnifique !

Je sais que ça va paraître idiot et tout le marché mais, promis, je crois bien que je suis tombé aussitôt raide amoureux de cette moto rouge, comme on tombe amoureux d'une femme, en coup de foudre et d'évidence. Pas seulement parce qu'elle était bougrement belle, mais aussi pour ce qu'elle représentait, d'emblée, dans ma petite tête à moi. Une bécane, une bécane à Providence, c'était braver l'interdit, c'était signer la déclaration d'indépendance, c'était l'évasion, c'était défoncer la porte de sortie à grands coups de guidon, c'était au revoir papa-maman, au revoir M. Galant et bonjour la liberté ! Tout à coup, j'ai eu l'impression d'avoir trouvé ma voie, comme ça, comme une révélation, à la seule vue de cette machine sortie de sous sa couverture. Juré. Comme frappé par l'éclair, j'ai compris que c'était *ça* que je voulais. C'était *elle* que je voulais.

— Merde ! j'ai dit. Il a de la chance ton frère ! Je tuerais pour faire un tour sur cette bécane !

Freddy a rigolé avec les yeux de celui qui va faire une connerie.

— Pourquoi tu crois que je t'ai amené ici, trou du cul ?

Quand il a commencé à préparer la bécane, j'ai d'abord cru que Freddy se payait ma tête, et puis, après, j'ai vu qu'il était méchamment sérieux et que j'étais pas près d'oublier cette soirée. Tout doucement, il a ouvert la porte arrière du petit atelier, celle qui donnait directement sur la berge.

— Je te préviens, si on se fait attraper par le frangin, on est morts. Et quand je dis « morts », c'est pas une image.

Moi, je les regardais, lui et la moto rouge, avec deux grandes roues scintillantes à la place des yeux, et je vous jure que je voulais bien mourir.

Comme il fallait qu'on fasse pas le moindre bruit, ça a été une sacrée opération.

D'abord, il a fallu sortir la moto du garage en la poussant tout doucement, sans la faire tomber. Freddy et moi, chacun d'un côté, les pieds qui s'enfonçaient dans la terre à mesure qu'on avançait, on avait la mâchoire bien serrée avec la peur de se faire remarquer et, chaque fois que nos regards se croisaient, une drôle d'envie de se marrer comme des ânes. Après, Freddy a dû refermer la porte du garage, mais de façon à pouvoir l'ouvrir de nouveau de l'extérieur sans faire le grand tour, ce qui n'était pas évident à cause de la serrure qui était cassée. Et puis ensuite, il a fallu pousser encore la moto longtemps, parce que la démarrer trop près du garage Cereseto, c'était se faire prendre à coup sûr.

Quiconque nous aurait vus à ce moment-là, courbés comme ça sur la bécane à la pousser le long de la rivière sur des centaines de mètres, nous aurait pris pour des voleurs à la noix, et d'ailleurs on l'était un peu, sauf que, ce jour-là, c'était juste des moments de plaisir qu'on volait.

— Putain, mais elle pèse une tonne, la salope ! j'ai dit, dégoulinant de sueur. C'est bon, là, ça suffit, on est assez loin !

— T'es fou ! On voit bien que t'as jamais entendu le moteur. Allez, pousse, feignasse !

J'ai fait mine de râler, mais, évidemment, j'étais ivre de joie et d'excitation, et on a poussé encore et encore, on a poussé jusqu'à ce que le garage Cereseto ne soit plus qu'un petit cube ridicule au loin sur la berge. Et alors là, Freddy, il m'a fait un clin d'œil, et je l'ai vu mettre les deux mains sur les poignées et le pied sur le kick de démarrage, sans monter encore sur la moto. Il a mis deux coups de botte sur le levier, pour envoyer un peu d'essence là-dedans, puis il a mis le contact et, d'un seul coup, il a démarré la bécane, en se dressant au-dessus d'elle comme s'il domptait un animal sauvage. Et d'ailleurs, c'était un peu le cas, ma parole. C'était une foutue lionne, cette moto !

Ça se voyait qu'il avait l'habitude. Mince, il avait même une sacrée classe et, tout à coup, ça a fait un bruit du tonnerre ! J'ai tout de suite compris qu'il n'avait pas exagéré en insistant pour qu'on s'éloigne de chez ses vieux. Juré, le vrombissement du moteur, on l'entendait en écho jusque loin vers la ferme de M. Arnold ! Freddy est monté sur la 750 et, une fois les deux mains sur le guidon qui se secouait tout seul, il m'a fait signe de le rejoindre. On n'avait pas de casque ni de gants et toute la panoplie, mais je peux vous dire une chose : on s'en foutait, à cette époque, et si c'était à refaire aussi, je m'en foutrais, d'ailleurs.

Pour frimer un peu sans doute, il a démarré comme un pilote après le coup de feu du départ. La roue arrière a tourné sur place, ça a balancé de la poussière partout autour de nous, et puis, soudain, c'était comme si on avait décollé vers la pleine lune, et il a fallu que je m'agrippe à sa taille pour pas partir à la renverse.

Les dix ou quinze minutes qui ont suivi ont été comme les plus excitantes de ma vie. C'était bon, c'était fou, c'était drôle et brûlant, c'était détaché de tout, et ça me rendait tellement heureux que j'en étais presque triste. Pour rester loin des habitations et pas se faire prendre, on a suivi la rivière, traversé la voie ferrée jusqu'aux étangs de Carmel, et alors on a fait plusieurs fois le tour de la grande étendue d'eau, comme si c'était un circuit de course. Freddy, à chaque tour, il allait un peu plus vite et il faisait exprès de passer au milieu des arbres juste pour me foutre les foies. J'avais les yeux si grands ouverts et le sourire si large que, pendant toute la nuit, ça m'a fait comme des crampes partout au visage !

Les jours d'après, Freddy et moi, on a recommencé presque tous les soirs. La virée à bécane autour des étangs est devenue une nouvelle tradition, et recommencer encore et encore, ça n'a rien changé au plaisir de la première fois : tous les soirs, c'était avec le même sourire idiot et les mêmes yeux vachement mouillés qu'on revenait en poussant la moto jusqu'au garage Cereseto, sans faire de bruit, mais hilares, comme des sacrés garnements. On criait, on hurlait, on fonçait, on se payait des fous rires et aussi des belles frayeurs qui faisaient quand même d'autres fous rires. La journée, au lycée, on pensait plus qu'à ça. Et la nuit, dans mes rêves, j'avais le bruit du bicylindre qui tournait fort à l'intérieur de ma tête et je voyais les pistons qui se soulèvent, et c'était presque mieux que des rêves coquins, toute cette mécanique. Les virées à bécane, c'est devenu notre secret à nous deux, notre privilège. Notre ciment. On en parlait à personne, pas seulement parce qu'on avait peur que ça remonte jusqu'aux oreilles du grand frère de Freddy qui nous aurait bien cassé la gueule en deux, mais aussi parce que ces moments qu'on passait sur cette machine du diable, c'était comme un trésor précieux qu'on voulait partager avec personne.

10

Petit à petit, ça faisait de mystère pour personne que Freddy et moi étions en train de devenir ce qu'on appelle des meilleurs amis du monde. On commençait à avoir nos blagues à nous, à saisir les sous-entendus qui échappaient aux autres, à se comprendre sans se parler et à rigoler comme des ânes à des moments inattendus, sans que personne sache pourquoi.

Le Chinois, il faut bien le dire, ça lui plaisait pas trop, cette amitié si rapide et si forte qui était tombée de là-haut. Jusque-là, ça avait plutôt été lui, le « meilleur ami », et tout ça faisait de la jalousie qui s'entendait pas mal dans ses vannes du genre un peu homophobes. C'était pas au point qu'il m'en veuille vraiment, mais un peu quand même. Moi, je m'en foutais. J'avais Freddy. N'empêche, de temps en temps, Oscar et moi, on se tapait méchamment sur la face et, parfois, il fallait nous séparer. Le Chinois, on dirait pas comme ça, mais il cognait dur, ma parole. C'est même lui qui m'a fait tomber ma dent de droite que je n'ai plus même si je l'aimais bien. Pour rigoler quand même, quand je l'ai ramassée, je lui avais demandé s'il voulait que je la lui donne, vu que lui, il lui en manquait un paquet.

Alex, lui, ça n'avait pas l'air de le déranger, ces histoires de meilleurs amis du monde. Au contraire : plus je m'approchais de Freddy, plus Alex s'approchait de moi pareil. C'était un vrai malin, la Fouine, plutôt du genre à penser au long terme. Quoi qu'il fasse, on se disait toujours qu'il avait des bonnes raisons de le faire. Même quand il disait un truc idiot, on avait l'impression que c'était drôlement intelligent. Et puis, avec lui aussi, je partageais un secret... Je peux en parler, maintenant.

Ça devait être un dimanche, parce qu'on avait pas cours, que mes parents étaient là et qu'il se passait rien à Providence et, le dimanche à Providence, c'est comme si les gens étaient encore plus morts. Ça sent la chaux. J'étais en train de finir de déjeuner chez mes parents, comme tous les dimanches midi où c'était obligatoire. À cette époque, nos rapports s'étaient plutôt apaisés, comme ma mère était contente que je sois dans le lycée bon chrétien, ce qui faisait qu'on se parlait à peine. Je me souviens encore du bruit de la vieille horloge qui cliquetait toute seule tout au long des repas, et le chiffonnement du journal quand mon père tournait les pages avec ses gros doigts pleins de charbon. En face de moi, sur la table de la salle à manger, il y avait le fauteuil vide de Véra, que ma mère regardait de temps en temps en soupirant, c'était vraiment une ambiance du tonnerre.

— Papa a demandé à son patron si tu pouvais travailler à l'usine cet été pour te faire de l'argent de poche et...

— Merci, mais j'ai pas envie de travailler à l'usine, maman. C'est dégueulasse là-dedans, tout le monde attrape la mort des poumons.

Ma mère a regardé mon père, avec ses yeux tout rouges.

— Dis quelque chose. Dis quelque chose !

Mon père a laissé tomber son journal sur ses genoux et, au lieu de me parler à moi, il lui a parlé à elle, comme si j'étais pas là, comme si j'existais plus.

— Usine ou pas, à la rentrée prochaine, ton gosse, on le met dehors. S'il n'a pas les moyens de se débrouiller tout seul, c'est son problème, pas le nôtre.

— Euh… Je suis déjà dehors, papa. Je suis dans ma roulotte, je me débrouille très bien.

— *Ta* roulotte ?

J'allais lui répondre que c'était la roulotte de Papy Galo et que ça lui coûtait rien et que je pouvais arrêter de venir manger le dimanche si ça le dérangeait, que je demandais pas mieux, d'ailleurs, quand ça a frappé à la porte.

Comme on attendait personne, ma mère s'est levée pour regarder par la fenêtre en écartant le petit rideau.

— Hugo, c'est ton ami.

— Mon ami ?

— Le petit maigrelet qu'a l'air tout le temps malade.

Alex ! C'était la première fois que la Fouine venait tout seul chez moi et je me demandais bien ce que ça voulait dire de bizarre. Je me suis levé, j'ai débarrassé ma place à toute vitesse et je suis sorti aussitôt, bien heureux d'avoir une excuse pour me sauver de là.

— Qu'est-ce que tu fous ici ?

— Charmant accueil, il a dit. La courtoisie incarnée !

Il parlait toujours un peu mieux que nous, Alex. C'était pour aller avec ses costumes. Il a tapoté contre la poche de sa veste où on voyait que quelque chose était caché.

— J'ai un cadeau pour toi, Bohem.

— Si c'est un magazine avec des gonzesses à poil, c'est vraiment pas la peine, avec tous ceux qu'Oscar rapporte ici, je pourrais ouvrir une boutique spécialisée…

— Non. Mais presque, il a dit en souriant. Je dis pas bonjour à tes parents ?

— Ça va pas, non ?

On a traversé le jardin et on est montés dans la roulotte. Alex s'est assis sur mon canapé-lit pendant que je nous servais une bière sans demander. Il avait son petit air malicieux qui faisait justement qu'on l'appelait la Fouine, et il se caressait sa petite barbichette en pointe comme pour l'aiguiser.

— Alors, c'est quoi ?

Il a plongé la main dans sa poche et en a ressorti un vieux livre sacrément usé. J'ai tout de suite reconnu la couverture, et je dois dire que j'ai été pas mal surpris. L'illustration en couleur un peu passée, le titre évocateur, la forme des lettres venues d'un autre temps, le nom de l'auteur...

— Tu lis ça, toi ? j'ai dit d'un air étonné.

— Plus beaucoup. Mais j'ai vu l'autre jour dans ton armoire que tu en lisais, même si t'en parles pas trop.

Il a dit ça presque en se moquant. J'en parlais pas trop parce que lire, ça collait pas des masses avec l'image de rebelles qu'on se donnait et que j'avais peur que les autres me prennent pour un genre d'intello à la con, de ceux qui s'assoient au premier rang. Du coup, découvrir soudain que j'étais pas le seul, ça me faisait à la fois bizarre et plaisir.

C'était un livre de la collection des *Biggles*, une série de romans qui racontaient les aventures extraordinaires de James Bigglesworth, un chef d'escadrille de l'armée de l'air britannique pendant la Première et la Seconde Guerre plus ou moins mondiales. Il y avait bien une centaine de bouquins dans cette collection, des vieux livres que lisaient déjà nos paternels avant nous, avec des titres qui faisaient rêver comme *Corsaires du Pacifique*, *Le Bal des Spitfires* ou *Les Combattants du ciel*, et moi j'adorais ça ! Ça respirait l'ailleurs.

— Tu l'as lu celui-là ? il m'a demandé.

J'ai caressé lentement la couverture et fait tourner les pages jaunies. C'était une édition vraiment ancienne, du genre originale peut-être. Les vieux bouquins, on a beau les essuyer ou les secouer comme on veut, on a toujours l'impression qu'il reste de la poussière dessus-dedans. Et plus ils sont anciens, plus ils ont cette heureuse odeur d'humidité moisie qui est comme une promesse d'aventures.

— *Biggles dans les mers du Sud*. Non. Je crois pas.

En vérité, j'en étais même sûr et vachement certain. Des *Biggles*, j'en avais lu que trois. En boucle. Les trois seuls que j'avais pu me payer, même si je connaissais presque par cœur les titres des quatre-vingt-dix-sept autres, à force de parcourir avec envie la liste imprimée sur les dernières pages, une liste qui était déjà une belle équipée rien qu'à elle toute seule. Souvent, je lisais les titres comme si c'étaient des romans tout entiers et j'essayais de m'inventer les histoires qui devaient aller avec : *Biggles joue le grand jeu*, *Biggles et l'éléphant noir*, *Biggles et le puzzle chinois*... Et je me voyais moi, avec des lunettes d'aviateur et un gros blouson en mouton retourné, en train de piloter un Spitfire au-dessus de l'océan Indien, pourchassé par un gang de trafiquants d'opium. Je me voyais audacieux, perspicace, je me voyais avec de l'esprit, aimé des femmes et craint par les hommes. Et puis aussi et surtout, je me voyais loin d'ici.

— Tu l'as lu, toi ?

Il a souri.

— Bien sûr. Je les ai *tous* lus.

— T'es sérieux ? Tous ?

La modestie, c'était pas vraiment le fort d'Alex. Valait mieux parier sur sa générosité ou sur son intelligence.

— Ouais. Quand t'auras fini celui-là, je te prêterai le suivant. Et ainsi de suite. Mais faut me les rendre. J'aime pas quand il y a un trou dans ma bibliothèque.

— C'est réglo.

Et c'étaient pas des bobards. Alex avait la collection complète des *Biggles* et je vous jure que je les ai dévorés un par un comme on mange un paquet de cacahuètes et qu'à la fin on n'a plus qu'à se lécher le sel sur les doigts. Quand je les ai eu finis, il a commencé à me prêter des livres un peu plus compliqués, mais bien quand même. À l'époque, je crois bien que c'était la première fois que je croisais un type qui lisait plus de bouquins que moi, et c'est pas peu dire. On gardait ça pour nous, comme un truc un peu honteux, mais, ma parole, quand on était tout seuls, en cachette, on pouvait causer bouquins pendant des heures. Il me parlait de Jack London, de Kerouac, de Salinger ou de Steinbeck, et si les autres nous avaient vus, ils se seraient bien foutu de notre poire. Alex, il connaissait toujours des trucs dont j'avais jamais entendu parler, il me faisait découvrir des auteurs qui savaient mettre tout plein de mots qui coupaient dans mon ventre, et alors ça faisait du bien de saigner un peu.

Pour ça, Alex est devenu un sacré bon ami, lui aussi. Peut-être pas aussi fort que Freddy – un ami

comme Freddy, t'en croises pas deux dans ta vie,
déjà qu'un seul, c'est rare –, mais n'empêche qu'on
partageait un trésor de papier et que ça, j'oublierai
jamais, quoi qu'il arrive à jamais.

Ce qui me rend un peu triste, c'est qu'aujour-
d'hui, quand j'y repense, je n'ai plus les trois
Biggles qui étaient à moi.

11

Un soir, au tout début de juin, Freddy et moi
on a eu une drôle de surprise en sortant la moto.

C'était devenu un rituel bien huilé, notre petite
virée nocturne : on avait amélioré notre technique
et il nous fallait beaucoup moins de temps pour
évacuer la bécane sans bruit, refermer la grande
porte et s'éloigner du garage Cereseto avant de la
démarrer en toute sécurité. Par prudence, on faisait ça seulement les soirs où Mario, le grand frère
de Freddy, n'était pas en ville, pour éviter qu'il
découvre que sa moto avait disparu, ce qui nous
aurait certainement valu de sacrées emmerdes.
Comme c'était lui qui se chargeait de livrer les
véhicules pour son père, il était souvent parti,
alors ça nous laissait pas mal d'occasions qui faisaient le larron. Quant aux parents de Freddy, eux,
ils s'en foutaient un peu, ils avaient d'autres chats
à fouetter avec le garage à tenir et tous les soucis
financiers qui vont avec, merci pour eux. Parfois,
au lieu de tourner en rond autour de l'étang, on se
permettait même de partir assez longtemps pour
aller jusqu'à l'océan, qui était à presque une heure

de route, et alors on en prenait plein les yeux et l'émotion avec. Il y avait ce petit coin de paradis qui s'appelait la baie des Boucaniers où on pouvait rouler jusqu'au bord de l'eau, sur une vieille jetée qui passait par-dessus la plage à perte de vue, alors on s'asseyait au bout, il y avait jamais personne pour nous déranger, et ça faisait du bien de voir que la terre était ronde.

Ce soir-là, donc, on venait tout juste de démarrer la bête, et Freddy fonçait tout droit vers la voie ferrée quand, tout à coup, on a entendu le bruit d'une autre bécane derrière nous. Enfin, moi je l'ai entendu, parce que Freddy, lui, il avait la tête dans le guidon et il n'entendait sûrement que les battements de son cœur. Je me suis retourné, et je peux vous dire que j'ai eu une sacrée stupéfaction en découvrant dans un nuage de poussière la tête de celui qui nous suivait comme un dératé.

Merde. C'était Oscar ! Le Chinois en personne, hilare, juste derrière nous, couché sur le réservoir d'une moto sortie de je ne savais où et, quand je l'ai regardé, ma parole, il m'a fait un gros doigt d'honneur en rigolant comme un âne. Il avait l'air bien fier de sa blague, le salaud, et faut reconnaître que ça me la coupait pas mal.

J'ai tapé sur l'épaule de Freddy et, quand il a découvert à son tour la présence de notre nouveau compagnon de route, j'ai vu dans ses yeux qu'il était à la fois ravi et triste, pareil comme moi. Ravis parce que c'était une sacrée surprise, un bon coup, et qu'une deuxième bécane dans les faubourgs de Providence, ça en jetait un max ! Tristes, parce qu'on avait instantanément compris tous les deux que c'en était fini de ces moments rien qu'à nous, que ce petit malin d'Oscar avait trouvé un moyen de se glisser à l'intérieur, sans carton d'invitation.

On avait beau avoir mille questions à lui poser, sur l'origine de cette bécane, où il avait appris à conduire et tout ça, on s'est pas arrêtés tout de suite, bien au contraire. Freddy, il a fait un petit sourire en coin, il s'est couché lui aussi sur sa monture, et il a mis un grand coup de gaz. Il a fallu que je m'agrippe bien fort, et ça a fini en méchante course-poursuite autour de l'étang, et nous, on était Steve McQueen, et ça se voyait que le Chinois, il maîtrisait pas trop sa machine, parce qu'il a bien failli se mettre dans le décor une bonne dizaine de fois.

Quand enfin on s'est arrêtés, couverts de sable et de bonheur, on rigolait tous les trois comme des gosses, avec les larmes aux yeux aussi, et on disait toute une satanée liste de gros mots ébahis, et c'était beau comme moment de partage. Après, le Chinois nous a expliqué qu'il avait acheté cette vieille 883 cm^3 un peu défoncée, d'origine, qui avait quand même une méchante gueule même s'il lui manquait un peu d'améliorations, et nous, on se doutait avec quel argent il avait pu se payer ça, et aussi avec quelle jalousie il en avait eu envie, mais on s'est bien gardés de parler de ça et, au fond, on était contents quand même.

Alors on a fumé des joints dans les sous-bois, à l'écart de la route. Freddy était allongé sur sa bécane, avec la tête sur le réservoir et les pieds croisés sur le dossier de la selle, et avec ses santiags ça lui donnait une de ces dégaines de cow-boy, bon sang, je le revois comme si c'était une photo dans ma tête ! Freddy, il trouvait toujours la position la plus stylée, où qu'il soit, et ça faisait comme une image de marque à laquelle se conformer par la suite. Il établissait le standard. La fois d'après, vous pouviez être sûr qu'Oscar ou moi on allait s'allonger sur la bécane exactement de la même manière, et Freddy, ça devait bien le faire marrer de voir comment on voulait l'imiter.

— Tu roules comme une fiotte, le Chinois, il a dit.

— Peut-être, mais moi, c'est *ma* bécane, bande de crevards.

On a rigolé, mais fallait bien reconnaître que, pour ma part, j'étais méchamment jaloux à mon tour. On est restés là encore un petit moment dans la belle douceur du soir, Freddy a inspecté la machine d'Oscar sous tous les angles, il a fait des remarques sur les pièces qu'il fallait changer, les modifications qu'il allait apporter, mais ça n'avait pas vraiment l'air d'intéresser le Chinois, et puis on a fini par se décider à rentrer, et là, Freddy a fait un truc vraiment très chouette dans son genre.

— C'est toi qui conduis ? il m'a demandé d'un air de rien.

J'en ai eu le souffle coupé. J'avais jamais piloté sa bécane. Sacré Dieu, j'avais même jamais piloté la moindre foutue bécane tout court !

— T'es sûr ? j'ai dit.

Il a haussé les épaules et il m'a jeté négligemment la clef, comme si c'était normal, alors qu'en vérité je savais bien que ça devait l'emmerder un max de me confier la moto de son frère, mais qu'il faisait ça pour que je puisse frimer un brin devant Oscar, et c'était drôlement chic de sa part. Sa façon à lui de nous venger gentiment de ce que le Chinois nous avait volé notre petit secret. Sauf que moi, j'étais pas sûr de savoir la conduire, la bécane, et que si je me plantais avec, ça serait tout l'inverse et la honte et compagnie.

Depuis les semaines qu'on faisait nos virées, j'avais eu le temps de bien regarder tout ce que Freddy faisait avec ses mains et ses pieds, et je dois dire qu'en secret j'attendais fébrilement le jour où je pourrais prendre le guidon à mon tour, sans jamais oser demander. Mais j'avais que la théorie, pas la pratique et, avec le Chinois qui me regardait de travers encore plus bridé que d'habitude, je peux vous dire que j'avais les chocottes qui claquaient pas mal.

D'abord, il a fallu la démarrer. Au premier essai, je me suis pris un méchant retour de kick dans le tibia, et si les deux autres n'avaient pas été là, j'aurais sans doute poussé un hurlement de chien battu. Au lieu de ça, j'ai serré les dents, j'ai contenu la douleur et j'ai essayé de nouveau. Quand le moteur s'est mis à vrombir et que le guidon s'est mis à trembler entre mes mains, sûr que j'étais foutrement fier et que j'ai lancé à Oscar un regard bien senti.

Je suis monté, Freddy a grimpé derrière moi – et ça aussi, ça devait l'emmerder un peu, c'était pas trop son genre de passer derrière qui que ce soit –, j'ai fait signe au Chinois pour voir s'il était prêt, il a souri, et il est parti comme une flèche en direction de la route avant même que j'aie pu passer la première.

— Ne lâche pas trop vite l'embrayage, gamin.

J'ai hoché la tête et j'ai mis la bécane en mouvement comme j'ai pu. Mon premier tour de roue, bordel ! Ça bringuebalait un peu à gauche à droite et j'avais le cœur qui jouait de la mitraillette, mais c'était bon, ma parole, c'était bon !

Oscar était déjà loin. J'ai pris un peu confiance et je l'ai suivi dare-dare. Une fois sur la route, je peux vous dire que j'ai lâché les chevaux, parce qu'il était hors de question que je laisse ce scélérat arriver à Providence avant nous. J'ai senti les mains de Freddy qui me serraient de plus en plus fort, et je sais pas si c'était parce qu'il avait la peur de sa vie ou si c'était pour me donner du courage. Sûrement un peu des deux.

Sur les premiers kilomètres, je suis resté derrière. Dans les lignes droites, je le rattrapai sans problème, mais dans les virages, j'avais pas trop confiance, alors que lui, il avait débranché son cerveau depuis longtemps. Quand j'ai vu au loin le panneau « Providence », j'ai eu une de ces rages qui m'a bouffé le ventre et qui a poussé ma bécane tellement fort par l'arrière qu'on a doublé Oscar comme le baron de Münchhausen sur un boulet de canon. Quand on est passés à côté de notre adversaire, Freddy a écarté les jambes, façon gamin sur un vélo, et il a hurlé : « Victoire de la bande à Bohem ! » Il a poussé des cris de guerre à s'en casser la voix, et je crois même qu'à ce moment-là il a fait un bras d'honneur au Chinois, et alors on a ri tous les deux, on a ri aussi fort qu'on était amis, ce qui fait déjà beaucoup.

La soirée s'est terminée chez José, avec les deux bécanes garées devant, ça faisait chouette, comme classe.

Ah ! *Chez José* ! C'était le seul bar de Providence où on était bienvenus à bras ouverts. Le seul où on a jamais piqué de cendrier.

Il était juste au nord du centre-ville, à mi-chemin entre chez Freddy et chez moi, et à la même distance du lycée, si bien que ça faisait un point de ralliement pratique pour tout le monde. D'un côté, il y avait la station-service avec des pompes rouges toutes arrondies qui devaient venir d'un autre temps et, de l'autre, le bar, et il m'est avis que les services d'hygiène n'étaient pas passés depuis au moins avant la naissance de Jésus-Christ. Au plafond, il y avait un de ces vieux ventilateurs en cuivre, tout déglingué, que j'ai jamais vu tourner d'ailleurs, quand j'y pense. Les banquettes, elles étaient dans une sorte de similicuir plus ou moins bordeaux, avec la mousse jaune moisie qui dépassait de partout dans les coupures et, quand on s'asseyait dessus, on sentait bien les ressorts. Ma parole, c'était un vrai trou à rats, ce rade, sauf que les rats, c'était nous, et on pouvait y rester des heures, surtout autour du vieux flipper avec les scores qui s'affichaient sur des compteurs à rouleaux qui faisaient un bruit du tonnerre chaque fois qu'on marquait des points. Et, bien sûr, le plus fort, au flipper, c'était Freddy, qui avait une sacrée classe quand il mettait des coups de reins dans la machine sans faire tilt.

José, c'était un immigré qu'avait pas loin de soixante balais à lui tout seul et, vu comment il nous traitait, c'était sans doute qu'il avait vécu deux ou trois trucs par le passé qui changent le cœur des hommes. Il vivait au-dessus du bar et ça devait pas être tout confort, comme luxe, mais il était pas du genre à se plaindre. C'était un travailleur, et il disait toujours qu'il était fier de pouvoir travailler dans ce pays, et moi je comprenais pas trop ce que ça voulait dire.

José, il faisait jamais crédit. Sauf à nous. Véridique. Tous les autres clients du bar, même les habitués – qui étaient pas bien nombreux, il faut l'admettre –, ils devaient payer rubis sur l'ongle. Mais nous, je sais pas pourquoi, il nous avait à la bonne, et je suis pas certain qu'on lui payait toutes nos ardoises, d'ailleurs. Parfois, pour lui rendre la pareille, on allait servir les clients à la station-service et, si on touchait un pourboire, on le mettait dans la boîte en bois sur le comptoir.

Le soir, c'était souvent un peu tendu, chez José, avec les alcooliques du coin, comme la bière était pas chère et que c'était le bar le plus proche des marais. Mais, quand un client manquait de respect, on le tartait sans sommation.

José, il nous réconciliait un peu avec la race adulte.

12

À partir de ce jour, c'en était fini de nos balades à deux, Freddy et moi, mais on s'est mis à organiser des courses du tonnerre sur la grande ligne droite qui coupe en deux la forêt de Liverion, au sud de Providence. Des courses à un contre un, avec le troisième qui restait à terre pour arbitrer, et on alternait les deux bécanes pour équilibrer. Et, bien sûr, neuf fois sur dix, c'était Freddy qui gagnait. Même Alex a fini par nous rejoindre. Et lui, une chose est sûre, il n'a jamais gagné la moindre course, mais il avait toujours une explication pour dire que normalement, il aurait dû l'emporter, et même s'il faisait tout pour pas le montrer, ça se voyait qu'à l'intérieur de lui, ça le mettait foutrement en colère de ne pas être le meilleur. Alex, il voulait toujours être le meilleur. Il paraît que c'est souvent comme ça, les gens petits.

En ville, à cette époque, la bande à Freddy commençait à se faire une réputation, dans le genre pas très bonne, et s'ils n'avaient jamais réussi à nous prendre en flagrant délit ni à prouver quoi que ce soit, les flics nous avaient déjà bien calés dans le collimateur. On n'était pas des grands criminels, bien sûr, mais, à Providence, on était sans doute ce qui se faisait de mieux.

Il faut dire la vérité : ce qu'on pouvait pas se payer, on le volait (ce qui représentait au final un paquet de choses, vu qu'on pouvait quasi rien se payer), et c'est sûr que ça faisait pas rigoler tout le monde dans les chaumières. Le stock de bières hebdomadaire pour ma roulotte, les derniers albums de rock sortis sur le marché, l'essence pour les bécanes, les tournées chez José, tout ça, ça tombait pas du ciel, foutre Dieu. Sous la direction très professionnelle de Freddy, on perfectionnait peu à peu nos techniques pour se fournir allègrement à droite à gauche, contre mauvaise fortune bon cœur. Détourner l'attention, changer régulièrement de « clients », brouiller les pistes, assurer la fuite, tout ça sans jamais se faire prendre, c'était de l'art ! Ouais, la bande à Freddy, c'étaient des vrais artistes.

C'est la Fouine – il a toujours eu le sens des affaires, celui-là – qui a eu le premier l'idée de monter une sorte de marché parallèle, au lycée. Les gens venaient nous voir, ils nous disaient de quoi ils avaient besoin, et sous huit jours on leur livrait l'objet de leur rêve, qu'on leur vendait généreusement à moitié prix. À la fin, on a même fini par générer des achats impulsifs : les gens, il suffit de leur dire qu'on peut leur trouver un produit à prix cassé pour qu'ils se persuadent qu'ils en ont vachement besoin. Même les gosses de riches se sont mis à faire affaire avec nous. Ils auraient certainement pu payer tous ces trucs au prix fort, mais nous les acheter au rabais, ça leur donnait l'impression d'être plus malins que les autres. Au bout d'un moment, on a commencé à se faire pas mal de fric, si bien qu'on avait plus besoin de voler nos bières, nos disques et notre essence. Alex était le seul qui arrivait à économiser un peu, parce que Freddy, Oscar et moi, on était plutôt du genre dépensiers, on claquait tout chez José, en bière, en essence et en flipper. La Fouine, lui, je parierais qu'il faisait des petits tas de fric qu'il allait cacher partout sous la terre.

Pour nous, ce commerce fructifiant, c'était l'assurance d'une certaine tranquillité : au bout d'un moment, presque tout le lycée avait profité de notre marché noir, si bien que personne n'aurait osé nous dénoncer, de peur de tomber avec nous. Et puis, pour la cambriole, on avait nos principes : on choisissait nos cibles. Jamais on aurait tapé quelqu'un dans le besoin. Nos « clients », c'étaient soit des grosses enseignes du genre qui s'en mettaient plein les poches sur le dos de leurs employés, soit les familles les plus aisées de la ville, avec assurances et compagnie. Les gens diront qu'on faisait ça pour se donner bonne conscience, et qu'au final, voler, c'est voler, et c'est sans doute vrai par ailleurs, n'empêche que nous on a jamais volé un pauvre et que l'État peut pas en dire autant.

78

Il y avait un flic en particulier qui en avait lourd après nous, parce qu'il était en charge des vols et cambriolages, le pauvre bougre, et qu'il avait beau être flic, il n'y avait pas besoin d'avoir fait beaucoup d'études pour deviner à qui était due cette soudaine recrudescence dans son département. Inspecteur Kolinski, il s'appelait, et lui, vraiment, il nous avait dans le milieu du nez. Ne pas réussir à nous coincer, ça le rendait dingue et, petit à petit, je pense qu'on est devenu pour lui une sorte d'obsession. La nuit, je suis sûr qu'il rêvait de nous, Kolinski. Chaque fois qu'on le croisait, il avait l'air de plus en plus en colère, et ça nous faisait de plus en plus méchamment rigoler. On avait droit à une fouille en règle et à la batterie de questions qui vont avec, mais il ne trouvait jamais rien à nous reprocher, et nous, c'était chambrette à volonté, imitation de poulet et tout le tintouin anti-flicaille.

Les flics – j'ai eu l'occasion malheureuse d'en croiser quelques-uns dans ma vie –, ils se divisent en deux catégories. Il y a ceux qui finissent par prendre du recul, qui savent qu'il y a beaucoup d'hypocrisie dans tout ça, et pour qui le métier devient une sorte de jeu. Le jeu du chat et de la souris. Ceux-là vous arrêtent avec le sourire, dans le genre « cette fois-ci, tu as perdu mon bonhomme », et vous pouvez causer un brin. Et puis il y a ceux qui y croient dur comme fer, et qui font ce métier par vocation, parce qu'ils ont toujours détesté les voyous, sans doute après un traumatisme dans leur petite enfance, allongez-vous sur le divan, merci. Ceux-là, ils vous arrêtent avec les yeux rouges et la bave aux lèvres, et c'est pas la peine d'essayer de discuter. Kolinski, il était ce qu'il y a de pire dans la seconde catégorie. Pour lui, on n'était pas des hommes, on était des chiens. Ça devait lui flanquer le vomi de se dire qu'on était de la même race que lui. À voir son obstination, il devait s'imaginer que nous arrêter suffirait à purifier l'espèce humaine à tout jamais. Moi, les gens qui veulent purifier l'espèce humaine, ça m'a toujours mis les foies.

13

En surface, comme ça, ça paraissait être rien que du bon temps pour nous autres, cette vie-là, mais faudrait pas trop se faire avoir par la surface, et je voudrais pas faire dans la mendicité publique au rayon compassion, mais, par-dessous, dans la bande à Freddy, on rigolait pas forcément tous les jours.

Je me souviens encore d'une scène bien précise et, pour des questions de pudeur, je sais pas si j'ai bien raison de la raconter, mais tant qu'à faire il faut donner tous les côtés de la pièce, sinon à quoi bon ?

Un soir, Freddy a débarqué devant ma roulotte et il était tout essoufflé.

— Y a Oscar qui pète un plomb, il m'a dit et, dans ses yeux, j'ai vu que c'était du sérieux, alors ça a fait ni une ni deux, je l'ai suivi.

C'était un soir où le frère de Freddy était là, manque de chance et, du coup, on était à pied, et comme ça avait l'air urgent on a couru, et Freddy, bon sang, il courait tellement vite qu'il était obligé de m'attendre tous les cent mètres, question de constitution.

Quand on est arrivés près du bar au sud de l'Enclave, on a tout de suite vu que c'était du genre tendu. Il y avait pas mal de gens sur le trottoir avec leur verre à la main, qui regardaient vers l'intérieur d'un air voyeur, un peu comme quand il y a un accident sur l'autoroute et que les bons pères de famille ralentissent pour voir un peu s'il y a du sang. De loin, on entendait des cris de dispute, et dedans, sûr et certain, il y avait la voix du Chinois.

— Eh merde, a fait Freddy, et on s'est faufilés entre les badauds.

Dedans, c'était un peu le Hiroshima des débits de boisson. Il y avait plus de chaises à l'envers qu'à l'endroit, des tables avec les quatre fers en l'air pareil, du verre brisé sur le carrelage, un ou deux types qui saignaient du nez dans un coin et, vaguement debout au milieu de tout ça, notre Oscar, vacillant, qui beuglait comme une oie.

Ma parole, il était fracassé comme toute la Pologne.

Derrière le bar, le patron était agrippé à une batte de base-ball, et il avait l'air d'être prêt à marquer des points pour toute l'équipe.

— Qu'est-ce qui se passe ? a fait Freddy en s'approchant doucement.

Oscar s'est redressé autant qu'il a pu, et il a levé l'index vers le ciel, et il a gonflé la poitrine comme pour faire un foutu discours.

— Il se passe, mon pote, que ce connard d'enfoiré de sa mère la chienne de petit taulier de merde veut pas me servir à boire, à moi, sous pré-texte que je suis un putain de Chinetoque, et que personne dit rien, comme d'habitude ! Regarde-les, tous ces péquenauds à la mords-moi-le-nœud de cette ville à la mords-moi-le-nœud y en a pas un pour rattraper l'autre, je te jure, et il se passe que cette machine à la con qui prétend être un juke-box veut pas me rendre ma monnaie, bordel de merde, c'est pas humain, une machine pareille, et d'ailleurs, il y a que de la musique de merde dedans, c'est une honte, et quand on est pas foutu de faire la différence entre un Chinois et un Vietnamien on devrait pas avoir le droit de tenir un putain de bar, excusez-moi, mais l'alcool est une chose beaucoup trop sérieuse pour être mise entre les mains du premier crétin venu ! Et merde !

Il y a pas à dire, même bourré comme un cartable, Oscar, il avait quand même une sorte de classe, dans son genre. Et d'ailleurs, après une tirade pareille, on est tous restés un peu muets d'admiration.

— Je vous préviens, est finalement intervenu le patron qui avait l'air de reprendre confiance en lui et en sa batte de base-ball, je vous préviens j'ai appelé les flics ! Vous avez intérêt à dégager votre copain de là vite fait, si vous voulez pas finir au trou ! Et vous avez aussi intérêt à me payer les dégâts qu'il a faits, ce petit morveux !

— Quoi ? Quoi ? Moi, je suis morveux ? Moi ? Je bougerai pas d'ici ! Je bougerai pas d'ici tant que cette machine m'aura pas rendu ma monnaie et que tu te seras pas excusé, espèce de bâton merdeux ! a crié Oscar et, ce faisant, il a un peu vomi quand même.

Les rares clients qui restaient à l'intérieur sont sortis aussi sec en se bouchant le nez.

Freddy m'a fait signe d'aller chercher le Chinois. Je me suis approché gentiment, histoire de pas énerver le fauve qui était déjà en ébullition avancée, et tout doucement j'ai glissé mon bras sous son épaule pour le guider tant bien que mal vers la sortie avec beaucoup d'amour. Il a un peu résisté, mais sans conviction, et puis il a posé sa tête contre moi en disant que moi, au moins, j'étais un vrai copain, bordel à cul, et que c'était rare les copains comme ça dans ce monde de chiens.

Pendant ce temps-là, Freddy est allé voir le patron, et là il a fait un truc comme lui seul savait les faire :

— Combien on vous doit, pour la casse ? il a demandé en sortant des billets de sa poche.

L'autre a eu l'air un peu surpris, genre idiot, il a réfléchi, il a regardé les dégâts, et il a fait :

— Cent !

Freddy a acquiescé, comme si c'était réglo, et il lui a bien donné cent, mais au moment où le type prenait les cinq billets de vingt, mon pote lui a retiré la batte d'un seul geste par-dessus le comptoir, il l'a attrapé d'un coup sec par la nuque et il l'a tenu si près de lui que leurs fronts se touchaient comme deux taureaux dans l'arène.

— La prochaine fois que tu parles comme ça de mon pote, espèce de petite merde, je te refais la mâchoire, je t'explose la tronche jusqu'à ce que tu saignes des yeux.

Le patron, il est devenu blanc comme du papier à cigarette.

— C'est compris ? a insisté Freddy avec ce regard qu'il avait et qui ressemblait à celui des boxeurs juste avant le premier round.

L'autre a hoché la tête en tremblant.

Freddy l'a relâché aussi sec, il a balancé la batte de l'autre côté de la pièce d'un air dédaigneux, il a craché par terre et il nous a rejoints à la sortie, comme John Wayne qui sort du saloon.

Les gens se sont écartés sur notre passage, ils ont murmuré des trucs qu'on pouvait pas entendre, et nous on n'a pas traîné, au cas où les flics débarqueraient vraiment.

Oscar, ma parole, il tenait à peine debout, mais il avait encore de la force et, toutes les deux minutes, il se débattait de nouveau pour essayer de retourner à l'intérieur fracasser le patron, ce vilain bougre ! On l'a porté comme ça longtemps, avec ses pieds qui traînaient par terre, jusque de l'autre côté de la voie ferrée où personne ne viendrait nous chercher, et on s'est arrêtés sous le vieux pont en ruine où ça sentait la mort et la vieille pisse.

C'était un genre de décharge, mais nous on appelait ça le « terrain vague », et on venait là le soir de temps en temps, au pied du Pain de sucre, qui est le nom qu'on donnait à la colline qui domine toute la ville. On allumait des feux dans des grands bidons tout rouillés et, je sais pas pourquoi, je revois encore les étincelles qui sortaient soudain de là-dedans quand le bois pétait, et je crois qu'on appelle ça des escarbilles, qui est un mot que j'aime drôlement. Sur les piliers du vieux pont, on écrivait tout un tas de trucs à la peinture, et parfois on ramenait des filles et ça faisait de belles soirées.

Mais pas cette fois-là.

On a assis le Chinois sur un tas de parpaings poussiéreux, et il a commencé à sortir tout un paquet de grandes phrases qui résonnaient sous la voûte, et qui semblaient n'avoir ni queue ni tête, sauf qu'elles avaient bien la queue et la tête et qu'elles voulaient dire toute la colère et la tristesse qu'Oscar avait à l'intérieur de lui, et ça faisait lourd tout ça, et Freddy et moi on se lançait des regards désemparés. Il parlait du destin et du sort, qu'étaient deux beaux enfoirés pareils, il parlait de son alcoolique de père qui les avait abandonnés et qui, de toute façon, n'en avait jamais rien eu à faire de ses gosses et bordel pourquoi il en avait fait si c'était pour s'en foutre comme ça, le salaud ? Il parlait de Providence, qui n'était pas faite pour des gens comme nous, et il disait des gros mots comme « chance » et « opportunité » et même moi ça commençait à me foutre une méchante mélancolie, et il disait que personne ne pouvait le comprendre, même pas nous et, chaque fois, il s'énervait et il donnait des coups de poing dans le béton jusqu'à ce que ses doigts pissent le sang, et c'était moche.

Il était drôlement tard quand Oscar est arrivé au bout de sa rage humaine. Alors on l'a raccompagné chez lui, on l'a laissé rentrer dans la petite maison préfabriquée où l'attendaient sa mère et toute la foutue portée qui allait avec et, sur le chemin du retour, avec Freddy, je vous jure, j'ai bien vu dans l'ombre que j'étais pas le seul qui avait la bouche bien serrée. Parce qu'en vrai Oscar avait raison, on nageait dans la merde depuis le jour de notre naissance, et il n'y avait pas un seul enfoiré pour nous jeter une bouée de sauvetage, et c'était fatigant, à force, de faire semblant de croire encore à quelque chose.

14

C'était bientôt la fin de l'année scolaire et, au lycée aussi, les choses commençaient à se tendre rudement. Plus ça allait, plus on s'entraînait les uns les autres dans une sacrée déconne, comme si on n'en pouvait plus d'attendre l'été, et la bande à Freddy allait chaque jour un peu plus loin. Plus on se soudait, plus on désaxait. Bon sang, des conneries, dans ce bahut, on en a fait tellement que je serais pas foutu de toutes me les rappeler. Entre les élèves qu'on tabassait un peu pour la forme, les professeurs qu'on faisait salement tourner en bourrique et les blagues qu'on inventait chaque matin pour faire encore mieux que la veille, on donnait du sacré grain au moulin. On voulait pas décevoir.

Les filles, elles, juré, on les emmerdait jamais. Ça faisait partie de nos principes. Au pire, il y avait pelotage en règle par consentement mutuel pour celles qui s'aventuraient parmi nous. Elles n'étaient pas vraiment nombreuses, même si je suspecte qu'un bon paquet d'entre elles en mourait secrètement d'envie. Les petites bourgeoises sont souvent moins timorées que les petits bourgeois et, pour une raison que je ne me suis jamais totalement expliquée, il y en a tout un tas qui éprouvent une fascination maladive pour les mauvais garçons. Elles se marieraient pas avec, attention, mais pour ce qui est de la gaudriole, sûr qu'elles ont envie d'y goûter.

Au final, on emmerdait seulement ceux qui, selon notre code, nous manquaient de respect.

C'est-à-dire trois ou quatre belles enflures parmi les élèves, cet enfoiré de Da Silva, le surveillant général, un ou deux vieux profs bien revêches, quelques commerçants aigris sur le trajet entre le lycée et ma roulotte et, bien sûr, l'inspecteur Kolinski, notre mascotte. C'était pas bien méchant, mais ça suffisait à nous donner une réputation de petits emmerdeurs, même si, en y regardant de plus près, on rendait plutôt service à la société en n'emmerdant que les cons, façon sélection naturelle, à votre bon cœur, messieurs dames !

Avec le recul, je me demande pourquoi M. Galant nous avait pas déjà virés de son établissement à l'époque. Je crois que ça lui plaisait de nous garder sous la main, au directeur, parce que ça faisait des gosses sur qui se défouler un peu, et puis on servait de mauvais exemple pour les autres gamins. Toutes les conneries qu'on faisait, les autres risquaient pas de les faire, parce qu'ils voyaient bien qu'on se faisait punir, à bon entendeur, salut. De toute façon, même s'ils en avaient fait, des conneries, ça nous serait retombé dessus à nous, parce qu'on avait toujours tort, et puis c'est tout. Dès qu'il y avait quelque chose qui n'allait pas dans le lycée, et rebelote, c'était toujours notre faute. Quand on se faisait punir pour une connerie qu'on n'avait pas faite, on se défendait pas, parce que dans notre code, moucharder, c'était la pire des déshumanités. Mais après, une fois qu'on avait payé pour quelqu'un d'autre, on allait chercher le responsable en dehors, et soit il se montrait infiniment convaincant au niveau du remboursement des notes de frais, soit on lui démontait infiniment la gueule.

Quand j'y repense, ce lycée bon chrétien, c'était une sacrée fabrique à pervers en puissance. Leur Règlement et leurs leçons de morale, mine de rien, c'était plutôt contre-productif, une vraie usine à frustrations, et y a rien de pire que de frustrer un type pour le rendre un peu marteau. Moi, il m'est d'avis que cette école a produit pas mal de générations de déglingués sexuels. Je me souviens encore des discours que M. Galant venait nous faire dans nos salles de classe. Mince, ce type, il avait quand même un grain, quelque part dans le caillou. Il dessinait trois grands cercles concentriques à la craie sur le tableau, dans le plus petit, au milieu, il écrivait « Dieu », dans le deuxième, il écrivait « Famille », et dans le troisième, il écrivait « École », et, selon lui, c'était, dans l'ordre, les trois grandes valeurs qui devaient guider nos vies, et tout ce qui était en dehors de ça c'était l'œuvre du démon. Un jour, Oscar a pris trois jours de renvoi parce qu'à la fin du cours il est allé effacer les trois mots et, à la place, il a écrit « Sexe », « Drogue » et « Rock'n'roll », et ça les a pas tellement fait poiler. Sûr, on rigolait pas avec le sexe, chez les curés. Il y a même eu une fois où le directeur nous a fait tout un discours sur la masturbation qui était un acte contre nature, tout juste acceptable chez les babouins, et il a ajouté que jouer au flipper, chez les garçons, et mâcher du chewing-gum, chez les filles, c'était le signe d'une déviance sexuelle et que c'était pour ça que c'était interdit. Vrai de vrai. Et moi, j'ai pas fait d'études en psychanalyse, mais je dirais quand même que c'est pas le genre de propos qui facilite le développement personnel des bons petits croyants.

Le pire, c'était Da Silva, le surveillant général. Parce qu'il faut bien dire ce qui est : celui-là, c'était un beau sadique, avec un vrai talent pour appuyer là où ça faisait mal, comme si faire souffrir les gosses c'était un but dans sa vie. Dans sa bouche, tout y passait : nos cerveaux de dégénérés, nos familles de ratés et, surtout, notre avenir de paumés. Sa mauvaiseté, elle se lisait sur sa gueule, à Da Silva. Une vraie tête de dictateur, avec la petite moustache et tout. Chaque fois qu'on essayait de faire quelque chose, même quelque chose de bien, il nous coupait les ailes. Il faut croire que ça l'emmerdait qu'on essaie de s'en sortir un peu. Un jour, on avait voulu monter un club pour jouer aux jeux de rôle à l'école pendant les heures de permanence, comme ça se faisait partout, à l'époque. Bien sûr, c'était pas un club de mathématiques, mais au moins on voulait s'occuper *sainement*, comme ils disent. Eh bien, il nous l'avait interdit sans sommation, par principe. Les autres gamins pouvaient monter tous les clubs à la con qu'ils voulaient – et ils avaient de l'imagination, d'ailleurs –, mais nous, non. Nous, on était la bande à Freddy (eux, ils disaient « la bande à Cereseto »), et il fallait nous empêcher de faire quoi que ce soit, et alors c'était le serpent qui se mord la queue, parce qu'on peut pas faire du bien quand on peut rien faire du tout.

Da Silva, il trouvait tous les prétextes à la noix pour nous coller et, à force de se faire coller, on attrapait des renvois de trois jours, et puis à la fin du mois de juin, le Chinois avait été renvoyé tellement de fois que, en application de leur foutu Règlement, il s'est retrouvé renvoyé pour de bon.

À la porte jusqu'à la fin de l'année, merci, au revoir, jeune homme, à charge de revanche.

Quand Da Silva a conduit Oscar jusqu'à la sortie du lycée avec toutes ses affaires, il a souri bien sadique et lui a balancé : « T'auras qu'à aller faire les ménages avec ta mère », et je vous jure qu'on aurait pu le tuer sur place, cet enfoiré, et je sais pas comment Oscar il a fait pour pas lui faire manger sa gueule.

Rater les cours, c'est pas ça qui dérangeait le Chinois, bien au contraire, mais n'empêche que ça désunissait la bande à Freddy, ça nous séparait d'Oscar pendant deux bonnes semaines. Alors, forcément, on pouvait pas laisser passer ça sans rien faire les bras croisés. Ça faisait moins d'une semaine qu'Oscar s'était fait renvoyer quand on a trouvé notre petite revanche à notre façon.

Tous les matins, depuis notre kiosque à musique, on voyait Da Silva arriver de l'autre côté de la rue dans sa vieille voiture de collection. C'était une Chrysler Imperial, une vraie bagnole de luxe qui datait du temps où on en faisait encore des comme ça, avec des ailerons qui lui donnaient une allure de vaisseau spatial et un moteur V8 qui faisait un boucan du diable. Elle était bleu électrique et rutilante de chromes, et il fallait sans doute que Da Silva l'astique sauvagement tous les soirs pour qu'elle brille comme ça comme un soleil de juin. Il devait pas se rendre compte que tous les élèves du lycée – pas seulement nous – se payaient royalement sa tête quand il débarquait sur le parking, et il avait un paquet de fierté dans le regard quand il descendait de sa baleine bleue comme un chef d'État, l'imbécile.

Les rumeurs allaient bon train, au sujet de Da Silva et de sa Chrysler Imperial. On disait qu'il dormait dedans et que s'il n'avait pas de femme, c'était parce qu'il préférait sa bagnole et que peut-être même il baisait avec, mais on savait pas trop par quel trou. Certains disaient qu'ils l'avaient vu lui causer, d'autres l'embrasser pour de bon mais, quoi qu'il en soit, une chose était sûre, il en était fou, de sa bagnole, et c'était sans doute la seule chose qui devait rendre ce type heureux dans la vie, con comme il était.

Alors, un soir, on l'a suivi.

C'était une idée de Freddy. Un truc qu'il avait vu dans le garage de son père et qui était sacrément vicieux, ma parole. On l'a suivi tous les quatre à vélo et ça n'a pas été une mince affaire de pas se faire repérer et, d'ailleurs, on n'était pas sûrs d'y être parvenus, mais n'empêche qu'on a pu noter l'adresse de Da Silva et voir le garage dans lequel il rentrait sa voiture, et c'était un garage privé, le long d'une belle maison.

— Y a pas moyen qu'il habite ici tout seul, a balancé Freddy.

Quand on a vu la grosse bonne femme dégoulinante de graisse qui lui a ouvert la porte et qui lui a fait une énorme bise comme à un gosse de douze ans qui rentre de l'école, on a compris que ce tocard vivait encore chez ses parents, et à au moins trente balais c'était un peu triste mais on a bien rigolé quand même.

Freddy a regardé longuement le garage de Da Silva, et puis il a dit :

— On fera ça demain soir.

On a tous fait oui de la tête, et on était pressés d'être demain soir.

Du coup, le lendemain, après les cours, je suis directement rentré avec Freddy jusqu'à chez lui, sans passer par la case roulotte.

Il faisait sacrément chaud à cette époque, toute la ville dégoulinait de sueur, la nature était jaune brûlé et les rouleaux de buissons d'amarante tout secs qui dévalaient dans la rue, ça faisait comme dans les westerns. Le soir était de plus en plus long à venir, alors il fallait bien qu'on s'occupe en attendant la nuit. On a passé le début de soirée dans le petit atelier à bricoler la bécane. Plus exactement, j'ai passé le début de soirée à regarder Freddy bricoler la bécane. Au lycée, il brillait pas vraiment par ses prouesses, c'est sûr, mais quand vous lui mettiez un outil dans les mains, ma parole, le petit Cereseto, c'était un vrai virtuose, un sacré génie, et ça, les professeurs n'ont jamais été foutus de le voir, de le comprendre, et peut-être que s'ils avaient compris ils auraient pu l'aider plutôt que l'enfoncer comme ils l'ont fait pendant des années, comme ils l'ont fait avec nous tous. L'école, on dit souvent qu'elle est là pour donner à tous les gosses la même chance, leur assurer un avenir et patati patata. Mais les gens comme nous, l'école, c'était à croire qu'elle était là pour nous briser. Nous briser encore un peu plus.

Freddy, devant un moteur, il trouvait toujours des solutions, il avait toujours les bons gestes, les bons instincts et, même quand il devait faire quelque chose qu'il n'avait jamais fait, il savait comment s'y prendre. Il avait ça dans le sang. À force de le regarder faire, monter, démonter, visser, fraiser, souder, réparer, j'ai commencé à me débrouiller pas mal niveau mécanique, moi aussi, parce qu'il prenait toujours la peine de m'expliquer, de me montrer. Aujourd'hui encore, tout ce que je sais sur le rayon, je le lui dois. Il y a des gestes, quand je les fais, j'ai l'impression de sentir le regard bienveillant de Freddy derrière moi, et cette habitude de bien nettoyer tous mes outils et de les ranger quand les travaux sont finis, c'est de lui que je la tiens aussi. Chez les Cereseto, les outils, c'était sacré, on rigolait pas avec.

Vers huit heures, on avait presque fini de construire le cadre sur lequel on travaillait depuis des jours dans le but de se fabriquer une moto rien qu'à nous et, soudain, le père de Freddy a passé la tête par la porte et comme ça, de but en blanc, il nous a lancé avec son accent bien épais :

— Maman a fait la pastasciutta. Ton frère est pas là. Vous pouvez venir tous les deux, si vous voulez. Mais vous vous lavez les mains.

J'ai regardé Freddy d'un air inquiet. Mince alors, j'avais jamais mangé chez lui, et ça me mettait pas à l'aise du tout ! Pour tout dire, c'était même bizarre, cette invitation soudaine. Ça faisait des semaines et des semaines que je venais régulièrement ici, et jamais on m'avait proposé de dîner. Le père de Freddy, c'était tout juste s'il me regardait, quand je venais voir son fils dans l'atelier. Je me suis dit que c'était une étape, un peu comme si j'étais accepté dans la famille, et ça me filait une sorte de fierté, malgré tout, parce qu'être accepté chez les Ritals, pour moi, ça voulait dire quelque chose.

Le père Cereseto, il m'impressionnait des masses. Il était pas bien haut, mais il avait des pattes larges comme un ours, des épaules taillées dans le roc et un cou de bison. Les rares fois que je l'entendais parler, c'était quand son fils venait lui demander des conseils en mécanique, ou quand il venait nous aider à porter une pièce trop lourde pour nous. Juré, ce type, il avait la force de quatre ou cinq hommes à lui tout seul. Avant d'être garagiste, il avait été bûcheron, et faut croire qu'à force de faire tomber des arbres il était devenu un peu comme eux. Ouais, c'était un vieux chêne, cet homme-là, avec les racines et les écorces pareil. Et les vieux chênes, c'est vrai que ça cause pas beaucoup.

— On arrive, a dit Freddy.

Dans son sourire, j'ai compris que ça l'amusait de voir comment j'allais me sortir de cette situation. Ou peut-être que ça lui faisait plaisir de m'inviter chez lui pour de vrai.

Son père a ajouté un truc en italien, et puis il est parti vers la maison et on l'a suivi pas longtemps après.

La vache, j'oublierai jamais ce dîner ! Il y en a eu d'autres, après, mais celui-là, je l'oublierai jamais. Pour la première fois de ma vie, j'ai regretté de pas avoir d'éducation, de pas avoir les manières, j'avais peur de faire des mauvais gestes, de mal me tenir à table ; j'avais tellement envie que les parents de Freddy m'apprécient que j'ai dû avoir l'air complètement débile et pas tellement moi-même.

Si, depuis l'extérieur, le garage Cereseto avait l'allure d'un sacré taudis, à l'intérieur, du moins là où ils habitaient, c'était plus du tout la même histoire, ma parole. Vrai de vrai, on aurait dit un foutu trompe-l'œil : à peine passé la porte, tout à coup, c'était décoré comme chez des vrais bourgeois de luxe, des beaux meubles anciens qui sentaient bon l'encaustique, avec les fioritures à fleurs et tout le bazar, et puis des tapis bien épais, des bibelots avec dorures et compagnie et, nom d'un chien, il y avait tellement de photos encadrées ici et là qu'on aurait dit que cette baraque c'était rien qu'un album géant. Des photos de Freddy et Mario bébés, enfants, adolescents, des photos des parents, des grands-parents, des ancêtres, et tous dans des jolis costumes du dimanche. Quand on voyait M. Cereseto dans son bleu de travail avec du cambouis plein les mains, on était loin de s'imaginer qu'il avait un intérieur pareil.

Mais le plus dingue, dans cette histoire, ça a été le dîner. Bon sang, les dîners chez les Cereseto, sans mentir, c'étaient des foutues pièces de théâtre ! Tout le monde gueulait sur tout le monde, en couleur, le père sur son fils, le fils sur sa mère, et la mère sur le père. En vrai, je crois que plus ça gueulait fort, plus ça sentait l'amour. Je sais pas si c'est toujours comme ça chez les Italiens, mais ces gens-là, ils savaient pas se parler autrement qu'en se gueulant dessus. C'était un concours d'expressions imagées, et moi je me retenais de rire, mais au fond je crois que ça leur aurait pas déplu que je rigole, parce que faut bien dire ce qui est, ils avaient le sens du spectacle. La mère de Freddy, surtout : elle utilisait des mots dont je me demande encore aujourd'hui si elle les avait pas inventés, mais ça sonnait bien, et elle faisait des grands gestes désespérés, elle poussait des soupirs tellement terribles qu'on aurait cru que c'étaient ses derniers. « Je suis fatiguée, je suis fatiguée », elle disait tout le temps. Et comme j'étais le spectateur, elle n'arrêtait pas de me prendre à témoin, « vous avez vu, Hugo, ce que je dois endurer tous les jours ? Vous avez vu ? », et moi je savais pas trop comment faire pour répondre sans vexer personne, alors je me contentais de sourire bêtement.

Promis, j'avais jamais aussi bien mangé de ma vie – la mère de Freddy, c'est la meilleure damnée cuisinière que j'aie rencontrée à ce jour –, mais n'empêche que son fils et son mari ont passé tout le repas à faire des critiques comme des enfoirés de guides gastronomiques, *c'est trop salé, c'est pas assez cuit, tu devrais mettre plus de viande*, et ci et ça, alors que c'était sans doute la meilleure pastasciutta de la planète, ma parole ! Et la mère elle endurait ça en soupirant, et ça faisait bien quarante ans qu'elle continuait de faire à dîner à son mari, comme si le garage Cereseto c'était le meilleur restaurant de la ville.

À la fin du repas, elle a dit à son fils, d'un air accablé :

— Eh bien, si tous tes amis étaient aussi bien élevés qu'Hugo, hein, ça changerait un peu !

Et moi j'en ai pas cru mes oreilles, parce que, niveau éducation, je sais bien que je pourrais pas gagner des concours. Mais ce qui m'a bien chamboulé aussi, c'est la réponse de Freddy.

— Qu'est-ce que t'en sais ? C'est la première fois que je ramène un ami dîner à la maison.

Je sais pas si c'était tout à fait vrai, mais je l'ai quand même pris pour un sacré privilège.

— Tu crois que je sais pas avec qui tu traînes ? Les gens avec qui tu vas chez José ? Le grand Chinetoque, là… Tu crois que je sais pas ? Un vrai camé, voilà ce que c'est ! Ah ! Madone ! Mais qu'est-ce que j'ai fait pour avoir un fils pareil, hein ? Qu'est-ce que j'ai fait ?

Et c'était reparti pour un tour. Ça s'est encore crié dessus en italien, et puis le père est reparti vers son garage sans rien dire, et la mère a commencé à faire la vaisselle en continuant de râler, et puis Freddy m'a fait signe de le suivre, et visiblement c'était la fin du troisième acte qui se jouait comme ça tous les soirs à guichet fermé.

— Je suis désolé, il m'a glissé dans les escaliers.

— Désolé de quoi ?

— Mes vieux.

— Tu rigoles ? J'ai passé la meilleure soirée de ma vie !

Et c'était vrai, bon sang ! Freddy, il arrêtait pas de se plaindre de ses parents, mais, nom d'un chien, s'il avait vu les miens ! Mon père à moi, c'est sûr qu'il me gueulait pas souvent dessus : il m'adressait même plus la parole. Il me collait juste une rouste de temps en temps, par principe et défoulement, et c'était à peu près nos seuls échanges père-fils. Quant à ma mère, depuis la mort de la petite sœur que j'avais et qui s'appelait Véra, je la voyais pas faire grand-chose d'autre que chialer, à cause de la culpabilité et tout ça. Et comme Papy Galo n'était plus là depuis longtemps, ça faisait pas beaucoup de conversation au total.

Ce soir-là, vrai de vrai, j'aurais volontiers fait l'échange. Quand j'y repense, aujourd'hui, je me dis que si j'ai aimé Freddy aussi fort, c'est un peu aussi parce que j'aimais tout chez lui, même sa famille, et que peut-être j'aurais aimé en faire un peu partie.

Un peu avant minuit, c'était l'heure de rejoindre les autres pour notre fameuse mission commando anti-Da Silva. On avait sorti discrètement la bécane du frère de Freddy sur la berge et on était sur le point de refermer la porte arrière du garage quand

M. Cereseto est soudain apparu dans l'ouverture, et je vous jure que j'ai eu la peur de ma vie. Même Freddy, je l'avais jamais vu comme ça. Il était tellement rigidifié sur place qu'on aurait dit la statue du vieux général sur la grand-place de Providence.

M. Cereseto a fait une sorte de petit geste de la tête en direction de la moto.

— Frederico Cereseto ! il a dit avec l'accent italien de la colère. Si ton frère découvre un jour que tu lui prends sa moto comme ça tous les soirs, il va te tuer, tu sais ?

Freddy a hoché la tête, et il en menait pas large.

— Je sais.

Il nous a regardés tous les deux d'un air vachement sévère, et moi je me suis dit qu'on allait prendre une sacrée raclée, parce qu'après avoir été invité chez eux j'avais l'impression de trahir l'Italie tout entière et c'était vraiment pas digne.

— Et vous allez où, comme ça ?

— On voulait juste rouler un peu, a répondu Freddy.

Et là, le vieux chêne il a rigolé, comme s'il savait pertinemment que la réponse n'était pas tout à fait complète. Il s'est approché de son fils, il lui a mis une main sur l'épaule, il l'a regardé droit dans les yeux, et puis il a juste dit :

— Reviens propre.

Et c'était tout.

Il a fait demi-tour, il a fermé la porte, et on l'a entendu s'éloigner.

Reviens propre. Je suis pas certain d'avoir compris exactement ce qu'il voulait dire, mais je pense pas qu'il parlait de ses vêtements, je pense que ça avait un rapport avec le fait qu'il voulait pouvoir rester fier de son fils, ou quelque chose comme ça.

Freddy n'a pas dit un mot, on a pris la bécane et on est partis rejoindre les deux autres qui nous attendaient sur la moto d'Oscar et, pendant le trajet, je suis sûr qu'on a pensé tous les deux à la même chose. On a pensé que le père de Freddy, il était moins naïf qu'il en avait l'air, et qu'avec José c'était peut-être le seul adulte sur cette maudite terre qui nous comprenait un brin.

— Vous êtes sûrs que c'est une bonne idée ? a fait Alex quand Freddy nous a expliqué les détails de son plan. En plus je crois que je suis un peu malade.

On a rigolé, parce que la Fouine, c'était quand même un sacré dégonflé, et d'ailleurs on lui a même pas répondu et on a démarré les bécanes aussi sec.

On s'est mis en route, et c'était chouette d'être tous les quatre, de traverser la ville ensemble comme une armée qui partait au combat pour rendre justice.

On s'est garés assez loin de chez Da Silva pour pas se faire repérer, mais assez près quand même pour pouvoir partir assez vite si les choses tournaient mal.

Quand on a remonté la rue les uns derrière les autres, planqués dans les ombres, on frôlait le fou rire tous les dix pas. J'aime bien me souvenir de ces moments-là. C'était facile, tout ça, bon sang, c'était simple !

À Providence, la plupart des maisons n'ont pas de barrières autour du jardin. Les gens savent où s'arrête leur territoire et ça leur suffit. Même les clébards, ils savent. Mais celle de Da Silva en avait une, une belle barrière blanche pleine de pointes sur le dessus, et je voudrais pas faire de la psychologie de rez-de-chaussée, mais ça en disait déjà un peu sur l'esprit des lieux.

On a attendu d'être sûrs que personne était dans la rue ou aux fenêtres, et puis Freddy est passé le premier. En moins de deux, on avait tous les quatre enjambé la barrière et rejoint l'arrière du garage, où il y avait une porte fermée. Freddy avait apporté une pince coupe-boulon ; le cadenas n'a pas tenu longtemps, et on s'est faufilés à l'intérieur sans faire de bruit, comme des parfaits petits cambrioleurs.

— Da Silva, ça va être ta fête.

Freddy a alors sorti un simple tournevis cruciforme de son sac et l'a cérémonieusement tendu au Chinois, comme si c'était l'épée d'un grand chevalier de la Table ronde.

— Oscar, à toi l'honneur de réparer l'offense qui t'a été faite par ce mécréant de Da Silva le connard.

— Ouais. À Da Silva le connard ! a répété Oscar.

— À Da Silva le connard ! on a tous fait.

On s'est mis tous les quatre autour de la Chrysler bleu électrique, avec un air vachement solennel et, à cet instant-là, même si on faisait ça un peu pour la forme, je suis sûr qu'on pensait tous aux nombreuses fois où le surveillant général nous avait fait des sacrés coups tordus, et c'était pas ça qui manquait. Ma parole, on avait accumulé tellement de haine contre ce type !

Le Chinois s'est dressé au-dessus de la voiture, il a soulevé le tournevis d'un air magistral et il l'a abattu d'un coup sec, pile au centre du toit.

Ça a fait un gros *clong*, et puis plus rien.

Ma parole, c'était simple, rapide, mais redoutable. Un joli trou bien rond au beau milieu de la carrosserie. Comme ça, ça payait pas de mine, mais à faire réparer, d'après Freddy, c'était un enfer, et vu comment Da Silva aimait sa voiture, ça allait pleurer à torrents dans le garage. On s'est tous regardés avec des sourires malicieux et là, Oscar il a rendu le tournevis et il a ajouté :

— Moi je dis que c'est bien, mais que ça suffit pas.

— Ouais. Ça suffit pas, j'ai confirmé.

— Je sais pas vous, a fait Freddy, mais moi, j'ai une foutue envie de pisser.

Ça a fait ni une ni deux. À part Alex, qui était en train de fouiner dans le garage, on a tous ouvert une portière de la belle Chrysler, descendu nos braguettes et uriné allègrement dans la voiture en rigolant comme des imbéciles. Tonnerre de Dieu, ça faisait un de ces boucans sur les tapis et les cuirs ! On aurait dit qu'il y avait un orage. Et Oscar, qu'était jamais le dernier pour sortir sa bite, il en foutait partout comme un vrai geyser.

Tout à coup, Alex a poussé un cri derrière nous :

— La vache ! Venez voir ça, les gars !

On s'est approchés, et là on a tous vu ce que la Fouine venait de découvrir, planqué dans une armoire métallique du garage, sous un tas de vieilles boîtes en carton.

C'étaient des magazines cochons. Mais pas n'importe lesquels, nom d'un chien ! Des magazines bien dégueulasses avec plein de trucs dégueulasses à l'intérieur comme j'en avais jamais vu à l'époque. Du costaud. Tout à coup, avoir pissé dans la bagnole de Da Silva ne paraissait plus très subversif, dans le genre.

— La vache !

— Merde, c'est un beau pervers, le surgé !

— Shhh ! a fait Alex qui avait peur qu'on nous entende.

— On dirait un peu ta mère, sans la moustache, a répondu le Chinois.

On a tous rigolé un bon moment, parce qu'un surveillant général abonné aux livres super cochons, dans un lycée chrétien qui passait son temps à nous vanter les méfaits du sexe, c'était bien cocasse quand même, quoique pas si surprenant quand on y pense, et puis Freddy a pris tous les magazines et les a étalés un par un sur le capot de la Chrysler, pour bien coller la honte à Da Silva quand il reviendrait dans son garage, histoire d'enfoncer le clou.

On était en train d'aider Freddy quand la Fouine a poussé un juron.

— Merde ! Y a quelqu'un qui arrive !

Et là, bordel à cul, en regardant à travers la vieille vitre du garage, on a vu en effet la silhouette d'un homme avec une carabine qui venait de sortir de la maison, à quelques pas de là !

— On met les voiles ! a crié Freddy et il nous a tenu la porte parce que c'était dans son instinct de chef de bande.

D'abord, on a couru vers la barrière et puis, quand le coup de feu a éclaté, on a couru encore plus vite. Comme c'était pas vraiment un acrobate, Freddy et moi on a aidé la Fouine à passer de l'autre côté et, juré, il était blanc comme un cachet d'aspirine, l'intello, et il s'envoyait des bouffées de Ventoline à cause de l'asthme qu'il disait qu'il avait.

— Grouillez-vous ! a crié Oscar qui était déjà loin devant.

Il y a eu un autre coup de feu et quand j'ai vu le nuage de poussière sur la barrière à côté de moi j'ai compris que c'était pas de la rigolade et que ça risquait de tourner au sacré fait divers à la con, cette histoire. On a couru, couru comme si c'était le diable en personne qui était dans notre dos, et quand on est enfin arrivés aux bécanes tout en haut de la rue, Freddy et le Chinois les ont démarrées en moins de deux et on a sauté dessus et on a foncé dans la nuit et je peux vous dire que dans nos poitrines c'étaient les grands tambours indiens. Quand je me suis retourné, agrippé à Freddy, j'ai vu les fenêtres qui s'allumaient une à une, et puis les gens qui se pointaient en robe de chambre sur le pas de leurs portes, mais on était déjà loin avant qu'ils puissent voir qui que ce soit, et la silhouette de Da Silva a fini par disparaître.

Et puis alors, c'est un peu bête la nervosité, mais là, tous les quatre, on a rigolé dans la nuit, cramponnés sur nos bécanes qui pétaradaient du tonnerre, on a rigolé à la face de la lune et à celle de Da Silva, et nos rires c'étaient des poings levés contre toute la misère de Providence, pour lui dire qu'on n'avait même pas mal.

Le lendemain, au lycée, personne n'est venu nous poser de questions. La rumeur a circulé que Da Silva avait chassé des cambrioleurs de sa maison à coups de fusil, mais, sans doute à cause de la honte pour les magazines super cochons, le surveillant général s'est bien gardé de raconter toute l'histoire, et personne n'a semblé faire attention au fait qu'il n'était pas venu avec sa belle Chrysler pleine de pisse ce matin-là. Et nous, on s'en est pas vantés non plus.

Le soir, on a fait profil bas, chacun chez soi, histoire d'être sûrs que ça n'allait pas remonter jusqu'à nous, mais, sur le coup de dix heures, le Chinois a débarqué comme ça devant ma roulotte avec sa bécane, le souffle court et les yeux tout rabougris. En descendant du 883, il regardait partout autour de lui comme un vrai parano, du genre très agité.

— Qu'est-ce qui se passe ? j'ai dit.

Oscar est entré sans rien dire, puis il a regardé encore dehors à travers les volets tellement il était pas à son aise.

— Je suis sûr que Da Silva va envoyer les flics chez moi, putain !

— Pourquoi chez toi ? On était quatre, et il n'a même pas vu nos visages.

— Et alors ? Je te dis qu'ils vont débarquer chez moi. Les deux premiers qui vont payer, c'est Freddy et moi. Le Rital et le Chinetoque. Tu sais bien que c'est toujours comme ça.

C'était un peu vrai, nom d'un chien ! C'était vrai et c'était bien dégueulasse, mais ça disparaîtra jamais, ce truc-là qui est bien dégueulasse dedans le cœur des hommes.

— Arrête de flipper, j'ai dit. Avec les magazines de cul partout sur sa bagnole, je te parie qu'il n'a pas prévenu les flics.

— Tu rêves ! Il a dû jeter les magazines et leur montrer la pisse partout et le trou dans le toit.

— Tu crois qu'ils vont reconnaître l'odeur de ta pisse ? j'ai dit pour essayer de détendre un peu l'atmosphère.

— Fais pas chier !

— Tu veux dormir ici ?

Oscar a eu l'air d'hésiter.

— Non, non. Faut que je sois là s'ils débarquent. Je peux pas laisser ma mère se débrouiller toute seule avec les flics. Mais… je peux laisser ça dans ta roulotte ?

Il a sorti un gros sac en plastique de sa poche et j'aurais même pas eu besoin de sentir l'odeur caractéristique qui s'en est dégagée illico pour savoir de quoi il s'agissait. C'était un énorme paquet d'herbe, du genre trop gros pour la consommation personnelle.

— Ça dépend. J'ai droit de me servir ?

— Déconne pas, Bohem. C'est mon gagne-pain.

Il a vu que je déconnais pas tout à fait, alors il a sorti une poignée d'herbe en soupirant.

— Tiens. Tu peux prendre ça et c'est tout.

Ce qu'il disait jamais, le Chinois, c'est que l'oseille qu'il récupérait en vendant le produit de son agriculture, il en gardait une moitié pour la donner à sa mère. La pauvre femme pouvait pas élever tous ses enfants bridés juste en faisant des ménages, il faudrait pas se mentir.

— OK, OK, c'est bon. Je garde ta foutue dope et j'y touche pas, juré, promis, croix de bois, croix de fer, si je mens, tu te tapes ma mère.

J'ai glissé le sac en plastique sous mon matelas, dans le tiroir du lit qui était bloqué depuis des années et que j'ouvrais jamais.

Au fond de moi, je n'étais pas très rassuré de devoir garder ça dans ma roulotte, parce que les flics pouvaient très bien venir ici aussi, après tout, mais j'ai vu dans les yeux d'Oscar une lueur de reconnaissance que j'avais jamais vue chez lui avant, et je me suis dit que ça valait le coup, parce que j'avais vraiment envie qu'on devienne amis pour de bon et qu'on oublie la jalousie entre nous.

Et c'est ce qui s'est passé. Après ce jour-là, le Chinois et moi on s'est vachement rapprochés.

Quand il est rentré chez lui, les flics n'étaient pas là. Et le jour suivant non plus. Et celui d'après toujours pas, et on a fini par oublier cette histoire.

Mais Da Silva, lui, avec toute la pisse sur sa banquette et le trou dans son toit, on aurait pu se douter qu'il n'allait pas oublier.

15

C'était le dernier jour de lycée.

Tous les ans, depuis des générations, il y a un bal organisé sur la place des Grands-Chênes pour marquer la fin de l'année scolaire, qui est le dernier jour avant que la ville se vide pas mal. Mais, pour le bal de fin d'année, ma parole, tout le monde est là ou presque. Les riches, les pauvres, les vieux, les gosses, le maire, on croirait presque que tout le monde s'aime.

Normalement, c'était pas vraiment le genre de fêtes où nous autres on avait l'habitude d'aller, mais vu qu'il y avait tout le monde, il y avait aussi les plus jolies filles de Providence, et comme il y avait aussi à boire gratuitement et un orchestre qui jouait pas trop mal – dans *notre* kiosque à musique –, on a fini par débarquer sur le coup de onze heures, histoire d'éviter le discours du maire.

Comme on n'était pas du genre à danser, on est restés à la buvette et on regardait les filles se trémousser en sirotant des bières. Par moments, il y avait des gens de la ville qui venaient nous voir, un peu comme on va voir les lions dans la cage et, d'ailleurs, ils avaient l'air d'avoir peur qu'on leur bouffe les doigts, et même M. Galant, le directeur, il est venu causer un peu, comme si c'était la trêve, quel faux cul ! Il a fait mine d'être sympa, il nous a souhaité de bonnes vacances, mais il nous a quand même glissé qu'un jour ou l'autre il allait falloir qu'on comprenne la vraie vie et ce genre de conneries, et comme l'école était finie on s'est pas privés de l'envoyer gentiment promener. Da Silva, lui, sûr qu'il s'est pas approché, et comme on avait pas mal descendu de bières il a bien fait.

Forcément, le seul qui a disparu à un moment avec une poule, c'était Freddy. C'était toujours lui, parce que les filles en pinçaient toutes pour Freddy, et que nous on ne savait pas encore leur causer correctement. Les filles, on en parlait beaucoup, mais, à cette époque, il faut être honnête, il se passait pas grand-chose entre elles et nous.

Il était une heure du matin et Oscar et moi on commençait à être sérieusement éméchés quand c'est arrivé. Alex, lui, il picolait pas et il nous faisait juste poiler avec ses commentaires vachement fins sur les gens autour, comme d'habitude ; quant à Freddy, donc, il était dans une fille. Ça a débuté par un mouvement de foule, de l'autre côté du bal, là où dansaient les gens de bonne famille. Quand la rumeur a commencé à monter, Alex, Oscar et moi on s'est regardés et on s'est dit que c'était peut-être Freddy qui faisait le malin, alors on est allés voir. Mais c'était pas Freddy.

Carmel était la ville la plus proche de Providence, juste de l'autre côté des étangs qui portaient son nom et, si c'est possible, je crois que c'était une ville encore plus pauvre que la nôtre. Il y avait là-bas une bande de blousons noirs qui sévissaient depuis des années, qui se faisaient appeler les Jags, sans doute comme dans *Jaguars*, je pense. Même ici chez nous, les Jags étaient connus comme le loup noir, ils faisaient souvent les gros titres dans le journal local, à la rubrique faits divers ou judiciaire, et ils avaient la réputation d'être des sacrés castagneurs, et même les gens qui les avaient jamais rencontrés avaient peur d'eux. Moi, je les avais vus une ou deux fois quelques années plus tôt, et il fallait reconnaître qu'ils avaient une sacrée dégaine et que je m'étais bien gardé d'aller leur chercher les poux.

Quand on s'est approchés de l'endroit où ça s'agitait, leur nom était déjà dans toutes les bouches. « C'est les Jags », disaient les bonnes gens de Providence et, à la façon dont ils disaient ce mot du bout des lèvres, ça se voyait que ça leur filait sacrément les foies.

Là, on a vu en effet quatre types qui portaient des blousons en cuir avec les quatre lettres écrites en blanc dans le dos, et qui étaient en train de chercher des noises à un type qui s'était interposé entre eux et une gamine. Sa fille, sans doute. Le bonhomme saignait du nez, après avoir pris un coup de pogne en pleine face, mais il tenait encore debout devant les quatre molosses, avec la jeune fille qui pleurait derrière, sa robe toute chiffonnée. Les gens autour s'étaient courageusement écartés, pas un qui osait s'approcher des Jags.

C'est là que l'un des quatre mauvais garçons de Carmel a sorti un couteau, ça a scintillé dans le noir, et il y a eu des cris dans la foule. « Il faut appeler la police », a dit une grosse dame derrière moi, mais le temps que ces gras du bide se ramènent, il serait déjà trop tard, et je sais pas ce qui m'a pris, mais moi ça n'a fait ni une ni deux j'ai sauté sur le type.

Dans le fond, je m'en foutais pas mal qu'on vienne emmerder les gens de Providence, mais sortir un couteau devant un père et sa fille, nom d'un chien, c'était quand même une chose qui se faisait pas.

D'abord, j'ai réussi à le désarmer, et peut-être même que, dans la manœuvre, je lui ai cassé un ou deux doigts mais, quand ses trois compères ont compris ce qui se passait, j'ai mangé plus qu'à ma faim. Bon sang, les coups venaient de partout et dans tous les sens. Du coin de l'œil, j'ai vu le Chinois entrer dans la bagarre à son tour, le brave garçon, mais à deux contre quatre, ce n'était pas une partie de plaisir. Alex a bien essayé de nous prêter main-forte, mais avec son gabarit de jockey et son asthme et son ulcère et son diabète, sa pneumonie et ses hépatites A, B, C et peut-être même Z, il s'est vite retrouvé le nez dans la boue.

Au bout d'un moment, je me suis dit que ça allait vraiment mal finir. Sûr que je leur en collais quelques-unes quand même, mais, bon Dieu de merde, qu'est-ce qu'ils me mettaient ! Et puis, tout à coup, Freddy est arrivé. Freddy est arrivé, et je peux vous dire que même moi, il m'a fait peur. Il a juste retiré sa montre – c'était un geste vraiment bizarre, mais je me souviens bien de ça, il a pris le temps de retirer sa montre –, il l'a mise dans sa poche, et là, il a lâché les chevaux de guerre.

Des bastons, on en avait fait pas mal ensemble, bien sûr, et des chouettes, mais jamais contre des types comme ça. Une violence pareille, je vous

jure, j'avais jamais vu. Je sais pas ce qui lui a pris
– sans doute une question d'honneur quand il a vu
ce qu'Oscar et moi on prenait dans la pomme –
mais Freddy, il est devenu fou, et il se les est faits
un par un. Un vrai massacre. Le premier, il l'a
mis K.-O. en un coup de poing, comme dans la
légende. Le deuxième, il lui a écrasé les narines
sous ses bottes, et quand le quatrième a vu ce qui
arrivait au troisième, il est parti en courant.

Parce que le troisième, nom d'un chien, le troisième, Freddy lui tenait la tête et il la cognait
par terre, une fois, deux fois, trois fois, et le sang
giclait, et les gens criaient partout autour, et j'ai
cru qu'il allait jamais s'arrêter, alors je suis allé le
retenir, parce que j'étais pas sûr que ça en vaille
vraiment la peine. Eh bien, mince alors, pour le
retenir, il a fallu qu'Oscar vienne m'aider aussi,
parce que notre Freddy, il s'était transformé en
vrai clébard, en buffle sauvage, et c'est tout juste
s'il ne m'en a pas collé une à moi pour que je le
laisse terminer son travail, tellement il avait la
rage.

Si incroyable que ça puisse paraître, le type a
réussi à se relever. Foutre Dieu, son front pissait tellement de sang qu'on aurait dit les chutes
du Niagara. Il a commencé à s'éloigner en titubant, et ses yeux n'étaient pas alignés de la bonne
façon, et puis l'un de ses compères est venu le
chercher, et puis un autre, et celui-là, alors qu'ils
s'éloignaient tous comme des chiens battus, il s'est
retourné et il nous a lancé :

— On va revenir !

Et Freddy, qui était encore dans une belle altitude, il a fait des gestes pour se libérer de nous,
et il a hurlé :

— Pourquoi ? T'en as pas eu assez ? Pourquoi attendre ? Mais viens ! Viens tout de suite, baltringue ! Viens !

Si on l'avait lâché, je pense qu'il les aurait bouffés tous les quatre comme la pastasciutta de sa mère. Mais les Jags ont disparu dans la nuit, et alors les gens ont commencé à se rapprocher de nous de nouveau tout doucement, et il y a eu un long silence du genre embarrassé.

Freddy, il a sorti un mouchoir de sa poche et il a commencé à essuyer tout le sang qu'il avait sur les poings, et alors le père de la gamine est venu le voir et il lui a dit :

— Merci, Cereseto. Vous êtes un chouette gars, au fond.

Au fond.

Freddy, il n'a même pas répondu, il a craché par terre, et il y avait un peu de sang là aussi, et l'orchestre a recommencé à jouer dans le kiosque à musique comme si de rien n'était. On est pas restés longtemps, mais, tout le temps qu'on était là, ma parole, il y avait quelque chose de nouveau dans le regard des gens de Providence qui m'a collé vachement la nausée. Une sorte de reconnaissance à la noix.

Au fond.

Tous ces gens qui passaient leur temps à nous cracher dessus, à nous traiter de tous les noms, soudain, ils nous regardaient comme les sauveurs de la ville, les sauveurs de leurs gentilles filles, qui les avaient débarrassés de l'envahisseur, mais nous on savait très bien que dans deux jours ils auraient oublié, et qu'en réalité on avait juste fait le sale boulot à leur place, parce qu'on était bons qu'à ça, et leur reconnaissance, ils pouvaient se la mettre où je pense, et je sais que les autres ils se disaient comme moi. Alors on a bu notre verre, et quand on a vu le maire qui venait vers nous avec un regard tout dégoulinant, on est partis.

Au fond.

16

Quand j'étais petit, l'une des rares choses dont je me souviens, c'est que j'aimais bien l'été, grâce à Papy Galo avec qui je restais dehors toute la journée et qui nous apprenait, à Véra et à moi, comment s'occuper des plantes et du jardin potager et qui nous disait que les fleurs, c'est comme les enfants, si tu t'en occupes pas, ça fait des mauvaises herbes. Véra, elle me regardait avec ses grands yeux bleus comme si j'étais drôlement fort, comme si j'étais quelqu'un de bien, et comme c'était la seule à me regarder comme ça, je voulais pas la décevoir, alors je lui montrais comment il fallait faire, couper les rameaux morts, raccourcir les autres, ceux auxquels on fait confiance pour l'avenir, mais pas trop pour éviter que les bourgeons arrivent trop tôt... Et puis après, Véra a arrêté de vivre, et puis après Papy Galo pareil, et l'été est soudain devenu un vrai supplice, parce que tous ceux que j'aimais étaient partis et moi je m'ennuyais ferme sous le soleil.

Mais là, pour la première fois, c'était différent. Pour la première fois, j'avais la bande à Freddy, et l'été est redevenu une bonne nouvelle.

Les premiers jours, ça a été un vrai paradis. Vers midi, on se retrouvait dans ma roulotte, chacun amenait un sandwich et à boire, et c'était parti pour jouer au jeu de rôle jusqu'au soir. Ça dépeçait du dragon, ça sauvait de la princesse, ça égorgeait du troll et ça descendait des bières, la vache, qu'est-ce qu'on se marrait.

Le soir, selon que le frère de Freddy était là ou non, soit on prenait les bécanes pour aller faire à deux-roues des pieds de nez à la vie et à la mort toutes les deux, soit on restait dans ma roulotte et on jouait encore et encore jusqu'à plus savoir si on était hier ou demain.

C'était au milieu de la deuxième semaine et, ce soir-là, on avait décidé d'aller dormir à la belle étoile, près du lac qui est au milieu de la forêt de Liverion, à moins d'une heure de bécane. C'était des jours paisibles, parce que comme c'était les vacances et qu'on était enfermés toute la journée dans ma roulotte, on avait affaire ni aux profs ni aux flics, et on oubliait un peu la sinistrose, et même Oscar il avait l'air heureux, c'était bien.

Il faisait tellement chaud que même quand on roulait bras nus et cheveux au vent, on avait encore chaud. Providence, c'était une vraie fournaise, alors dormir à la belle étoile, ça nous était paru comme la meilleure idée du monde, et on avait tout préparé, avec une liste, de quoi manger, de quoi boire, de quoi fumer, de quoi dormir, et Alex qui adorait la pêche, il avait même emmené du fil et des hameçons, mais on a tellement fait les zouaves autour de lui qu'il a rien attrapé et ça l'a énervé pas mal, on a bien rigolé.

Il était sacrément tard quand on a fini par se fabriquer des lits de fortune à quelques pas du lac, en rond autour du feu où on avait fait nos dîners et qui s'éteignait lentement, sauf qu'au lieu de dormir on a parlé pendant des heures et des heures, et je sais pas si c'était à cause du ciel étoilé et des bruits de la forêt derrière, mais on a parlé comme on avait jamais parlé tous les quatre, et c'était un peu comme si la nuit avait enlevé pas mal de pudeur entre nous, parce que chacun a dit des choses qui étaient drôlement intimes.

Oscar, il nous a raconté l'incendie de sa maison avec son père qui avait brûlé dedans, et c'était la première fois qu'il racontait vraiment l'histoire, comme ça, d'une voix calme, avec tous les détails, et ce qui était vachement triste, c'était qu'en fait ce père dont il disait tant de mal lui manquait profondément et que, plus il le détestait, plus il lui manquait, bon sang, ça se voyait, et Oscar, il avait beau être le plus voyou d'entre nous, ma parole, il m'est avis que c'était le plus triste tout au fond, et d'ailleurs c'est peut-être toujours comme ça, les voyous.

Alex, lui, il nous a raconté comment il en avait bavé de toujours être le plus petit et le plus maigre, et comment avant de nous rencontrer il se faisait toujours casser la gueule, et on aurait presque pu trouver ça marrant sauf qu'on voyait bien que c'était important pour lui, qu'il avait une boule dans la gorge en nous racontant tout ça, et que s'il avait toujours l'air si sûr de lui, s'il avait toujours l'air de prendre les gens de haut, eh bien, c'était par compensation, et qu'il avait dû développer un sacré caractère pour arriver à se faire respecter, et moi derrière tout ça j'ai aussi entendu l'explication de pourquoi il lisait tant, parce que les bouquins, c'était un chouette refuge pour les gens comme lui.

Freddy – ouais, même lui il s'est confié, et ça, c'était du genre drôlement exceptionnel –, Freddy, il a parlé du garage de son père et de l'avenir qui était tout tracé pour lui et qui n'était pas beaucoup folichon, et du fait qu'il aurait bien aimé faire autre chose que réparer des bagnoles toute sa vie, mais qu'il pourrait pas, parce que son père aurait bientôt besoin de lui, et qu'après il faudrait même le remplacer, et que ce garage, c'était comme une malédiction, et que si, un jour, il avait des enfants, il ferait tout pour qu'ils puissent faire autre chose dans la vie, nom d'un chien, et quand il parlait de tout ça, Freddy, c'était bizarre, parce qu'on avait l'impression qu'il avait un peu honte de ses parents, mais qu'il devait sacrément les aimer quand même pour se résigner comme ça, parce que l'idée de tout foutre en l'air et de partir ne lui traversait même pas l'esprit. C'était comme s'il portait le poids de tout le travail que son père avait accompli pour s'en sortir un peu, parce qu'ouvrir un garage c'était déjà une espèce de réussite pour un bûcheron immigré, et Freddy, par respect pour son père, il pouvait pas laisser mourir ce garage alors voilà c'était tout tracé.

Et moi... Moi j'ai parlé de Véra, et de la manière dégueulasse dont tout ça s'était passé et qui prouvait que Dieu pouvait pas exister ou alors c'était un bel enfoiré de première, parce qu'écrabouiller une gamine dans les mains de sa mère c'était pas vachement divin comme cadeau, et comment ça avait mis le bazar à jamais dans nos vies à tous et vraiment c'était dégueulasse, et puis j'ai parlé de Papy Galo aussi un peu, et quand je parlais de Papy Galo, j'en rajoutais un brin, je le rendais encore plus beau que déjà dans la vraie vie, parce que ça me faisait du bien de pouvoir dire des belles choses sur quelqu'un de presque ma famille.

Plus jamais on a reparlé tous les quatre comme on a parlé ce soir-là, et les jours d'après, c'est tout juste si on avait pas un peu honte de l'avoir fait, mais, aujourd'hui, quand j'y repense, c'était un des plus beaux moments de notre amitié, et je comprends mieux maintenant pourquoi on appelle ça la belle étoile.

Quand les premiers rayons du soleil sont apparus, on s'est dépêchés de lever le camp pour rentrer chez nous, surtout Alex et moi qui n'avions pas prévenu nos parents. On avait beau avoir dormi sur le dur et s'être fait dévorer par les moustiques toute la nuit, on avait le sourire jusqu'aux oreilles sur les bécanes en rentrant vers Providence.

Arrivé en vue du garage Cereseto, Freddy a arrêté la bécane et je l'ai aidé à la pousser le long de la rivière pour rentrer discrètement par l'arrière.

En ouvrant la longue porte en bois, on est tombés nez à nez avec son grand frère.

17

Mario n'a même pas dit un mot.

Il a mordu direct, comme un vrai chien de garde.

Et là, bizarrement, Freddy, il s'est laissé faire. J'ai bien vu qu'il se laissait faire, il est tombé par terre et il s'est contenté de parer à la plupart des coups qui lui pleuvaient dessus, sans rien rendre en retour, et c'était comme s'il estimait qu'il méritait cette correction, et pourtant je peux vous dire que ça tapait fort. Au bout d'un moment, j'ai pas pu m'empêcher tellement je trouvais ça dégueulasse, alors même si c'était quand même un peu notre faute je me suis jeté sur le frangin, pour défendre mon pote.

Nom d'un chien, Mario, il cognait encore plus fort que son frère, si c'est humainement possible, et là j'ai commencé à me dire que peut-être mon heure était venue. De me voir comme ça me faire bien arranger à mon tour ça a dû réveiller Freddy, parce que, tout à coup, il s'est redressé et il est intervenu, et cette fois il faisait plus semblant. C'est devenu des vraies arènes romaines et ça pissait le sang dans tous les sens, et il y avait même des bouts de peaux qui volaient et des touffes de cheveux collées avec.

Ma parole, je sais pas comment tout ça aurait fini si M. Cereseto n'était pas arrivé soudain en gueulant des trucs en italien, et alors les deux frères ont aussitôt arrêté de se battre, mais je vous jure qu'ils étaient dans un méchant état, et moi j'ai encore une cicatrice sur la tempe qui date de cette rouste-là comme souvenir.

M. Cereseto, il criait sur tout le monde, même sur moi, et ça avait beau être en italien, je crois que j'ai tout compris, et ça m'a bien collé la honte de le décevoir comme ça.

Au bout d'un moment, il a fait signe à Mario de rentrer à la maison et c'était sans appel. Le grand frère, il nous a jeté un regard noir comme la terre de la rivière, il a pris sa bécane et il l'a rentrée à l'intérieur, et quand il a mis le cadenas dessus j'ai compris que c'en était bel et bien fini de nos virées à moto, et alors j'ai eu la gorge qui me faisait encore plus mal que mes blessures.

M. Cereseto, il est resté un moment debout devant nous, à nous regarder en réfléchissant.

— Suivez-moi, il a dit, et je peux vous dire qu'on a obéi et qu'on s'est demandé à quelle sauce italienne il allait nous bouffer.

Il nous a emmenés dans son garage, et là il a fait signe à Freddy de s'asseoir, et moi je me suis dit que j'allais en prendre pour mon grade.

— Tu vois la Ford sur le pont ? il m'a dit avec son gros accent.

C'était une vieille Granada grise comme il y en avait souvent au garage Cereseto, du genre bien défoncée, mais avec un joli moteur V8, et elle avait l'air fatigué de vivre celle-là.

— Tu as trente minutes pour faire la vidange et changer les quatre pneus.

— Pardon ?

— *Presto !*

J'ai lancé un regard perplexe à Freddy qui était assis et qui reniflait le sang dans son nez, et il m'a fait les gros yeux qui voulaient dire *fais ce qu'il te dit, imbécile* ! Alors je me suis essuyé les mains sur mon jean et je me suis mis timidement au travail mais, mince, je me sentais tellement idiot !

Au début, j'étais un peu hésitant, parce que je savais pas trop où étaient rangés les outils et, chaque fois que je me retournais vers Freddy et qu'il s'apprêtait à me donner un conseil, son père faisait « pssst » d'un air sévère et ça voulait clairement dire qu'il fallait que je me débrouille tout seul.

Alors c'est ce que j'ai fait. Ils sont restés là à me regarder me dépatouiller avec tout ça, le père avec les bras croisés et les sourcils froncés, et Freddy qui grimaçait parce qu'il avait peur que je m'y prenne de travers, mais moi je l'avais vu faire plusieurs fois et je savais que ce n'était pas trop compliqué, bon sang de bonsoir, si seulement mes mains voulaient bien arrêter de trembler un peu !

Sur un établi, j'ai trouvé tout le matériel que M. Cereseto avait dû préparer la veille pour lui-même : un bidon d'huile toute neuve, un filtre, un joint de bouchon de vidange et les bonnes clefs pour aller avec tout ça. Dans un coin, j'ai récupéré un entonnoir, et puis j'ai tiré une bassine que j'ai apportée sous le carter, et c'était parti à la guerre comme à la guerre.

Pendant que l'huile usagée coulait dans la bassine, je me suis occupé de démonter les roues. Je me suis pas laissé décourager, parce que j'avais la colère en dedans de tous les coups qu'on avait reçus et, en quelques minutes, j'avais démonté les quatre roues, et je crois que le père il a été un peu étonné de voir que je savais me servir de la machine à pneus et que je connaissais les petites astuces, comme lubrifier les rebords des jantes et tout ça, parce que Freddy me l'avait déjà montré. Quand j'ai eu fini de remplacer les quatre pneus et de bien équilibrer les roues comme il faut, il a fait un geste de la bouche qui semblait vouloir dire : « Pas mal. »

Alors je suis allé terminer la vidange, remplacer le filtre, et là M. Cereseto, il m'a juste arrêté pour me dire que je devais enduire le joint avec de l'huile, et pour le reste je me suis débrouillé tout seul et j'étais pas peu fier, ma parole.

Quand tout était terminé, presque dans les temps, la tension était vachement retombée dans le garage, et même Freddy il souriait, parce que lui aussi il était pas peu fier, comme il m'avait tout appris.

M. Cereseto, il nous a regardés, il a poussé un long soupir et il nous a dit de le suivre. Là, il nous a menés tous les deux dans une autre partie de l'atelier qui était fermée à clef et où j'étais jamais entré et, quand j'ai vu ce qu'il y avait à l'intérieur, nom d'une pipe, j'ai eu mon cœur qui s'est mis à battre, parce que j'ai bien cru comprendre ce qui était en train de se passer et, la vache, c'était un drôle de miracle.

— Vous voyez ces moteurs ? il a dit en montrant deux bicylindres en V qui étaient posés sur un gros meuble métallique.

Un peu qu'on les voyait ! C'étaient des vieux 1 200 cm³, du sacré gros bourrin avec les cache-culbuteurs en forme de pelle et des culasses en aluminium, et Freddy et moi on le connaissait par cœur, ce moteur de légende, même si on en avait jamais vu en vrai.

— Si vous travaillez ici avec moi pendant tout le mois de juillet et tout le mois d'août, ils sont à vous. Et vous pourrez utiliser tout ce que vous trouverez ici pour vous fabriquer vos motos à vous.

Le lendemain, à neuf heures, j'étais dans le garage Cereseto et j'enfilais pour la première fois un bleu de travail, et je peux vous dire que j'en étais foutrement content.

18

Et, comme ça, l'été a passé, et Freddy et moi on a tenu notre promesse jusqu'au bout et c'était pas un effort, c'était le bonheur sur pièce, comme on l'avait jamais connu. Tous les jours on était dans l'atelier (sauf le dimanche, qui est le jour où personne fout rien, y compris les Ritals, à cause de Jésus), et on réparait des vieilles bagnoles, et M. Cereseto, il nous a vite laissés en bricoler tout seuls, parce qu'il a vu qu'on se débrouillait pas mal, et le soir quand on s'arrêtait je lavais les outils comme si j'allais devoir les bouffer, mais mes mains, elles, je les lavais jamais tellement j'étais fier qu'elles soient noires de notre travail, noires comme celles de M. Cereseto. Avec le recul, je me dis que j'ai beaucoup changé pendant ces deux mois d'été, je regardais plus les adultes avec les yeux baissés pareil, et parfois je papotais même avec les clients comme si j'étais un chic type, et ils me demandaient des conseils à moi, ma parole, la bonne blague. À moi !

Je sais pas combien de guimbardes on a réparées, Freddy et moi, cet été-là, mais ça défilait tous les jours, et on en a même retapé trois entièrement, qui étaient des vraies épaves, et quand on leur redonnait leur première jeunesse et qu'elles sortaient toutes rutilantes du garage Cereseto, ça faisait un sentiment d'accomplissement que j'avais jamais connu, vrai de vrai, et je me souviens encore de la fois où le père de Freddy m'a tenu l'épaule pendant qu'un client repartait avec sa caisse presque neuve et, comme geste, ça voulait dire beaucoup pour un type qui parlait pas des masses.

Le soir, on retrouvait Oscar et Alex chez José ou bien dans ma roulotte pour jouer et boire des bières et fumer des pétards, et le Chinois, il était encore un peu jaloux, c'est sûr, mais plus comme avant, parce qu'au fond je crois qu'il était aussi heureux pour nous, et que c'est ça l'amitié.

Oscar, de toute façon, il s'occupait la journée avec son agriculture personnelle, et Alex, lui, il avait trouvé un petit boulot d'été chez son oncle qui était comptable, et ça lui allait bien de mettre les chiffres dans les cases, alors tout le monde était content et, bon sang, on se disait tous que c'était pas possible, que ça pouvait pas durer un bonheur pareil, et on savait bien que bientôt les vacances seraient terminées et qu'il faudrait retourner au lycée et que toute la merde serait de retour, alors on profitait de la vie comme d'une foutue tablette de chocolat qu'on peut pas s'empêcher de bouffer jusqu'à ce qu'il y en ait plus tant pis.

Et puis, un soir, on a eu une drôle de mauvaise surprise.

C'était vers la fin du mois d'août, qui est le deuxième mois le plus chaud de l'année après juillet, à Providence, si bien que les gens commencent à en avoir sacrément marre de toute cette chaleur, sauf les gamins qui savent que plus il fait chaud plus c'est les vacances. Il était dans les neuf heures du soir et ça faisait un bon moment qu'on attendait Alex en transpirant dans ma roulotte et il n'était toujours pas là et ça commençait à pas être trop normal, surtout qu'Alex il était plutôt du genre à arriver le premier, en général.

122

Au début, on a fait des blagues entre nous sur où la Fouine pouvait bien être, et c'était certainement pas dans une fille, et peut-être qu'il avait enfin vraiment attrapé le cancer généralisé pour de bon, et puis le temps a passé et on a arrêté les blagues, parce que ça devenait un peu inquiétant, cette histoire. Il commençait à faire nuit quand on a décidé qu'il était temps d'aller chez lui pour voir un peu et, quand on est arrivés, il n'y avait personne dans la maison, pas même ses parents, et ça, c'était encore moins normal, et alors le voisin est apparu sur son perron en robe de chambre et il nous a raconté, et ça nous a fait un drôle de choc par où ça passe.

Alex était à l'hôpital. Il s'était fait démolir en pleine rue, et c'était grave. C'était tout ce que le voisin savait mais, nom de Dieu, c'était déjà bien assez et on s'est mis en route vers l'hôpital, on a couru comme ça sans réfléchir, on a couru à travers toute la ville, et je me souviens encore de la peur qui s'entendait dans le bruit de nos pas.

Quand on est arrivés dans la salle d'attente, il y avait le père d'Alex qui était un type pas bien grand et maigrelet comme son fils, et qui avait tout le temps l'air d'avoir honte à cause de la timidité comme maladie. Quand il a levé la tête vers nous, le pauvre homme se bouffait encore la peau du pouce comme si c'était une satanée côtelette.

— Il est où ? a demandé Freddy sans même dire bonjour, mais c'était pas grave dans le contexte.

M. Nicol, il nous a regardés et ça se voyait qu'il nous en voulait un peu à nous, mais il n'osait pas le dire et ça c'était presque pire.

— Alex est dans le coma.

Moi, j'ai senti ma poitrine qui se serrait très fort et je sais pas pourquoi mais, à ce moment-là, j'ai pensé aux livres de *Biggles* qui étaient chez moi, et j'aurais donné n'importe quoi pour parler avec Alex des livres de *Biggles* et des Spitfires qui volent dans le ciel au-dessus des océans lointains.

— On peut le voir ?

— Non.

— Mais qu'est-ce qui s'est passé ? j'ai demandé bêtement.

— Il s'est fait attaquer en allant chez toi, Hugo.

— Par qui ?

— À votre avis ?

— Les Jags, a murmuré Oscar, même si on avait déjà tous deviné.

— Je savais bien qu'un jour ou l'autre ça finirait par arriver. Toute cette violence ! il a dit, le père d'Alex, avec sa voix qui tremblait. Comment est-ce qu'on peut vivre comme ça, dans toute cette violence ?

On savait pas trop s'il parlait de son fils, de nous ou bien des Jags, mais on a tous regardé un peu nos chaussures, par principe.

— Mais... Il va... Enfin, le médecin, il a dit quoi ?

— Il a dit qu'il ne pouvait pas se prononcer pour l'instant. Maintenant, laissez-moi, s'il vous plaît.

Nous, on était tellement abasourdis qu'on est restés comme ça tous les trois à le regarder d'un air vachement désemparé, jusqu'à ce que Freddy nous fasse un signe de tête qui sous-entendait, et alors on est sortis de l'hôpital et on n'en menait pas large du dedans.

Les jours ont passé et c'était des jours d'angoisse silencieuse, puis l'été s'est terminé et, quand l'heure est arrivée de retourner dans ce foutu lycée de briques rouges, Alex était toujours dans le coma, nom d'un chien.

On avait beau donner le change, comme ça, au fond de nous, on était tous à la peine et chaque fois qu'on faisait quelque chose tous les trois on sentait bien que, sans la Fouine, c'était pas pareil, le clan était un peu atrophié, et alors on faisait rien que de penser à lui et, même si personne le disait, mince, on avait les foies. On avait les foies qu'il arrive un truc qui devrait pas arriver à des mômes.

Au lycée, les gens nous regardaient différemment, et ça, c'était pire que tout, surtout cette crevure de Da Silva, parce que lui, promis, on aurait dit que ça lui faisait plaisir de nous voir amochés, la vache, quelle crevure, et moi je l'aurais bien envoyé à l'hôpital à la place d'Alex, ce moule à merde.

Le Chinois, il faisait rien que de demander à Freddy quand est-ce qu'on irait tarter les Jags ces beaux enfoirés de première classe, mais Freddy, il disait que c'était pas encore le moment et qu'on faisait pas ça dans un moment pareil, alors nous on rongeait notre frein et ça aidait pas des masses, au niveau de l'humeur.

Fallait qu'on se défoule autrement.

M. Cereseto avait tenu sa promesse et nous avait offert, à Freddy et moi, les deux moteurs dont on avait rêvé tout l'été en travaillant avec lui. Alors le soir, après les cours, ça nous changeait un peu les idées d'aller dans l'atelier et de bosser sur nos bécanes en devenir, et Oscar, il venait nous donner un coup de main de temps en temps, un coup de main qui consistait à nous raconter des blagues pendant qu'on trimait sur les machines, parce que lui, la mécanique, c'était pas trop son affaire. On passait des heures tous les trois dans l'atelier, et on parlait tellement pas de la Fouine qu'il était vachement présent, du coup.

À cette époque-là, Freddy et moi on avait déjà fini les cadres de nos motos depuis longtemps : on s'était fait exactement les deux mêmes, en partant de vieilles structures auxquelles on avait soudé un train arrière rigide, et on avait rehaussé la colonne de direction pareil pour leur donner une sacrée gueule de chiens méchants. Le père de Freddy nous laissait utiliser tout ce qu'on voulait dans son atelier, le poste à souder, la disqueuse, la cintreuse et même le marbre pour vérifier que tout ça était bien comme il fallait, et bon sang, c'était un sacré cadeau qu'il nous faisait, et parfois il venait même nous donner des conseils et corriger deux trois erreurs. C'était un vache de mécano, M. Cereseto.

À présent, on travaillait sur les fourches et les guidons, et l'idée, c'était de les faire assez hauts pour que ça ressemble aux motos qu'on voyait dans les films comme *Easy Rider*, mais pas trop quand même pour que ça reste confortable. Après, il resterait à installer le moteur dans le cadre, ce qui demandait quelques modifications, faire la carrosserie, le réservoir, etc. On en avait encore pour pas mal de semaines, mais c'était mieux d'avoir les mains dans la soudure que la tête dans les mauvaises pensées.

Mazette, construire soi-même sa bécane, c'est quand même quelque chose ! Rouler sur une machine que vous avez bâtie de vos propres mains, pardon pour la comparaison, mais ça doit pas être loin de ce qu'on ressent quand on fait un gosse, ma parole. Vous la connaissez par cœur, vous savez quand il y a quelque chose qui cloche, et vous savez pourquoi, et vous savez quoi faire. Foutre Dieu, elles étaient pas encore nées qu'on leur avait déjà donné un nom. La mienne s'appellerait *Lipstick* et je la peindrais en rouge, et celle de Freddy serait noire et il la baptiserait *Rascal*.

Un jour, Mario, le grand frère de Freddy, est venu voir ce qu'on faisait, et faut croire que la colère était partie de dans son cœur, parce que lui aussi il nous a donné des coups de main et c'était sacrément chic de sa part. Un soir, je crois même qu'il a dit un truc du genre : « Au moins, avec des belles brêles comme ça, je suis sûr que vous ne me piquerez plus la mienne », et nous on a un peu rigolé, même si nos mâchoires se souvenaient encore assez précisément de la forme de ses osselets.

Ça faisait deux semaines que les cours avaient repris quand, un soir, le père de la Fouine est venu nous trouver au garage Cereseto, où il avait jamais foutu les pieds, alors on a compris que c'était du genre super important. Quand il est entré, je peux vous dire que j'ai eu un sacré mal dans la poitrine à cause de la peur. J'ai regardé Freddy qui n'en menait pas large non plus.

M. Nicol avait les yeux mouillés, il s'est approché de nous et il a dit :

— Les enfants, Alex est sorti de son coma.

Bon sang de bois, mon cœur, il a fait un demi-tour !

Il y avait quelque chose de tellement tendre dans sa façon de nous appeler *les enfants* que ça ne nous a même pas paru vexant. Et moi, je sais pas ce qui m'a pris, mais je me suis jeté dans les bras du vieux et je vous cacherais pas qu'on a un peu chialé tous les deux comme des gosses et au fond il n'y a pas de honte.

— Il va bien ? j'ai dit.

— Il va avoir une longue convalescence, mais il va bien.

— On peut aller le voir ? a demandé Freddy.

— Pas tout de suite. Dans quelques jours, oui, ça lui fera plaisir.

Ce soir-là, Freddy, Oscar et moi on est allés dans ma roulotte et, ma parole, on s'est payé une sacrée cuite, ça c'est sûr ! Tous chiffons ! Chaque fois qu'on ouvrait une nouvelle bière on trinquait à la santé de la Fouine, et le Chinois, il roulait pétard sur pétard, et quand on s'est réveillés le lendemain matin tous les trois dans ma bohème, il n'y en avait pas un qui se souvenait de comment on s'était endormis, et nos parents pouvaient gueuler tout ce qu'ils voulaient, on s'en cognait gentiment : Alex était ressuscité.

Pendant les jours qui ont suivi, l'ambiance n'était plus du tout la même, au grand regret de M. Galant, et c'était reparti pour la foire au lycée, c'était le grand retour de la bande à Freddy. Alex était ressuscité et nous aussi.

Le dimanche d'après, on est allés à l'hôpital.

Bon sang, je vais pas mentir, quand on a vu la gueule de la Fouine qui était salement dénaturée, ça nous a tous fait un choc, mais il était en vie et c'était déjà pas mal. On pouvait pas s'empêcher de penser à ces raclures de Jags, qui s'en étaient pris au plus petit d'entre nous, mais c'était pas le sujet tout de suite, alors on a essayé de parler d'autre chose. Dans les premiers instants, on osait à peine l'approcher tellement on avait peur de le déranger, tellement on avait peur de le toucher et de lui faire mal avec ses points de suture et ses bandages de partout, et puis on a fini par s'asseoir sur son lit en métal, et même avec la tête à l'envers ça se voyait qu'il était sacrément content de nous voir, notre petit malade.

— Doucement, les gars, parce qu'à force de rester allongé, je crois que je me suis fait un pneumothorax, et avec tous les microbes qui traînent dans les hôpitaux, je suis sûr que j'ai chopé quelque chose.

On a rigolé, parce que c'était bien notre Alex qui était de retour, avec sa petite barbichette et ses yeux de chien battu. On avait mille choses à lui raconter : nos bécanes qui avançaient, le lycée qui nous emmerdait toujours autant, les nouvelles filles qui avaient débarqué et qu'étaient sacrément bien roulées de partout, les nouveaux disques qu'on avait piqués... Au bout d'un moment, on a bien vu qu'il était fatigué, alors Freddy a dit qu'on allait le laisser se reposer, mais Alex, qui n'était pourtant pas bien vaillant, l'a retenu par le bras.

— Freddy, il a fait. Freddy, avant que tu partes, je veux que tu me promettes quelque chose.

— Tout ce que tu veux, mec.

— Quand je serai sorti d'ici, je veux...

Il a hésité et, ma parole, il avait l'air encore plus sérieux que d'habitude, et pourtant, Alex, il avait toujours l'air sérieux, et ça se voyait dans ses yeux qu'on avait intérêt à l'écouter, parce que ça comptait vachement pour lui, du genre serment sur l'honneur.

— Quand je serai sorti d'ici, je veux que tu me promettes quelque chose, Freddy. Je veux que tu me trouves un flingue.

20

Alex est revenu au lycée au début du mois d'octobre, et je peux vous dire qu'on l'a accueilli comme un héros, un vrai briscard. Il avait le nez de travers pour toujours et il était pas bien coloré, et on a attendu maximum deux jours avant de recommencer à le chambrer comme au bon vieux temps. Faudrait pas confondre l'amitié et la pitié, non plus.

Et puis, petit à petit, notre vie a repris son cours comme si c'était avant, c'est-à-dire pas bien folichon quand même. Les mêmes profs, les mêmes élèves, le même foutu Règlement, et chez nous cette même envie de tout envoyer valser, et la seule chose qui nous faisait tenir, c'était nos bécanes qu'on construisait et les soirées qu'on passait de nouveau tous les quatre dans ma roulotte ou chez José. Avec M. Galant et avec ce vicelard de Da Silva, c'était de plus en plus tendu. On était à peine au deuxième mois de lycée qu'on avait déjà autant de jours de renvoi que pendant toute l'année précédente, et ça risquait pas de finir en beauté, cette histoire. Plus le temps passait, moins on se sentait à notre place et plus on avait de mal à faire le dos rond, à se résigner, alors on devenait de plus en plus insolents, de plus en plus provocateurs, et eux, au lieu d'essayer de nous comprendre, au lieu de chercher des solutions, de nous proposer quelque chose, tout ce qu'ils savaient faire, c'était nous coller des jours de renvoi, c'est dire s'ils s'étaient trompés de métier.

En ville, l'inspecteur Kolinski aussi nous avait à la mauvaise. Régulièrement, on avait droit à une fouille en règle, et je vous jure qu'avec le nombre de canifs qu'il nous a confisqués faute de mieux, cet enfoiré aurait pu ouvrir une coutellerie.

Chez moi, je répondais de plus en plus à mes parents, je baissais plus les yeux devant eux comme avant et, un soir que mon père est entré dans ma roulotte pour me mettre une sacrée rouste, j'ai attrapé sa main au vol avant que le coup m'atteigne. Je l'ai arrêtée tout net. Et alors je me suis approché de lui, je l'ai fixé droit dans les pupilles qui étaient maintenant à la même hauteur que les miennes, et je lui ai dit :

— J'ai presque dix-sept ans, papa. Tu peux plus me cogner dessus comme un gosse. La prochaine fois que t'essaies, je t'en retourne une.

Dans mes yeux, et dans ma poigne aussi, il a vu que je mentais pas, que j'étais prêt à lui mettre une belle branlée, et dans ses yeux à lui, cachée derrière son immense colère, je crois bien que j'ai vu de la peur, et alors mon père a fait volte-face et il est ressorti de ma roulotte, et c'était la dernière fois qu'il levait la main sur moi.

Je me souviens encore très précisément de la date à laquelle Freddy et moi avons fini nos bécanes, et c'était le 28 octobre, juste avant la fête des morts. Je risque pas d'oublier.

Alex et Oscar étaient venus pour nous voir donner le dernier tour de vis, et nous on avait fait exprès de les finir pile en même temps, et je vous jure qu'on a vécu ça comme une cérémonie, comme une fête nationale avec tout le tintouin.

On a sorti les deux bécanes de l'atelier, avec des gestes tout pleins de classe, on les a amenées au milieu de la cour, et c'était la première fois qu'elles mettaient le nez dehors, et même les parents et le frère de Freddy ils sont venus assister au coup de kick, et ça faisait vraiment une sacrée excitation.

Foutre Dieu ce qu'elles étaient belles, alignées toutes les deux l'une à côté de l'autre, à scintiller sous le soleil comme des pierres précieuses, avec les chromes qu'on avait restaurés et qui luisaient comme le cul d'un nouveau-né, et la peinture toute neuve des réservoirs qu'on était allés faire chez le peintre qui travaillait souvent avec M. Cereseto ! Elles étaient encore plus belles que dans nos rêves, parce que, là, elles sentaient l'essence.

Lipstick, elle portait bien son nom, ma parole ! Rouge comme la bouche des mannequins quand elles font exprès de la faire briller pour l'objectif. Une vraie garce. Exactement ce que ça aurait donné si le grand méchant loup avait fait une gamine au petit chaperon rouge.

On s'est dressés tous les deux en même temps au-dessus de nos machines, le pied sur le kick, on a échangé un clin d'œil et un sourire, on a compté jusqu'à trois, et alors je vous jure que c'est vrai et que je dis pas ça juste pour embellir l'histoire : on a réussi à les démarrer exactement à la même seconde ! Du foutu premier coup ! Bien sûr, on avait déjà fait des essais à l'intérieur, mais là, c'était pas pareil. Là, elles allaient rouler pour la première fois, bon sang !

Ça a fait un sacré bruit du tonnerre chez les Cereseto, et tous les clébards qui zonaient là se sont mis à aboyer comme si c'était la fin du monde, et les moteurs ils tournaient comme des horloges et ça faisait *potato potato* dans les pots d'échappement. Tout le monde a applaudi et a poussé des cris, la vache, ça avait de l'allure, et alors Oscar a démarré lui aussi sa bécane, et il a pris Alex derrière lui, on a salué les parents et le frère de Freddy et on est partis en fusées avec les yeux grands ouverts et le cœur qui grondait comme les moteurs pareil.

Sacré nom d'une pipe, qu'est-ce qu'ils ont pu battre fort, nos cœurs, pendant cette première virée ! C'était la meilleure chose qui nous était arrivée depuis que la Fouine était sorti de son coma et on était bien contents qu'il soit là pour partager ce moment de grâce avec nous. Non seulement c'était la première fois qu'on avait trois bécanes, mais en plus on avait fait naître deux d'entre elles avec nos petites mains de vauriens, et elles étaient rien qu'à nous, et on n'avait plus besoin de se cacher, et à trois motos, zut, on avait vraiment l'air d'une belle bande de voyous, comme dans les films où on voit ces motards un peu rebelles qui débarquent en ville façon western des temps modernes. Et ça, c'était chouette, parce que Rebelle, ça nous allait bien comme nom de famille, on trouvait. Sûr et certain, nous, on se voyait comme des apaches ou des pirates. Des insoumis. Sur nos motos, on était enfin vraiment nous-mêmes, on faisait un peu peur et on était libres et on pouvait quitter Providence rien qu'en tournant la poignée des gaz, et ça, c'était de l'ordre du miracle. Je suis sûr que les trois autres ils se sont dit comme moi que, ce soir-là, la bande à Freddy était enfin au complet.

On a roulé très tard, et on a traversé la ville plusieurs fois en long et en travers en gueulant comme des ptérodactyles, et les gens nous jetaient des drôles de regards pas trop contents, mais ils pouvaient aller se faire foutre, c'étaient nos bécanes et ils avaient intérêt à s'y faire, parce que maintenant, la bande à Freddy, ils la verraient plus jamais autrement, bon sang, on était des enfoirés de motards !

Moi, je voulais pas que ça s'arrête, pas seulement parce que c'était un sacré plaisir de rouler avec les miens, de sentir le moteur entre mes jambes, mais aussi parce que je savais que je ne pouvais pas rapporter ma bécane chez moi, que ça aurait fait chialer ma mère à cause de ma petite sœur Véra qui était morte, et qu'il faudrait donc que je la laisse chez Freddy, et ça c'était moche. Mais quand il n'y a presque plus eu d'essence dans les réservoirs, il a bien fallu que ça s'arrête, et la seule consolation c'était de se dire que le lendemain on pourrait recommencer, et le surlendemain aussi, et, ça va vous paraître un peu crétin mais, quand je suis parti et que j'ai laissé *Lipstick* à côté de *Rascal*, j'ai embrassé le guidon et puis voilà.

21

C'est à cette époque-là que j'ai rencontré Nina.

Jamais j'aurais imaginé qu'une fille comme ça puisse s'intéresser à un type comme moi et, au début, je me suis même demandé si elle se moquait pas un peu tout de même.

Elle avait de longs cheveux bruns frisés qui cachaient à peine ses énormes boucles d'oreilles, un petit nez d'animal fripon et des yeux qui pétillaient d'esprit, elle avait la peau douce, ma parole, douce comme des draps de soie. Elle était pas bien grande, avec de sacrées jolies formes – bon sang, des nichons comme ça, on pouvait pas s'empêcher de regarder droit dedans, c'était comme si la nature tout entière s'était cachée à l'intérieur ! – et c'était une vraie pile électrique, toujours en train de courir, de rebondir, de virevolter. Elle finissait jamais ses phrases, et c'était difficile de la retenir quelque part avec son furieux besoin de bouger comme ça comme une anguille.

Un jour, Nina m'a dit que sa grand-mère était tzigane et qu'elle dansait le flamenco dans une troupe ambulante qui avait fait le tour du monde. Je sais pas si c'était vrai, mais ce qui est sûr c'est que Nina on aurait bien dit une petite bohémienne et qu'elle me faisait penser un peu à Papy Galo dans sa façon de voir la vie, comme de très loin, avec les pieds nus dans la tête. Sûrement qu'elle s'est d'abord intéressée à moi parce qu'on m'appelait Bohem et que je vivais dans une roulotte, mais moi je me moquais de savoir le pourquoi du comment.

Ce jour de novembre donc, c'est elle qui est venue me parler en premier. Ça faisait des semaines que je la reluquais du fond de la classe avec des idées plein la tête et que je gardais jusqu'au soir dans mon lit, mais c'est elle qui est venue me parler en premier et je peux vous dire que, comme surprise, c'était un peu formidable. J'étais assis dans notre coin de la cour à attendre les autres et elle est venue s'installer à côté de moi comme ça, l'air de rien, dans le coin de la bande à Freddy, ce que personne d'autre n'aurait jamais osé faire à cause de la loi du plus fort.

— Je vous ai vus passer sur vos motos hier, près de la rivière. Vous roulez toujours ensemble, comme ça ?

Elle a dit ça comme si on se connaissait déjà un peu et ça m'a mis mal à l'aise, cette promiscuité, surtout si les autres nous voyaient.

— Euh, oui, j'ai répondu en essayant de pas trop regarder à l'intérieur de sa chemise.

— Pourquoi vous roulez toujours ensemble ?

Je sais pas trop ce qui me déstabilisait le plus, sa question ou bien le simple fait que la plus jolie fille du lycée vienne me parler à moi, mais, en tout cas, j'ai mis un paquet de temps à répondre. Merde, si j'avais été Freddy, j'aurais certainement su dire des trucs drôlement classieux et elle serait tombée raide dingue de moi aussi sec, mais j'étais juste Hugo Felida et c'était une autre paire de manches. J'essayais de garder mon air de rien, assis sur le muret, les coudes posés sur les genoux à la désinvolture, mais pour de vrai j'étais tendu comme une arbalète.

— Ben, parce qu'on est une bande.

J'ai pas trop aimé que ça la fasse rire comme ça, alors j'ai essayé d'enrober un peu mieux le tableau.

— On est comme une meute de loups, tu vois ? Les loups, ils se quittent jamais, ils font tout ensemble et ils peuvent compter les uns sur les autres. Quoi qu'il arrive. Ils se défendent ensemble. C'est rare de pouvoir compter comme ça sur quelqu'un.

— Je vois. Mais t'as jamais envie de rouler tout seul ?

— T'y connais quelque chose, à la moto ?

J'ai dit ça d'un air un peu méprisant en haussant les épaules et là, elle m'a crucifié sur place :

— Non, mais j'y connais quelque chose à la liberté.

J'ai essayé de pas perdre la face, même si elle et moi on savait que j'avais déjà perdu la partie.

— On peut être libres à plusieurs, j'ai dit. Moi, j'ai connu des solitudes qui ressemblaient vachement à des prisons.

Elle a souri.

— T'es un malin, toi.

J'étais surtout rouge comme ma bécane et j'aimais pas trop le sentiment d'infériorité que j'avais à cause de sa beauté, de son assurance et de ses nichons.

Et puis, tout à coup, elle s'est levée, elle a commencé à s'éloigner et elle m'a lancé, comme ça :

— Si un jour l'envie te prend d'aller rouler tout seul, je veux bien t'accompagner.

— Mais enfin, si tu m'accompagnes je serai plus tout seul ! Ça n'a pas de sens, ton histoire…

Mais elle était déjà partie.

22

J'ai jamais demandé à Freddy où il avait trouvé le flingue, ni quand il l'avait donné à Alex, mais c'était un homme de parole, alors j'ai pas été étonné quand, un soir, on a vu la Fouine débarquer dans ma roulotte et sortir son pétoire de dans sa poche et le poser délicatement sur la vieille table de Papy Galo.

C'était un sacré gros Smith & Wesson de calibre .38 avec six coups dans le barillet. Il avait une crosse en bois un peu usée et le numéro de série avait été limé. Si depuis lors j'ai eu l'occasion d'en croiser un joli paquet, c'était la première fois que je voyais une arme de contrebande et même si ça filait un peu les jetons, ça en jetait un brin.

— Merci, Freddy. J'en aurai plus besoin, maintenant.

Alex a dit ça avec une espèce de sourire bizarre, et alors on a tous vu qu'il avait des taches de sang sur sa chemise, et il y a eu un drôle de moment de silence, quand même. Mince, on brûlait tous d'envie de lui poser des questions, mais ça se faisait pas entre nous, et Alex il avait le droit de nous dire ce qu'il voulait. Il a juste ajouté :

— Je pense que les Jags ne remettront plus jamais les pieds à Providence.

On a tous hoché la tête, et on en a plus jamais reparlé.

Je sais pas si c'est mon regard qui avait changé, ou bien Alex, mais je vous jure qu'à ce moment-là il avait l'air plus grand qu'avant. Moins chétif.

Je me suis souvent demandé s'il les avait dessoudés pour de bon. En même temps, on avait beau jamais lire le journal, si c'était allé jusque-là on aurait sûrement fini par en entendre parler. Alors je sais pas exactement ce qu'il leur a fait ce soir-là, mais une chose est sûre, il a pas menti : les Jags n'ont plus jamais remis les pieds à Providence.

J'ai pris le flingue et je l'ai rangé dans le vieux tiroir où était aussi planquée la récolte agricole d'Oscar, qui était presque finie depuis le temps, et on est passés à autre chose, c'est-à-dire qu'on a pris nos bécanes et qu'on est partis jouer au flipper chez José.

C'est à cette époque-là qu'Alex est devenu mon passager attitré. Les autres en avaient un peu marre de se le trimballer derrière, mais moi, la Fouine, je pouvais pas le laisser sur le carreau, à cause des *Biggles*, de Steinbeck et de Kerouac, alors c'est devenu une habitude, et Alex n'est plus jamais monté que derrière moi. Comme il n'était pas bien lourd, ça me dérangeait pas vraiment, je l'emmenais partout et puis ça renforçait les liens.

Pendant les semaines qui ont suivi, je me suis vachement rapproché de Nina, si je puis dire, et si Alex et Oscar ne se sont pas privés de me chambrer à ce sujet, Freddy, lui, il se contentait de m'adresser des clins d'œil qui voulaient dire qu'il était content pour moi et parfois même il allait lui parler un peu à l'écart et je pense qu'il lui disait des trucs gentils sur moi, des trucs qu'il me disait jamais en face pour cause de fierté masculine mal placée, et ça, c'était bien le genre de Freddy.

Nina et moi, pendant la classe, au lieu d'écouter le prof, on s'est mis à s'écrire des lettres, des foutues longues lettres qu'on se donnait dans la cour avec la promesse d'attendre le soir pour les lire en secret. Je sais pas combien de pages on a remplies, elle et moi, mais au bout d'un moment ça commençait à faire un sacré paquet sous mon lit, et jamais on m'avait écrit des mots aussi beaux, et même maintenant quand j'écris je pense un peu à elle. Dans ces lettres, on se disait des choses qu'on prend jamais le temps de se dire dans la vie, et on a fini par se construire un monde à nous, avec des mots à nous, parfois c'était un peu n'importe quoi, comme des paroles de chansons qu'on s'écrivait, des codes qui voulaient dire qu'on s'aimait comme seuls peuvent s'aimer les adolescents, avec toute la pureté et la violence de l'âge, et c'était délicieusement sot, il y avait plein de tendresse et de tristesse dans ces pages noircies. On parlait de voyages et d'évasion, on parlait d'une petite maison de bois qu'on irait construire ensemble sur la plus lointaine falaise, au bord du monde, et de la balancelle qu'on aurait dans notre jardin où personne pourrait venir nous trouver et on se disait même que ce serait chouette de mourir tous les deux sur cette balancelle au-dessus de l'océan.

Tous les moments que je ne passais pas avec la bande, je les passais avec Nina, et c'étaient des moments volés, furtifs, sur des bancs ou assis par terre, et puis le jour est venu où je l'ai emmenée sur ma moto, comme elle me l'avait demandé, et alors elle m'a embrassé, et moi j'avais jamais connu ça, une tendresse pareille et ça valait tout l'or du monde. J'ai été avec bien d'autres filles après elle et, pourtant, je crois ressentir encore ses lèvres dans mon cou comme elle m'embrassait tout doucement sur la bécane, et moi bon sang je savais même pas qu'on pouvait être aussi délicat avec un homme.

Nina, elle me disait souvent qu'elle n'aimait pas trop l'idée que je sois dans une bande, que loup solitaire c'était pas mal non plus, et puis elle me répétait des phrases comme « tu es différent, toi », « tu n'as besoin de personne », mais je pense que les filles font toujours comme ça avec les hommes pour les flatter. Elle disait que Freddy était un type bien, mais que les deux autres ils me tiraient vers le bas et alors je me mettais en colère, parce qu'on peut pas dire du mal de la bande à Freddy, mais ça durait pas très longtemps à cause des baisers dans le cou.

Et puis un jour, on l'a fait.

C'était la fin du mois de novembre quand, un soir, après les cours, Nina m'a pris par la main avec ses yeux espiègles de petite bohémienne et m'a emmené dans le gymnase qui était tout éteint. On a écarté les deux battants de la porte retenus par une chaîne et on s'est glissés à l'intérieur et moi j'ai bien compris que, cette fois, elle voulait en faire un peu plus que quand je l'emmenais dans la salle arrière chez José et qu'elle me laissait lui toucher les nichons et il y avait de quoi faire, et ça m'a fait de drôles de trucs dans le ventre. On n'en avait pas parlé, et on n'a pas échangé un seul mot, parce que c'était une évidence. Nina m'a poussé vers le paquet de tapis qu'on utilisait pour la gymnastique, on a grimpé dessus sans cesser de s'embrasser avec plus de fougue qu'on l'avait jamais fait, et puis nos mains ont fait le reste, et bientôt on était tout nus, et alors Nina elle m'a chuchoté dans l'oreille :

— Fais-moi l'amour, Bohem.

Et moi j'ai un peu perdu de ma superbe et j'ai dit :

— Euh... C'est la première fois.

Nina, elle a souri, elle m'a poussé en arrière et finalement c'est elle qui m'a fait l'amour dans l'obscurité du grand gymnase, et on se foutait de savoir si un prof allait débarquer, et il faut bien reconnaître que c'était un peu maladroit et rapide comme les premières fois, mais c'était magique quand même, et avec la nervosité on a eu tous les deux un sacré fou rire quand c'était fini, un fou rire qui voulait dire qu'on était bien ensemble et qu'on voulait recommencer, ce qui, pour moi, était plutôt une bonne nouvelle.

Quand je suis sorti du lycée ce soir-là, les bécanes de Freddy et Oscar n'étaient plus à côté de la mienne, et Alex était là qui m'attendait et il faut bien avouer qu'en marchant vers lui je n'étais pas tout à fait dans mon état premier, et sûrement que je devais avoir un sourire bien débile et les cheveux comme la fontaine de Providence. Ça devait se voir à mille mètres, la chose.

Alex, il a froncé les sourcils avec un sourire en coin et ça voulait dire qu'il avait très bien compris ce qui venait de se passer, et il a été assez élégant pour ne rien dire, mais assez malin pour me le faire savoir, comme à son habitude.

— Ils ont dit qu'on se retrouvait chez toi, mais on peut attendre un peu, si tu veux.

Je me suis contenté de hocher la tête en souriant bêtement, et on est monté sur *Lipstick*, direction roulotte.

Pendant le trajet, j'étais tellement ailleurs que j'ai raté une ou deux bifurcations, et la Fouine devait bien se gondoler dans mon dos, mais je m'en foutais, j'avais encore Nina partout sur moi. En roulant, je revoyais sa silhouette au-dessus de moi dans l'obscurité du gymnase, je sentais encore la douceur de ses gestes, le bruit de nos souffles, et ce plaisir envahissant, étouffant, et foutre Dieu, c'était encore mieux qu'on ne pouvait le décrire, et j'aurais voulu que ça s'arrête jamais.

Mais ça s'arrête toujours, n'est-ce pas ?

Quand j'ai vu la voiture de l'inspecteur Kolinski garée devant ma roulotte avec les gyrophares qui scintillaient tout autour, il était trop tard pour faire demi-tour et, de toute façon, cet enfoiré savait bien que c'était chez moi, ça servait pas à grand-chose de fuir. J'ai senti les mains d'Alex se crisper sur mes hanches, et je n'ai pas trop su quoi faire, et je crois que j'ai juste éteint le moteur de ma bécane, mais je me souviens plus très bien des détails.

J'étais tétanisé en regardant la scène qui faisait comme un drôle de tableau gris devant moi, mes parents enlacés sur le perron avec les yeux mouillés de la terreur, un peu comme quand on avait perdu Véra, les assistants de Kolinski qui sortaient de ma roulotte avec des petits sacs en plastique, le vent de novembre qui faisait voler les feuilles mortes, et cette foutue lumière rouge qui tournait, tournait... Et puis quand j'ai vu Oscar et Freddy allongés par terre sur le ventre avec les menottes dans le dos, j'ai tout de suite compris que c'était un peu la fin de l'univers tel qu'on le connaissait, et j'ai pensé à Nina en me disant que peut-être j'avais trop rêvé comme c'est pas permis.

23

« Détention d'arme et trafic de stupéfiants en bande organisée », ça faisait un peu ronflant dans la bouche du procureur, tout de même. Des armes, à cette époque, tout le monde en détenait, bon sang ! Quant au trafic de stupéfiants en bande organisée, on s'est bien gardés de dire qu'Oscar s'organisait très bien tout seul, et on a tous pris pareil. Et puis, au final, on pouvait s'estimer heureux qu'ils aient pas ajouté vol et recel, avec notre passif. On pouvait s'estimer heureux aussi qu'ils soient pas passés quelques semaines plus tôt quand il y avait encore dix fois plus d'herbe à saisir dans ma roulotte.

J'avais encore seize ans, et les trois autres dix-sept. On a échappé, de peu, à la prison pour adultes.

C'étaient les parents d'Alex qui nous avaient trouvé un avocat et il était à la mesure de leurs moyens, c'est-à-dire pas terrible. J'entends encore la voix grave du juge de la cour juvénile quand il a annoncé la sentence. Ça a résonné dans le tribunal comme si c'était cet enfoiré de Dieu le père qui grondait de derrière les nuées, et le coup de marteau c'était comme si je l'avais pris sur la tête.

Six mois en centre de détention pour mineurs. Bam !

Jamais j'avais imaginé qu'un truc pareil pourrait nous arriver, à nous. Je dis pas que c'était pas juste, je dis que j'avais pas imaginé. Passer une ou deux nuits au commissariat, oui, mais bon sang, six mois ? Pour moi, on était simplement des petites canailles en bécane, un peu pourris dedans, mais avec le fond pas bien mauvais. Des insoumis provocateurs, chapardeurs. Jamais je n'avais réalisé que tout ça pourrait nous mener là. Pour moi, on essayait de s'en sortir et de prendre la revanche. Je savais bien qu'on était pas des anges ni des premiers de la classe, et que, planquer un flingue de contrebande chez soi, c'était pas très finaud comme idée, mais jamais j'avais imaginé un truc pareil. Tout à coup, j'avais l'impression de passer dans une autre réalité qui était encore plus sale et collante que la première.

Le juge, il nous regardait avec une mimique bien dégueulasse, comme pour dire qu'on se rendait pas compte de sa grande clémence et qu'on avait de la chance de s'en tirer avec si peu, mais la chance, nous, on savait pas trop ce que c'était, alors on a pas pu la reconnaître. Et, pour enfoncer le clou, il a balancé tout un grand discours sur la responsabilisation parentale et assorti nos peines d'une amende que nos vieux allaient devoir régler à la sueur de leur compte en banque, et cet enfoiré il devait bien savoir que c'était largement au-dessus de leurs moyens, comme on était des ploucs, mais ça, c'est jamais leur problème.

Oscar, quand il a entendu ça, il est devenu fou de rage animale et derrière la barrière du banc des accusés on aurait dit un fauve, et les deux flics qui l'encadraient lui ont foutu des sacrées beignes pour qu'il la ferme, et comme il voulait toujours pas se calmer ils l'ont emmené dehors en le tenant par les pieds et par les mains et je revois encore le Chinois hurler et se débattre comme un aliéné, la vache, c'était moche.

De l'autre côté, bien alignés, il y avait tous nos vieux qui s'étaient effondrés sur leur banc, et c'est la seule fois de ma vie que j'ai vu pleurer M. Cereseto et ça, merde, c'était encore pire qu'une peine de prison, comme punition !

Freddy et Oscar ont été placés tous les deux dans un centre de détention à Laplace, qui avait la réputation d'être l'un des plus durs du pays. Alex et moi, on a partagé une cellule à Sainte-Catherine, et c'était pas folichon non plus.

Il paraît que le but de la justice pour mineurs, c'est de faciliter la réinsertion, que c'est une justice éducative et tout le tralala que sortent les politiques à la télévision. Il paraît.

À l'entrée, une espèce de psychologue condescendant censé mesurer le risque de suicide chez les nouveaux détenus vous explique mot pour mot que « *la justice juvénile se fonde sur la recherche systématique de l'intérêt du mineur à travers une approche éducative* ». Ouais. Moi, tout ce que je sais, c'est que quand on sortait du centre de détention pour mineurs de Sainte-Catherine, soit on était cassé à vie et plus bon à rien, soit on était encore pire qu'avant et tout endurci du dedans à cause de la haine. Alors, la réinsertion, vous pouvez vous la mettre où je pense.

Sainte-Catherine comptait cinq cents places maximum et je crois pas exagérer en disant qu'on était pas loin de six cents gamins à l'intérieur, dont au moins quatre cents qui étaient noirs et une vingtaine qui étaient filles. Nous étions parqués par unités de dix cellules, censées contenir chacune deux mineurs, à part ceux qui étaient là pour homicide et qui avaient des cellules individuelles, au cas où c'était contagieux comme maladie, le meurtre. Les cellules, c'étaient des petits cubes carrelés qui ressemblaient un peu à des salles de bains d'hôpital, sauf pour l'odeur. Normalement, Alex et moi aurions dû être séparés par principe, mais c'était tellement le bazar au niveau des places qu'ils nous ont collés dans un cachot où il y avait un gosse tout seul, et donc on a fini à trois dans une pièce déjà trop petite pour deux, mais on n'allait pas se plaindre, c'était pas un centre de vacances non plus.

Chaque unité de dix cellules était gardée par deux surveillants, si bien qu'on finissait par les connaître, même avec les rotations, et les pires, c'étaient les femmes. Les gardiennes, promis, faut croire qu'elles ont besoin de se faire encore plus respecter que les gardiens, pour pas perdre la face, alors c'est des vraies garces, celles-là, pas moyen de discuter, à moins d'aimer se faire traiter comme une merde de chien malade.

Les portes des cellules étaient totalement vitrées pour que les gardiens puissent voir tout l'intérieur, ce qui ne laissait pas un seul centimètre carré pour l'intimité, même pour le foutu chiottard qui était dans un coin sans séparation. Comme il était interdit de mettre des rideaux à la petite fenêtre, les heures de sommeil étaient sacrément réduites, elles aussi, à cause du soleil bas de l'hiver. Pas d'affichage personnel sur les murs, pas d'étagères, tout devait être posé en évidence sur la table qui était cimentée au sol. Le seul luxe autorisé, c'était un petit poste de radio sans antenne, ce qui limitait drôlement la réception, et pour entendre de la bonne musique vous pouviez vous brosser les fesses. Dans la partie commune, il y avait bien une vieille télévision, mais c'étaient les gardiens qui choisissaient quelles émissions on pouvait regarder, par groupes de vingt, et on peut pas dire qu'ils avaient des goûts très raffinés en matière de programmation et, pendant toute la diffusion, on n'avait même pas le droit de parler entre nous, si bien qu'au final on restait enfermés dans nos cellules à la place, merci beaucoup.

Nous étions tenus de suivre cinq heures de cours par jour avec des professeurs qui n'avaient pas l'air ravis d'être là eux non plus, et deux activités sportives par semaine, dans les petits terrains situés au milieu du bâtiment. Ça résonnait tellement là-dedans qu'après une heure de basket vous aviez la tête plus grosse que le ballon.

Tous les quinze jours, une employée de la bibliothèque municipale passait dans le centre avec les livres qu'on avait réservés la fois d'avant, elle poussait son chariot de cellule en cellule, un peu comme Molly Malone dans la chanson, et je crois bien que c'est ce qui nous a sauvés, Alex et moi. Les bouquins. On en lisait tellement, lui et moi, que la bibliothécaire nous avait à la bonne et elle s'arrêtait un peu pour papoter, ça nous faisait un chouette lien avec le soleil.

Niveau discipline, je peux vous dire que, soudain, le foutu Règlement du lycée de Providence nous est apparu comme une sacrée rigolade. En entrant à Sainte-Catherine, le superviseur vous attribuait dix points, et vous pouviez en gagner ou en perdre, selon votre conduite. En théorie, vous pouviez gagner des points si vous rangiez bien votre cellule, que vous gardiez une hygiène correcte, que vous arrosiez leurs putains de plantes vertes, etc. Et si vous arriviez à quinze points, vous aviez droit à des petits avantages comme téléphoner plus longtemps, rencontrer au parloir d'autres personnes que vos parents... Sauf que, dans les faits, j'ai jamais vu personne arriver à leurs maudits quinze points, et c'était quand même sacrément plus facile d'en perdre que d'en gagner. Un mot de trop pendant les repas, une remarque désagréable, un retard aux balades, tout était bon pour nous enlever des points et de la dignité avec.

Quand vous tombiez en dessous de cinq, on vous isolait dans une cellule sans fenêtre et, même si je pense que la loi l'interdit, je peux vous dire que dans cette pénombre-là les matons se privaient pas pour nous foutre des sacrées tartes, et qu'ils s'y mettaient même à plusieurs, ces enfoirés. Pour eux, ça devait être une sorte de récompense de pouvoir cogner un gosse à l'abri des regards. Je sais pas si c'était dans leur nature ou si c'était les années passées dans ce merdier qui les avaient rendus comme ça, mais certains gardiens étaient quand même de beaux enfoirés de pervers, dans leur genre. Et je dis pas ça pour attirer la pitié non plus, hein ? On était pas là par hasard, et on avait sans doute rien que ce qu'on méritait, mais bon sang, les gardiens, il y en avait quelques-uns qui se faisaient plaisir.

Des trucs dégueulasses, j'en ai vu un paquet, à Sainte-Catherine, dans le genre pas racontables, et les gamins qui résistaient pas, les gamins qui pétaient les plombs, c'était pire que tout, parce qu'à part les cogner encore un peu plus, les gardiens savaient pas trop quoi faire pour les aider, et je vous jure que j'ai vu des gosses sortir de là complètement détraqués alors qu'ils étaient entrés avec la tête à peu près droite sur les épaules.

Merde, je me souviens encore du petit Paul, qui devait avoir tout juste treize ans quand on l'a foutu là-dedans, et rien que d'y penser, tiens, j'ai vachement mal au niveau de la gorge, et la seule fois où j'ai été content pour lui c'est quand il a réussi à se tailler les veines avec un os de poulet qu'il avait bien aiguisé, et qu'enfin tout ça c'était fini pour lui.

Si vous étiez un peu malin, vous finissiez par comprendre que le seul moyen de s'en sortir à moitié, c'était de fermer gentiment votre gueule à double tour, même devant les pires injustices, parce que la prison a toujours raison. Déjà que ça sert à rien de discuter avec un mur, alors avec quatre...

Alex et moi, on a vite compris l'histoire, on la fermait, on lisait, même si ça faisait sacrément mal au ventre toute cette absence de justice dans un endroit qui était censé la rendre. On peut dire ce qu'on veut, la prison punit bien plus que ce qu'elle devrait le faire, et on ne comprend jamais aussi bien le sens du mot liberté que quand on l'a perdue.

Alex, au début, il passait pas mal de temps à l'infirmerie pour dire qu'il avait attrapé des trucs horribles, jusqu'à ce que le médecin en ait tellement marre de lui qu'il lui en interdise l'accès, et alors la Fouine disait qu'il allait crever ici d'une non-assistance à personne en danger et, en temps normal, je me serais bien foutu de sa poire, mais là je faisais tout pour le rassurer quand même.

Je vais pas vous mentir, j'ai passé un sacré paquet de soirées à essayer de pas pleurer trop fort, tout en haut du lit superposé, avec mes yeux qui cherchaient dans le plafond gris le visage de

Freddy, d'Oscar, et celui de Nina. Et je crois bien que si la promesse de les retrouver à la sortie n'avait pas été là, j'aurais fini comme le petit Paul moi aussi avec un os de poulet dans les poignets.

Le pire, au centre de détention de Sainte-Catherine, c'est que, comme si ça suffisait pas d'avoir des gardiens sacrément tordus de la tête, il y avait certains de nos codétenus qui étaient eux aussi de belles enflures de première classe, et c'était un peu la loi de la jungle, là-dedans. Si, au lycée, Alex et moi, on était de la bande à Freddy, ici, on était plus personne et, pour se faire respecter, c'était une autre affaire, comme paire de manches.

Dès la première promenade, on a compris que le centre de détention, c'était beaucoup moins simple que la rue. Ici, le racket, la castagne et même le viol dans les fesses étaient monnaie courante, et ça se faisait en toute impunité, parce qu'aller se plaindre, c'était être une balance, et les balances en prison elles finissent entre quatre planches et, quand on y réfléchit bien, c'est quand même mieux de se faire enculer. Certains, quand ils sont à l'intérieur, ils ont plus grand-chose à perdre. Pour un oui ou pour un non, ils vous balancent un coup de fourchette dans les yeux, et je dis pas ça comme une image, je dis ça parce que je l'ai vu un jour à ma propre table.

Alex, forcément, avec ses petits bras et son corps tout chétif, il se faisait pas mal emmerder. Je l'ai pas remarqué tout de suite. Et puis, un soir, comme on crevait de chaud pour aller se coucher, je l'ai vu enlever la chemise bleue qu'ils nous filaient tous les matins en échange de celle de la veille, et j'ai découvert les grands hématomes

151

sur ses hanches et dans son dos qui lui faisaient comme des grandes taches sur la peau d'une vache.

— C'est quoi, ça ? j'ai dit.

— Rien, rien.

— Comment ça, rien ?

— Je suis tombé, c'est bon.

J'ai pas voulu insister, à cause de la fierté personnelle et du troisième bonhomme qui partageait notre piaule, mais quand, le lendemain, Alex est revenu de la promenade avec un œil tout violet autour, cette fois j'ai pas laissé tomber.

— Qui est-ce qui t'a fait ça, bordel ?

— T'occupe, Bohem. C'est rien.

Je me suis énervé parce que je trouvais pas ça très fraternel de sa part, le silence.

— Je veux régler ça tout seul, il m'a dit. Comme avec les Jags. J'en ai marre d'avoir toujours besoin de vous pour me défendre.

— C'est pas pareil, ici, Alex. On n'est plus à Providence, là. Tu peux pas régler ça tout seul. Et y a pas de honte à se soutenir les uns les autres.

Il a poussé un soupir qui voulait dire que j'avais raison et que ça l'énervait que j'aie raison. Alex, il aime pas trop quand c'est quelqu'un d'autre qui a raison.

— Dis-moi juste qui c'est.

Il a hésité, et puis il a fini par cracher le morceau.

— C'est la bande à Rico.

Rico, c'était un grand blond carré comme un coffre-fort, un genre de tordu de la race blanche avec une croix gammée tatouée sur la poitrine, et avec tous les Noirs qu'il y avait dans le centre il fallait quand même qu'il ait une sacrée paire de couilles et pas beaucoup de cerveau pour assumer comme ça sa haine du prochain de couleur. Il avait une demi-douzaine de crétins avec lui qui passaient toutes leurs heures d'activités sportives et de promenade autour des bancs de musculation. Ça allait pas être coton.

— Demain, tu me quittes pas d'une semelle, j'ai dit.

Alex a secoué la tête, mais, le lendemain, il a fait comme j'ai dit, il m'a pas quitté d'une semelle. À la promenade, au lieu d'aller jouer au basket avec les autres comme je faisais d'habitude, je suis resté assis avec la Fouine à fumer des clopes, et je dois bien avouer que j'ai eu un peu l'estomac qui se retourne à l'intérieur quand j'ai vu arriver les nazis.

— Ça va, les pédés ? a balancé Rico, dans le genre brillant.

Moi, j'ai pas réfléchi des masses, je me suis levé et je lui ai collé direct une sacrée beigne, bien lourde et bien profonde, comme Freddy m'avait appris : dans l'axe. Et comme je savais que j'aurais sans doute pas droit à une deuxième chance, vu le gabarit du gaillard, j'ai visé la tempe, parce que Freddy m'avait aussi expliqué que le meilleur moyen de mettre un type K.-O. c'était de le frapper sur le côté de la tête pour que le cerveau cogne contre l'intérieur du crâne, et alors bonne nuit les petits. Eh bien Rico, il avait beau mesurer trente centimètres de plus que moi et peser le double, je vous promets qu'il s'est écroulé direct au pays des ours en peluche. Raide patate.

Après, ça a été un peu plus compliqué.

Ses cinq potes rasés du crâne et du bulbe se sont jetés sur moi et là j'ai quand même avalé pas mal d'osselets dans la gueule et de coups de pompe dans les côtes, en service après-vente. Si les gardiens n'étaient pas intervenus, je pense que j'aurais sans doute fini à peu près mort.

Quand, des heures plus tard, je suis ressorti de l'infirmerie avec des points de suture sur les deux arcades, j'ai eu droit à la cellule d'isolement et à une semaine de prolongation de ma peine, ce qui n'est pas rien, une semaine, croyez-moi. Même punition pour Rico et ses copains, si bien qu'ils étaient dans les cellules à côté de la mienne, et le soir ils me balançaient à travers les murs des menaces bien détaillées sur les prochaines promenades, comme quoi je risquais pas de sortir de Sainte-Catherine avec un seul morceau entre la tête et les pieds.

Après trois jours d'isolement, je suis retourné dans notre cellule, et Alex, j'ai bien vu qu'il serrait les lèvres pour pas chialer quand il a découvert comment ils m'avaient refait le portrait un peu en cubisme. Il a voulu me serrer dans ses bras, mais ça me faisait tellement mal aux côtes qu'il s'est écarté quand j'ai grogné.

On est restés un moment sans rien dire à cause de la gêne, et puis Alex, il a dit :

— Et maintenant, on fait quoi ? Ils vont nous tuer, Bohem. Ils vont nous tuer.

— Laisse-moi faire, j'ai dit.

J'entendais le bruit de son inhalateur qui faisait *pshht pshht* sans arrêt.

— On n'a qu'à plus aller aux promenades, et puis c'est tout.

— Laisse-moi faire, je te dis !

J'avais un genre de plan dans ma tête, mais je préférais pas trop lui en parler tellement c'était hasardeux comme plan, niveau réalisme et, en vérité, j'étais pas beaucoup plus rassuré que lui.

À midi, au repas, en portant tant bien que mal mon plateau à cause de la douleur, je me suis approché de la table d'une autre bande qu'il y avait dans le centre, trois gars du genre bien costauds aussi, qui devaient pas être loin d'avoir l'âge limite pour rester ici, et que j'avais déjà repérés à cause des tatouages qu'ils avaient sur les bras et dans le cou. Il y en avait un qu'ils portaient tous pareil, je savais pas trop ce que ça voulait dire, mais au moins c'était la preuve qu'ils faisaient partie de la même bande. Il y avait écrit « 1 % » dans un losange.

Quand je me suis assis à leur table, ils m'ont tous regardé comme si j'étais raide fou et je dois bien dire que ça battait pas mal dans ma poitrine derrière les côtes cassées. J'ai pointé du doigt en direction du bras de celui qui avait l'air d'être leur chef, un type qui portait une barbe et les cheveux longs et qui semblait pas particulièrement aimable au niveau du caractère.

— C'est un shovel ? j'ai dit en désignant le moteur de bécane qu'il avait tatoué sur la peau.

Le type a froncé les sourcils et il a un peu souri comme s'il en revenait pas que j'ose lui adresser la parole. Pat, il s'appelait.

— Qu'est-ce que ça peut te foutre ?

— Rien. C'est juste que ma bécane me manque, et que, justement, le moteur, c'est un shovel.

— Ah ouais ?

Là, il s'est marré pour de bon, et les deux autres ont fait pareil, un peu comme quand on se fout de la poire d'un gamin qui dit n'importe quoi à table au milieu des adultes. Mais moi, je me suis pas démonté.

— Ouais. Un 1 200 cm³ que j'ai monté dans un cadre rigide, fait maison.

Pat a arrêté de rigoler, sans doute parce qu'il a commencé à se dire que peut-être c'était pas des histoires.

— Tu t'es fabriqué une bécane, toi ?

— Ouais. Je suis mécano et, avec mes potes, à Providence, on s'est fait des putains de choppers. Le petit, là-bas, la Fouine, il roule avec nous. Et je peux vous dire une chose, c'est qu'à la minute où on sera sortis d'ici, c'est pas nos familles qu'on ira voir, c'est même pas nos gonzesses, c'est nos bécanes.

J'en faisais un peu des tas, mais quand Pat s'est mis à hocher lentement de la tête, j'ai compris que j'avais réussi le début de la partie. Il fallait que je continue à la jouer fine.

— OK. Et pourquoi tu viens me raconter ça, gamin ?

— Parce que mon pote et moi on en a marre de se faire emmerder par les nazis et que je sais que la seule fraternité qui tienne, c'est celle de la route...

Pour le coup, Pat, il a franchement rigolé, et puis soudain il s'est arrêté, sa tête a changé, il m'a pris par le bras, il s'est approché de moi et il a dit :

— Écoute, gamin, nous, on est des 1 %, on est pas tes copains, d'accord ? Et encore moins tes frères. Ça suffit pas d'avoir une bécane pour venir nous emmerder. Alors, tu prends ton petit cul de tapette et tu dégages de notre table. Et la prochaine fois que des gugusses viennent te chercher des noises, t'auras qu'à appeler ta maman. Allez, dégage !

Là, j'ai pas été très malin, mais c'est plus fort que moi, bon sang, je sais pas fermer ma gueule dans mon genre.

— Traite-moi encore une seule fois de tapette et t'auras plus assez de doigts pour appeler la tienne, j'ai dit en me levant.

Je me suis éloigné vite fait en me disant que j'étais vraiment le roi des cons avec deux couches de platine sur la couronne. Le silence derrière moi, il était pas du genre reposant.

— Alors ? m'a fait la Fouine avec des yeux pleins d'espoir quand j'ai posé mon plateau à côté du sien, de l'autre côté du réfectoire.

Au loin, le fameux Pat me regardait encore avec un air vachement perplexe, comme colère.

— Alors on est encore plus dans la merde qu'avant, j'ai répondu, et je crois que j'étais légèrement en dessous de la vérité.

24

Le troisième gamin qui partageait la cellule avec nous – bon sang je me souviens même plus de son prénom – c'était pas un grand bavard et il souriait tellement jamais que je crois que j'ai jamais vu s'il avait des dents. On savait même pas pourquoi il était là – les détenus disaient rarement pourquoi ils étaient là –, mais ça devait être profond, parce qu'il était entré avant nous et devait sortir bien après. Lui, son truc pour tenir, c'était le silence, dans lequel il était vachement bon.

Quand on est rentrés du repas, il était en rendez-vous chez le psychologue, alors la Fouine et moi on a pu causer tranquilles, et ça tombait bien, parce qu'on en menait pas vraiment large tous les deux.

— Ça t'arrive de te demander ce que tu feras quand on sera sortis ? il m'a dit, Alex, en s'allongeant sur son matelas tout soupir.

J'ai grimpé sur le lit du dessus, parce que ça faisait pas de mal de s'étendre un peu avec des côtes en miettes.

— D'abord, j'irai voir ma bécane. Et puis après, j'irai déglinguer Nina, j'ai dit en rigolant pour détendre l'atmosphère. Nom d'un chien, la pauvre, je ferai rien que ça pendant une semaine, elle pourra plus s'asseoir.

Alex a rigolé aussi, et c'était bien, même si c'était un peu nerveux.

— J'arrive toujours pas à croire que t'as pu te lever une nana pareille.

— J'ai la classe, qu'est-ce que tu veux !

— N'exagérons rien, tu l'as honorée une seule fois et tu es obligé d'admettre que cette prouesse résume à elle seule l'intégralité de ta vie sexuelle, si on met de côté la branlette, où là il faut reconnaître que tu as une longue expérience.

Il faisait exprès de parler bien pour faire son Alex.

— Et toi ? Tu feras quoi quand on sortira ?

— Moi ?

Il a hésité un moment, comme s'il savait pas ce qu'il allait répondre, mais s'il m'avait posé la question en premier c'était forcément qu'il avait sa petite idée et qu'il faisait son cinéma habituel, genre énigmatique.

— Moi, j'aimerais bien aller voir mon frère.

J'ai glissé la tête par-dessus le matelas pour regarder la Fouine dans le lit du bas, avec mes sourcils tout froncés par la surprise.

— T'as un frère, toi ? Tu te fous de ma gueule ?

— Non. J'ai un frère.

— Arrête tes conneries, la Fouine, je sais bien que t'as pas de frangin ! Tu dis ça pour t'inventer des histoires, hein ? Tu dis ça parce que t'es jaloux que moi je vais me déglinguer Nina.

— Non. Je te dis que j'ai un frère. Ian, il s'appelle. Ian Nicol. Il a trente-six ans. Je l'ai jamais vu, parce qu'il est parti avant ma naissance et que mes parents veulent plus en entendre parler, mais j'ai un frère et je sais même où il est.

— Ah ouais ? Où ça ?

— À Vernon.

— Vernon ? De l'autre côté du pays ?

— Exactement.

— Et comment tu crois que tu vas faire pour aller voir ton frère de l'autre côté du pays, tête de nœud ?

— Je sais pas. Je me suis dit que peut-être on pourrait y aller à bécane...

J'ai encore passé ma tête par-dessus le matelas.

— Avec *ma* bécane ?

— Par exemple.

— Ça fait une sacrée trotte, quand même !

— Je dis pas le contraire.

— Tout ça pour un frangin que t'as jamais vu et que si ça se trouve c'est une saloperie d'enfoiré ?

— Je suis sûr que c'est pas une saloperie d'enfoiré, mon frère. S'il est parti de Providence, déjà, c'est forcément que c'est un type bien, non ?

— Pas faux.

— Des fois, j'essaie de m'imaginer un peu comment il est, ce qu'il fait, tout ça...

— Et alors ?

— Et alors je m'imagine que c'est un patron de société, plein aux as, et que quand il va découvrir qu'il a un petit frère, il va me faire travailler chez lui, comme chef comptable, ça sera le grand luxe et adieu la misère. Tu vois, ce sera comme une nouvelle chance, un nouveau départ. Faut bien qu'un jour quelqu'un me donne une nouvelle chance, et moi je crois que ce sera Ian, mon frère. C'est pas rien, un frère.

— Je sais pas. J'en ai pas.

— Eh bien moi, j'en ai un, et c'est lui que je veux aller voir quand on sortira d'ici.

J'ai un peu souri, parce que c'était un joli rêve et qu'il n'y avait pas de mal à ça. J'ai tendu ma main vers lui et j'ai dit :

— Allez, tape là, la Fouine. Quand on sort, d'abord je déglingue Nina, ensuite on rétame Kolinski, cet enfoiré de flicard, et après on ira tous à Vernon avec Oscar et Freddy et on ira voir ton frère et adieu la misère.

Alex a tapé dans ma main.

Après, on est restés silencieux tous les deux, un peu perdus dans nos pensées. Moi, je rêvais de Nina, et de ses nichons aussi un peu, et lui, il devait rêver de Vernon et du manoir de son frère avec champagne et jacuzzi.

Et puis le troisième gugusse est revenu dans la cellule et on a encore moins parlé.

À cinq heures, quand la cloche a sonné, Alex m'a dit qu'il voulait pas aller à la promenade.

— Si on y va, on est morts, il a dit.

— Si on y va pas, on est morts aussi, j'ai rétorqué. Et moi je préfère mourir debout.

25

On va pas se mentir, quand on est arrivés sur le terrain de la promenade, Alex et moi, on était pas loin de pisser tout froid dans nos pantalons. Me cogner avec un type de deux mètres de haut tatoué croix gammée, ça allait encore, mais me faire tamiser par la bande à Rico et par la bande à Pat en même temps, j'apercevais mal les contours d'une issue heureuse. Et puis, entendre la Fouine derrière moi qui murmurait en boucle « on va se faire défoncer, on va se faire défoncer » en s'enfilant des rasades d'inhalateur, ça aidait pas beaucoup.

Histoire de pas être des cibles trop faciles, au lieu de s'asseoir à fumer nos clopes, Alex et moi on s'est mis en tête de tourner en rond tout autour du terrain et, dès qu'on passait près des uns ou des autres, on accélérait gentiment le pas en serrant les dents et le reste. En marchant, moi, je me disais que c'était ridicule et qu'on allait quand même pas faire ça pendant six mois, alors ça allait sûrement mal finir.

Ça s'est passé sous le panier de basket.

Même moi, j'ai rien vu venir.

Les gars de la bande à Rico, ils avaient préparé leur coup, ces enfoirés. Une seconde, ils étaient pas là, et la seconde d'après, ils nous avaient entourés tous les six, pile dans un axe où les gardiens pouvaient pas trop nous voir, et là j'avais encore plus la peur que la haine, c'est pas peu dire.

Ça s'est fait en un éclair de secondes. J'ai vu l'éclat dans la main de Rico, et j'ai compris qu'il venait de sortir un coutelard de sous sa chemise, et alors il le tenait dans son poing bien fermé le long de sa jambe et il s'est mis à marcher vers moi comme une saleté de sanglier qui charge. J'étais mort.

Et puis, tout à coup, tout a basculé.

Comme tout le monde était habillé pareil avec ces satanées chemises bleues, j'ai pas compris tout de suite l'ordonnancement de la chose, mais toujours est-il qu'au moment où Rico était sur le point de me crever le bide et de me dérouler les intestins en tapis rouge, il s'est retrouvé avec une main sur le poignet et une autre sur le cou.

Moi, collé contre le grillage, prêt à affronter la mort cette pute, j'ai relevé la tête et j'ai reconnu Pat qui tenait Rico par le col. Sauf qu'en fait il le tenait pas vraiment, il lui avait collé une pointe sur la veine jugulaire. J'ai entendu chaque mot qu'il lui a soufflé sur un ton du genre définitif.

— Écoute, petite merde, si tu lèves encore une seule fois la main sur mes deux potes, je réalise ton rêve : tu pourras rencontrer le Führer en face à face, de l'autre côté du miroir.

J'ai vu la sale gueule de Rico se transformer lentement, et rougir pas mal aussi, et Pat, il s'est approché encore plus près de son oreille et il a dit :

— Tu m'as bien compris ou faut que je traduise en nazi ?

Le coutelard de Rico est tombé par terre.

— Dégage, maintenant, ou je te saigne comme un porc.

Rico, d'abord, il m'a regardé et, tout à coup, il avait l'air vachement moins grand dans les yeux, et puis il a fait demi-tour, et tous ses potes rasés l'ont suivi sous le regard de la bande à Pat, et après ça, ma parole, il nous a plus jamais emmerdés. Fini.

Moi, je sais pas par quel miracle anatomique j'avais réussi à ne pas tremper mon futal, mais ce qui est sûr c'est que j'étais prêt à croire en Dieu et à jurer qu'il avait « 1 % » tatoué dans le cou. Je sais pas comment ces trois gars à eux seuls réussissaient à faire peur à six gros nazis, mais je me suis dit qu'il devait y avoir une foutue bonne raison.

Pat, lui, il rigolait sévère dans sa barbe, et il s'est approché de moi et il a dit :

— Alors, ça va, *tapette* ?

Pour éviter de dire une connerie je me suis contenté de hocher la tête.

Alex, il était assis par terre derrière moi et on aurait dit une putain de statue qui tremble un peu, et pour la couleur c'était plutôt du plâtre.

— Dis à ton pote de se relever. On se met pas à terre quand on a de l'honneur. Il vous arrivera plus rien, maintenant. Tu nous as bien fait rigoler, tout à l'heure. T'es OK pour nous, gamin.

26

À partir de ce jour-là, le temps a passé sans qu'on ait plus trop d'ennuis et, aux repas, on allait à la table des 1 %, et je sais pas trop ce qu'ils nous trouvaient, mais ils avaient l'air contents qu'on traîne un peu avec eux, ils nous charriaient gentiment et nous appelaient « les intellectuels » à cause de tous les livres qu'on s'enfilait. Au début, on essayait de leur poser des questions sur ce que ça voulait dire « 1 % », mais on a bien vu qu'ils aimaient pas trop en parler, que ça nous regardait pas, leurs histoires de club de motards, et tout ce que Pat a bien voulu nous dire un jour, c'est que dans la vie il y avait 99 % de moutons et qu'eux ils voulaient pas se faire tondre. Alors on s'est contentés de manger avec eux, de parler mécanique, et ils nous racontaient la route et l'aventure, et les milliers de kilomètres qu'ils avaient faits sur leurs bécanes, et ça nous faisait rêver, et comme ça le temps a passé.

Il a pas passé vite, mais il a passé.

À Sainte-Catherine, les parents des détenus peuvent venir rendre visite à leur enfant pendant trente minutes trois fois par semaine, mais pas le week-end, à cause du manque de personnel. Les parents d'Alex, ils auraient pas raté une seule visite. Ils venaient tous les deux ensemble chaque fois que c'était possible, avec les yeux tout rouges quand même, et les gardiens étaient obligés de les emmener de force pour les faire partir à la fin. Quand ils apportaient de la nourriture, Alex devait tout bouffer pendant la visite, parce qu'on

164

était fouillés avant et après et qu'on avait pas le droit de rapporter quoi que ce soit. Les parents de la Fouine, ils lui filaient des guimauves au chocolat, les confiseries préférées de leur fils, et c'était vachement chic de leur part pour lui remonter un peu le moral, j'étais content pour lui.

Les miens ne sont jamais venus.

Je pourrais faire mon malin et dire que ça m'a pas manqué, mais, en vrai, j'aurais bien aimé les voir quand même une fois ou deux, juste pour savoir que j'existais un peu dehors.

Le pire, pour moi, c'était de pas avoir de nouvelles de Freddy et Oscar. Merde, ils me manquaient la mort. Le centre de Laplace avait une réputation tellement mauvaise qu'on s'imaginait des choses bien horribles, et moi j'aurais juste voulu savoir s'ils allaient bien dans leur intégrité. Je disais toujours à Alex qu'on pouvait compter sur Freddy pour s'en sortir, mais ça m'empêchait pas d'avoir des boules d'angoisse le soir dans mon pieu quand je pensais à lui. Et sûr que j'aimais bien la Fouine, mais faut avouer que j'aurais quand même préféré être avec Freddy, et même j'avais un peu peur qu'en sortant ce soit plus pareil. Que cette histoire, ça ait cassé quelque chose.

Une fois par mois, on avait rendez-vous avec le psychologue à la noix et l'infirmière pareille, et je sais pas ce que les autres gosses leur racontaient, mais moi, c'était même pas la peine d'attendre quoi que ce soit. Ils voulaient savoir ce que je ressentais, si j'en voulais à l'administration, à la terre entière, si je comprenais pourquoi j'étais là, si j'étais triste que mes parents viennent pas me voir, si je me faisais entrouducuter par d'autres détenus et tout le bazar, et moi je répondais juste par oui ou par non, je disais que tout allait bien, merci, au revoir.

Et puis, un jour, ça a fait six mois qu'on était dans ce merdier, et alors la Fouine a pu sortir, et moi je devais attendre encore une semaine à cause de quand j'avais rétamé Rico, et alors j'ai fait mine que c'était rien quand on s'est dit au revoir et que je l'ai vu tout petit passer par la grille, mais je vais pas faire semblant, cette dernière semaine tout seul, ça a été la plus longue de ma vie. Et qu'on vienne pas me faire des beaux poèmes sur la solitude, parce que la solitude, la vraie, ma parole, c'est une belle salope, et il arrive un moment où vous êtes venu au bout du bout de vos pensées solitaires et puis derrière il y a plus rien du tout, et même la mort je crois que c'est un peu moins chiant.

27

En prison, plus l'heure de la sortie approche, plus les heures sont longues. À chaque seconde, vous pensez plus qu'à ça, à la délivrance, vous pensez au soleil, au vent, vous pensez à l'inconnu – parce qu'en prison il y a pas d'inconnu, tout est programmé, c'est ça, l'absence de liberté – et alors les minutes sont remplies d'impatience, et vous auriez envie qu'un coup de baguette magique vous balance dans le futur une bonne fois pour toutes, parce que vous vous croyez déjà dehors, sauf que vous devez attendre quand même.

Chaque jour, vous savez qui, parmi les détenus, va sortir. Et même si vous le savez pas, vous le devinez rien qu'à la gueule du type. Moi, quand mon tour est venu, c'était un mystère pour personne, et je voyais bien que ça faisait dans le regard de certains un drôle de mélange, entre la joie partagée et la jalousie qui rend mélancolique.

Mon dernier repas, je l'ai pris avec les 1 %, et je sais pas s'ils se sont forcés pour me faire plaisir, mais je vous jure qu'ils étaient tous vachement enjoués, un peu comme si j'étais leur petit frère et d'ailleurs c'était presque ça. Après le dessert, Pat il m'a pris le bras, il m'a forcé à mettre la main sous la table et il m'a glissé dans la paume ce qui ressemblait à une petite plaque en métal.

— C'est quoi ? j'ai demandé comme je pouvais pas regarder tout de suite.

— Un cadeau.

— Un cadeau ?

— Un truc à mettre sur ta bécane quand tu seras dehors, en souvenir de nous.

— C'est le symbole 1 % ? j'ai dit, un peu vite.

Pat a rigolé.

— Non. Rêve pas. Ça, ça se mérite, gamin.

— Alors c'est quoi ? j'ai insisté.

— Une plaque avec gravé « LH&R » dessus.

— Et ça veut dire quoi ?

Il s'est levé, il m'a tapé sur l'épaule, et il m'a chuchoté à l'oreille :

— Loyauté, Honneur et Respect.

Et puis ils sont partis. Comme ça, sans un mot de plus.

LH&R. Loyauté, Honneur et Respect. Les trois mots m'ont plus jamais quitté.

À cinq heures, deux gardiens sont venus me chercher dans ma cellule où je tournais tellement en rond depuis le repas que ça a dû user le carrelage. Ils m'ont conduit jusqu'à l'entrée et, à travers toute l'unité, il y avait pas mal de copains qui tapaient contre leur porte vitrée pour dire adieu, ce qui était fort comme émotion. Les gardiens m'ont rendu mes habits dans une salle où j'ai pu enfin me changer pour redevenir un homme. Quand je leur ai tendu cette foutue chemise bleue avec *Centre de détention juvénile de Sainte-Catherine* brodé dessus, je peux vous dire que ça m'a fait tout drôle. Alors ils m'ont donné mon trousseau de clefs, le seul « bien matériel » qu'ils m'avaient pris à l'entrée. Les clefs de chez mes vieux, celles de ma roulotte, et celle de ma bécane.

— Allez, sortez, Felida, ils m'ont dit en ouvrant la dernière porte, avec un air dégoulinant comme si on était amis, ces enfoirés.

— Et je vais rentrer comment chez moi ? j'ai fait.

— Il y a votre famille qui vous attend dehors.

J'ai haussé les sourcils, un peu incrédule. Ma famille ? Pendant six mois, mes vieux m'avaient pas donné la moindre nouvelle, même pas ma mère, alors je me demandais comment allaient se passer les retrouvailles. Au début, je me suis dit que j'allais leur faire payer sévère. Que j'allais leur rendre la monnaie de leur pièce pourrie. Et puis après je me suis dit que peut-être je devais réfléchir. Qu'au bout du compte, la connerie, c'était moi qui l'avait faite, et que pour une fois je devais peut-être courber l'échine. Leur pardonner pour qu'ils me pardonnent un peu aussi. Après tout, ils étaient venus me chercher, c'était déjà ça.

Et puis la grande porte blindée s'est ouverte, et ça a fait une sacrée bouffée de soleil, et là j'en ai pas cru mes yeux quand j'ai vu les trois bécanes alignées sur le parking.

Je vous jure, quand j'ai vu Freddy, Oscar et Alex qui m'attendaient là, allongés sur la selle, les pieds croisés sur le réservoir, comme des loutres au soleil, je suis resté bloqué comme un crétin, et puis j'ai couru avec les larmes dans les yeux et c'était plutôt des larmes de belle joie.

Et alors, pendant un bon moment, on a juste rigolé tous les quatre comme des hyènes, et moi j'ai poussé des cris du genre à s'en péter la voix, des cris de liberté, des cris à faire tomber les murs. Et les autres ils me regardaient et ils rigolaient encore plus fort tellement ils étaient heureux pour moi.

— Mais vous êtes pas au lycée ? j'ai fini par dire quand on a réussi à reprendre notre souffle.

— Ben non ! C'est les vacances de printemps, ducon !

Merde, j'avais même pas réfléchi à ça. Les vacances de printemps. C'était encore mieux que je l'espérais ! On allait pouvoir fêter ça dignement.

— OK, mais qui c'est qu'a apporté ma bécane ? j'ai dit en prenant le réservoir de *Lipstick* dans mes bras. C'est toi, Alex ? Enfoiré ! Ils t'ont laissé conduire *ma* putain de bécane ?

J'ai fait semblant d'être furieux, pour la blague.

— Tu préférais rentrer à pied ?

— Oh, putain, non ! j'ai avoué. Putain, vous pouviez pas me faire plus plaisir, les gars. Mes potes et ma bécane ! Merde, c'est la plus belle sortie de prison de l'histoire de l'humanité.

— Bon, alors, tu la démarres ? a lancé Freddy avec son petit sourire bien à lui que j'aimais tant.

— Attends, j'ai dit. Quelqu'un a un tournevis ?

Ils m'ont tous regardé un peu bizarre, et puis Freddy en a sorti un de sous sa selle.

J'ai enlevé une vis du cache-derby, et un peu de traviole j'ai revissé en plaçant la plaque en métal de Pat par-dessus. *LH&R*. C'était pas impeccable, comme fixation, mais en attendant de pouvoir faire mieux, c'était déjà ça. Pour le symbole.

Ensuite, j'ai levé bien haut mon doigt en direction du centre de détention, et j'ai balancé un bon gros coup de kick et c'était le bruit de la vie.

28

Pour aller de Sainte-Catherine à Providence, il y avait moins d'une heure de route, mais nous on a mis deux bonnes heures tellement on voulait profiter du moment, comme il était sacrément beau. Jamais de ma vie j'ai autant savouré la route, et quand on dit que la bécane c'est la liberté, là, ma parole, ça prenait tout son sens. Je bouffais l'asphalte, je bouffais le vent, je bouffais le soleil d'avril, les bras écartés je lâchais le guidon comme si je voulais embrasser le monde entier d'un seul coup et me baigner à poil dedans. Mes cheveux s'envolaient et mes yeux pleuraient et toute ma gueule était fouettée par la liberté, qui était comme une débauche tellement il y en avait partout. Et moi je souriais aux panneaux publicitaires, je souriais aux vaches, je souriais aux maisons, aux poteaux télégraphiques, je souriais à tout ce qu'on ne voyait pas à l'intérieur, et on arrêtait pas de se doubler en beuglant comme des ânes, de faire la course, de faire les pitres sur nos bécanes, debout sur la selle, couchés sur le réservoir, et Alex derrière moi je savais pas trop s'il hurlait de rire ou s'il hurlait de peur, mais je m'en foutais et, dans ma petite tête, ça bouillonnait de partout.

Je pensais à Nina, je pensais au frère d'Alex qu'on irait voir tous ensemble à Vernon, je pensais à ma roulotte, je pensais que la vie serait plus jamais la même, que je laisserais plus jamais passer une seule minute sans déguster la liberté, que plus jamais je laisserais rien ni personne m'emmerder, que plus jamais je ferais partie des 99 % de moutons.

Quand, en fin d'après-midi, on est arrivés devant le panneau Providence, Freddy a levé la main pour qu'on s'arrête sur le bas-côté.

— Alors, Bohem ? C'est ton jour. Tu veux faire quoi, maintenant ? Rentrer direct chez tes vieux ou aller te prendre une sacrée bonne cuite chez José ?

— Ni l'un ni l'autre, j'ai dit en souriant.

— Ah ouais ? Et tu veux faire quoi ?

— Ha, ha ! Moi, je sais, a dit Alex derrière moi.

« Moi, je sais », c'était sa phrase préférée, à la Fouine.

— Ah, d'accord, je vois ! a fait Oscar. Il va tirer sa crampe, l'enfoiré !

— Normal, a dit Freddy.

— Normal.

J'ai écarté les bras d'un air désolé, mais j'étais pas si désolé que ça, en vrai. Alex est descendu de ma bécane et est monté derrière Freddy.

— On se retrouve ce soir chez José et on fête ça comme il faut.

— Comme il faut, j'ai dit.

— Éclate-toi bien, frangin ! Et lui fais pas trop mal, à la petite.

— Je peux venir regarder ? a demandé Oscar.

— Dégage.

Et ils ont mis les gaz. Je les ai regardés partir, et c'était chic de leur part, et bon sang, ce que je les aimais, mes frangins !

Nina.

Ça faisait six mois que je m'endormais en rêvant de ce moment-là. J'arrivais pas à croire que c'était enfin l'heure. J'ai redémarré la bécane et je suis parti vers la rivière, et j'étais un peu perdu entre l'excitation de la revoir et la peur que les choses aient changé. Qu'elle veuille plus de moi. Qu'elle veuille pas d'un genre d'ex-taulard. Mais c'était pas possible. Pas Nina. C'était pas son caractère. Nina, elle était comme moi, un peu bohémienne et, avec tout ce qu'on s'était dit, tout ce qu'on s'était écrit, c'était pas six mois à l'ombre qui allaient changer la donne.

Je me suis arrêté en haut du chemin, parce que j'étais pas sûr que les parents de Nina apprécient que je débarque à moto devant leur porte. J'étais jamais entré chez elle, d'ailleurs, mais je l'avais déposée une paire de fois, juste ici. J'ai garé la bécane sous un arbre, j'ai souri en repensant au nombre de fois où je lui avais dit au revoir à cet endroit précis, dans la pénombre, en l'embrassant beaucoup et en tripotant ses nichons pareil, et j'ai descendu la petite allée de terre les mains dans les poches.

C'était une petite maison en bois blanc avec un seul étage, pas du genre bien riche, avec un patio délimité par des colonnes déglinguées qui lui donnaient un air colonial sur les bords.

Je n'étais plus qu'à une dizaine de pas quand, le cœur serré, j'ai soudain compris qu'il n'y avait personne à l'intérieur. Les volets étaient fermés de partout, et j'ai soupiré en me disant que, mince, c'était les vacances de printemps, et Nina était sûrement partie avec sa famille, c'était vraiment pas de bol comme hasard.

Sauf qu'à y regarder de plus près, ça ressemblait pas à une maison fermée pour cause de vacances. Ça ressemblait plutôt à une maison fermée depuis une paie. Il y avait des feuilles mortes qui s'amoncelaient un peu beaucoup sous le patio, et les feuilles mortes, au printemps, ça date pas d'hier, et puis il y avait une grosse chaîne cadenassée sur la porte, et quand je me suis approché pour regarder à travers les volets, j'ai bien vu qu'il n'y avait plus un seul meuble à l'intérieur, et là, ça a commencé à me faire sacrément mal au bide.

J'ai sursauté quand la voix du voisin s'est élevée dans le jardin d'à côté.

— Qu'est-ce que vous cherchez ? il a balancé avec un air bien méfiant.

— Nina, j'ai dit.

— Ah ! Je vois. Ça fait bien longtemps qu'ils sont partis, mon pauvre garçon.

À sa manière de dire ça, j'ai compris qu'il m'avait reconnu et qu'il savait que j'avais raté un épisode de six mois dans la vie de Providence.

— Partis où ?

Il a haussé les épaules.

— Partis, partis.

Et il est resté sur son perron à attendre que je fasse demi-tour, et c'est ce que j'ai fini par faire avec la gorge qui brûlait pas mal.

J'ai jamais revu Nina.

29

Le trajet de chez Nina jusqu'à chez mes vieux a été beaucoup moins aérien que le précédent. Non seulement j'avais pas réalisé mon rêve de revoir la fille qui avait hanté mes nuits pendant six mois, mais en plus j'allais devoir affronter des retrouvailles qui m'enchantaient pas drôlement. Une chose était sûre : désormais, ma bécane aurait sa place devant ma roulotte, plus question de la planquer chez Freddy, et les vieux n'avaient pas intérêt à y redire quelque chose.

Quand j'ai traversé Providence, la ville m'est apparue encore plus petite et misérable que déjà avant, et j'ai pas pu surpasser la tristesse, et je me suis dit qu'à part la bande à Freddy et peut-être José, il n'y avait plus aucun péquenaud que j'avais envie de revoir ici, et l'idée de devoir vivre de nouveau parmi tout ça m'a foutu un sacré coup de surin de plus au niveau de l'humeur. Chaque fois que je croisais un passant, j'avais l'impression qu'il me lançait un sale regard, et je suis pas sûr que c'était juste une impression, par ailleurs.

Même la rue Dumont, qui m'avait vu naître et grandir, elle me foutait le cafard. En entrant dedans, sur ma bécane, j'ai pas pu m'empêcher de penser à ce que Papy Galo avait dû éprouver il y avait bien longtemps, quand il était arrivé ici avec sa roulotte et que toutes les portes s'étaient fermées devant lui, et qu'il y avait eu que mon grand-père pour lui ouvrir la sienne, sauf que mon grand-père, il était plus là lui non plus pour mettre un peu d'amour là-dedans, à cause des hauts-fourneaux.

Je vais avoir bien du mal à raconter maintenant ce qui s'est passé en arrivant chez mes parents, à cause des mots qui manquent bien plus pour dire l'horreur que pour dire la joie, quand on a pas trop d'éducation.

J'ai contourné leur baraque.

Je suis passé derrière.

Quand j'ai vu ce qu'il y avait à voir, ma moto a calé, et je l'ai laissée basculer par terre, parce que même elle, à ce moment-là, elle comptait plus vraiment. Et j'ai cru que j'allais mourir, au premier sens du terme.

À la place de ma roulotte, il restait plus qu'un tas de cendres et de vieux bois carbonisé. Un gros tas noir immonde abandonné.

Je suis tombé sur les genoux. La haine et les pleurs se mélangeaient tellement là-dedans que je pouvais plus respirer. Ça me coupait la gorge par l'intérieur.

J'ai mis un peu de temps à vraiment comprendre, à verbaliser dans ma tête.

Mes putains de parents ont foutu le feu à ma roulotte.

Il ne restait plus rien. Plus rien.

Les livres de *Biggles*, les posters, les disques, les lettres de Nina, l'âme de Papy Galo, tous mes souvenirs, toute ma petite vie. Il ne restait plus rien, et les cendres c'était moi.

Quand le souffle est revenu, j'ai hurlé. J'ai hurlé à la mort comme un satané clébard, et c'est seulement là que j'ai réalisé que mes parents étaient à la fenêtre, qui me regardaient.

À cet instant, je crois que j'aurais pu les tuer.

J'aurais pu défoncer la porte de cette maudite baraque et rentrer dedans et tout casser et prendre la tête de mon père entre mes mains et la cogner par terre encore et encore jusqu'à ce que sa gueule ne ressemble plus à rien comme ma roulotte, et puis alors je l'aurais cognée encore.

Mais au lieu de ça, je suis parti, parce que, pour moi, ils étaient déjà morts.

Je suis parti, puisqu'ils voulaient plus de moi.

Au fond de ma poche, j'avais mon poing bien fermé sur mon trousseau de clefs, je le serrais tellement fort que ça me faisait mal aux doigts. Je l'ai sorti et j'ai enlevé la clef de la moto. Les autres, je les ai jetées par terre, sur le bord de la route, à jamais. Et puis j'ai démarré.

J'ai traversé Providence tellement vite que c'est un miracle que je me sois pas tué moi-même sur ma bécane. Il pouvait y avoir n'importe quoi sur ma route, n'importe qui, je m'en foutais, je roulais et je m'arrêtais pas, et je pleurais encore et encore, et j'avais tellement de haine que j'étais immortel de toute façon, et je sais plus si j'y ai réfléchi ou bien si c'est *Lipstick* qui m'a conduit là-bas, mais bientôt je suis arrivé devant chez José où étaient garées les bécanes de Freddy et d'Oscar et, quand ils m'ont vu entrer avec cette tête-là, je

176

crois qu'ils ont tout de suite compris, et José il a fermé le bar pour qu'on soit juste entre nous, et pendant une bonne heure, tout ce que j'ai fait, c'est chialer. Mais je pouvais chialer tout ce que je voulais, on construit pas grand-chose avec des cendres.

30

Au bout d'un moment, j'avais tellement pleuré qu'il a fallu que je boive. Alors on a bu. Beaucoup. Personne savait trop quoi dire, et puis enfin, c'est Freddy qui a cassé le silence, et même lui qui perdait jamais la face, il avait la voix de la gêne.

— Tu peux venir vivre chez moi, si tu veux. Je suis sûr que mes vieux seront OK avec ça.

— Non, j'ai fait. Non. Je veux plus rester ici, Freddy. Je veux plus jamais les voir. Je veux partir. Partir pour de bon.

Dans ma tête, c'était comme une évidence. Dans mon corps aussi, d'ailleurs.

— On va prendre nos bécanes, j'ai dit avec mes yeux tout rouges qui clignaient plus, et on va traverser le pays. On va aller à Vernon voir Ian, et Providence peut bien aller se faire brûler tout entière.

— Ian ? C'est qui, Ian ?

— Le frère de la Fouine, j'ai fait. Et c'est un sacré bonhomme.

Alex, il a hoché la tête en me faisant un sourire un peu triste et dedans il y avait le souvenir de notre promesse.

— Ça me va, a fait Oscar. Je trouve aussi que Providence a nettement perdu de son charme, comme pute.

— Alors, à Vernon ! a fait Alex en levant sa bouteille de bière.

— À Vernon !

Et on a tous trinqué.

Et puis après on a encore pas mal picolé, et José il comptait pas les bières, il disait que c'était pour fêter notre sortie, et pour deux pintes qu'on s'enfilait lui il en prenait aussi une et, quand il s'est retrouvé rétamé, nous, du coup, on l'était deux fois plus. À un moment, il y a deux filles qui sont venues comme ça vachement bien roulées même si elles étaient pas vraiment très belles, et je crois que c'est Oscar qui les avait fait venir, et je pense qu'il leur avait aussi donné des billets, parce que, ce qu'on a fait avec elles dans la salle arrière de chez José, ça se fait pas par amour non plus.

Je me souviens plus trop du comment, mais le lendemain matin je me suis réveillé avec un sacré mal de tête sur l'une des banquettes, avec une des filles à moitié à poil contre moi, et le soleil qui passait par les fenêtres qui faisait méchamment mal aux yeux, et il y avait Oscar qui était endormi près du flipper avec l'autre fille pareil, et Alex sur une table, et on avait l'air de foutus zombis au milieu des bouteilles vides et des corps féminins.

Sauf que Freddy, lui, il était pas là.

Quand je me suis levé, ça a fait tomber la fille par terre, mais elle devait en tenir une belle parce que ça l'a même pas réveillée. En titubant, j'ai cherché derrière le bar et dans l'autre salle, mais personne.

— Où est Freddy ? j'ai fait en donnant des petits coups de pied dans Oscar. Oh ! Il est où, Freddy ?

Le Chinois, il s'est contenté de grogner en me faisant signe de lui foutre la paix avec son majeur, et il a fait retomber sa tête dans les nichons de l'autre.

Je suis allé secouer Alex, et je peux vous dire que je l'avais jamais vu se dépouiller la gueule pareil, alors ça faisait un peu drôle.

— Il est où, Freddy ? j'ai répété.

Alex il a sursauté, il s'est redressé et il a essayé d'avoir l'air un peu digne, comme prouesse.

— Euh... Je sais pas, il a dit avec une voix pas à lui.

— Putain, il est où Freddy ? j'ai gueulé.

Et là, il y a José qui est apparu dans l'encadrement de la porte.

— Il est rentré chez lui ce matin pendant que vous ronfliez comme des ours.

Oscar, il grognait, énervé à côté du flipper.

— Vos gueules !

— Putain, la cuite ! j'ai dit en m'asseyant au bar. T'as du café, José ?

Le vieux, il a rigolé et il nous a servi des cafés et, petit à petit, on a émergé, et alors les filles elles sont parties un peu débraillées en disant qu'on était des types sensationnels, et on a élaboré nos plans.

On s'est donné rendez-vous une heure plus tard devant chez Freddy pour aller le chercher par la peau des fesses et, entre-temps, Oscar et Alex, ils iraient chez eux prendre des affaires et tout le fric qu'ils pourraient, et moi non, parce que moi j'avais plus rien.

José a fait le plein dans nos bécanes, et puis le Chinois et la Fouine sont partis ensemble, et moi je suis allé prendre une douche chez José qui était vraiment le plus chic type de cette satanée ville.

Quand je lui ai dit au revoir, on savait l'un et l'autre qu'au minimum on se reverrait pas avant la nuit des temps, et on essayait de pas montrer que ça nous mettait drôlement la tristesse dans le bide, et merde alors José il m'a filé une enveloppe avec un paquet de billets dedans et moi j'ai bien cru que j'allais recommencer à chialer, la vache.

— Ne faites pas trop de conneries, il a dit.

J'ai hoché la tête, et je suis parti.

Je suis arrivé chez Freddy avant les autres, et il était pas loin de midi.

Je suis entré dans la cour, et je l'ai trouvé là qui bossait avec son père. M. Cereseto, il m'a fait un signe de tête, et dedans il y avait un peu de reproche et un peu de gentillesse à la fois, et puis il est entré dans l'atelier comme pour me laisser tout seul avec son fils.

— Qu'est-ce tu fous ? On y va ! j'ai fait.

Freddy, il a poussé un long soupir, et bon sang, dans ses lèvres toutes serrées, j'ai deviné ce qu'il allait dire et ça a arraché le tout petit bout de cœur qu'il me restait dedans la poitrine.

— Je viens pas avec vous, Bohem.

— Tu... Tu déconnes ?

— Non. Je suis sérieux. Ça suffit, les conneries. Je viens pas avec vous.

— Mais... Tu peux pas faire ça, j'ai dit. On est... On est la bande à Freddy.

Et tout à coup il s'est énervé pour de bon et ça m'a coupé les jambes en huit tellement je m'y attendais pas.

— Lâche-moi, avec ça ! Vous me faites chier avec « la bande à Freddy ». On est rien du tout ! C'est des conneries, ces histoires de bande, bordel ! Tu vois pas ? Tu vois pas qu'on se fout tout seuls dans la merde ? J'en ai plein le cul, de cette vie !

— Mais... C'est justement pour ça qu'on part, Freddy ! Parce qu'on en a plein le cul de cette vie !

— Et tu crois qu'il va se passer quoi ? Tu crois qu'on va s'en sortir comment, sur la route, hein ? C'est une idée à la con, Bohem ! Si t'avais un peu de jugeote, tu ferais comme moi.

— Mais je ferais quoi ? J'ai plus rien, moi, Freddy. Plus rien !

— Tu peux rester ici. Travailler avec nous.

J'ai pas aimé du tout comment il a dit « nous » à la place de « moi ». Ça voulait dire qu'il avait choisi un camp, qu'il avait choisi sa famille, et que « nous », c'était plus la bande à Freddy, et ça, c'était un sacré coup dur.

— Tu peux pas nous laisser, j'ai dit.

— C'est toi qui me laisses, Bohem.

— J'ai besoin de toi.

Il a hésité, et puis il a dit ça :

— Pas moi.

Et là, je vous jure, Freddy, il m'a tourné le dos, dans tous les sens du terme, et je comprenais pas comment il pouvait me faire aussi mal. Il est parti dans l'atelier avec son père, et il s'est glissé sous une bagnole et il s'est mis à travailler, sans plus rien me dire, comme si j'existais plus. Comme si on existait plus.

Ça a explosé dans ma tête. Tout a explosé. Je savais pas qu'on pouvait avoir mal comme ça. C'était comme si la terre s'était retournée d'un coup. C'était comme si on m'avait pris par le cou et qu'on m'avait enfoncé la gueule dans les cendres de ma roulotte en la remuant bien dedans.

J'avais le jambes qui tremblaient et je savais tellement plus quoi faire que je suis sorti. Je suis sorti en titubant.

Dehors, Oscar et Alex venaient d'arriver.

Je suis monté lentement sur ma moto sans rien dire, avec les yeux dans le vide.

— Qu'est-ce que tu fous ?

— On y va, j'ai dit avec la voix toute dure.

— Et Freddy ?

— Freddy, il vient pas.

— Comment ça, il vient pas ? a fait Oscar.

— Il vient pas, parce qu'il nous abandonne et que c'est un beau fils de pute, j'ai dit, et je sais pas trop si j'y croyais vraiment, parce que Freddy, ça pouvait pas être un fils de pute.

Et pourtant.

En vérité, c'était pas de la colère, c'était de la douleur. Et quand on a de la douleur, parfois, on dit des choses un peu bêtes.

J'ai fait signe à Alex de monter derrière moi.

Il a hésité, et puis il a grimpé sur ma moto.

— Moi, je pars pas sans Freddy, a fait Oscar.

Il est descendu de sa bécane et il est parti vers l'atelier.

J'ai regardé Alex derrière moi.

Il a fait OK avec la tête.

On est partis.

Deuxième carnet

LES SPITFIRES

1

On a roulé des heures, comme ça, vers l'ouest,
à longer le golfe de loin, entre forêts et prairies,
avec l'air humide et chaud qui nous glissait sur
le visage. Le soleil d'avril descendait de plus en
plus bas devant nous et dessinait aux cyprès des
ombres immenses sur la route, et c'étaient comme
des gardiens géants qui nous faisaient une haie
d'honneur, par ici la sortie. Moi, à cet instant, je
préférais largement la compagnie des arbres et du
ciel à celle des hommes.

Deux fois seulement on s'est arrêtés pour mettre
de l'essence dans *Lipstick*, mais, même là, on parlait pas trop, la Fouine et moi. Tout ce que je
voulais, c'était rouler, partir loin, et si j'avais pu
tout oublier aussi, ça aurait été pas mal non plus.
J'essayais de penser à rien d'autre qu'à la route,
les mains bien cramponnées sur le guidon, et de
me concentrer sur le bruit du moteur qui faisait
comme un chant mélancolique dans l'immen-
sité, mais c'était pas possible, parce que dans ma
tête c'était rien que des images dégueulasses qui
défilaient en boucle, une maison vide, un tas de
cendres, et les paroles de Freddy qui me mettaient

comme des coups de coutelard dans le poitrail chaque fois que je les entendais encore au milieu du vent. Au fond de moi, j'étais sûr qu'il avait dit ça pour se protéger un peu et qu'il le pensait pas vraiment, mais il l'avait dit quand même et ça changeait pas grand-chose qu'il le pense ou pas. Le mal était fait et je savais que Freddy il était capable du pire, comme cruauté, quand il voulait. Il était pas là, et « nous », c'était terminé, et bon sang c'était encore plus horrible qu'une roulotte qui brûle, cette solitude-là.

Le gamin dans ma tête se disait que ça pouvait pas être vraiment fini, que c'était passager, que Freddy, il allait revenir et se marrer un bon coup, qu'on se foutrait juste un peu sur la gueule par principe... Mais il y avait aussi un genre d'adulte à l'intérieur, et celui-là, il y croyait plus vraiment, et il savait que c'était fini pour de bon et que peut-être même c'était écrit depuis longtemps. Peut-être que l'heure était venue que je fasse ma vie sans Freddy.

Ma vie sans Freddy.

Mince, c'était vachement haut, comme précipice.

Le ciel était devenu rouge comme ma bécane quand on s'est arrêtés sur le parking d'une sorte de vieil hôtel miteux avec le prix des chambres qui clignotait sur un panneau lumineux au bord de la route, TV comprise. Le genre d'hôtel qui prenait sans doute que des putes et des routiers, en général, et le type à l'accueil il a même eu l'air surpris qu'on s'arrête.

On a pris deux, trois friandises dans le distributeur, histoire de se caler un peu, et comme il y avait aussi des bières c'était déjà ça, et on s'est enfermés dans une chambre presque aussi triste que moi.

— Allez, rigole, Bohem ! C'est l'aventure ! *Biggles au bord de l'autoroute*, il a dit Alex en me faisant un genre de clin d'œil.

Alex, il était fort pour rire d'à peu près tout, mais pas d'un rire léger, d'un rire qui grince, bien noir. Lui, il croyait pas trop à grand-chose, si bien qu'il était rarement déçu, parce qu'il imaginait toujours le pire avant qu'il arrive. Alex, il croyait même pas trop au bonheur, et ça m'énervait chaque fois qu'il avait raison de pas y croire. Je sais pas comment il faisait pour pas être triste, à ne croire comme ça qu'à la mouise et qu'au malheur des hommes. Peut-être d'ailleurs qu'il était triste et qu'il le montrait pas bien.

— Ouais. *Biggles dans la merdasse*, j'ai dit en essayant de sourire un peu aussi pour lui faire plaisir.

— *Biggles s'en va t'en couille !*

— *Biggles à Déprime-ville !*

— *Biggles, rendez-vous en extrême-neurasthénie !* a conclu la Fouine et, ce coup-là, on s'est vraiment marrés pour de bon tous les deux, parce que c'était un joli détournement et que même si j'étais pas trop sûr de savoir ce que c'était, la neurasthénie, je voyais le tableau.

Et puis quand on a eu fini de rire un peu jaune, j'ai recommencé à soupirer, mais c'était déjà plus léger, comme soupir. Alex s'est mis un coup d'inhalateur.

— Eh ben, j'ai fait. On a l'air malin, tous les deux dans cette piaule de misère !

— Et attends, c'est que le début ! Avec un peu de chance la télé marche pas et y a des puces dans les matelas et demain on tombera en panne.

— T'es con.

— Je suis pas con, je suis réaliste. La merde, c'est rassurant. C'est quand les choses vont bien que ça m'inquiète. De toute façon, avec mon ulcère, il me reste quoi, deux, trois mois à vivre ?

— T'as pas d'ulcère, tête de nœud. T'as que dalle.

— Tu feras moins le malin sur ma tombe.

— Je suis sûr qu'on mourra tous avant toi.

Il s'est levé, il a essayé d'allumer la télévision et, je vous jure, elle marchait pas.

— Tiens, tu vois ? Qu'est-ce que je t'avais dit ?

C'était tellement pourri qu'on s'est marrés encore, et puis moi je me suis levé d'un air combatif.

— Je suis sûr que tu t'y prends mal, j'ai dit.

J'ai tapé sur le côté du poste, et là encore, je vous jure que c'est pas une sornette pour embellir le récit, la télévision s'est mise à marcher.

— L'histoire de ma vie ! a fait la Fouine. Avec moi, ça marche jamais. Et avec les autres, ça marche toujours.

— C'est parce que toi, t'as pas envie que ça marche. Alors que moi, j'ai envie que ça marche, alors ça marche.

— Bien sûr !

C'était un bon vieux western qui passait et on s'est allongés chacun sur son plumard et on a regardé le film en faisant des commentaires idiots, et Alex, il était vraiment doué pour se foutre de la gueule des films, et on est partis dans des sacrés fous rires nerveux.

Il devait pas être loin de minuit quand on a entendu un bruit de moteur sur le parking, et moi je l'aurais reconnu entre mille.

— Putain ! j'ai fait en me redressant. C'est le Chinois !

— T'es sûr ?

J'ai haussé les épaules tellement c'était une question idiote et je suis sorti en caleçon sur la coursive, et bien sûr que c'était le Chinois, ma parole ! Le Chinois avec son air de clodo et un pétard éteint entre les lèvres, qui nous avait retrouvés grâce à *Lipstick* bien rouge sur le parking.

— Alors, les pédés ? On s'est pris une chambre en amoureux ? il a gueulé en descendant de sa bécane, et nous, on a poussé des cris d'Indiens pour l'accueillir, parce qu'on était quand même drôlement contents de le voir.

— Moins de bruit ! a beuglé un vieux par la fenêtre d'une autre chambre.

— Et ta mère, elle en fait, du bruit, quand on la baise ? lui a répondu Oscar aussi sec en levant le doigt avec toute son élégance habituelle, et puis il est monté nous rejoindre.

— Jeunes cons ! a fait le type en refermant sa fenêtre.

Oscar est entré dans la piaule et s'est laissé tomber comme un gros sac d'avoine sur le plumard d'Alex.

— C'est peinard, ici !

— C'est mon lit, ici.

— Plus maintenant. Tu dors par terre, le nain.

La Fouine, il s'est pas trop défendu, comme il était réaliste.

J'ai pas pu m'empêcher de demander :

— Alors ? Freddy ?

— Alors, t'avais raison. Il nous abandonne.

On avait déjà compris, mais ça m'a encore fait un peu plus mal de l'entendre.

— Bon, ben faut qu'on se trouve un nouveau nom, j'ai dit, avec un peu de colère.

— Un nouveau nom ?

— Ben ouais. La bande à Freddy, sans Freddy…

— Tu veux qu'on s'appelle la bande à Bohem ?

— Non, j'ai répondu. Je veux qu'on trouve un vrai nom de bande. Comme ces enfoirés de Jags.

— Pour vous, c'est tout trouvé : « les Pédés ».

— Ta gueule, Oscar.

Un nouveau nom. C'était sacrément triste et chouette à la fois. Et puis, tout à coup, je sais pas pourquoi, mais ça m'est venu comme ça, comme une évidence. J'ai regardé Alex en souriant, et j'ai dit :

— Les Spitfires.

La Fouine, il a tout de suite compris à cause des avions dans les livres de Biggles, et il y avait de la lumière dans ses yeux quand il a répété tout doucement :

— Les Spitfires. Ouais. Ça en jette !

Bien sûr que ça en jetait ! C'était même parfait, comme nom de club ! Ça nous faisait des ailes et de l'aventure tout compris.

— Mouais, a fait le Chinois d'un air sceptique. C'est pas mal. Mais pour vous, je préfère quand même les Pédés, c'est plus honnête.

— Ta gueule, Oscar.

Le lendemain matin, quand on s'est réveillés avec le soleil, Alex était déjà debout, qui nous avait fait une surprise, et ça lui ressemblait bien de se lever avant tout le monde pour faire une surprise.

Quelque part, à l'accueil sans doute, il avait dégotté un gros marqueur noir, et sur nos vestes en jean, dans le dos, il avait écrit « SPITFIRES » en grandes lettres majuscules, un peu comme sur les blousons en cuir des Jags. Ma parole, même si c'était fait à la main, ça avait une sacrée allure, et c'était quand même vachement fort au niveau du symbole, comme nouveau départ, et, quand on a enfilé nos blousons tous les trois, c'est peut-être un peu bête, mais on était drôlement fiers. Bon sang, on était de nouveau une bande ! Une bande de motards. Les Spitfires. Et le monde n'avait qu'à bien se tenir. C'était les Spitfires à la conquête de l'Ouest.

— On y va ? j'ai fait.

— On y va.

— Attendez, a dit Alex, faut aller payer d'abord.

— Payer ? a dit Oscar. Pour quoi faire ?

On a marché direct vers les bécanes, et Alex, il courait derrière nous en râlant : « Vous êtes pas sérieux, les gars ? », sauf que nous on se marrait comme des ânes, qu'on a démarré les motos, et qu'il a bien fait de sauter à l'arrière de la mienne, parce qu'on est partis en trombe comme des gangsters à cheval et, dans mon rétroviseur, j'ai vu le type de l'accueil qui sortait avec son poing levé dans la poussière, mais il était déjà tout petit dans le miroir et nous on rigolait de plus belle.

On a filé droit vers l'ouest, et ça faisait du bien d'être à deux bécanes maintenant, et quand on passait derrière lui je trouvais ça chouette de voir marqué « Spitfires » sur le blouson du Chinois.

On a roulé comme ça une bonne partie de la matinée, à fond de caisse, la route bien droite à perte de vue, avec les étendues immenses des prairies plates autour de nous, les mangroves et les marais pareils, et les poteaux électriques qui défilaient comme pour nous montrer le chemin, et puis à un moment on a fait la course avec un train à côté de nous jusqu'à ce qu'il s'enfonce dans les bois, et tout ça c'était rien que du plaisir en mouvement. Avec Oscar, on pouvait pas s'empêcher de faire nos pitres sur les bécanes, et parfois on risquait même de se foutre par terre à force de se doubler de plus en plus près, et on se tapait sur nos brêles avec les pieds pour voir un peu, façon tournoi de chevaliers et tout le bazar.

Il était un peu avant midi quand on s'est arrêtés pour l'essence. Oscar et moi, on était bien partis pour pas payer là non plus, mais Alex il nous a devancés et il est allé donner des billets au type, ce qui faisait vachement moins légendaire, comme départ.

On avait pas franchi deux carrefours quand on a vu la bagnole de flics débarquer de nulle part et nous foncer dessus avec son gyrophare tout allumé. Je me suis mis à la hauteur d'Oscar et je lui ai fait un signe de tête pour savoir si on devait s'arrêter, et quand il a mis un gros coup de gaz en baissant la tête, j'ai compris que c'était pas dans son programme, et alors Alex, il s'est accroché à moi comme un koala et j'ai bien senti que ça l'amusait qu'à moitié.

Pour semer une bagnole de flics, il y avait pas mille solutions : on est sortis de la route et on a pris des petits chemins de terre. Foutre Dieu, avec nos cadres rigides, inutile de vous dire qu'on en a pris plein la colonne vertébrale et que ça claquait un brin sur le postérieur. Oscar, visiblement, il avait pas le cerveau bien branché vu les risques qu'il prenait, mais moi je me suis pas dégonflé et je l'ai suivi au petit bonheur la chance, à droite, à gauche, au beau milieu des champs, entre les arbres, sur les bosses, dans les ravins, et ça glissait et ça dérapait, et cet enfoiré de flic qui nous suivait encore avec sa sirène hurlante, une vraie sangsue ! Merde, je le voyais se rapprocher dans le rétroviseur et pourtant on donnait tout ce qu'on avait !

Il avait le pare-chocs tout près de ma roue arrière quand j'ai mis un bon coup d'accélérateur, et j'ai fait signe à Oscar de me suivre vers une ferme qui n'était plus très loin, sur notre gauche. J'ai bien cru qu'il allait finir à la renverse quand il a dérapé pour me rattraper, et sans doute que le flic lui aurait roulé dessus tellement il était derrière et tellement il était acharné. Couché sur le réservoir, j'ai foncé tout droit vers une clôture de barbelés où j'avais vu une ouverture, assez grande pour une moto, mais pas pour une voiture, et je savais que c'était notre seule chance de nous en sortir, si on arrivait jusque-là.

Ça s'est pas joué à grand-chose.

Ça secouait comme un satané tremblement de terre. Je suis passé si juste que j'ai senti le poteau effleurer ma main et, une fois de l'autre côté, je me suis retourné sans ralentir, et Oscar, merci, il est passé lui aussi, et le flic a été obligé de freiner comme un mufle, mais il s'y est pris trop tard, le benêt, et il s'est mangé la clôture et ça a fait un grand bruit de tôle et un paquet de poussière quand il s'est emmêlé là-dedans.

Oscar, il poussait des cris de sauvage victorieux, et moi, je pouvais pas m'empêcher de me poiler sur ma bécane, et on a traversé toute la ferme comme ça, plein gaz, et de l'autre côté on a retrouvé une petite route, bien peinards, et on a roulé encore une bonne heure sans s'arrêter, parce qu'on était des enfoirés de Spitfires.

Quand j'ai fait signe au Chinois que j'en pouvais plus au niveau du dos, on est allés planquer les bécanes au milieu des arbres, au cas où, et d'ailleurs on a bien fait, parce que dix minutes après on a vu passer une autre voiture qui clignotait de partout et ça faisait peu de doutes que c'était nous qu'ils cherchaient.

— Vous êtes vraiment des malades ! a gueulé la Fouine, mais n'empêche qu'il se marrait aussi un peu, on était quand même mieux là qu'en prison.

On était tellement cassés de partout qu'on a pas eu le courage de reprendre la route tout de suite, alors on s'est reposés un peu contre les arbres, à fumer des clopes et à parler de musique et de rien, et c'était vraiment chouette de pas avoir d'obligations, de pas avoir d'emploi du temps, d'être livrés à nous-mêmes comme des chiens sauvages et de partir seulement quand on le voulait. Ça faisait comme un poids qui avait disparu de la nuque.

On a fini par repartir au milieu de l'après-midi, retrouver notre chemin vers l'ouest, et il faut bien reconnaître qu'on faisait un peu moins les malins cette fois et qu'on ralentissait dès qu'on voyait une bagnole au loin, de peur que ce soit les flics qui nous aient retrouvés.

À la station-service suivante, on a essayé de pas trop se faire remarquer non plus, on a payé ce qu'on devait et on a même acheté de quoi se faire un genre de pique-nique le soir, vu que tout le monde était OK pour une nuit à la belle étoile, et ce serait sûrement pas la dernière.

On était plus très loin de Beaumont quand on s'est trouvé l'endroit idéal pour passer la nuit. C'était pas bien loin de la route, mais suffisamment en retrait pour être à l'abri des regards, un genre de petite clairière avec des rochers pour s'adosser, sans marécages où il y avait trop de moustiques. On avait pas prévu bien large au niveau victuailles, et en moins de deux on avait tout bu, tout mangé, et encore un peu faim après. Quand la nuit est tombée, on a allumé un petit feu, même si on avait rien à faire cuire ni besoin de se réchauffer, mais juste pour l'ambiance. Et là encore on a passé la soirée à fumer un peu d'herbe et à parler pas mal, et à cet âge-là on a pas besoin de grand-chose d'autre pour le bonheur, c'est comme si on avait toujours quelque chose à se dire. Après, plus on vieillit, plus on est sec, et ça fait des silences gênants, c'est triste de vieillir.

2

Les jours d'après, on a roulé pareil, à s'arrêter quand on voulait, à faire les pitres sur la route, à dormir à même la terre, à manger un peu n'importe quoi et à payer une fois sur deux, à la tête du patron. On commençait à avoir la peau sacrément brûlée par le soleil et ça sentait pas vraiment la rose toutes ces journées sans se laver, sans se changer, mais, bon sang, on s'en foutait, on était pas sur la route pour embaumer la planète, les pirates qui sentent bon c'est pas des vrais pirates, et plus on se trouvait sales plus on se trouvait beaux, comme aventuriers, avec la peau qui tire et la crasse qui fait ressortir les rides du sourire.

Voyager léger, ça fait partie des obligations, mais aussi du plaisir de la moto, parce que moins on a d'affaires, moins on a de souci. La seule chose indispensable, sur une bécane, c'est les outils, surtout avec les cadres rigides qui font que la moto vibre beaucoup et que ça se desserre pas mal de partout là-dedans. Après les outils, vous emportez ce que vous pouvez avec la place qu'il reste, c'est-à-dire pas grand-chose, d'autant que rien que les foutus médicaments de la Fouine, ça faisait déjà trop.

Oscar et moi, on avait piqué une idée qu'on avait vue dans le film *Easy Rider* : on avait planqué une partie de notre fric et de son herbe dans des tubes en plastique bien fermés qu'on avait glissés dans nos réservoirs.

Comme ça, libres, légers, indépendants et un peu dégueulasses, on a battu la campagne, on a traversé des grandes villes, Beaumont, Saint-Antoine, Andelain, toutes ces cités qu'on avait jamais vues en vrai, et il était temps qu'à nos âges on renifle un peu autre chose que Providence. C'était comme un rêve de passer au milieu des grandes artères bien droites qu'on bouffait du regard, avec les maisons de riches et les maisons de pauvres bien rangées, les supermarchés géants qui faisaient presque dix fois celui de Providence, les terrains de sport aussi pareil et, dans les centres-villes, des immeubles tout en verre et tout en hauteur comme on en voyait que dans les films. Une ou deux fois, on s'est arrêtés dans des bars, pour la bière, et ça faisait presque bizarre de voir des gens qui nous souriaient tranquilles, comme on était pas connus ici, et qui nous prenaient juste pour des voyageurs un peu salis par la route, et d'ailleurs, au fond, on était rien que ça. Des voyageurs.

De temps en temps, des types regardaient même nos bécanes et faisaient des signes de tête admiratifs et levaient le pouce comme ça et, quand on croisait une bande de motards, ils nous saluaient comme si on faisait partie de la famille, c'était quelque chose.

Mais, le soir, foutre Dieu, le soir je pouvais pas m'empêcher de penser à Freddy tout seul dans ma tête, et j'en parlais pas aux autres, mais ça me nouait pas mal les boyaux quand j'essayais de deviner ce qu'il était en train de faire. Nina, j'arrivais à l'oublier, un peu. Mais Freddy, jamais.

Est-ce qu'il roulait tout seul sur sa bécane ? Est-ce qu'il allait encore à la baie des Boucaniers, sans moi ? Chez José ? Est-ce qu'ils parlaient de nous ? Est-ce qu'il s'était fait des nouveaux amis ? Est-ce qu'il nous avait déjà oubliés ? Est-ce qu'il avait la tristesse comme moi, ou bien est-ce qu'il s'en foutait, comme il était vachement endurci, du côté du cœur ? Parfois, je me surprenais même à espérer qu'il allait faire comme Oscar, débarquer comme ça d'un seul coup sur notre chemin, revenir avec nous, mais comme je savais que c'était pas possible c'était drôlement dur, comme rêve. Et après, je pensais aussi à ma petite sœur qui s'appelait Véra et à Papy Galo, et je me disais que peut-être on finit toujours par perdre les gens qu'on aime, et qu'Alex avait sûrement raison de voir seulement la vie en noir, pour pas être déçu. C'est tellement triste quand le bonheur s'arrête que je suis pas sûr qu'il vaille le coup.

Nos économies avaient déjà sacrément diminué quand on est arrivés à Albas, mais demain était un autre jour, et on commençait à avoir bien envie d'un vrai plumard et d'un vrai repas, alors on a trouvé un bar à la périphérie de la ville qui louait des chambres juste au-dessus, et on a décidé de s'arrêter, et ça tombait bien, parce qu'il y avait trois bécanes garées devant qui en jetaient pas mal, alors on a mis les nôtres bien à côté.

Quand on est entrés à l'intérieur, on a tout de suite compris le pourquoi des motos alignées sur le trottoir. Ma parole, c'était un vrai musée du deux-roues, là-dedans ! Rien que la pompe à bière, elle était en forme de moteur en V, la vraie classe ! Sur les murs tout en beau bois sombre, c'était couvert de photos de bécanes, de posters avec des espèces de slogans marrants, et il y avait deux vieilles brêles méchamment splendides exposées sur des piédestaux au fond de la salle. Bon sang, c'était quand même autre chose que chez José, fallait reconnaître !

Oscar, Alex et moi, on devait avoir l'air de trois vrais débiles avec nos yeux grands ouverts, et d'ailleurs, le patron, je crois qu'il se marrait un peu en nous détaillant de la tête aux pieds sur le seuil.

Rien que lui, il avait une sacrée tête de méchant motard, du genre bien épais. Des longs cheveux gras, une barbe comme un buisson et des tatouages sur tous les bouts de peau qui dépassaient, ça donnait le ton.

Il y avait aussi quatre clients à l'intérieur, dont deux qui étaient ensemble dans un coin à siroter des bières et qui avaient un gilet en cuir pareil, avec le même dessin brodé sur le dos. Au-dessus, ils avaient les mots « Phantom Riders » cousus sur une bande en arc de cercle, et en dessous le nom de la ville, « Albas », et puis, sur la droite, un petit rectangle avec marqué « MC » dedans, et ça faisait un peu comme sur le cuir de Marlon Brando dans *L'Équipée sauvage*. Avec leurs tatouages et leurs barbes aussi, j'ai trouvé qu'ils avaient une dégaine d'enfer.

Quand on s'est installés à une table pas trop loin de la leur, Alex m'a soudain pris le bras et, discrètement, il m'a montré le côté du gilet en cuir d'un des deux types. Il y avait un petit losange brodé, avec marqué « 1 % » à l'intérieur, comme sur les tatouages de la bande à Pat, et ça m'a fait tout bizarre comme souvenir. J'ai hoché lentement la tête. La Fouine et moi, on s'est souri, mais Oscar, il pouvait pas comprendre, lui.

Le Chinois, il s'est levé et il est allé commander nos bières. On l'a vu discuter un moment avec le barman et, quand il est revenu avec nos verres, il nous a dit qu'il avait réservé une chambre au-dessus et que c'était bonnard.

Moi, je mourais d'envie d'aller parler aux deux 1 %, voir s'ils connaissaient Pat et sa bande, voir s'ils étaient pareils, avec Loyauté, Honneur et Respect dedans, mais je savais que c'était pas trop le genre de choses qu'il fallait faire, alors on s'est contentés de boire nos bières, et puis rapidement on s'est détendus comme si on était chez nous, et avec tous les kilomètres qu'on avait dans le dos ça faisait drôlement du bien.

Il devait pas être loin de neuf heures du soir quand les deux 1 % se sont levés, et ils décochaient pas un sourire, du genre vrais durs à cuire, et l'un des deux, le plus grand, s'est approché de nous. Le crâne rasé, la barbe longue, avec des dents en argent sur tout le devant, il avait vraiment une tête de tueur. Sur la poitrine, j'ai vu qu'il avait encore d'autres insignes brodés, dont l'un avec marqué « Président ». Il a regardé dans le dos d'Oscar et, quand il a vu *Spitfires* écrit à la main, il a froncé les sourcils.

— Vous venez d'où, les gamins ?

— De l'est, a fait Oscar.

— C'est vague, l'est.

— Ouais, c'est pour ça qu'on est partis, a dit cet imbécile de Chinois.

— On vient de Providence, a précisé Alex pour rattraper le coup.

Le type a hoché la tête et je crois qu'il était sur le point de nous dire un truc pas forcément sympathique quand le barman l'a interrompu.

— Dozer ! Regarde dehors !

Le type s'est retourné, et alors tout est allé très vite.

Dehors, il y avait trois autres gaillards qui approchaient avec le même genre de dégaine, insignes brodés sur la poitrine, mais pas de la même couleur, et le dénommé Dozer il s'est précipité vers le comptoir et il a attrapé la batte de base-ball que lui tendait le patron, et alors ça a défouraillé costaud.

Juré, une baston comme ça, même avec Freddy, et même à Sainte-Catherine, j'avais jamais vu ! Ça a pas duré bien longtemps, mais niveau intensité, il y avait rien à redire. Tout s'est passé à l'entrée de la boutique, et même à trois contre deux, les nouveaux arrivants ont pas réussi à avoir le dessus. Ça s'est défoncé à coups de batte, à coups de chaîne et à coups de bottes dans le nez, ça claquait fort, ça tombait par terre, ça se relevait, ça saignait dru, et les deux 1 %, ils avaient pas froid aux doigts, ma parole. Tout ça sous les yeux du barman qui avait la main sous la caisse. Nous, à genoux sur la banquette, on regardait ça comme

200

au premier rang du spectacle. Ils cognaient dans les types comme on cogne dans un sac de sable et, quand les trois gusses ont eu leur compte en banque, ils sont repartis en courant la queue entre les jambes, et je vous jure que par terre il y avait des grandes flaques de sang.

Les deux 1 %, ils ont grimpé dare-dare sur leurs bécanes et ils se sont mis à leur poursuite, et je donnerais pas cher de la peau des trois marioles. Mazette, leurs bécanes, elles faisaient un vacarme du diable ! Les nôtres, à côté, c'étaient des tondeuses à gazon.

L'un des deux clients qui restaient à l'intérieur a mis les voiles sans dire un mot, du genre pas trop fier, et le deuxième est allé tranquillement au bar, et lui il avait presque l'air de se marrer, comme si c'était la routine.

Alex, Oscar et moi on s'est regardés, un peu hallucinés, et le Chinois, il a fini par sourire et il a fait, tout bas :

— C'est sympa, ici.

On a souri forcés aussi, on est restés un petit moment à notre table, un peu interloqués, et puis, après tout, je suis allé au bar commander une autre tournée pour pas qu'on ait l'air d'avoir les chocottes, non plus.

— C'était quoi, *ça* ? j'ai demandé au patron.

— Ça, c'était vendredi soir. Vous buvez quoi ?

— Euh... La même chose.

— C'est pour moi, a fait l'autre client accoudé au comptoir, à côté de moi.

J'aimais pas trop l'idée qu'un inconnu nous offre un verre, mais niveau finance ça tombait pas trop mal, alors j'ai juste fait merci de la tête.

C'était un type à peine plus âgé que nous, la vingtaine peut-être, pas bien grand, un peu épais du bide, mais pas trop, avec une sacrée crinière de cheveux noirs tout frisés et des petites lunettes. Il avait un peu la tête du médecin dans les westerns. Il portait un gilet en cuir, lui aussi, mais sans insignes brodés dessus.

— Sam, il s'est présenté en me tendant la main.

— Bohem, j'ai répondu en la lui serrant.

— Elles sont belles, vos bécanes, il a fait avec un signe de tête vers l'entrée du bar. Du beau travail. Mais, si je peux me permettre, c'est pas forcément une bonne idée d'entrer dans un endroit pareil avec vos vestes en jean...

— Ah bon ? Et pourquoi ? j'ai dit d'un air un peu dur, pour montrer que j'étais pas du genre impressionnable.

— Écrire un nom de club comme ça, dans son dos, c'est pas une chose qu'on fait à la légère...

— Ça tombe bien, mes potes et moi, on est pas vraiment légers, j'ai dit.

— J'en doute pas, j'en doute pas. Mais faudrait peut-être que vous connaissiez les usages...

— Les usages ?

— Un MC, c'est particulier.

— Un quoi ?

— Ah... Je vois.

Il commençait à me taper sévèrement sur le système avec ses airs supérieurs, le frisé à lunettes. J'étais sur le point de lui fermer son clapet avec mes mains quand on a entendu revenir les bécanes dehors, et puis des crissements de pneus, et alors l'un des deux 1 % s'est pointé à l'entrée du bar, et il avait pas l'air de rigoler du tout, bien en sueur.

— Ferme le bar ! il a gueulé au patron. Ferme le bar et viens au local !

Et puis il a fait demi-tour aussi sec, il est remonté sur sa brêle et ils sont repartis comme des avions, et ça a pétaradé sérieusement dans la rue.

Le barman, il a fait ni une ni deux.

— Tirez-vous ! il a gueulé en se précipitant vers sa vitrine et en commençant déjà à descendre le rideau de fer.

— Mais…

— Tirez-vous, les gosses !

J'ai fait signe à Oscar et Alex de me rejoindre et on est montés vite fait sur nos bécanes.

Le client qui s'appelait Sam a grimpé sur la moto qui restait à côté des nôtres, et qu'était une sacrée belle bête elle aussi, un peu raccourcie de partout, avec une fourche à parallélogramme.

— Suivez-moi, il a fait en démarrant son engin.

Moi, j'étais pas trop partant pour jouer le bon chien-chien de service, mais comme Oscar a foncé derrière lui aussi sec, j'ai pas vraiment eu le choix.

On a traversé la ville dans la nuit, avec les lampadaires qui jetaient une jolie lumière orangée sur les trottoirs, et moi je me demandais bien où il nous emmenait, ce rigolo, et ça m'énervait qu'Oscar l'ait suivi sans rien dire, mais ça ressemblait un peu à une aventure, alors c'était déjà ça.

Après pas mal de détours, on est arrivés dans un quartier du genre pas riche, avec des vieilles baraques toutes défoncées où on voyait encore les marques du cyclone, et le fameux Sam a fini par s'arrêter tout au bout du bout, devant une espèce de hangar en ruine. Il est descendu de sa bécane, il a ouvert la grille, et il nous a fait signe d'aller nous garer sur le parking.

— C'est quoi, ici ? j'ai demandé en descendant de *Lipstick* avec Alex.

— C'est chez moi, il a dit en refermant la grille derrière nous. C'est pas un bon soir pour laisser vos bécanes dehors.

— Tu vis dans un hangar ?

— C'est charmant, est intervenu Oscar. Je crois que c'est le même architecte qu'avait choisi ma mère... On reconnaît bien le travail d'orfèvre.

— C'était le garage de mon père. Quand le cyclone a mis notre maison par terre, j'ai pas eu les moyens de reconstruire tout seul. C'est pas plus mal ici.

À sa façon de le dire, on a compris que le père en question n'était plus de notre monde. Il est allé ouvrir la porte blindée de la bâtisse en tôle.

— Entrez.

Oscar, il a pas hésité, à cause de son cerveau qu'était pas souvent bien branché. J'ai poussé un soupir, et puis Alex et moi on est entrés aussi, au final, mais j'étais quand même sur mes gardes, niveau méfiance.

3

Sam habitait tout seul dans cette vieille remise rafistolée de partout avec des plaques pleines de rouille, et c'était une seule grande pièce, à part le cagibi qui lui servait de W.-C. salle de bains. Comme habitat, ça ressemblait bien à un garage, mais pas un garage comme chez les Cereseto, plutôt un ancien garage à l'abandon, et les pièces qui traînaient à même le sol étaient tellement déglinguées qu'elles auraient mieux collé dans une casse. Dans un coin, il y avait les squelettes de deux ou trois bécanes à peine reconnaissables, des pneus partout, des outils dégueulasses qui auraient rendu le père de Freddy vachement furieux niveau respect du matériel, une bibliothèque avec pas mal de bouquins et puis, contre le mur du fond, une sorte d'espace à vivre, ou à survivre, plutôt, avec trois canapés défoncés, une table basse, un lavabo et un réfrigérateur bien de travers. C'est là que Sam nous a proposé de nous asseoir, et alors il a sorti des bières fraîches du frigo, et donc j'ai décidé de me détendre un peu parce qu'il avait pas l'air d'un si mauvais humain, vu d'ici.

— C'est un peu chaud, en ce moment, il nous a expliqué en s'asseyant avec nous. Il y a un nouveau club qui essaie de s'installer sur Albas, alors ça coince avec les Phantoms.

— Pourquoi ? Il peut pas y avoir deux clubs dans la même ville ? a demandé Alex.

Sam a souri.

— En fait, vous n'y connaissez vraiment rien au monde des MC ? il a demandé.

J'ai haussé les épaules et Oscar, il a pas pu s'empêcher de répondre :

— En fait, on s'en branle un peu, mec.

Et ça m'a bien fait marrer, parce que c'était mon Oscar tout craché, ça.

— Ça veut dire quoi, MC ? a fait Alex, et ça aussi c'était lui tout craché, qui voulait tout savoir.

— *Motorcycle Clubs*. Il commence à y en avoir pas mal, dans le pays, mais ils ont des codes très stricts, avec des histoires de territoire et tout ça, c'est un peu compliqué. Vu de l'extérieur, ça peut faire un peu bizarre. Faut connaître.

— Eh ben, nous, on est le MC de Providence, j'ai fait très sérieusement.

Sam a hoché la tête, même si, dans le fond, ça se voyait qu'on le faisait un peu rigoler.

— C'est cool, il a dit. Vous pouvez dormir ici ce soir, si vous voulez.

J'ai regardé les deux autres, j'ai regardé les canapés, et je me suis dit que c'était mieux que de devoir trouver un autre endroit, vu que le bar-hôtel avait fermé.

— C'est cool, j'ai dit à mon tour.

— Tu travailles ici ? a demandé Alex en regardant la partie atelier du hangar.

— On peut dire ça.

— T'es mécano ?

— En quelque sorte, a répondu notre hôte avec un sourire un peu mystérieux sur les bords.

Et puis voilà, comme ça on est restés bien plus longtemps que prévu, au moins deux semaines, et Sam s'est avéré être un type sacrément chouette en vérité, du genre comme nous.

Il était vachement maniéré, Sam. Dans sa façon de s'exprimer, dans ses gestes, sa manière d'essuyer délicatement ses lunettes avec un vieux mouchoir au milieu d'une conversation, dans ses tenues, il avait un genre de côté romantique, mystérieux, on aurait dit un peu qu'il sortait d'un roman d'Edgar Allan Poe et que tous ses habits étaient conservés dans un parfait état de vieillerie exprès. Avec Alex, il se sont tout de suite entendus, ils avaient l'air de partager plus de choses, comme si la Fouine était le seul à pouvoir comprendre vraiment le

206

côté sombre et énigmatique de notre nouvel ami. Avec Oscar... c'était plus compliqué.

Sam, il avait même un genre de côté mystique, spirituel. Il parlait de l'au-delà, il disait qu'il y avait des forces supérieures et qu'on pouvait les atteindre par la méditation, quand on était un vrai initié, que toutes les religions se mélangeaient un peu parce qu'elles venaient d'une seule vérité, et il utilisait des mots comme *transcendance* auxquels je comprenais pas forcément tout, mais faut reconnaître qu'il prenait tout ça vachement au sérieux et que ça m'intriguait un brin. Comme il aimait bien nous expliquer des choses, on a fini par l'appeler Prof.

Mais enfin, surtout, ce qui définissait le mieux Sam, c'était son succès avec les filles. Il était pas forcément plus beau qu'un autre, mais il savait les embobiner, ma parole. Les filles, elles craquent souvent pour les types comme ça, sombres, étranges, torturés. Nous, on s'en plaignait pas, parce qu'il y avait du coup un sacré paquet de chouettes nanas qui passaient chez lui le soir et qu'il était assez partageur.

La journée, on traînait en ville avec lui, comme il était fier de nous montrer Albas, et puis de temps en temps des types lui apportaient des bécanes à réparer et moi je lui filais un coup de main. Le soir, on se faisait des fêtes bien arrosées dans son hangar, avec le défilé de demoiselles. C'est là aussi qu'on a commencé à prendre des trucs un peu plus costauds que l'herbe, parce que Sam, apparemment, il se faisait pas payer uniquement en liquide. Nous, on était juste contents d'être là, de dormir sur des canapés, et même si on savait qu'un jour il faudrait reprendre la route, on profitait du bon temps sans se poser trop de questions.

Un jour qu'on se baladait en ville, j'ai surpris Alex en train de mettre discrètement une enveloppe dans une boîte aux lettres, et j'ai pas eu besoin de regarder dessus pour deviner qu'il avait écrit à ses vieux, pour pas qu'ils s'inquiètent trop. Je l'ai pas charrié, parce qu'après tout ses parents à lui c'étaient pas des mauvais bougres, mais je lui ai quand même fait comprendre que c'était avec ce genre de conneries que les flics pourraient nous retrouver s'ils nous cherchaient, alors il a promis de pas le refaire et j'ai rien dit à Oscar. Moi, c'était à Freddy que j'aurais bien aimé envoyer une lettre. Pour les mêmes raisons, et aussi parce que j'avais pas les bons mots à mettre dedans, je l'ai jamais fait.

Les jours passaient tranquilles, et puis, au bout du compte, un soir où c'était plus calme, on a laissé Sam nous dire tout ce qu'il savait sur le milieu MC, parce que ça se voyait que ça lui tenait à cœur et qu'en vrai on mourait d'envie de savoir, du moins Alex et moi. Oscar, lui, il fumait des pétards.

Toute cette histoire de clubs de moto avait commencé après la Seconde Guerre mondiale, nous a expliqué Sam, qui s'y connaissait drôlement sur le sujet. Quand j'y repense, aujourd'hui, c'est lui qui nous a tout appris dans le domaine, et peut-être que les choses auraient été différentes si on l'avait pas rencontré. Au lendemain de la guerre, donc, d'un côté, il y avait les gosses qui croyaient plus trop aux valeurs de leurs paternels et, de l'autre, il y avait les vétérans qui avaient du mal à se réinsérer dans la société, parce qu'ils avaient vécu des trucs que personne pouvait comprendre, et tout ça faisait un paquet de gaillards entêtés et pleins de colère qui voulaient plus être propres et sages. Et alors tous ces gens vachement déracinés comme mauvaises herbes se sont retrouvés autour de l'amour de la moto, qui est un instrument de liberté, et ils ont commencé à vouloir se créer des clans, se construire leur propre vie, avec leurs propres codes, en être fiers et les opposer à ceux des anciens et, bon sang, quand Prof racontait ça j'avais l'impression qu'il racontait un peu notre histoire à nous, à travers.

C'est comme ça que des anciens combattants et des gosses qui nous ressemblaient un peu s'étaient retrouvés autour des mêmes envies : rouler, choquer les bonnes gens, s'amuser, créer une famille de cœur plutôt que de sang, et ne plus obéir à rien d'autre qu'à leurs propres règles qui, après tout, étaient pas plus mauvaises que les autres, quand on y pense, avec toutes les injustices qu'on voit par ailleurs.

Et alors les clubs sont nés, et ça s'est pas mal propagé à travers le pays, certains ont même commencé à avoir des représentants dans plusieurs villes, qu'on appelait des « chapitres », et ils avaient des sacrés noms qu'ils écrivaient sur le dos de leurs blousons, comme les Jags ou comme Marlon Brando.

Et nous, sans le savoir, on avait fait la même chose pareille dans notre coin, à Providence, et c'était drôle comme coïncidence, et peut-être d'ailleurs que c'était pas tout à fait une coïncidence. Petit à petit, c'était devenu une culture à part entière, la chose s'était codifiée, avec folklore et compagnie, et alors Sam nous a expliqué ce qu'on appelait les « couleurs », qui était tout cet ensemble de patchs brodés qu'on voyait cousus sur les gilets en cuir des MC.

Prof nous a ensuite raconté que, pour entrer dans un club, un type devait passer par plusieurs étapes, un peu comme les corporations du Moyen Âge, il a dit, et que ces étapes étaient destinées à former le gars et à vérifier qu'il était un chic type pour de bon. D'abord, il y avait le stade de *hangaround*[1], puis le stade de *prospect*[2], et ça pouvait durer pas mal de temps comme mise à l'épreuve, et si, à la fin, tout le monde était OK, alors le type pouvait devenir membre à part entière et se coudre les couleurs dans le dos, et c'était un sacré honneur, visiblement. Genre remise de médaille officielle et tout le tralala.

— Tu comprends mieux pourquoi je t'ai dit qu'écrire un nom à l'arrière de votre blouson, il ne fallait pas le faire à la légère ?

J'ai hoché la tête, mais le Chinois il a fait :

— Et si on dessine une grosse bite sur nos blousons, ça passe ou c'est mal vu ?

— Ta gueule, Oscar.

Il s'est marré tout seul et a continué à tirer sur son pétard.

— Et les « 1 % » alors ? j'ai demandé.

— Tu connais ça ? a dit Sam d'un air étonné.

— Ouais. Je connais.

— C'est les clubs qui se revendiquent comme faisant partie des 1 % de motards en dehors du système.

---

1. « Qui tourne autour. »
2. « Membre potentiel. »

210

Il nous a expliqué que n'importe qui pouvait pas se dire 1 %, que c'était un sacré mode de vie tout entier et que ça se méritait vachement, et si un rigolo marquait « 1 % » comme ça sur son blouson, pour faire son malin, il risquait de se faire tamiser foutrement la gueule de travers. Et moi je voulais bien le croire, parce que je me souvenais que Pat, il rigolait pas trop avec cette histoire.

On a parlé comme ça toute la soirée de toutes ces histoires de clubs, et Alex et moi, ça nous causait vachement, alors qu'Oscar il s'en foutait démocratiquement, mais, du moment qu'il pouvait picoler et fumer, ça le dérangeait pas qu'on cause, et d'ailleurs on commençait à avoir tous un sacré coup dans l'aile quand Prof nous a balancé, comme ça :

— Si vous voulez, je peux vous dessiner des couleurs pour votre club.

— Une grosse bite ?

— Ta gueule, Oscar !

— Je me débrouille pas mal, niveau dessin. Et je connais un type qui pourra broder les patchs. Ça aurait de la gueule, sur vos blousons.

J'ai hésité un peu, et puis j'ai dit :

— Je croyais qu'il pouvait pas y avoir deux clubs dans la même ville ?

— Vous êtes le MC de Providence, non ?

— Euh... Ouais.

— Et il y a pas d'autre MC à Providence ?

— Sûr que non.

— Alors ça va ! Vous êtes parfaitement légitimes pour créer officiellement votre club.

— De toute façon, est intervenu Alex, on va pas rester ici très longtemps. On va à Vernon.

— Ouais, j'ai dit, pour montrer que j'avais pas oublié, parce que je sentais bien qu'il était inquiet, la Fouine.

— Vous voulez quoi, comme dessin ?

— Une tête d'aviateur, j'ai dit en pensant à Biggles.

— Une tête de mort d'aviateur ? a fait Sam.

Et comme on a tous rigolé, il a commencé à dessiner une chouette tête de mort d'aviateur et, ma parole, c'était vrai qu'il se débrouillait pas mal.

4

Ça faisait pas loin de deux semaines qu'on était chez Sam à profiter du confort matériel et de l'accueil quand, un jour, il nous a dit qu'il y avait un festival de rock en plein air dans la ville d'à côté et, bon sang, c'était pas à Providence qu'on pouvait voir un truc pareil, alors on a pas hésité.

Au milieu de l'après-midi, on est partis avec les trois bécanes, Alex derrière moi comme d'habitude, et ça faisait du bien de rouler de nouveau hors de la ville, surtout avec Prof qui déconnait autant que nous sur la route.

Plus on approchait du festival, plus il y avait de monde, des milliers de bagnoles qui se suivaient comme si les zombies avaient débarqué et que c'était la débandade, vrai de vrai, et à la fin il a fallu qu'on se faufile dans un embouteillage comme la ville avait jamais dû en connaître, et d'ailleurs les petits vieux ils regardaient ça depuis leurs fenêtres avec un air catastrophé comme fin du monde.

Quand on est arrivés sur les lieux et qu'on a vu la foule déjà assemblée sur l'immense terrain de sport, ça avait une sacrée figure ! J'avais jamais vu autant de jeunes réunis au même endroit, tous habillés à la cool, une moitié avec t-shirts de rock et tout l'attirail, et puis l'autre moitié torse nu, avec des chapeaux et des bandeaux dans les cheveux et des colliers pas possible, et toutes les filles étaient plutôt vachement sexy, la plupart avec juste un jean et un maillot de bain pour le haut, ma parole, c'était autre chose que la cour du lycée chrétien de Providence, c'était le carnaval du rock'n'roll, oui ! Tout le monde marchait dans le même sens, vers la scène gigantesque qui était tout au bout du terrain avec des échafaudages autour, et tout ce petit peuple rigolait de la vie, fumait, et ça dérivait de partout, et les flics avaient l'air affolé tellement ils auraient rien pu contrôler au cas où. C'était chouette comme indépendance.

On a garé nos bécanes sur une espèce de parking de fortune dans l'herbe, et j'avais jamais vu autant de motos non plus, mince, il y en avait à perte de vue et de toutes les tailles et de toutes les couleurs, des toutes neuves, des toutes vieilles, des trafiquées façon chopper, et puis des anglaises aussi, qui avaient une satanée classe dans leur genre.

Quand on a remonté le parking à pied, Sam nous montrait les brêles qui appartenaient à des clubs, avec les couleurs peintes dessus, et il pouvait même dire de quelle ville venait chaque club, et lequel était ami avec les Phantoms et lequel était ennemi... punaise, c'était une vraie encyclopédie sur pattes, ce type ! Les clubs les plus importants laissaient un « prospect » devant leurs bécanes, qui devait rester là toute la nuit à les surveiller avec interdiction de picoler, et ça devait pas être folichon comme corvée, et certains disaient bonjour à Sam en lui serrant la main à la manière des MC, c'est-à-dire avec les pouces qui se croisent vers le haut et les poings qui se ferment, et alors nous on faisait pareil derrière lui.

Plus on avançait vers la scène et plus ça sentait la marijuana, et le premier concert n'avait pas encore commencé qu'il y avait déjà un sacré paquet de types complètement retournés du chiffon, et des bouteilles de bière vides qui roulaient par terre, et des couples qui se faisaient de sacrées galoches et tripotages, ça sentait l'amour de partout et tout le monde souriait à tout le monde, et c'était bon de respirer ça, cette communion, comme si la musique faisait un seul esprit et qu'on pouvait pas penser à autre chose qu'à se faire plaisir.

Oscar, là-dedans, il était comme un poisson dans l'eau de la rivière, mais un genre de poisson qui parlait à tout le monde, et je sais pas sur combien de foutus joints différents il a tiré ce soir-là, et quand c'étaient pas des joints, c'étaient des buvards imbibés de LSD qu'il s'enfonçait dans la bouche, les gens étaient drôlement généreux, et lui il était tellement perché que je suis pas sûr qu'il ait entendu quoi que ce soit quand les concerts ont commencé, mais bon sang ce qu'il nous a fait marrer, notre Chinois !

Il faisait encore jour quand le premier groupe a ouvert les amabilités, et il était temps parce que les gens commençaient à drôlement s'impatienter

214

tout collés dans la sueur. Même si on connaissait pas, c'était de la méchante bonne musique, avec déménagement compris, et moi j'avais jamais entendu jouer si fort, nom d'un chien ! Le son qui sortait des tours d'enceintes, ça vous secouait les tripes dans tous les sens et c'était bon de vibrer comme ça avec.

Le deuxième groupe était pas beaucoup plus connu, mais plus fort quand même, et comme c'était une musique un peu déjantée, il y avait des gens complètement en transe qui dansaient comme des Indiens, et même Prof je me suis dit qu'il était en train de communier avec les esprits avec tout son corps, et alors Oscar il s'est mis à faire pareil, à gigoter de partout comme un psychopathe sur du triphasé, on aurait dit que les notes lui passaient directement dans les veines, et, même si c'était du grand n'importe quoi au niveau coordination, ça finissait presque par avoir une espèce de grâce, mais fallait bien regarder pour la voir.

À un moment donné, Alex est venu vers moi, et il m'a tendu un sachet en papier tout fin et il m'a dit :

— Tiens, avec tous les pétards que vous avez fumés, Oscar, Sam et toi, je pense que vous devriez prendre un peu de ça pour tenir le coup.

C'était de la cocaïne, et je sais pas où la Fouine avait récupéré ça, mais c'était bien son genre de nous dégotter ces machins juste pour nous, non pas parce qu'il voulait nous aider à nous défoncer, mais parce qu'il voulait juste nous aider à ne pas nous endormir. Il était comme ça, Alex. Lui, il reniflait sa Ventoline, et nous le reste.

La cocaïne, c'était pas vraiment mon truc, à l'époque, même si j'en avais déjà pris une ou deux fois, mais là, ma parole, c'était le moment ou jamais, alors j'ai partagé avec Sam qui m'a dit que c'était un excellent moyen d'appréhender les mystères de la vie, ou un truc comme ça. On s'est fait des traces sur le dos de la main qu'on prenait avec un billet roulé comme paille, et quand Oscar a eu un instant de répit au milieu de sa chorégraphie démentielle, on lui a filé le reste, et ce furieux il s'est tout mis dans le creux entre le pouce et l'index et il a sniffé d'un seul coup en avant la musique.

— Merci, les mecs, cool, il a dit, cooooool, et il était reparti pour un tour de manège enchanté.

Et puis, enfin, quand il a fait nuit, ça a été le tour de ce qu'on appelle la tête d'affiche, et j'en ai pas cru mes yeux ni mes oreilles quand j'ai vu les gars de Blue Öyster Cult arriver sur scène avec leurs costumes psychédéliques et leurs grosses moustaches, et alors même moi je me suis mis à hurler comme un détraqué, ça a été la sacrée débauche. Mince, ces types, j'avais tous leurs disques qui avaient brûlé dans ma roulotte ! Et les voir là, sur scène, au milieu de tous ces gentils dégénérés comme moi, c'était une sorte de belle revanche dont je me suis vachement régalé les oreilles, et j'arrêtais pas de taper dans la main de Prof pour qu'il voie un peu la reconnaissance.

À un moment, les flics étaient tellement débordés pour contenir la foule qu'ils ont appelé des militaires d'une caserne qu'était pas loin, mais c'était pas bien méchant, et au bout d'un temps il y avait même des soldats qui dansaient avec nous, tu parles !

216

Bon sang, je sais pas combien de temps a duré ce foutu concert, mais ça retombait jamais, cette puissance, et dans le public c'était comme une hystérie collective du genre orgie romaine, et je sais pas non plus combien de filles j'ai pelotées ce soir-là, mais ça se faisait simplement, comme de partager une danse au bal de fin d'année, et mince, je vous jure, il y en avait même qui faisaient l'amour par terre et ça dérangeait personne, et d'ailleurs je vois pas pourquoi ça devrait déranger quelqu'un, l'amour.

Les chansons s'enchaînaient et quand je reconnaissais un titre, je me mettais à hurler de plus belle, et c'était comme si j'étais sur la scène avec eux tellement je sentais la musique en moi. Punaise, on était pas loin du paradis, à ce niveau-là du bonheur, et la seule chose qui manquait, c'était Freddy. Si seulement Freddy avait pu voir ça, je pensais.

Et puis, tout à coup, au moment des rappels, Sam m'a pris par le bras, et il m'a fait :

— Ramène tes troupes, on met les voiles.

— Hein ? Mais t'es fou, c'est pas fini !

— Fais-moi confiance, il m'a dit avec un clin d'œil. Je vous réserve le meilleur pour la fin.

J'ai grimacé, mais je pouvais pas dire non, comme on était là grâce à lui. Ça a pas été une partie de plaisir de faire venir mes potes, surtout Oscar à moitié à poil qui se prenait pour le messie des temps modernes en se renversant des bouteilles de bière sur la tête, mais j'ai fini par les convaincre qu'on devait y aller, et alors on a suivi Prof jusqu'à nos bécanes au milieu d'un joyeux bordel du tonnerre, et il y avait tellement de monde qu'on a mis au moins deux fois plus de temps qu'à l'aller.

Une fois sur le parking, Sam a regardé Alex, et il lui a fait :

— Tu sais conduire, la Fouine ?

Alex, comme d'habitude, c'était le seul qui n'avait rien pris à part des médicaments de pharmacie, et comme il avait déjà conduit ma bécane une fois pour venir me chercher à Sainte-Catherine, il a pas hésité, il a fait oui, un peu vexé sur les bords qu'on lui pose la question.

Prof lui a donné la clef de son bobber et il a dit :

— OK. Alors prenez les motos et attendez-moi à la station-service.

— Hein ? C'est quoi, ces conneries ? j'ai fait.

— Fais-moi confiance, Bohem. C'est une surprise.

Comme Sam s'était montré réglo depuis le début, j'ai décidé de lui faire confiance, d'accord, et donc j'ai fait signe aux autres de me suivre, et alors on est montés sur les bécanes, et vu l'état du Chinois c'était pas dans le genre vachement raisonnable, mais ça faisait bien longtemps qu'on avait oublié ce mot-là par terre derrière nous.

Tant bien que mal, on est sortis du terrain avec les trois motos et tous les deux mètres on risquait d'écraser quelqu'un, et moi j'arrêtais pas de vérifier qu'Oscar était encore sur ses deux roues, mais il était tellement élevé, avec la cocaïne et le LSD, qu'il risquait pas de s'endormir.

On s'est arrêtés à la station-service, comme promis chose due, et on a attendu Sam en écoutant au loin l'écho du Cult qui continuait le clou du spectacle, et mince, ça envoyait sévère, la batterie qui résonnait dans toute la terre comme un orage, c'était quand même dommage de rater ça, je me disais en soupirant.

Et puis, tout à coup, on a vu arriver une bécane toute neuve, et dessus c'était notre Sam, nom d'un chien, qui fonçait tête baissée ! Il s'est arrêté devant nous avec un dérapage vachement classieux, et il était hilare, cet abruti.

Il s'est mis devant Alex, il lui a montré la moto de riche, et il a fait :

— Tiens. Elle est à toi, maintenant.

— Tu déconnes ?

Prof lui a donné le guidon, puis il est monté direct sur sa moto à lui, et il a fait :

— Non. Mais crois-moi, vaut mieux qu'on se taille vite fait.

Oscar et moi on était morts de rire, et Alex il faisait semblant de pas comprendre, alors je lui ai fait un signe de tête pour qu'il se grouille un peu, et il est monté tout perplexe sur la moto volée, et alors on est repartis vers Albas et on était quatre bécanes maintenant, ça avait de l'envergure, et c'en était fini de la Fouine toujours sur mon dos, et on était pas près d'oublier une soirée comme ça ! Prof, dans son genre, c'était un sacré bonhomme, et ça se voyait qu'il avait envie de nous plaire.

5

J'aime pas trop raconter ça, comme ça fait un peu pleurnicheur sur les bords, mais je dois bien avouer que c'est à cette époque-là que mes cauchemars ont commencé, qui étaient toujours un peu les mêmes, avec Freddy dedans.

Je rêvais que j'étais n'importe où avec lui, comme au bon vieux temps d'avant, qu'on était rien que tous les deux, et alors j'avais une impression de réconfort à l'intérieur du rêve, comme si rien ne s'était passé et qu'on était de nouveau les meilleurs frères du monde, et c'était un sacré miracle, comme soulagement. C'était comme si tout le poids s'enlevait d'un coup.

Et puis alors, soudain, le rêve basculait et Freddy devenait horrible de cruauté, de méchanceté, contre moi, et il se marrait de me voir souffrir, il disait des trucs tellement dégueulasses que ça faisait comme de la torture, et je comprenais pas pourquoi, et alors chaque fois je me réveillais en sursaut avec des putains de larmes de gosse qui brûlent la gorge, et je comprenais pas comment Freddy pouvait être un enfoiré pareil, même si c'était qu'un rêve. Bon sang, c'était un satané supplice !

Freddy. Qu'est-ce qu'il me manquait ! Souvent j'aurais voulu qu'il soit là pour que je puisse lui dire. Lui dire que la vie sans lui, c'était pas tout à fait la vie, et qu'en le perdant j'avais aussi perdu un bout de moi, que je me sentais coupé en deux et que je m'aimais moins. Sans Freddy, j'étais devenu le chef de bande, par défaut, et je me plaisais pas trop. Je savais pas faire comme lui, je me trouvais prétentieux, en chef, et j'aimais mieux quand j'étais le second et que je pouvais le regarder comme un exemple.

Freddy, je préférais être fier de lui que de moi.

Alors, bien sûr, j'avais les autres, et c'était déjà drôlement bien comme guérison mais, mince, même si je les aimais comme des vrais frangins eux aussi, j'aurais donné n'importe quoi pour être avec Freddy à la place. Et, quelque part, je pense qu'ils devaient le sentir. Ils devaient le savoir. Ils devaient savoir qu'on pouvait vivre tout ce qu'on voulait comme bonheur, ça remplacerait jamais Freddy pour moi. C'était pas très chic de ma part, comme fermeture, mais je pouvais pas tricher, non plus. Freddy, c'était mon meilleur ami, et qui cesse d'être votre ami ne l'a jamais été, alors pour moi il le restait, quoi qu'il arrive. À la vie, à la mort. Le perdre était ce qui pouvait m'arriver de pire.

Tout ce que je pouvais faire, c'était ne pas raconter aux autres ces foutus cauchemars qui me bouffaient mes nuits, et faire comme si notre bonheur suffisait.

Quand je me suis réveillé, le lendemain du festival, la tête un peu dans le plâtre, qui faisait mal jusqu'au bout des cheveux, Sam était de l'autre côté du hangar en train de transformer la moto d'Alex pour pas qu'on la reconnaisse trop facilement, et alors j'ai compris que c'était ça, son vrai métier. Il faisait dans le maquillage.

Quand je me suis approché, j'ai vu qu'il avait déjà pas mal transformé la moto dans le style bobber, comme la sienne : sans toucher au cadre d'origine, il avait changé le guidon pour en mettre un plus court, enlevé le garde-boue avant qui sert un peu à rien et remplacé le gros à l'arrière par un plus petit qui venait d'une vieille bagnole du temps jadis, et tout ça lui donnait déjà une gueule sacrément plus méchante. Maintenant, il était en train d'enlever tout ce qui alourdissait inutilement la machine, alors je lui ai filé un coup de main comme au bon vieux temps du garage Cereseto.

Pendant qu'on bossait sur la bécane, à un moment, Prof, il a fait une pause pour essuyer ses lunettes et il m'a demandé :

— Qu'est-ce que vous allez faire à Vernon, si c'est pas indiscret ?

Vernon. Mince, même moi, j'avais presque oublié. J'ai hésité un peu avant de répondre.

— On va voir le frère d'Alex.

— À Vernon ? Ça en fait, une sacrée balade, pour aller voir son frère !

— Ouais, et ça va lui faire une belle surprise, vu qu'ils se sont jamais vus.

— C'est cool, a dit Sam.

— Ce que tu as fait pour Alex aussi, c'est cool. C'est pas tous les jours qu'on se fait offrir une bécane par un type qu'on connaît à peine.

— C'est rien. Je l'ai fait aussi un peu pour toi. Tu dois en avoir marre de le trimballer tout le temps derrière toi.

— Ça va. C'est mon frangin, la Fouine. On a vécu pas mal de trucs, lui et moi. C'est bien d'être à plusieurs.

— Vous avez de la chance.

— T'es toujours tout seul, toi ? j'ai demandé en montrant l'espace vide du grand hangar autour de nous.

— La solitude, ça me dérange pas. J'ai perdu ma mère quand j'étais gamin et mon père dans le cyclone.

— Désolé.

Il a haussé les épaules.

— Au moins, ils sont ensemble, maintenant. Mon père, il s'est jamais remis de la mort de sa femme. Il savait plus rien faire de ses doigts. Fallait tout le temps que je m'occupe de lui. Il picolait tellement à la fin qu'il s'écroulait dans le salon et que je devais le tirer tout seul jusque dans son lit. Je crois qu'il est mieux là-haut. Et puis, ils sont pas vraiment partis. Je les sens à côté de moi, parfois.

— Je comprends, j'ai dit.

— Tu as perdu tes parents, toi aussi ?

— Ma petite sœur. Mais moi, je sens pas ces trucs-là. J'y crois pas des masses à la vie après la mort.

— Chacun son truc, il a dit.

Pour rigoler, j'ai ajouté :

— Déjà que la vie avant la mort, j'ai encore du mal à y croire...

— Tu as raison. On n'est jamais sûr de rien, il a conclu vachement sérieusement, et puis il s'est remis au boulot.

Petit à petit, les autres se sont réveillés. Alex est venu voir sa moto, et il était presque gêné de devoir montrer sa reconnaissance.

— Bravo, il a dit. C'est du beau boulot.

— Il paraît que vous allez traverser le désert et les montagnes, a dit Sam sans se retourner. Faut qu'elle tienne la route.

— Merci, mec.

— De rien. Ça vaut le coup de partir là-bas dans de bonnes conditions. C'est une des plus belles balades qu'on puisse faire. Dans les montagnes, le soir, tu peux vraiment sentir des trucs, tu vois ?

— Les merdes d'oiseaux ? a fait Oscar de loin.

— Non. Le Cosmos.

— Ah ouais ? Et ça sent quoi, le Cosmos ?

— Le Cosmos, c'est silencieux et lourd, comme la sagesse et l'esprit, la perfection de l'ordonnancement.

Il a répondu ça du tac au tac, drôlement réfléchi, du coup Oscar a pas trop su quoi balancer comme nouvelle connerie, alors il a fermé sa bouche sur son pétard en ricanant comme un idiot.

— Et après Vernon, vous ferez quoi ? Vous rentrerez à Providence ? a demandé Prof.

— On sait pas, j'ai dit. Après, peut-être qu'on fera le tour du monde dans les deux sens. On ira là où il y a de l'aventure et de la liberté, quoi.

— La liberté, il y en a partout. Il faut juste avoir le courage de la prendre.

— Ouais. Et ta mère aussi faut avoir le courage de la prendre. Dans les deux sens.

On a continué comme ça à papoter en bossant sur la moto d'Alex, et puis en fin d'après-midi, un type a frappé à la porte et c'était un livreur qui apportait un colis.

Sam a ouvert le paquet devant nous et, quand il a sorti les patchs, on en croyait pas nos yeux : c'étaient les « couleurs » du club ! De *notre* club !

Bon sang, il avait fait ça bien, et ça avait une sacrée allure ! Il y avait tout ce qu'il fallait : le dessin de la tête de mort d'aviateur, de face avec le bonnet en cuir, les grosses lunettes posées sur le front et le micro devant sa bouche de squelette qui avait l'air de rigoler, et puis les patchs en arc de cercle avec marqué « Spitfires », et ceux avec marqué « Providence », et même les barrettes avec les fonctions à coudre sur la poitrine.

Alex et moi, on les a prises dans les mains, et on avait le sourire plus grand que la tête, c'était un peu comme si notre histoire prenait une nouvelle dimension tout à coup, et même Oscar il est sorti de sa léthargie agricole pour venir voir, et il a bien été obligé de dire que ça en jetait plutôt.

— Je vous ai fait trois jeux de plus, au cas où un jour vous voulez faire entrer d'autres types dans votre club, a glissé Prof pendant qu'on tripotait les bouts de tissus dans nos mains d'un air admiratif.

— Ah ouais ? j'ai dit. Et tu penses à quelqu'un en particulier ?

— Je sais pas…

Il a grimacé.

— Mais Vernon, ça a l'air sympa, il a fini par dire.

On s'est tous regardés en souriant, et c'était une foutue évidence maintenant, et personne n'a rien eu à y redire quand j'ai tendu un jeu de nos couleurs à Sam avec toute la symbolique dedans.

— Vous… Vous êtes sûrs ? il a dit, et ça avait vraiment l'air de lui faire quelque chose.

— Un peu qu'on est sûrs ! je lui ai dit en lui frottant sa tête pleine de cheveux, comme à un gosse. T'es un putain de Spitfire, mec !

— Bienvenue dans notre galère, a ajouté Alex.

Ma parole, Prof avait de l'émotion qui montait dans les yeux, et ça nous touchait qu'il soit si fier d'entrer dans notre club, et il nous a donné l'accolade chacun notre tour en tapant bien fort dans nos dos, merde, c'était un chouette moment.

Quand je repense à ces moments-là, j'ai l'impression qu'ils ont même pas existé, tellement ils étaient simples.

— Faut aussi qu'on se répartisse les rôles, j'ai dit en prenant les petites barrettes rectangulaires. Comment ça se passe, pour le président ? On doit voter ?

— Mais non ! a fait Alex en levant les yeux au plafond. Le président, c'est toi, il y a pas besoin de voter. C'est ton club, Bohem. T'as ça dans le sang, d'être le chef. Fais pas semblant.

En vérité, c'était plutôt Freddy qui avait ça dans le sang, mais comme il était plus là, fallait bien que je m'y fasse, alors j'ai gardé ça pour moi.

— OK, alors tu fais le vice-président ? je lui ai dit.

La Fouine a haussé les épaules.

— Oh, tu sais, moi, les grades, je m'en fous un peu...

J'ai rigolé parce que je savais que c'était pas vrai, et je lui ai donné la barrette de vice-président en la claquant dans sa main.

— C'est quoi, le sergent d'armes ? a fait Oscar en prenant le petit bout de tissus.

— C'est celui qui est chargé de la sécurité du club, a expliqué Prof.

— Celui qui bastonne les gens dans leur gueule ?

— Si tu veux...

— Alors y a pas de doute, c'est pour ma pomme ! a fait le Chinois tout sourire.

On s'est encore tous marrés, mais sûr que c'était plutôt dans l'ordre des choses. Comme il restait plus que trésorier, on l'a donné à Sam, même si on était pas trop sûrs de ce que ça représentait.

Et, comme ça, tout l'après-midi, le hangar s'est transformé en véritable atelier de couture clandestin, et c'était pas aussi simple qu'on pourrait le croire, surtout pour Sam qui devait coudre sur du cuir, mais on s'est bien appliqués à mettre tout ça sur nos vieilles vestes et, au final, ça avait vraiment une gueule d'enfer.

On s'est mis tous les quatre côte à côte, dos à un miroir et, par-dessus nos épaules, on a regardé l'effet que ça faisait, les couleurs bien alignées sur nos blousons. Mazette, ça jetait du lourd !

Quand on a eu fini, Prof nous a expliqué qu'on devait d'abord aller présenter nos couleurs aux Phantom Riders avant de les porter dans la rue, pour pas avoir d'histoires, que c'était juste une formalité, pour respecter le code, et même si ça nous énervait un peu de devoir demander leur autorisation à des types qu'on connaissait à peine, on lui a fait confiance.

Alors le soir, on est allés dans le bar où on les avait vus la première fois.

6

Dozer, le président des Phantom Riders, il avait vraiment pas l'air commode avec ses dents en argent et ses muscles tatoués et, quand Sam lui a présenté nos couleurs avec tout le respect d'usage, il les a regardées un long moment, et puis il les a posées sur la table et il a fait :

— C'est quoi, ces conneries ?

Sam, il s'était visiblement pas attendu à une réaction pareille, alors il a pas trop su quoi répondre, il est resté comme un crétin à regarder dans le vide, en remontant ses lunettes sur son nez.

— Ben tu vois bien, c'est notre putain de club ! a fait Oscar derrière lui.

— Vous vous foutez de ma gueule ? Un MC ? Vous avez quel âge, les mômes ?

— L'âge qu'il faut, mon pote, a dit encore Oscar avec un ton provocateur qui sentait pas vraiment bon l'avenir.

— Je suis pas ton pote, ducon. Vous vous croyez où, là ? À la maternelle ? Vous croyez qu'on s'installe MC comme ça, à la cool ? Vous y connaissez que dalle ! Et d'abord, il est où, votre local ? Il faut un local, pour être un MC, bande de marioles ! Allez, enlevez-moi ces conneries de vos blousons et dégagez de mon bar avant que je vous en colle une. J'ai autre chose à foutre que de jouer les baby-sitters, en ce moment.

Sam, il était foutrement gêné, comme il nous avait dit que tout se passerait bien. Il se mordait les lèvres et nous jetait des regards embarrassés par-dessous.

— Dozer ! il a fait. Je te jure, ils sont réglos. Ils ont un local à Providence.

C'était pas tout à fait vrai, mais, en souvenir de ma roulotte qui avait brûlé, ça avait quand même du sens, quelque part.

— C'est moi qui leur ai dit qu'ils devaient faire les choses correctement et venir te présenter les couleurs…

— Eh bien, t'es encore plus con que je croyais. Maintenant, casse-toi, et que je revoie plus jamais ces putains de couleurs. Vous allez m'arracher ça vite fait de vos blousons.

Avec le recul, quand j'y repense, je me dis que peut-être Dozer il faisait ça pour nous protéger, parce que c'est vrai qu'on était encore des gosses à moitié et qu'il se disait qu'on était sûrement pas prêts pour entrer dans le monde des MC, et d'ailleurs il avait sans doute raison, sauf que, bien sûr, Oscar, il a pas pu fermer sa gueule, il a fait :

— Mais, sinon, tu sais que tu peux aller te faire enculer, aussi ?

Et là, forcément, c'est parti en chaude pisse.

Dozer, il a balancé direct une droite bien lourde dans la tête du Chinois, et ils se sont attrapés aussi sec, et moi j'aime pas trop qu'on tape dans mes potes, même avec une bonne raison, alors je me suis aussi mis à bourriner dans les dents argentées du président des Phantom Riders, et Sam, pauvre bougre, il essayait de nous séparer, cet imbécile ! Alors il s'en est pris aussi dans la manœuvre. Bon sang ! Les coups pleuvaient de partout, les chaises volaient, ça devenait même compliqué de comprendre qui cognait sur qui.

S'il y avait seulement eu le prospect qui accompagnait Dozer et qui est venu y mettre du poing, on aurait peut-être pu avoir une chance infime de s'en sortir, mais quand le barman s'en est mêlé aussi avec sa batte de base-ball, ça a nettement compliqué les choses au niveau de l'égalité des chances.

Et là, tout à coup, au milieu du déluge, alors qu'Oscar venait de se prendre un satané coup de batte dans les jambes, j'ai vu la Fouine sortir de je sais pas où et, foutre Dieu, j'en ai pas cru mes yeux quand mon petit Alex a attrapé l'immense Dozer par-derrière façon commando et qu'il lui a glissé une lame sous la gorge.

— Le premier qui bouge, je l'égorge ! il a hurlé.

Et moi, dans ses yeux, je pouvais voir qu'il était sérieux et que si le prospect ou le barman avaient bougé d'un poil, on aurait eu un cadavre de président sur les bras.

— Calme-toi, gamin, a fait le barman en posant sa batte de base-ball par terre.

Dozer, vu comment Alex le tenait, il pouvait pas vraiment bouger à moins de se faire ouvrir la trachée, mais, bon sang, il avait tellement de colère dans les yeux qu'on aurait dit qu'ils allaient se mettre à fumer.

— T'es en train de faire une grosse connerie, gamin, a insisté le barman. Une très grosse connerie.

On en doutait pas un seul instant, merci.

— Appelle-moi encore une fois gamin et je le crève, connard !

Même moi, j'avais du mal à reconnaître mon Alex, mais, depuis le centre de détention, fallait avouer qu'il avait pas mal changé, au niveau de l'amour du prochain.

— Les gars, il nous a dit vachement autoritaire pour un type de sa taille, sortez et allez démarrer les motos. Quant à vous deux, les rigolos, vous vous allongez gentiment par terre devant le bar, avec les bras sur la tête.

Les deux types ont hésité, alors Alex a serré encore un peu plus son couteau contre le cou de Dozer, et celui-ci a dû leur faire signe d'obéir, parce que tout à coup ils ont fait précisément ce que la Fouine demandait, en bonne et due forme.

Oscar et Prof sont partis en boitant un peu pour démarrer les bécanes, et le Chinois, il a pas pu s'empêcher de lâcher un « C'est sympa, ici » en se barrant, mais moi je voulais rester à l'intérieur, pour être sûr qu'Alex s'en sortait, parce que je le trouvais pas non plus dans une situation idéale.

J'ai enjambé les deux types allongés, je suis passé derrière le bar et, sous le comptoir, j'ai trouvé ce que je cherchais, comme je m'étais souvenu que le patron avait glissé ses mains là-dessous quand ça avait chauffé le premier soir où on était venu.

Un fusil à canon scié, deux coups.

J'ai pris l'arme, ça a fait un petit clic quand j'ai tiré le premier percuteur vers l'arrière, et je l'ai dirigée vers Dozer.

— C'est bon, j'ai fait à la Fouine, tu peux le lâcher, je m'en occupe.

Dehors, on entendait Oscar et Sam qui démarraient nos bécanes une par une. Et puis après, il y a eu un sacré vacarme, et j'ai compris qu'ils venaient de foutre les motos de Dozer et de son prospect par terre, pour le même prix.

— Couché ! j'ai dit au président des Phantom Riders.

Il avait les veines du cou toutes gonflées de fureur et il respirait comme un fauve, mais il s'est couché quand même, et moi je pouvais pas m'empêcher de me dire que j'étais en train de pointer une arme sur un 1 % et que, bordel, c'était vraiment la merde.

— Alex, récupère nos couleurs et rejoins les autres !

Il a fait comme ça, dans l'ordre.

Alors j'ai commencé à reculer doucement vers la sortie moi aussi, sans baisser la pointe du fusil.

— Dozer, je suis vraiment désolé que ça ait tourné comme ça, j'ai dit. Mais t'as eu tort de nous prendre pour des gosses. On est les Spitfires, mec. Les putains de Spitfires ! Loyauté, Honneur, et putain de Respect !

— Je vais vous crever un par un, bande de petits merdeux ! il a gueulé, allongé sur le ventre.

— Pas si on te crève avant, moule à merde !

Et puis je suis sorti, toujours à reculons et, sans quitter le bar des yeux, je suis monté sur ma bécane que les autres avaient démarrée pour moi. Dehors, il y avait des passants qui regardaient toute la scène avec l'air vachement terrifié. J'ai glissé le fusil dans la sacoche arrière, un peu à la manière d'un satané gangster du Far West, et j'ai mis les voiles comme une machine de course, et les trois autres ils m'ont suivi aussi sec, direction la sortie d'Albas.

On y a jamais remis les pieds.

7

Alors on a roulé. On a roulé très fort et très droit, couchés sur le réservoir de nos bécanes et, sûr de sûr, pour une fois on faisait pas les imbéciles sur la route, parce que c'était un peu comme si le diable était à nos trousses, et tout ce qui comptait c'était s'éloigner d'Albas et des Phantom Riders, et je peux vous dire que pendant tout le trajet j'ai tellement serré les dents que j'en avais mal aux mâchoires.

Ça devait pas faire loin d'une heure qu'on roulait quand le Chinois a fait signe qu'il était passé sur la réserve, alors on s'est arrêtés dans une station-service, et je me demandais bien lequel d'entre nous allait parler le premier quand on est descendus de nos bécanes, mais, bien sûr, ça a été Oscar.

— Putain, je sais pas vous, mais ça m'a un peu filé la dalle, cette histoire. Je mangerais bien un hamburger avec du bacon.

On s'est tous regardés perplexes, et puis moi j'ai pas pu m'empêcher de rire.

— Sérieux, Oscar, t'es vraiment trop con, j'ai dit.

— Ben quoi ? il a fait. C'est bon, le bacon !

— Dire au président d'un club 1 % d'aller se faire enculer ? Non, mais, vraiment ? *Vraiment ?*

— Ben quoi ? Qu'est-ce qu'on en a à branler ? Il peut être le foutu président de toute la planète, s'il veut. Moi, je l'encule.

— Sérieux, Oscar, t'es vraiment trop con, j'ai répété, sauf qu'en vrai je pensais un peu comme lui.

— On est désolés, Sam, a fait Alex.

— Pourquoi désolés ? a répondu Prof. C'est Oscar qui a raison. Dozer peut aller se faire enculer par un troupeau de bisons en chaleur. On est les Spitfires, et on l'emmerde !

— Tu es conscient que tu vas pas pouvoir retourner dans ton hangar, là ?

— Qu'est-ce que j'en ai à foutre ? On va à Vernon, oui ou merde ?

Je l'ai regardé en souriant, parce qu'il avait quand même une foutue classe, et alors j'ai fait :

— Ouais. On va à Vernon, mec. On est les Spitfires. Alex, file-nous les couleurs !

La Fouine, il a soupiré comme si on était des sales gosses et qu'il était notre tuteur, et puis il est allé chercher nos blousons qu'il avait enfouis dans sa sacoche, et alors on a enfilé nos couleurs et ça voulait dire ce que ça voulait dire.

Le type de la station-service a fini par sortir, qui se demandait peut-être ce qu'on foutait là à papoter au lieu de siroter son essence et à ce moment-là je me suis rendu compte que j'avais la crosse du fusil qui dépassait de l'arrière de ma bécane, alors je me suis mis un peu devant pour pas lui faire peur.

— Je vous fais le plein ?

— Vous faites pas les hamburgers, aussi ? a demandé le Chinois.

Comme il les faisait pas, Oscar lui a piqué un sacré paquet de barres chocolatées pendant qu'on remplissait les bécanes. Oscar, quoi.

Et puis on a repris la route et, avec les couleurs sur le dos, on avait quand même une classe bien sauvage.

Plus on avançait vers l'ouest, plus la végétation se faisait rare, et l'humidité disparaissait de l'air, et on commençait à voir de plus en plus de sable sur le sol, à la place de la terre et des satanés marécages, comme si le désert gagnait lentement du terrain autour de nous. Les premiers cactus se succédaient, on aurait dit une armée de soldats perdus et, au loin, les montagnes se soulevaient comme des îles dans l'océan, et moi j'avais les yeux qui bouffaient tout ça comme un sacré cadeau, et alors à ce moment-là je me suis dit en rigolant que Providence, la seule « providence » qu'elle offrait, c'était de la quitter.

On était au milieu d'un magnifique nulle part quand la nuit est tombée, qui était vraiment belle de majesté, alors on s'est trouvé un endroit pour dormir sous les étoiles, et ça faisait longtemps qu'on avait pas fait ça, c'était chouette. Ça doit être une histoire d'héritage dans nos têtes, mais il y a quand même quelque chose de magique quand on monte un camp au milieu des bécanes, comme si c'était des chevaux.

— Je suis pas sûr que ce soit une bonne idée de garder ça, a fait Alex en montrant la crosse du fusil qui dépassait de ma sacoche.

— Y a plus discret, a confirmé Sam.

J'ai poussé un soupir, parce qu'ils avaient raison. Mais, avant de m'en débarrasser, je comptais bien griller les deux cartouches qu'il y avait encore à l'intérieur, par principe et amusement, alors je me suis approché de la moto d'Alex et j'ai pris son casque qui était accroché au guidon.

— Et moi, je suis pas sûr que ce soit une bonne idée de garder ça, j'ai dit sur le même ton.

À l'époque, la chose n'était pas obligatoire et la Fouine était évidemment le seul d'entre nous à rouler avec un casque.

— Fais pas le con, Bohem ! il s'est plaint, mais moi j'étais déjà parti poser son casque en haut d'une dune.

Je suis revenu au niveau des bécanes, j'ai visé à peu près, et avec un fusil pareil qui balançait du plomb dans tous les sens il aurait vraiment fallu être une buse pour rater sa cible.

— Merde, tu fais chier, Bohem ! il soupirait, notre Alex.

Ça a fait un vacarme du tonnerre qui a résonné dans l'horizon et fait s'envoler deux, trois rapaces alentour. Le casque a valdingué dans les airs et, quand il est retombé, je lui ai mis la deuxième cartouche sous les acclamations de Sam et d'Oscar.

Comme on avait pas la télé, fallait bien que j'assure le spectacle.

Après, on est allés enterrer le fusil et le casque au pied de la dune, et le Chinois, il a fait un discours comme s'il était un foutu prêtre en retraçant la vie du casque et du fusil, on s'est bien marrés, sauf Alex qui faisait la gueule.

— Quelqu'un a pensé à ce qu'on allait manger ce soir ? a demandé Prof quand on est revenus s'installer autour de nos machines.

— Et surtout, a repris Oscar, quelqu'un a pensé à ce qu'on allait baiser ce soir ?

— Je suis sérieux, mec.

— Moi aussi. Si on continue comme ça sans baiser, au bout d'un moment, je vais être obligé de...

— Ta gueule, Oscar.

— Vous faites comment, d'habitude, pour la nourriture ? a insisté Prof.

— Ben, on mange chez toi, j'ai fait en rigolant.

— OK, mais avant ?

— Avant, on faisait au petit bonheur la chance. C'est-à-dire qu'on bouffait pas grand-chose.

— Il me reste des barres chocolatées fondues et un peu de cocaïne, a dit le Chinois.

Alors on s'est contentés de ça, pour cette fois. Sauf Alex qui faisait la gueule.

— Les gars, si on veut rouler comme ça jusqu'à Vernon, va falloir qu'on s'organise un peu mieux, a dit Sam.

— Ça serait bien, a grogné Alex. Moi, si je fais pas mes trois repas par jour, je me tape des crises d'hypoglycémie.

— Et moi si je baise pas trois fois par jour...

— Ta gueule, Oscar !

— Le problème, c'est que si on continue à payer l'essence comme des blaireaux, on sera bientôt au bout de nos économies.

Moi, j'avais déjà presque plus rien de ce que José m'avait donné.

— Comment ils font, les autres clubs ? j'ai demandé à Sam.

— Déjà, les autres clubs, ils passent pas leur vie à rouler. C'est plus facile d'avoir un local pour faire des affaires. On peut revendre des trucs. De l'herbe, des bécanes...

— Ouais, mais nous, on roule.

— Ça empêche pas de revendre des trucs, j'ai dit. On se sert dans une ville, et on revend dans la suivante.

— C'est un bon début.

— Ah ouais ? Et comment tu fais pour transporter une bécane volée, vu qu'on est déjà tous à bécane ?

— Tu prends juste des pièces, ducon.

— Et ta mère aussi, je lui prends ses pièces, crevard.

Alors Prof nous a expliqué qu'il y avait des règles à respecter si on voulait piquer des bécanes, ou même juste des pièces de bécanes.

— Règle numéro un, on ne touche pas aux bécanes des clubs, même des clubs ennemis. Règle numéro deux, on ne touche pas aux bécanes qui sont garées devant le local d'un club. Règle numéro trois, on ne touche pas aux choppers. Bref, on ne touche qu'aux bécanes des riches cons qui ne connaissent rien à la bécane.

— Normal, j'ai fait.

— Normal, a dit Alex aussi.

Oscar, lui, il a levé les yeux au ciel.

— Vous êtes vraiment une belle bande de tapettes.

— Tiens, puisque tu la ramènes, soit dit en passant et vu que t'as l'air d'avoir la braguette qui te démange, si tu veux rester vivant, les deux premières règles sont valables aussi pour les gonzesses.

— Ah ouais ? On peut pas toucher aux gonzesses qui sont garées devant le local ?

— T'as tout compris.

Et ça a continué comme ça jusqu'à ce qu'on s'endorme tous les quatre, c'est-à-dire pas très tôt, avec la cocaïne.

8

Pendant les deux jours qui ont suivi, on a roulé tranquilles à profiter du méchant spectacle qu'offrait le désert, où le vide laisse pas mal de place pour rêver, mais aussi on a perdu du temps à réparer la bécane d'Oscar qui s'est mise à pisser de l'huile de partout, et Sam et moi on s'est quand même sacrément bien emmerdés pour la remettre dans l'ordre au milieu de nulle part.

Avec ce genre de motos, quand on roule beaucoup, faut compter dans le temps de trajet celui qu'on passe au bord de la route, à quatre pattes. Avec l'expérience, on finit par apprendre un paquet d'astuces pour réparer une machine avec les moyens du bord. Tous les soirs, quand on s'arrêtait, Prof et moi on allait faire le tour de toutes les brêles pour faire du petit entretien de routine, en prévention.

Avec la chaleur et les vibrations, fallait les chouchouter, les pauvres, leur remettre des coups de vis, les caresser dans le sens du poil.

Ça commençait à devenir dur de rouler aux heures les plus chaudes de la journée, avec le soleil qui nous cramait le crâne et les bras. Le soir, quand on se mettait torse nu, on avait un bronzage sacrément ridicule qui nous faisait comme des t-shirts sur la peau. Alors on faisait des longues pauses qui donnaient lieu chaque fois à de sacrées cérémonies de déconne verbale, surtout entre Prof et Oscar, qui se charriaient pas mal. Du coup, on faisait pas beaucoup de kilomètres dans la journée. Dans un décor pareil, on roule pas vite, on savoure.

Le troisième jour, on est arrivés à Laroche, qui est une satanée grande ville, pour un endroit pareil. Quand vous êtes à l'entrée de Laroche, si vous tournez la tête d'un côté, vous voyez rien que le désert jusqu'à l'infini, et si vous tournez la tête de l'autre côté, vous voyez plus rien que des maisons et des immeubles qui ressemblent à des vaisseaux débarqués du futur. C'est comme si on avait pris toute une ville ailleurs et qu'on l'avait laissée tomber là, au beau milieu du sable.

À Laroche, Sam a voulu nous amener au local d'un club de 1 % qu'il connaissait et qui s'appelaient les Salem's Freaks.

— C'est encore des bons copains à toi ? a fait Oscar d'un air moqueur.

— Eux, je vous jure, ils sont réglos. Et on risque rien, c'est pas un club ami des Phantoms.

— « On risque rien », c'est pas déjà ce que tu nous avais dit quand on est allés présenter nos couleurs à l'autre con ?

— Sauf que là, c'est vrai. Les Phantom Riders, j'avoue, c'est des énervés. Pourquoi est-ce que tu crois que j'ai jamais essayé d'en faire partie ?

— Parce que t'es trop jeune, tête de nœud.

— De toute façon, si on s'arrête en ville, on risque pas de passer inaperçus, alors autant aller les voir directement.

Sam s'est tourné vers moi, et il a fait :

— Bohem ?

J'ai compris à ce moment-là que ce genre de situations finirait toujours comme ça. J'étais le président du club, et c'était à moi de trancher. Et comme je voulais pas qu'on passe pour des trouillards, j'ai dit :

— On y va.

Oscar a haussé les épaules.

— Moi, du moment qu'il y a des gonzesses...

On a suivi Prof à travers la ville, jusque dans un quartier du genre industriel, et alors on a découvert ce que c'était qu'un vrai local de MC 1 %, pour la première fois de notre vie. Et c'était pas rien.

Ma parole, vu de l'extérieur, c'était un vrai bunker. Une bâtisse tout en briques rouges, de plain-pied, entourée d'un grillage, et avec un parking sur le devant. Pas une fenêtre, une caméra de surveillance au-dessus de l'entrée, laquelle se résumait à une énorme porte blindée sur laquelle étaient peintes les couleurs des Salem's Freaks : un genre de zombie assis sur un chopper. Devant la porte, un prospect faisait le guet avec ses gros bras croisés sur la poitrine.

Quand on a garé nos bécanes sur le parking, faut reconnaître qu'on était pas trop rassurés.

Sam s'est dirigé tout droit vers le prospect et lui a fait la traditionnelle poignée de main. Le type lui a fait signe d'attendre, il est rentré dans le local et, quand il est ressorti, il était accompagné d'un type qui avait la barrette de président sur la poitrine. Il a attrapé notre Prof par les épaules et il lui a fait une accolade.

— Tu portes des couleurs, toi, maintenant ? il a dit en souriant.

C'était un gaillard pas bien grand, et pas bien jeune non plus, pas loin des soixante balais sans doute, avec de longs cheveux blancs, la barbe aussi pareille, et avec plus de cicatrices sur la face que de dents au total. Son gilet en cuir, il était tellement usé qu'il ressemblait plus à grand-chose, et les couleurs dans son dos on aurait dit qu'elles avaient fait la guerre dans les tranchées. Il parlait avec une voix rauque et cassée, comme s'il avait un caillou coincé dans la gorge, et ça lui donnait un air furieusement méchant. Phil, il s'appelait.

— Je suis entré chez les Spitfires de Providence, a expliqué Sam en nous montrant comme si on était un club connu et qu'il en était foutrement fier.

Le gars nous a regardés un moment, et il a fait :

— Les Spitfires... C'est pas vous qui avez collé une raclée au « prez' » des Phantom Riders ?

Mince, les nouvelles allaient vite ! Ça ressemblait vachement à une question piège, alors j'ai fait une réponse piège.

— On colle des raclées à tous ceux qui nous manquent de respect, j'ai répliqué.

Phil s'est marré et il nous a juste dit :

— Entrez, les gars. Ici, tant que vous vous tenez bien, personne vous manquera de respect.

Un par un, on lui a serré la main à la manière des motards, sauf moi, qui ai aussi eu droit à une accolade, sans doute parce que j'étais le « prez' », comme il disait, et alors on est entrés dans le local.

À l'intérieur, ma parole, on en a pris plein la vue. Ça ressemblait au bar de motards d'Albas, mais encore plus classieux et avec encore plus de bricoles affichées sur les murs. Partout, on retrouvait les couleurs du club, en peinture, en photo, en gravure ou sculptées dans le bois. Il y avait des dizaines et des dizaines de cadres et de plaques en cuivre, des genres de trophées avec le nom d'autres chapitres des Salem's Freaks à travers le pays, ou bien des cadeaux offerts par d'autres clubs. Ça faisait des années et des années de souvenirs, sur ces murs, on aurait dit un mémorial.

Sur la droite, il y avait un bar en briques rouges, avec une collection balaise de bouteilles sur les étagères en verre derrière, et un paquet de néons qui diffusaient une belle lumière bleu-vert.

À gauche, une porte ouverte sur un atelier de réparations, avec des bécanes au milieu des établis et autant d'outils que dans un vrai garage. Le centre de l'immense pièce était occupé par un long billard de luxe, avec lampe en porcelaine au-dessus. Dans le coin opposé au bar, une espèce de petit salon avec trois canapés en cuir et une table basse. Et, tout au fond, face à l'entrée, une double porte en bois, avec un panneau qui disait « réservé aux membres ».

Derrière le bar, il y avait un prospect et, sur les canapés, trois autres membres du club qui se sont levés pour nous accueillir avec un grand sourire. « Bienvenue, les gars » ils disaient tous, à tel point que je me demandais même s'ils se foutaient pas un peu de notre gueule, tellement ils étaient chaleureux.

Et puis voilà : on a passé une soirée du tonnerre, dans ce local et, apparemment, ça se passait souvent comme ça entre MC. Savoir recevoir un club de passage, ça faisait partie des traditions, de la Loyauté, de l'Honneur et du Respect. Chaque fois qu'ils nous servaient un verre, on insistait pour payer notre tournée, parce qu'il y avait pas de raison qu'on boive à l'œil toute la soirée, mais le président des Salem's refusait systématiquement. On lui avait raconté notre histoire, dans les grandes lignes, et il avait l'air de trouver ça chouette, ce qu'on faisait, comme si ça lui rappelait des souvenirs et que même ça lui ramenait des émotions dans sa voix cassée.

— Gardez votre argent pour la route, il disait. Vous allez en avoir besoin. Vous vous rendez pas compte, les gosses (oui, lui aussi il nous appelait « les gosses », mais, dans sa bouche, ça sonnait pas comme du mépris), ce que vous êtes en train de vivre, c'est ça, la vraie vie d'un MC. Rouler. Rouler au jour le jour. Ah, merde, tiens ! Si je pouvais, je ferais ça toute ma vie !

— T'as qu'à venir avec nous, j'ai dit.

Il a souri un peu triste.

— J'aimerais bien... Mais on a pas mal d'affaires à gérer, ici. Si vous voulez un conseil, restez des nomades toute votre vie. Le jour où vous prenez un local, les emmerdes commencent.

— Un local comme le vôtre, ça en jette, quand même !

— Ça en jette, mais c'est plus de soucis qu'autre chose.

La marie-jeanne est toujours plus verte ailleurs, il paraît, n'empêche que ça faisait bizarre de voir le président d'un MC 1 % qui enviait notre vie à nous. Ça nous a vachement honorés, en réalité. Je me demande même si c'était pas la première fois de notre vie que quelqu'un nous enviait vraiment.

— En revanche, les gars, votre histoire avec Dozer, ça commence à se savoir, dans le milieu. Et c'est autant à votre avantage qu'à votre désavantage. Si vous voulez mon avis, il y a quelques villes que vous devriez soigneusement éviter. C'est pas un gros club, les Phantoms, mais ils ont deux ou trois amis quand même. Je vous donnerai la liste.

Et la soirée a continué comme ça, Alex, Sam et moi, on est restés au bar avec le président des Salem's, qui nous racontait avec nostalgie des anecdotes sur les débuts du club, et nous on buvait ses paroles, et de la bière aussi.

Il nous a raconté comment son club avait commencé vingt ans plus tôt comme une simple association de types à motos qui participaient à des courses dans la région, et puis comment petit à petit il était entré dans la liste des clubs 1 % que les autorités classaient comme criminels, et alors c'était devenu un foutu cercle vicieux, parce qu'à cause de cette classification on les privait de certains droits les plus basiques, et que ça incitait pas mal de membres à faire des trucs illégaux pour s'en sortir, et que c'était le serpent qui se mordait la queue. Il disait que les médias et le gouvernement racontaient beaucoup de conneries sur les MC 1 %, parce qu'ils n'aimaient pas trop que des types comme nous se rassemblent et critiquent le système. Il disait que si on les laissait faire, un jour on aurait même plus droit de rouler en bande sur nos bécanes, alors il fallait se serrer les coudes entre motards. Et puis il nous racontait les histoires de ses frangins, qui étaient souvent des types avec des cassures dans leur passé, et que c'était pour ça qu'ils se retrouvaient là, parce qu'il y avait de la place nulle part ailleurs pour les gens cassés. Sur les murs, il nous montrait les photos des membres du club qui étaient morts, certains à moto, d'autres abattus par les flics ou par des clubs ennemis, et puis d'autres aussi à cause de l'alcool, et il disait que c'était pas des saints, bien sûr, mais que souvent les voyous avaient le cœur plus grand que la moyenne, et moi je voyais exactement ce qu'il voulait dire.

Oscar, lui, ça l'a jamais trop intéressé, ces histoires, alors à la place il est resté avec les trois autres membres sur les canapés à déconner pas mal, sous influence. Vers minuit, des filles sont arrivées, vachement élégantes, du genre légèrement vêtues et qui mâchaient leur chewing-gum en faisant claquer la bouche, et Oscar, il a disparu avec une d'elles, mais nous on était trop bien au bar avec Phil pour aller faire des bricoles.

Pendant qu'on refaisait le monde, de l'autre côté de la pièce, j'arrêtais pas de regarder discrètement les deux portes en bois avec le panneau « réservé aux membres » cloué dessus, et je me demandais bien ce qu'il pouvait y avoir derrière, et Phil, il a dû le remarquer, parce qu'à un moment il m'a fait en souriant :

— C'est derrière ces portes que les vrais ennuis commencent, mon pote. Et pourtant, tout le monde rêve de passer derrière un jour... Ils croient que le pouvoir, c'est la liberté. Sauf que le pouvoir, mec, c'est une putain d'entrave. Un jour, tu comprendras.

J'ai hoché lentement la tête, parce que, bizarrement, je comprenais déjà un peu quand même. Je comprenais, parce que je me souvenais de l'époque où le chef de notre bande, c'était Freddy, et qu'à cette période-là, malgré toute la merde de Providence, j'avais quand même moins de soucis dans la tête qu'aujourd'hui.

Il était pas loin de deux heures du matin quand le président des Salem's nous a proposé de dormir au local, comme il y avait des lits au sous-sol, et alors on était plutôt super enchantés, et on a passé notre première nuit dans un MC.

Le lendemain matin, sur le coup de dix heures, une dizaine de membres du club ont débarqué dans un foutu tintamarre, et alors Phil nous a annoncé qu'ils allaient nous accompagner pendant une heure ou deux sur notre route, pour le plaisir de rouler, et nous on demandait pas mieux.

Rouler à quatre, c'est déjà quelque chose, mais rouler à quinze, ma parole, ça multiplie encore plus les émotions. Ça donne du coffre, de la résonance.

On a découvert ce jour-là ce que c'était que de rouler en pack, avec un vrai club 1 %, et c'était pas rien, comme initiation. Mince, ça y allait fort ! Pour rouler avec des 1 %, vous avez intérêt à pas avoir froid aux yeux. Deux rangées, en quinconce, les motos toutes collées les unes aux autres, même à haute vitesse dans les virages, chacun faisant gaffe à ne jamais laisser la chaîne se rompre, en maintenant le rythme. Le président devant, puis les membres, puis les prospects, puis les invités et, enfin, un dernier membre pour fermer le convoi. C'était presque militaire, comme défilé, mais ça montrait surtout une belle unité, comme les pierres d'un mur qui s'appuient les unes sur les autres pour pas se casser la gueule. On aurait dit qu'il n'y avait qu'un seul moteur qui vibrait pour toutes ces motos, et que ce moteur, c'était aussi l'esprit qui animait nos deux clubs. Et moi, je me régalais. Je me sentais invincible.

Au bout de deux heures de route, cette grande caravane s'est arrêtée sur le bas-côté et on a fait nos adieux aux Salem's, avec accolades et grandes tapes sur les épaules, et même si ça faisait que depuis la veille qu'on se connaissait, eh bien, je vous jure qu'il y avait un peu d'émotion de se quitter d'un côté comme de l'autre.

Il y a quelque chose dans le partage des couleurs qui est difficile à expliquer, comme si ça jouait un rôle d'accélérateur dans les rapports humains, parce que ceux qui en portent, quand ils se croisent, ils savent qu'ils ont forcément pas mal de choses en commun, comme des fêlures qui les rapprochent.

Juste avant de partir, le président des Salem's m'a glissé à l'oreille un truc que j'oublierai jamais.

— Tu vis les plus belles heures de ta vie, Bohem. Ne les gâche pas.

Et puis ils sont repartis dans l'autre sens.

J'ai essayé de pas gâcher.

9

Le désert fait partie de mes plus beaux souvenirs à bécane. Le désert, c'est du vide vachement bien décoré. Et le vide, c'est toujours de l'espace de gagné pour la liberté.

On passait, comme ça, la tête lavée de toutes les crasses du passé par le vent chaud du désert, entre ces cactus qui pouvaient atteindre dans les quinze mètres de hauteur, ces villes fantômes où le sable reprenait ses droits, ces vallées rocailleuses où résonnait longtemps l'écho de nos moteurs, ces pitons rocheux d'un ocre rouge qui faisaient comme des donjons sortis tout droit de nos jeux de rôle d'avant, et puis, le soir, enfin l'air s'adoucissait, comme la dernière caresse d'une mère avant la nuit.

Ça faisait trois jours qu'on roulait heureux comme ça quand, au beau milieu d'un après-midi, on a vu deux bécanes arrêtées sur le côté de la route. J'ai fait signe aux gars de se garer derrière.

C'étaient deux beaux choppers, avec des fourches encore plus longues que celle de *Lipstick*. Les réservoirs et les cadres avaient été peints à l'aérographe avec des motifs sacrément chouettes.

— Salut, j'ai fait aux deux types qui étaient accroupis autour du pneu arrière de la seconde bécane.

L'un des deux s'est relevé et est venu nous serrer la main pendant que son copain continuait de tripoter la moto, et ça se voyait qu'il regardait nos couleurs discrètement et qu'il se demandait si c'était une bonne nouvelle qu'on se soit arrêtés.

C'était ce qu'on peut appeler un satané beau gosse, une vraie tête d'acteur. Cheveux bruns très courts, avec déjà des petites taches grises dedans avant l'âge, des yeux d'un bleu qui faisait presque peur tellement il était clair et un sourire de publicité. Le genre de gars que les filles regardent de loin en chuchotant bêtement.

— Mani, a dit le beau gosse pour se présenter. Et lui, on l'appelle Fatboy.

Derrière lui, on a entendu le gaillard râler un « fait chier, merde » en donnant un coup de pied à la roue de la moto. C'était un sacré dodu, du genre à dépasser allègrement le quintal. Il était propre sur lui, les cheveux noirs et courts, un bouc parfaitement taillé, trop presque.

— *Fatboy*[1] ? Je vois pas pourquoi, s'est marré Oscar.

On s'est présentés nous aussi, et puis on s'est approchés de la roue arrière qui semblait leur poser problème.

— Crevaison ? j'ai fait.

Vu l'état du pneu, c'était pas vraiment une question.

— Ouais, a répondu le fameux Fatboy. Fait chier, merde ! Et on a rien pour réparer.

J'ai fait un signe de tête à Sam, qui a fait une grimace d'hésitation, et puis il a balancé :

— Au milieu du désert, il y a une solution toute trouvée. Tu mets du sable dans la chambre à air, et ça permet de rouler jusqu'à la prochaine station. C'est pas génial, mais je vois pas mieux, dans le contexte.

---

1. Littéralement « gros garçon », *Fatboy* est aussi le nom d'un modèle de la marque Harley-Davidson.

J'ai hoché la tête.

— On va vous aider, j'ai dit.

Et c'est ce qu'on a fait.

Prof et moi, on a démonté la roue et on a rempli la chambre à air avec du sable pendant qu'Alex et Oscar discutaient avec les deux types.

Ils disaient avoir quitté Laroche où ils avaient travaillé ensemble dans une société qui faisait de la photographie. Fatboy s'occupait de l'aspect artistique et Mani du commercial. Apparemment, ils s'étaient engueulés sévère avec leur patron qui était un beau salaud et, du coup, maintenant, ils voulaient partir sur la côte Ouest pour aller trouver du travail dans de meilleures conditions. Quant à la moto, c'était leur vraie passion. Ils roulaient ensemble le plus souvent possible, le plus longtemps possible, et c'était Fatboy qui avait fait les peintures. Peintre, c'était son vrai métier, et il était plutôt vachement doué, mais ça rapportait rien, alors c'était pour ça qu'il s'était tourné vers la photographie.

— On peut vous accompagner jusqu'à la prochaine station, j'ai dit quand on en a eu fini avec le pneu. Comme ça on sera là s'il vous arrive d'autres emmerdes.

— C'est vachement chic de votre part, a fait Mani.

— C'est normal, entre motards.

— C'est cool.

Et alors on s'est remis en route tous les six, et on roulait vraiment pas vite à cause du pneu de Fatboy qu'était pas bien vaillant, rempli de sable, mais ça nous a pas empêché de faire les zouaves sur la route, et eux deux ils étaient pas mal dans leur genre non plus, à faire le crucifix debout sur les cale-pieds, mais le meilleur, c'était toujours Oscar, qui se mettait debout aussi, mais directement sur la selle, comme un surfeur, c'était foutrement drôle.

À la première station, on a pu changer tout le pneu de Fatboy et, pour nous remercier, nos deux nouveaux compagnons de route ont dit qu'ils nous payaient la soirée dans le prochain hôtel qu'on croiserait. On a pas dit non.

10

C'était un de ces hôtels miteux qu'on voit dans le désert le long des routes, et d'ailleurs je me souviens plus du nom exact, mais il y avait « désert » dedans, et c'était écrit sur un de ces immenses panneaux lumineux qu'on voit de loin quand on cherche désespérément où dormir, avec un cactus en néon qui clignotait sur le dessus.

C'était une longue bâtisse blanche de deux étages, avec une coursive qui faisait tout le tour pour aller dans les chambres. Quand on s'est garés sur le parking, il n'y avait pas une seule voiture, en dehors d'un pick-up près de l'entrée, qui devait être celui du propriétaire.

J'ai accompagné Mani à la réception. On s'était mis d'accord pour prendre trois chambres, une pour eux deux, une pour Alex et Sam, les deux intellos du groupe, et une dernière que je partagerais avec Oscar, vu que j'étais celui qui le supportait le mieux.

— J'ai plus de place, a dit le grand type maigrelet à l'accueil.

— Pardon ? a fait Mani. Mais... Il n'y a personne, dans votre hôtel.

— J'ai plus de place, a répété l'autre imbécile.

Il avait une petite tête toute pointue et un
regard de vieux rat aigri, du genre qui aime personne et surtout pas les jeunes, les étrangers, les
juifs et les motards.

— Vous plaisantez ou quoi ?

Le type a soupiré de haut et nous a montré un
panneau au-dessus du comptoir, où il était écrit :
« La Direction se réserve le droit d'admission ».

— On accepte pas les clubs, ici. Désolé.

À sa manière de tenir sa main près du tiroir
devant lui, j'ai compris qu'il devait avoir un flingue
planqué à l'intérieur et qu'il était prêt à s'en servir.
Un vrai tordu.

— Écoutez, on est crevés, on a roulé dans le
désert toute la journée, on voudrait juste dormir...
On veut pas d'histoires.

— On n'accepte pas les clubs, il a répété comme
un foutu robot.

— Et si mes copains enlèvent leurs blousons ?
a fait Mani. S'ils ont pas leur blousons, c'est pas
un club...

— J'enlève pas mes couleurs, j'ai rétorqué
direct, et je commençais à sentir le sang monter
vers les tempes.

Le type a encore approché la main de son tiroir,
et il a fait :

— Je vais vous demander de quitter mon établissement, maintenant, s'il vous plaît.

Mani a eu l'air d'avoir encore envie de par-
lementer, mais je l'ai pris par le bras et je l'ai

entraîné dehors. Ce genre de types, plus tu leur parles, plus ils sont cons. Il me rappelait un peu Da Silva, dans son genre.

Je suis allé expliquer la situation au reste de la bande, et avant qu'ils s'énervent je leur ai proposé un truc, et tout le monde a accepté, même Fatboy et Mani.

On est remontés gentiment tous les six sur nos bécanes et on est sortis du parking en file indienne. En passant à côté de la réception, on a vu l'autre maraud qui était là, debout dans l'encadrement de sa porte, avec la main dans le dos et le regard bien méchant. Un vrai dur à cuire des bacs à sable. Oscar lui a tendu un doigt de loin, et on a mis les gaz sur la route dans un joli boucan du diable. Sauf qu'au bout de deux minutes, au lieu de continuer sur l'asphalte, on a bifurqué à droite dans le désert et on a roulé sur le sable dans un grand arc de cercle pour revenir s'arrêter derrière une haute dune qui donnait directement sur l'hôtel, mais d'où on pouvait pas nous voir.

On a coupé les moteurs et on s'est tranquillement installés en haut de la butte de sable, planqués comme un foutu bataillon de tireurs d'élite.

Une demi-heure après, comme je l'avais deviné, une bagnole de flics est passée et a fait une petite ronde sur le parking de l'hôtel en contrebas, avant de s'arrêter à la réception.

— Qu'est-ce que je vous avais dit ? Regardez-moi cet enfoiré, j'ai murmuré pendant qu'on observait la scène.

— Ça vous arrive souvent ? a demandé Fatboy.

— C'est la première fois, j'ai répondu. Mais les flics et nous, ça n'a jamais été une grande histoire d'amour.

C'était surtout la première fois qu'on entrait dans un hôtel avec nos couleurs. À l'époque, à cause des journaux qui disaient un peu n'importe quoi, il y avait un paquet de monde qui avaient peur à la seule vue d'un motard.

— Bon, faut être honnête, est intervenu Alex. La dernière fois qu'on est allés dans un hôtel, on est partis sans payer, hein, les gars ?

— C'est pas une raison, a fait Oscar. Des fois, on paie.

J'ai pas pu m'empêcher de me marrer.

— Ouais, c'est pas une raison, j'ai confirmé.

On a attendu que la nuit soit tombée et que la dernière lumière s'éteigne à la réception.

L'idée, c'était d'aller piquer tout ce qu'on pourrait trouver à bouffer dans l'hôtel et siphonner le réservoir du pick-up garé près de l'entrée. Normal. La moindre des choses.

Sauf que ça s'est pas passé exactement comme prévu.

Notre première erreur, c'était d'y aller tous les six. Dans le genre discret, on aurait pu mieux faire. Notre deuxième erreur, bien plus grave, c'était d'y aller avec Oscar.

Bon sang, Oscar, vraiment, je l'aimais comme un foutu frère ! J'avais une espèce de tendresse particulière pour sa gueule, à cause de pourquoi il était devenu comme il était et, vrai de vrai, il me faisait plus poiler que n'importe qui au monde, mais, ma parole, les pires emmerdes qui nous arrivaient, c'était toujours un peu à cause de lui, parce qu'il savait pas s'arrêter.

D'abord, on a fait le tour de l'hôtel par l'arrière, à la lumière des étoiles. Moi, j'avais l'impression de mener une opération commando comme dans les livres de Biggles, ça palpitait costaud dans ma poitrine. On a rapidement repéré le distributeur sur la coursive du bas, parce qu'il était éclairé de l'intérieur. Sam, qui avait un peu l'habitude de trafiquer les choses, façon ablation, il a réussi à ouvrir la vitre de l'appareil, et alors c'est devenu un véritable self-service miniature, et on essayait de se retenir de rigoler en dévalisant la bête comme des gamins. Bonbons, barres chocolatées, chips, canettes de bière et soda, on a tout raflé, et on en a même consommé sur place comme des morts de faim. Surtout les bières. Et puis comme on pouvait pas tout emporter et qu'on pouvait pas s'empêcher de faire les cons, ça s'est vite trans-formé en bataille de bouffe, à s'envoyer les chips dans la poire et à s'asperger de bière en secouant bien la bouteille. Alex faisait tout ce qu'il pouvait pour nous empêcher de faire du bruit, « shhhh, shhhh » il faisait, mais même dans ses yeux ça se voyait qu'il rigolait bien, lui aussi. Il y a rien de pire pour faire rigoler que de devoir se retenir de rigoler.

— Bon. On se fait l'essence de cet enfoiré ? j'ai dit quand on a commencé à retrouver un peu notre calme.

Prof avait récupéré le bidon qu'il gardait tou-jours sur l'arrière de sa bécane.

— Ouais.

Ce qui était chouette, avec ce plan, c'est que non seulement on récupérait un peu de carbu-rant gratuit, mais qu'en plus notre gaillard allait se retrouver bloqué comme un âne le lendemain, avec plus une goutte dans son réservoir, bien fait pour sa pogne.

Alors on a découpé un morceau de l'arrosoir qui était enroulé contre le mur et, le dos bien courbé pour se fondre dans les ombres, on a traversé le parking. Vu que l'hôtel était vide, on se disait qu'on risquait pas de réveiller les clients, et la seule chose à surveiller, c'était la réception.

On est tous allés se planquer derrière le pick-up, et encore là on avait des fous rires comme des vilains gosses. Sam a forcé le clapet du réservoir, il a glissé le bout d'arrosoir dedans, il a aspiré un grand coup jusqu'à ce que l'essence monte, et hop, c'était parti pour un gros siphonnage en règle. Et quand le bidon a été rempli, il a continué à laisser couler par terre, rien que pour emmerder le patron.

Ça aurait largement suffi, comme vengeance, sauf qu'Oscar, lui, il a voulu marquer encore un peu plus le coup, et c'est comme ça que c'est parti en spirale.

Le Chinois a sorti son couteau et il a commencé à crever les pneus du pick-up, un par un.

— C'est bon, Oscar, arrête ! a fait Alex.

C'est quand il a percé le troisième pneu que l'alarme de la voiture s'est déclenchée, avec sirène et clignotement des phares et tout le bazar. Un foutu tintamarre au milieu de la nuit.

— Et merde ! j'ai fait. On se casse !

Sauf qu'on a pas pu aller très loin.

La lumière s'est allumée à la réception, tellement vite qu'on en a pas cru nos yeux, et le propriétaire est sorti en slip devant son hôtel, avec un fusil à pompe, et il a pas réfléchi, l'enfoiré, il s'est mis à nous tirer dessus aussi sec.

Cet enragé bombardait dans le tas en gueulant, et il rechargeait en tirant sur la garde coulissante comme un hystérique et, visiblement, il en avait rien à faire de son pick-up, parce que, même quand les vitres ont explosé, il a continué.

Coupés dans notre élan, on est retournés dare-dare vers l'arrière de la bagnole, et c'est là que Fatboy, qui courait pas bien vite comme gros, s'est pris une sacrée décharge dans la jambe. J'étais juste en face de lui quand je l'ai vu gueuler comme un clébard et s'écrouler sur le bitume.

— Ahhh, putain, fait chier, merde ! il meuglait en se tenant la cuisse, ce qui était son expression préférée.

Je me suis précipité à découvert pour tirer Fatboy vers l'arrière de la voiture et, vu le poids du bonhomme, c'était pas une fine affaire. Et l'autre, dans l'hôtel, s'est remis à tirer. Ma parole, il voulait nous tuer, ce fondu !

C'est là qu'Oscar est devenu fou.

— Tu vas voir ce que tu vas voir, enculé ! il a hurlé.

Il a pris le bidon d'essence des mains de Sam et il s'est mis à asperger le pick-up, et moi je pouvais pas le calmer, parce que je restais à côte de Fatboy qui saignait de la jambe et qui geignait comme une truie. Prof, lui, il avait plutôt l'air de vouloir faire comme Oscar. Quant aux deux autres, Alex et Mani, ils étaient du genre tétanisés, collés derrière la voiture avec les yeux en panique.

J'ai fait signe à Mani.

— Aide-moi à le sortir de là ! j'ai dit en prenant Fatboy par-dessous son épaule. La Fouine ! Va chercher une bécane.

— Avec l'autre qui nous tire dessus ? T'es pas sérieux ?

— Va chercher une putain de bécane ! j'ai gueulé.

Alex a regardé la distance qui nous séparait de la dune, de l'autre côté de l'hôtel, il a soupiré et il est parti en courant. Je vous jure que je l'avais jamais vu courir aussi vite. Un vrai sprinter.

Pendant que ça tirait encore, Mani m'a aidé à porter son pote vers l'entrée du parking, où on pouvait s'abriter derrière le grand panneau lumineux, et c'est là qu'Oscar et Sam ont enlevé le frein à main du pick-up et ont commencé à le pousser tout droit vers la réception en se planquant derrière les portières. Des vrais barbares ! Quand la bagnole a eu assez de vitesse, ils ont arrêté de pousser, et le Chinois a balancé son briquet allumé à l'intérieur.

Le pick-up a fait encore quelques mètres avant de prendre feu dans un grand souffle et, bon sang, ça a fait tout de suite des sacrées flammes qui ont éclairé tout le parking, et ça s'est mis à péter de partout, et alors le type de l'hôtel a dû avoir la frousse de sa vie quand il a vu ce monstre à roulettes qui avançait lentement vers lui comme une boule de feu géante.

Quand l'explosion a résonné dans le désert, on aurait dit que c'était la fin du monde, avec tremblement de terre et déluge par-dessus. Ça a fait une énorme sphère orange et noire autour du pick-up, qui s'est soulevé comme si c'était un foutu jouet, et puis le feu a commencé à se propager vers l'hôtel, et alors on a vu le patron sortir avec un extincteur et essayer d'arroser tout ça. Bon sang, en slibard au milieu des flammes, il avait vraiment une allure pas possible !

Sam et Oscar nous ont rejoints derrière le panneau, et le Chinois, il poussait des vrais cris de sauvage, cet imbécile. Il venait de foutre le feu à un hôtel, il était content.

C'est là qu'Alex est arrivé avec sa bécane. J'ai pris sa place et les autres ont installé Fatboy derrière moi, tant bien que mal.

— Ma jambe, il gueulait. Ma putain de jambe, merde !

— Accroche-toi à moi. Faites le tour, je vous rejoins aux bécanes ! j'ai dit aux autres, et ils sont partis comme des flèches pendant que l'autre furieux essayait encore d'éteindre l'incendie.

Avec le boucan de l'explosion, sûr que tous les flics à des dizaines de kilomètres à la ronde allaient bientôt débarquer.

Quand je suis arrivé derrière la dune, j'ai aidé Fatboy à descendre de la moto, et j'ai fait ce que j'ai pu pour nettoyer sa blessure et faire une espèce de bandage avec des bouts de mon t-shirt. Heureusement, c'était pas une blessure profonde, genre comme quand on a une balle logée dans le corps, mais juste des petites plaies superficielles à la chevrotine.

— T'es capable de conduire ?

— Je sais pas...

— Faut qu'on se casse d'ici, mec ! Et si tu peux pas conduire, ça veut dire abandonner ta bécane.

Il a grimacé, avec la sueur qui coulait bien sur son front.

— OK. Je vais essayer.

— T'as de la chance, c'est la jambe droite et, avec nous, t'as pas besoin de freiner. Si tu freines, t'es un lâche, je lui ai dit en essayant de le faire sourire.

Mais il avait pas l'air de saisir l'humour à cet instant précis.

— Je vais essayer, il a répété.

Quand les autres sont arrivés en courant, j'avais déjà mis Fatboy sur sa bécane et démarré son moteur.

Dix minutes plus tard, nos six motos filaient dans la nuit.

11

L'avantage, quand on fuit au milieu de la nuit, c'est qu'on voit arriver les flics de loin, avec les phares et les sirènes, alors nous, comme on était pas trop bêtes et que la nuit était claire, on roulait tous feux éteints.

Ça faisait pas dix minutes qu'on était partis de l'hôtel en flammes quand on a vu arriver les premiers gyrophares. J'ai fait signe au convoi de me suivre, et on s'est engagés dans une espèce de petit chemin de terre sur la gauche.

Je pouvais pas rouler trop vite, à cause de Fatboy qui poussait des cris de douleur à chaque nouvelle bosse, ni trop lentement, pour éviter que les flics nous voient quand ils arriveraient à notre hauteur. Il faut croire que les dieux étaient avec nous, parce que tout à coup on a passé une butte et quand on est redescendu derrière, on était hors de vue.

J'ai fait signe à tout le monde de couper les moteurs, et on a attendu d'être sûrs que tous les flics soient passés avant de redémarrer.

— J'en peux plus, a grogné Fatboy, qui était quand même vachement blanc au niveau du visage.

— On roule encore un peu et après je te promets qu'on s'arrête et qu'on s'occupe de ta jambe.

Il a hoché la tête, mais c'était pas bien vigoureux.

On s'est enfoncés encore un peu plus loin dans le désert, jusqu'à ce je voie un genre de vieux camping-car planté au milieu d'un enclos, avec une cabane, une niche et une éolienne.

J'ai fait signe à tout le monde de s'arrêter. Il y avait de la lumière dans le camping-car.

— Qu'est-ce qu'on fait ? m'a demandé Mani, qui était de plus en plus inquiet pour son pote.

— C'est quitte ou double. Soit le type à l'intérieur est cool et il nous file un coup de main sans poser de questions, soit c'est un enfoiré et il appelle les flics.

— Si c'est un enfoiré, on lui éclate la gueule et il appellera personne, est intervenu le Chinois.

— Ta gueule, Oscar ! s'est emporté Alex. T'en as assez fait pour aujourd'hui.

— Avec le boucan de l'explosion, je doute qu'on soit bien accueillis, a dit Sam. Et il est pas loin d'une heure du matin...

— Je vais aller en reconnaissance, j'ai décidé.

On a coupé les moteurs, je suis descendu de ma bécane et je me suis approché à pied de l'enclos. J'étais encore à une vingtaine de mètres quand le foutu clébard est sorti de sa niche et a commencé à aboyer.

— Chut, couché ! j'ai fait en m'approchant, mais ça l'énervait encore plus, l'animal.

La porte du camping-car s'est ouverte, et alors j'ai vu sortir une sorte de vieille bonne femme toute bossue petite qui s'est mise à gueuler sur son chien jusqu'à ce que la pauvre bête retourne dans sa niche la queue entre les jambes. Elle avait un fusil dans les mains, et je me suis dit que, décidément, c'était une sorte de mode, dans le coin. Elle s'est approchée de l'entrée de l'enclos, et elle a lancé :

— Qui va là, foutre merde ?

À sa manière de regarder dans le noir avec les yeux tout plissés, elle devait pas avoir une vision du tonnerre. Elle avait un de ces accents comme on en fait que très loin des villes.

— Excusez-moi, madame, je voulais pas vous déranger, mais j'ai un de mes amis qui est tombé à moto et qui est blessé... Alors je me disais que peut-être on pourrait s'occuper de sa jambe, avec votre aide.

— Approchez que je voie votre tête ! elle m'a lancé sans baisser le canon de son arme.

Je suis venu jusqu'à elle en essayant d'avoir un air angélique et, avec son fusil pointé sur moi, c'était pas forcément évident. Elle m'a regardé comme ça longuement, avec sa tête de travers et, mince, ce qu'elle était laide ! Elle devait pas avoir loin de deux cents ans.

— C'est une bonne tête, ça, elle a dit. Une bonne tête de bon gars. Ça va. Il est où, ton copain ?

— Il est resté en arrière avec les autres.

— *Les autres ?* Mais vous êtes combien, nom d'une sacrée pipe ?

— Eh bien... On est six, j'ai dit d'un air gêné.

— Six ! Eh bien ! Quelle affaire ! Va donc les chercher, au lieu de rester là comme un bourricot !

Ma parole, c'était un vrai numéro, celle-là. Je suis allé chercher la bande, et vous auriez dû les voir entrer dans l'enclos sur la pointe des pieds et dire chacun leur tour un « bonsoir, madame » d'une voix fluette, quelle poilade !

— Oui, oui, c'est ça, bonsoir... Alors, il est où, le grand blessé ?

— Il est là, j'ai dit en désignant Fatboy.

— Mon Dieu, la belle bête ! Eh ben ! Avec un gros cul pareil, pas étonnant qu'on tombe de moto ! elle a balancé, la vieille, et je dois bien dire qu'à part lui on s'est tous un peu marrés.

— Allez, viens là, mon gaillard. Entre, bon Dieu !

J'ai aidé Fatboy à marcher jusqu'au camping-car, et je suis entré aussi pendant que les autres s'installaient sur un banc en bois qui était juste devant.

C'était un sacré bazar à l'intérieur, du genre qui faisait que le camping-car risquait pas de reprendre la route un jour. Un vrai dépotoir. Et puis ça sentait pas vraiment la rose.

— Allonge-toi donc sur le lit, gras du bide !

Alors Fatboy s'est allongé en grognant comme une bête, et je savais pas trop si c'était la douleur qui le faisait grogner ou bien l'humiliation.

Avec un foulard, la vieille a fait un genre de garrot en haut de la cuisse pour diminuer la pression du sang, et puis elle lui a mis la jambe en position surélevée, pour les mêmes raisons, je crois. Quand elle a commencé à enlever les bouts de t-shirt que j'avais posés sur la blessure, il s'est mis à pousser des cris aigus comme une fille, et moi je pouvais pas m'empêcher de trouver ça drôle, même si je voyais bien qu'il avait vraiment mal, le pauvre, alors je me retenais quand même un peu.

— Fais pas ta chochotte ! elle disait, la vieille.

Quand elle a eu fini, elle s'est retournée vers moi, et elle m'a dit :

— Sois gentil, mon bonhomme, va me prendre la trousse de secours, en haut du placard, là. Et puis du sucre sur la table, et le bourbon.

Je lui ai rapporté tout ce qu'elle demandait. Dehors, j'entendais les autres qui discutaient sur le banc, et ça sentait la marijuana à plein nez à travers le hublot.

Elle a donné du sucre à Fatboy, et elle s'est tournée vers moi.

— Dis donc, gamin, la prochaine fois qu'un de tes copains prend une décharge de chevrotine dans la guibole, ça sert à rien de faire croire qu'il est tombé de moto, hein ? Je suis vieille, pas idiote.

Je me suis mordu les lèvres en souriant. J'ai préféré rien dire, de peur que ça amène des questions, et j'ai essayé de faire dériver l'attention sur l'état de Fatboy plutôt que sur les causes de son état.

— Vous allez pouvoir le soigner ? j'ai dit.

— Tsss, tsss, tais-toi donc et passe-moi la pince à épiler qui est dans la boîte. Il faut d'abord lui enlever tous les plombs qu'il a dans la guibole.

— Et vous allez le désinfecter avec du bourbon ?

— T'es le dernier des imbéciles ou quoi ? C'est pour moi, le bourbon.

Elle a débouché la bouteille de bourbon et elle s'est envoyé une bonne lampée.

— Ça va faire mal ? a demandé Fatboy.

— À une chochotte comme toi, très.

Et voilà la petite vieille en train de sortir un par un les plombs de la jambe du bonhomme, et dès qu'il gueulait un peu trop fort elle se foutait de sa poire, ma parole, c'était un vrai spectacle comique !

Quand il ne restait plus un seul éclat, elle a désinfecté tout ça à l'alcool à 90° qui a bien fait gueuler Fatboy encore plus, elle lui a mis une compresse stérile et un pansement par-dessus, et elle lui a fait prendre des pilules antibiotiques.

— Merci, madame, j'ai dit.

— Madame ? Moi, c'est Anna. Et toi ? elle a dit en me tendant sa main pleine de sang.

— Bohem, j'ai fait.

— C'est un vrai nom ça ?

— C'est comme ça que mes copains m'appellent.

— Alors Bohem, sois gentil, aide-moi à me lever. On va aller les voir, tes copains.

Je l'ai prise par le bras et on est sortis du camping-car. Dès qu'on avait mis le nez dehors, j'ai vu Sam et Oscar planquer leurs joints dans leur dos.

— Comment il va ? a demandé Mani.

— Il est à l'article de la mort, a répondu Anna.

— C'est une blague ?

— Triple andouille ! Le jour où un type meurt d'une décharge de chevrotine dans la guibole, les cochons apprendront à voler.

Elle s'est dandinée jusqu'au banc sous le regard perplexe de mes amis et leur a fait signe de se pousser un peu pour lui laisser de la place, et puis elle s'est encore envoyé un peu de bourbon par-derrière le gosier.

— Tiens, elle m'a dit en me tendant la bouteille. Et vous autres ça sert à rien de cacher vos mains dans le dos, là, je fumais déjà de la marie-jeanne quand vous n'étiez qu'une étincelle dans l'œil du facteur, alors l'odeur, je la reconnais un peu.

Elle m'a regardé avaler une gorgée de son bourbon dégueulasse.

— Eh bien ! elle a fait en me reprenant la bouteille. Ça m'a l'air d'être une sacrée bande de gentils crétins, tes copains !

— C'est pas tout à fait faux, j'ai dit en souriant. Surtout le grand bridé aux cheveux longs, lui, c'est un champion du monde. Mais je les aime bien quand même. Et puis, c'est tout ce qui me reste.

— C'est que tu dois être un peu crétin aussi, alors.

— Vous êtes un sacré numéro, Anna, hein ? j'ai dit. Qu'est-ce que vous foutez toute seule dans un camping-car au milieu du désert ?

— Je t'en pose des questions, moi ?

Tout le monde rigolait sur le banc à écouter la vieille, on en croyait pas trop nos yeux ni nos oreilles, ça faisait sacrément retomber la pression.

— Bon. Vous allez pas pouvoir rester là très longtemps, mes cocos, elle a dit. C'est pas que je veux vous mettre dehors, mais si vous avez fait une connerie dans le coin, et je veux pas savoir laquelle, la première personne que les flics vont venir voir, c'est la vieille Anna. Je leur dirai d'aller se faire empapaouter, comme d'habitude, mais si vous êtes encore là, ils risquent pas de vous rater. Six gugusses dans un camping-car, c'est pas du genre discret.

— Vous nous conseillez de faire quoi ? j'ai demandé. Si on retourne sur la route, sûr qu'on se fait prendre. Et puis je crois pas que Fatboy soit en état de conduire cette nuit.

Elle a réfléchi un moment, et puis elle a dit :

— Vous allez vous planquer dans la vieille grange. Je vais vous indiquer le chemin. C'est à cinq minutes d'ici à moto, et les flics sont bien

trop bêtes et trop paresseux pour aller vous chercher là-bas.

— Sûre ?

— Sûre.

— Et comment on peut faire pour vous remercier, Anna ?

— Tsss, tsss. Vous n'aurez qu'à repasser me
voir un jour avec une bouteille de bourbon, tiens.
Allez.

— Promis, j'ai dit en souriant.

12

Quand on est arrivés dans la fameuse grange,
qui était effectivement perdue au milieu d'un
grand nulle part et où il y avait peu de chances
que les flics viennent nous chercher misère,
Fatboy s'est écroulé dans des vieux ballots de
paille, et je sais pas ce que la vieille lui avait
donné comme pilules, mais il s'est endormi
comme un soûlard.

Anna, bon sang, je l'oublierai jamais, celle-là.
Elle fait partie, avec José, de ces rares vieux
machins que la vie m'a donné de rencontrer et
qui étaient tellement généreux qu'ils me faisaient
douter du principe de base selon lequel plus on
est vieux moins on est jeune. Après nous avoir
indiqué le chemin de la grange, ma parole, elle
nous avait donné un sac rempli de nourriture,
même que pour la remercier, Oscar lui avait
laissé un peu d'herbe en lui disant qu'il était
jamais trop tard pour s'y remettre, et c'est la

seule fois de la soirée qu'on avait vu Anna rigoler pour de bon avec ses dernières dents. Elle avait pas refusé.

Du coup, pendant que Fatboy pionçait comme un loir de cent vingt kilos, il avait beau être près de trois heures du matin, nous, on mangeait au milieu de la grange, et on faisait un peu mieux connaissance avec Mani. Avec tout ce qu'on venait de lui faire vivre, il était plutôt détendu, n'empêche. D'ailleurs Mani, on l'a découvert plus tard, il était toujours détendu, il prenait tout à la cool, avec une espèce de philosophie désabusée, comme si de toute façon, la vie, c'était pas bien sérieux et que ça servait à rien de se faire du souci pour si peu, il disait tout le temps que la vie c'était une farce, et il avait sûrement pas tort, quand on y pense, vu que quoi qu'on fasse, ça finit quand même pour tout le monde pareil, la vie.

Le lendemain, Fatboy n'était pas encore trop en état de reprendre la route, même si on le soupçonnait tous d'en rajouter un peu quand même, alors on a décidé qu'on était pas si mal que ça dans la grange, à rien faire de bien fatigant, et on est restés encore une nuit de plus.

Au milieu de la journée, Alex et moi, on a pris nos bécanes et on est allés dans un village assez loin pour être en dehors de la zone de recherche des flics et on a trouvé une épicerie où on a acheté encore de quoi manger, et aussi une bouteille de bourbon que je suis allé porter à la vieille Anna, parce que j'aime bien tenir mes promesses. Elle m'a dit que les flics n'étaient même pas venus et qu'on pouvait dormir tranquilles sur nos bottes de foin, que, de toute façon, les poulets du coin, c'était rien que des bons à rien, et moi je lui ai répondu que c'était pas seulement limité à ceux du coin et on a rigolé.

Quand je suis revenu à la grange, j'ai retrouvé mes cinq gaillards agglutinés, quatre en cercle autour de Fatboy, et je me suis demandé ce qu'ils étaient en train de fabriquer avec ce pauvre garçon, sauf qu'en fait ils le regardaient religieusement faire un croquis sur son carnet à dessin.

Je me suis approché et j'ai vu que c'était nos couleurs, la tête de mort d'aviateur, avec encore plus de détails que le dessin original, et mince, ce type était encore plus doué que Prof ! On aurait dit une gravure dans les livres d'art.

— C'est pour quoi ? j'ai fait.

— C'est pour nos réservoirs ! a répondu Sam tout excité. Fatboy va nous peindre les couleurs sur le côté de nos bécanes !

— T'as de quoi peindre ici ? j'ai demandé.

— Non, mais si on va à Clairemont, on devrait pouvoir trouver ça.

— J'en déduis que vous venez avec nous jusqu'à Clairemont ?

— Ouais, a répondu Fatboy. Et même plus loin, si ça vous dérange pas. De toute façon, on a rien d'autre à faire, c'est la merde.

— Vous êtes sûrs ? Parce que, vous avez vu, c'est pas de tout repos, de faire la route avec nous, j'ai dit en souriant.

— Ça nous va, a affirmé Mani.

Et c'est comme ça que Mani et Fatboy sont devenus les premiers prospects des Spitfires, et que de quatre on est passés à six.

13

Le lendemain, on était de nouveau sur les routes, et notre petit groupe qui grossissait, ça faisait comme la fameuse pierre qui roule et, dans ma tête, je me disais qu'il y avait quelque chose de magique, là-dedans. Tous ces gens qui se connaissaient pas forcément depuis longtemps, mais qui avançaient dans la même direction, dans le même élan. Si le prétexte était toujours d'aller voir le frère de la Fouine à Vernon, mince, il y avait sûrement quelque chose en plus derrière tout ça, quelque chose qu'on nommait pas, quelque chose qu'on vivait. Ce serait peut-être un peu trop simple et prétentieux de faire des belles phrases bien pompeuses pour dire que ça avait un rapport avec les rêves de liberté et tout le tralala, mais, en vérité, on serait pas si loin du compte. Mani et Fatboy, on les a reconnus tout de suite dans le ventre. Ils étaient comme nous. Ils avaient besoin d'air, de larguer les amarres.

Pendant quatre jours, on a roulé comme ça, tous les six, par-dessus les montagnes de roche jaune et le désert pareil, avec le soleil pour seul guide et la promesse de l'océan droit devant. Une belle communauté, avec toutes nos différences qui nous rapprochaient par dedans. On apprend jamais aussi bien à connaître les gens que sur la route, et moi, plus je les découvrais, plus je voyais leurs défauts planqués dans leurs bagages, et plus je les aimais, mes frangins : Alex qui nous faisait marrer avec ses médicaments contre des maladies vachement mortelles dont on connaissait même pas le nom, Oscar qui pensait rien qu'à la déconne et nous remettait bien à notre place quand on se prenait trop au sérieux, Sam qui nous parlait des esprits du désert et des âmes des Indiens qui, visiblement, lui causaient en direct depuis l'au-delà derrière ses lunettes, Fatboy qui pensait tellement qu'à bouffer qu'à un moment j'ai bien cru qu'il allait avaler un cactus tellement il râlait de rien avoir à se mettre sous la dent, et Mani qui disait pas grand-chose et qui disparaissait de temps en temps, juste pour aller voir un coucher de soleil en expliquant qu'il n'y avait rien de plus beau que les petits bonheurs simples, et alors moi, mon petit bonheur simple c'était de vivre et de rouler avec cette belle bande de voyous dont personne d'autre voulait.

Le soir, c'était toujours le même rituel, les grandes discussions, allongés au pied de nos bécanes, et ça nous rapprochait drôlement. Partager la route, ça pousse les gens à se livrer un brin : vous passez la journée sans rien dire, tout seul sur votre bécane, et puis, le soir, parce que les kilomètres vous ont discrètement unis les uns avec les autres par des liens invisibles, alors vous perdez la pudeur et vous avez besoin d'ouvrir le cœur. Autour du feu, quand la nuit est tombée, dans le silence et la douceur de l'air, ça coule tout seul. Chacun y allait de sa petite confidence. Mani nous parlait de la grande histoire d'amour qu'il avait eue et qui avait si mal fini qu'elle l'avait laissé cassé à tout jamais en plein de petits morceaux qu'il avait même pas ramassés. Il disait qu'il avait laissé passer sa chance et c'était vachement triste, un renoncement pareil, on aurait dit un foutu moine, Mani, mais c'était devenu un tel bloc qu'on pouvait pas le faire changer d'avis. Pour lui, l'amour, c'était fini, il attendait plus rien et ça lui avait pas donné une grande tendresse pour l'espèce humaine. Quant à Fatboy, lui, il nous a expliqué qu'il était juif et, apparemment, c'est pas de tout repos, comme appartenance, à cause de l'ignorance qu'il y a dans le cœur des gens. Pour rigoler, il disait qu'il n'y avait qu'une seule chose encore pire que juif, dans la vie, comme calvaire, c'était juif et motard.

Le quatrième jour, la route est sortie des collines de sable et on a commencé à voir l'océan au loin qui s'approchait comme une grande vague, et l'air est devenu plus frais, plus doux, comme si des minuscules gouttes d'eau venaient se faufiler dans nos narines. Moi, l'océan, ça me rappelait Freddy, mais je m'interdisais d'y penser, parce que j'avais pas le droit d'être perdu dans mes souvenirs alors que cinq types comptaient sur moi.

Je me souviens encore de la vue quand, pour la première fois de ma vie, j'ai découvert la ville de Clairemont qui s'étendait immense en contre-bas, avec sa baie d'un bleu turquoise où flottaient des milliers de milliers de chouettes bateaux, et alors on s'est tous arrêtés un instant avec la bouche ouverte qui disait un peu notre émerveillement. Bon sang, une ville grande comme ça, je savais même pas que ça pouvait exister ! On avait l'impression qu'elle s'arrêtait jamais et je me demandais comment on pouvait vivre là-dedans et devenir quelqu'un.

Phil, le président des Salem's Freaks, nous avait dit qu'il y avait à Clairemont un chapitre des Wild Rebels, qui était sans doute le MC 1 % le plus connu et le plus respecté de tout le pays. Un club très organisé, très puissant, représenté dans plus d'une vingtaine de villes, qui faisait souvent parler de lui dans les journaux, et pas toujours en bien. Phil nous avait promis que, si on y allait de sa part, on serait bien reçus pareil, mais qu'on devait quand même faire attention et se montrer vachement respectueux. « Quand vous fréquentez des clubs comme ça, le mieux est de se taire, de regarder, d'écouter et de ressentir », nous avait dit Phil. Le local des Wild Rebels était situé sur la longue route qui longeait l'océan et, rien que ça, une vue pareille, il disait, ça valait le déplacement.

Alors on a traversé la ville, d'abord les quartiers pauvres, avec les maisons toutes foutues qui ressemblaient presque à des caravanes, et puis ensuite les quartiers riches, avec les maisons toutes cossues qui ressemblaient presque à des palaces. Et dans les uns comme dans les autres, les gosses nous regardaient avec les mêmes yeux brillants quand ils voyaient passer notre convoi d'enfer qui pétaradait de boucan et de chrome. Je sais pas pourquoi les gosses ont toujours les yeux qui brillent comme ça, quand ils voient passer des bécanes, comme si à cet âge-là on comprenait encore le sens de la liberté et puis qu'après on oubliait.

Quand on est arrivés sur cette fameuse grande rue qui longeait l'océan, on a même pas eu le temps d'admirer le paysage, la plage, les palmiers, qu'une voiture de police a débarqué derrière nous et nous a doublés pour nous faire signe de nous arrêter le long du trottoir.

Les deux agents sont sortis et nous ont ordonné de couper les moteurs. Ça a fait un gros silence, d'un coup.

— Eh merde, j'ai fait tout bas en sortant la béquille.

Ils nous ont demandé nos permis de conduire et la moitié d'entre nous n'en avaient pas, à commencer par moi, et puis ils ont inspecté nos motos pendant dix bonnes minutes comme des satanés maniaques, et pendant tout ce temps-là ils avaient la main sur la crosse de leur flingue, prêts à dégainer comme des cow-boys. Moi, je serrais un peu les dents en espérant qu'ils iraient pas ouvrir le réservoir d'Oscar où il restait quand même pas mal d'herbe.

Quand ils ont eu fini leur petit manège, le plus haut gradé est venu me voir, sans doute parce qu'il a vu que j'avais le mot « président » cousu sur mon blouson et qu'il s'est dit qu'on pouvait causer, entre chefs.

— Vous allez où ? il m'a demandé.

— À la plage, j'ai dit.

Le flic a poussé un soupir.

— Écoutez, les gosses. J'ai pas assez de mes deux mains pour compter le nombre d'infractions, entre ceux qui n'ont pas leurs papiers et ceux qui ont des motos trafiquées.

— C'est pas des motos trafiquées, c'est des œuvres d'art.

— Vous me prenez pour un idiot ?

J'ai préféré ne pas lui donner la réponse, de peur que ça complique encore davantage la situation.

— Alors voilà, il a dit avec son pouce dans la ceinture, je vous propose deux solutions. La première, vous nous suivez jusqu'au commissariat, on vous verbalise, et on vous coffre tous les six, avec palpation et touché rectal, et vous croupissez

274

là jusqu'à ce qu'on récupère vos papiers et qu'on puisse vérifier tout ça.

— Hmm, je vois... Et la deuxième ?

— Vous faites demi-tour, vous retournez dans le village de ploucs duquel vous n'auriez jamais dû partir, et vous ne remettez plus jamais les pieds à Clairemont. Les motards dans votre genre, on n'en veut pas ici.

Ça ressemblait presque à une réplique apprise par cœur. Derrière lui, je voyais Oscar qui était pas loin de faire une grosse, très grosse connerie, alors j'ai répondu le plus vite possible, histoire de couper court aux élans lyriques de mon pote.

— J'avoue que la première proposition est alléchante, mais je crois qu'on préfère quand même la deuxième. Ce fut un véritable plaisir de visiter votre ville, monsieur l'agent.

J'ai vu que le Chinois allait ajouter quelque chose et je lui ai aussitôt fait des gros yeux qui voulaient dire à la fois « ta gueule » et « fais-moi confiance » et, je sais pas par quel miracle, pour une fois, il a laissé tomber. J'ai fait signe à tout le monde de remonter à bécane. J'ai vu mes frangins secouer la tête d'un air désabusé, mais on s'est mis en route bien gentiment.

J'avais secrètement espéré qu'on pourrait faire semblant de partir et demi-tour deux ou trois rues plus loin, mais ces enfoirés de flicards nous ont collés comme des morpions jusqu'à la sortie de la ville.

On a encore roulé jusqu'à ce qu'on voie plus l'entrée de Clairemont derrière nous, et là on s'est mis sur le bas-côté.

— Bon, qu'est-ce qu'on fait ? a demandé Alex.

— Moi, je trouve que c'est vraiment une jolie foutue ville, j'ai répondu.

— Ouais, une sacrée jolie foutue ville, a confirmé Oscar.

— Ce serait dommage de rater ça, a acquiescé Prof en souriant. L'océan, la plage, il y a l'air d'y avoir une belle atmosphère dans cette ville...

— Vous êtes pas sérieux ? s'est inquiété la Fouine.

— On est toujours sérieux, Alex.

— Ça sert à quoi, de chercher les emmerdes ? J'ai pas particulièrement envie de passer la nuit au poste de police...

— Ils ont sûrement des lits tout à fait acceptables, j'ai dit en me moquant un peu.

— Ça va mal finir, cette histoire...

— Elle a même pas encore commencé...

Il a secoué la tête.

— De toute façon, si t'as décidé d'y aller, je sais bien qu'on te fera pas changer d'avis.

— Je propose, c'est tout ! Qui est pour qu'on y retourne ? j'ai demandé aux autres en me redressant sur ma selle.

Tout le monde a levé la main en rigolant, sauf Alex.

— Comme vous voulez, il a dit d'un air blasé.

On a redémarré nos moteurs et on y est retournés avec la bille en tête. Il a bien été obligé de nous suivre.

On a fait tout le tour en passant cette fois par le sud de Clairemont et on a rejoint l'adresse des Wild Rebels par une petite ruelle plutôt que par la grande voie qui longeait l'océan. C'était moins joli, mais plus discret. Quand on est arrivés devant le local, on a immédiatement coupé les moteurs, histoire de pas faire du bruit trop longtemps pour rien.

Le bâtiment ressemblait au local des Salem's Freaks, avec le grillage autour, la caméra de surveillance et la porte blindée qui était peinte aux couleurs du club, une tête de mort avec un genre de foulard sur le crâne.

Cette fois, ce n'est pas Sam qui est allé parler au prospect qui gardait l'entrée, mais moi. C'était une sacrée armoire à glace, le bonhomme, crâne rasé, avec la peau qui lui faisait des plis dans le cou et les pectoraux tellement larges qu'on avait l'impression que ses bras pouvaient pas se croiser.

— Salut, j'ai dit en lui serrant la main. On est…

— Je sais qui vous êtes, m'a coupé le prospect. Toi, tu rentres. Les autres, ils attendent.

Ça commençait bien. Du coin de l'œil, j'ai vu le regard d'Alex avec son petit air désabusé. Il était tellement sûr que ça allait mal terminer que je suis entré, rien que pour lui donner tort. La vie, faut la provoquer un peu, sinon ça colle.

N'empêche que, tout seul, j'étais pas bien fier, mais c'était pas le moment de se dégonfler. L'intérieur du local était encore plus classieux que celui des Salem's Freaks. Plus grand, mieux décoré, il y avait même un flipper à côté du bar, et les meubles, c'était pas de la récupération, ma parole, c'était du grand luxe, du beau bois massif sculpté avec l'art et la manière.

À l'intérieur, il y avait trois membres du club qui papotaient dans un coin salon, qui m'ont à peine jeté un regard, et un autre prospect derrière le bar. C'est lui qui m'a fait signe de m'asseoir sur un haut tabouret, devant le comptoir.

— Lobo va venir te voir, il m'a dit d'un air tout sec. Tu veux boire quelque chose en attendant ?

— Je veux bien une bière, j'ai dit en souriant poliment.

Il m'a servi, et puis il est devenu muet. Les prospects, en général, ils causent pas des masses, comme s'ils avaient tout le temps peur de dire une bêtise.

Assis tout seul sur mon tabouret, je pouvais presque sentir le regard des trois costauds dans mon dos, qui s'étaient mis à parler tout bas depuis que j'étais entré. J'avais un peu l'impression d'être l'étranger qui entre dans le saloon, dans les vieux westerns.

J'étais en train de siroter ma bière en silence quand le président des Wild Rebels est effectivement arrivé. Un type d'une cinquantaine d'années, sec comme une branche, les muscles fins, le visage anguleux, avec les cheveux blancs coupés très court. Il s'est assis à côté de moi et il m'a regardé comme ça pendant un bon moment sans rien dire, et moi je commençais à en mener pas bien large. Et puis avec une voix pas trop du genre aimable il m'a fait :

— Qu'est-ce que tu fous là ?

J'ai avalé ma salive. Les Wild Rebels, mince, même avant de connaître tout ça, avant de savoir ce que c'était qu'un MC, j'en avais déjà entendu parler, à Providence. Des vrais durs à cuire, des légendes de mauvais garçons. Les Jags, à côté, c'étaient des enfants de chœur en tutu.

— On est en route pour Vernon. Phil, le président des Salem's Freaks, m'a dit qu'on pourrait s'arrêter ici en chemin...

— Ah oui ? Il t'a dit ça ?

— Ouais.

— Et tu l'as cru sur parole ?

— Ouais. C'est un type réglo.

— T'as quel âge ?

— Dix-huit ans, j'ai dit, ce qui était presque vrai.

— Et, à dix-huit ans, t'es déjà président d'un MC ?

— C'est un jeune MC, j'ai répliqué, et je me sentais quand même vachement débile en disant ça.

Il a poussé un soupir et il a recommencé à me regarder sans rien dire. Ma parole, c'était du genre drôlement gênant, cette inspection silencieuse, et moi je commençais à avoir qu'une seule envie, c'était me barrer d'ici sur la pointe des pieds. Mais ça aurait tellement fait plaisir à la Fouine que j'avais pas le droit de me décourager.

— On m'a raconté que t'avais mis une branlée à Dozer, le prez' des Phantom Riders. C'est vrai, cette histoire ?

— Une belle branlée, ouais.

— Et pourquoi ?

— Parce que c'est un moule à merde, j'ai dit.

— Ah ouais ? Et si moi je te dis que Dozer, c'est un de mes meilleurs potes, tu dis quoi ?

Ça commençait à sentir très mauvais, comme développement, mais je voyais pas trop comment me sortir de tout ça autrement qu'en restant moi-même. Le prospect derrière le bar me regardait comme si j'étais un pauvre mouton à l'entrée de l'abattoir.

— Eh bien, dans ce cas, je dirais que l'un de tes meilleurs potes est un sacré moule à merde, mec.

Et là, soudain, Lobo a éclaté de rire, et moi je transpirais encore quand il m'a mis une grande tape sur l'épaule qui m'a presque fait tomber de mon tabouret.

— Un vrai moule à merde ! il a répété. T'as bien raison, gamin ! T'es un sacré numéro, toi, hein ? Je me demande ce que t'as vraiment dans les tripes.

— J'aurai peut-être l'occasion de te montrer, j'ai fait.

— Peut-être. Vous êtes combien ?

— Six. Mais il y en a un qu'est tellement gâté par la nature que ça fait presque sept.

Il a encore rigolé.

— Allez, va chercher tes potes. Vous pouvez rester ici ce soir, si vous voulez.

J'ai essayé de rester discret sur mon soupir de soulagement et j'ai plongé la main dans la poche de mon jean pour chercher une pièce.

— Tu fais quoi ? m'a dit Lobo en m'attrapant le bras.

— Ben, je paie ma bière.

— Tu veux m'insulter, ou quoi ?

— Euh… Non, non…

— Ici vous êtes mes invités, OK ? Allez, range ta pièce et va chercher tes potes.

Et voilà, au final, on a été aussi bien reçus chez les Wild Rebels qu'on l'avait été à Laroche : comme des frères. Au début, ils la jouaient distants pour nous refroidir un peu, par principe, pour marquer le coup, entretenir la légende, mais, très rapidement, les gars se sont mis à nous parler comme si on se connaissait déjà d'avant, à rigoler avec nous, et nous on commençait à mieux maîtriser les usages de cette grande famille d'écorchés vifs, alors on était plus à l'aise, plus sûrs de nous, et on donnait le change. Bien sûr, on faisait bien attention à ne pas manquer de respect, mais on trichait pas non plus, on leur montrait notre vrai visage, même ce psychopathe d'Oscar, et faut croire que ça leur plaisait, l'authenticité. Dans la vie, je crois qu'il vaut mieux montrer ses vrais défauts que ses fausses qualités. Vaut mieux surprendre que décevoir.

De fil en aiguille, comme ça, au lieu d'une seule nuit, on a fini par rester plusieurs jours à dormir tous les six dans le dortoir qu'ils avaient à l'étage pour les invités, comme en ont beaucoup de clubs. De temps en temps, d'autres motards venaient aussi, des frères à eux, des gars de passage. Pour les amis, la porte était toujours grande ouverte. Pour les autres, les poings bien fermés. Il y avait toujours un prospect de garde dans le local, à toute heure, pour accueillir les uns ou surveiller les autres.

Je vais pas mentir, les Wild Rebels, c'étaient pas des tendres, ils avaient la détente un peu facile, niveau castagne, et ils étaient obsédés par le respect qui, selon eux, leur était dû. Au moindre écart, ils étaient prêts à dérouiller n'importe qui, sans discrimination. Des vraies bêtes sauvages. Mais, au moins, contrairement à certains, ils annonçaient la couleur : mauvais garçons, c'était écrit sur leurs blousons. Les types qui voulaient s'y frotter savaient à quoi s'attendre. Et puis, ils avaient leurs raisons. À eux tout seuls, les Rebels endossaient la mauvaise réputation des motards du pays entier, les flics leur lâchaient jamais la grappe et les bonnes gens leur claquaient systématiquement la porte au nez. Comme on leur laissait rien d'autre, ils avaient que les griffes et les crocs pour se faire une place. Les Wild Rebels, c'étaient des vrais 1 %, purs et durs. Ils n'attendaient rien de la société, parce qu'ils ne voulaient pas lui appartenir. Ça avait un coût, ça leur valait pas mal d'ennuis et de séjours derrière les barreaux, mais c'était le prix de leur liberté. Ils vivaient selon leurs règles, des codes d'honneur et de respect bien à eux. Et comme des vraies bêtes sauvages, tant qu'on venait pas les déranger, tout se passait plutôt bien. La plupart des autres clubs du pays les respectaient, comme par une soumission naturelle aux rois de la jungle. Après tout, faut vraiment être sacrément tordu pour aller emmerder un lion. Et encore plus tordu pour aller le mettre en cage. Les fauves, ils sont quand même plus beaux dans la savane que dans les zoos. Il n'y a rien qui me rende plus triste qu'une saloperie de zoo.

Comme prévu, on a profité qu'on était dans une grande ville pour faire fabriquer des nouveaux patchs qu'on a cousus sur les blousons de Mani et Fatboy, avec juste marqué « Prospect » sur la poitrine et « Providence » en bas du dos. Mine de rien, ça nous a fait drôle autant qu'à eux, d'officialiser le truc. Il paraît que les choses commencent à exister dès qu'on leur colle un nom. Ce jour-là, ils sont entrés pour de vrai chez les Spitfires et, quand on pensait à comment notre club était né, avec Alex qui avait écrit le nom à la main sur nos blousons dans un petit motel minable, ça faisait tout bizarre du côté du cœur, le chemin parcouru.

Mani et Fatboy, on commençait à vraiment les aimer, avec leurs différences. Mani toujours calme et silencieux, Fatboy toujours excité. Avec le temps, on avait appris que Fatboy râlait toujours et qu'il fallait pas s'inquiéter, que c'était juste un mode de vie, de fonctionnement. Il râlait parce qu'il avait trop faim sur la route, trop chaud sous son cuir, trop mal au dos sur sa selle, il râlait quand on faisait trop de bruit la nuit, il râlait quand on se levait trop tôt le matin, il râlait contre les gens, contre les objets, contre le monde entier, il râlait quand le moindre petit détail dans l'univers contrariait un tout petit peu les plans qu'il faisait tout seul dans sa tête, bref Fatboy râlait, et nous, ça nous faisait bien marrer. « Fait chier, merde », il répétait tout le temps et, comme il avait la voix aussi grosse que le ventre, ça faisait toujours un sacré tintamarre.

Dans l'atelier des Rebels, il y avait de quoi faire de la peinture, alors Fatboy a pu personnaliser nos bécanes, comme promis chose due. Il a peint tous nos réservoirs avec nos couleurs dessus, et alors le club des Spitfires commençait à avoir une sacrée allure, et lui il a râlé quand même en disant qu'il avait raté les dessins, alors qu'ils étaient drôlement fantastiques. C'était Fatboy.

Quand j'ai raconté à Lobo comment les flics nous avaient accueillis dans sa ville, il a rigolé et nous a dit qu'il pouvait nous trouver des faux permis de conduire pour quelques billets, sauf que des billets, justement, on en avait plus beaucoup.

— Je vois, a fait Lobo. C'est pas facile de faire des affaires quand on est toujours sur la route, hein ? Laisse-moi en parler avec le club et on va trouver une solution.

Et, comme ça, le soir, ils nous ont proposé de participer à un coup avec eux et de partager ce que ça pourrait rapporter. Visiblement, ça pouvait rapporter gros.

Il y avait ce type à Clairemont qui possédait un paquet d'immeubles dans le quartier nord, un quartier du genre foutrement pauvre, et ce type était apparemment une belle enflure de première classe. Des enflures pareilles, moi, je savais même pas que ça pouvait exister. Avec le temps, j'ai appris qu'ils étaient nombreux à circuler sur la planète. Lobo nous a dit qu'on appelait ça un « marchand de sommeil », c'est-à-dire qu'il louait ses immeubles exclusivement à des gens qui étaient dans une sacrée merde et qui n'avaient pas bien les moyens de se plaindre ou de se défendre. Ses bâtiments étaient vieux, insalubres, dégueulasses, jamais entretenus, et ça sentait la pisse et le rat crevé là-dedans, et il les divisait en tout petits cagibis pour se faire un maximum de pognon en augmentant le nombre de locataires. Quand quelqu'un avait un loyer de retard, il envoyait des gros bras leur refaire les mâchoires à la main et les virer de là avec affaires par la fenêtre et compagnie, et c'était comme ça que les Wild Rebels avaient entendu parler de cette histoire. Un jour, le fameux salopard était venu leur proposer de bosser pour lui, vu qu'ils faisaient souvent dans la sécurité. À l'époque, beaucoup de MC faisaient des missions de service d'ordre, pour arrondir les fins de mois.

Au début, Lobo et ses frangins avaient accepté en se disant qu'il n'y avait pas de sot métier, sauf que quand ils étaient arrivés dans l'immeuble pour foutre le type dehors, ils avaient découvert la vérité sous un autre angle, et ils avaient vu ce pauvre bonhomme qui vivait avec ses quatre gosses dans un taudis, et alors ils avaient pas eu le cœur de le mettre à la rue et ils avaient envoyé promener le marchand de sommeil à la place.

Depuis, les Wild Rebels se faisaient régulièrement emmerder par les flics, parce que le type avait les bras aussi longs que les dents, et qu'il connaissait du monde où il fallait. Contrôles systématiques, perquisitions... On comprenait mieux l'accueil charmant qu'on avait eu en arrivant dans la ville.

— Or ce fumier de M. Mallen habite, lui, dans une satanée belle baraque du centre-ville, avec jacuzzi et tout le bordel, un genre de palace dans lequel on pourrait foutre une bonne dizaine de familles... Vous voyez où je veux en venir ?

— Qu'on va aller se faire un jacuzzi ? a dit Oscar tout sourire.

— On va se faire mieux que ça, mec.

14

On a mis deux jours à préparer le coup. Les Wild Rebels faisaient ça comme des pros. Question sécurité, ils en connaissaient un rayon, faut reconnaître.

Le moment venu, on a attendu que la nuit soit tombée bien bas et on s'est mis en route, Lobo, son sergent d'armes (qui se faisait appeler Billy Bulldog et ça lui allait plutôt bien), Oscar et moi. Pas besoin d'être plus nombreux, et mieux valait que les autres restent au local, au cas où ça se passerait pas comme prévu.

Comme on voulait pas trop laisser de traces, on y est allés avec une voiture qui avait une fausse plaque d'immatriculation, et sans nos couleurs. On portait tous les quatre des sweat-shirts à capuche, un foulard sur la bouche et des lunettes de soleil.

Des vrais braqueurs. Quand Lobo nous a donné un flingue, à Oscar et moi, on a fait comme si on avait l'habitude, et le Chinois, il était même aux anges, mais, pour ma part, je dois avouer que j'étais pas tout à fait vachement à l'aise.

La maison de M. Mallen se trouvait dans le quartier le plus chic de Clairemont, parmi plein d'autres maisons du même genre de classe, sur une petite colline, au milieu des alarmes, des caméras de surveillance et des gardiens. La sienne, c'était une satanée demeure de trois étages, avec terrasses, balcons, piliers en marbre, piscine sur le devant et tout le tralala. Une vraie villa de narcotrafiquant.

La veille, on avait soigneusement repéré les lieux et décidé que le meilleur endroit pour garer la voiture et entrer dans la propriété, c'était dans la ruelle qui la longeait par la droite, où on avait trouvé une seule caméra. À côté de l'entrée principale, il y avait aussi une sorte de petite maison où logeait un gardien. Ça faisait deux sources d'emmerdements à neutraliser.

Il était pas loin de minuit quand on est passés à l'action. En faisant mine de rien, on est allés derrière le poteau où était perchée la caméra, et puis Bulldog a grimpé jusqu'en haut et il a foutu un gros morceau de ruban adhésif sur l'objectif. Pendant qu'il y était, il en a profité pour neutraliser le lampadaire juste au-dessus. Ensuite, on s'est approchés du mur qui encerclait le jardin, on a vérifié qu'il n'y avait personne dans la rue et Lobo a balancé le sac de sport avec tout le nécessaire par-dessus. Un par un, on est discrètement entrés à l'intérieur. La vache, c'était tellement bien entretenu là-dedans qu'on aurait dit le parc d'un château du genre royal, on aurait dit que la pelouse était tondue par un coiffeur.

On savait exactement ce qu'on avait à faire, alors pas besoin de parler. Lobo nous faisait des signes de tête et on se mettait en mouvement comme des vrais soldats. Billy Bulldog et Oscar sont passés les premiers. Le dos courbé, ils ont traversé le jardin jusqu'à l'arrière de la maison où le sergent d'armes des Rebels disait pouvoir désactiver l'alarme. Il était pas là par hasard : débrancher les sirènes, c'était l'une de ses spécialités, avec démolir la gueule. Pendant ce temps-là, Lobo et moi on a couru courbés pareil le long du muret pour rejoindre la maison du gardien. Comme j'étais plus avec lui, j'espérais très fort que, de l'autre côté, Oscar n'allait pas faire du Oscar et tout foutre en l'air.

Une fois qu'on était accroupis derrière la petite bicoque, Lobo m'a fait un clin d'œil et, en posant sa main sur mon épaule, il a fait :

— C'est maintenant qu'on va voir ce que t'as dans les tripes, mon garçon.

J'avais le cœur qui battait plus fort que prévu. J'ai quand même hoché la tête et je suis passé le premier.

La porte vitrée à l'arrière de la maison du gardien était ouverte. Facile. En revanche, ce qu'on avait pas envisagé, c'était le clébard à l'intérieur, du coup, quand on a débarqué, ça s'est révélé beaucoup moins aisé.

Bon sang, le chien nous avait pas entendu arriver et la surprise a pas eu l'air de lui faire plaisir : il m'a sauté dessus direct en aboyant comme un gardien des enfers, et moi j'ai pas eu le temps de comprendre que cet affamé me mastiquait déjà le bras gauche.

Sans l'intervention de Lobo, je crois bien que j'aurais pu ajouter la mention « manchot » sur mon pedigree. Même avec le silencieux au bout du canon, le coup de feu a méchamment résonné dans la cuisine. Ça a fait un grand éclair blanc et le chien a valdingué par terre comme une grosse peluche dégueulasse. J'ai à peine eu le temps de grimacer de douleur que déjà le gardien est apparu à son tour comme un hystérique et, ce coup-ci, c'est moi qui lui ai sauté dessus, comme si son clébard m'avait refilé la rage. Ni une ni deux, un bon coup sur la tempe et le gaillard s'est écroulé par terre en chiffe molle, K.-O. au premier round.

C'est là que j'ai commencé à vraiment sentir la foutue douleur qui me lançait dans mon bras. Je savais pas trop si c'était mon sang ou celui du chien mais, ma parole, il y en avait partout. Petit à petit, j'ai pris conscience de la situation, qui n'était pas vraiment comme on l'avait imaginée.

— Putain, merde, le chien ! j'ai fait en regardant la bête étendue dans une flaque de sang. Merde, le chien, merde...

Assommer un type, ça me dérangeait pas des masses, mais tuer un clébard, j'avais beau avoir le bras pas mal déchiré, mince, ça faisait beaucoup.

— J'ai pas eu le choix, mec, a chuchoté Lobo. J'ai hoché la tête.

— Va soigner ton bras, je m'occupe du gardien.

Un peu désorienté, je l'ai regardé faire un moment, entourer la tête du type avec le ruban adhésif et commencer à l'attacher contre un radiateur, et puis j'ai cherché la salle de bains pour mon bras, qui était salement amoché quand même. Ça pendouillait un peu.

À la hâte, j'ai soigné ça comme j'ai pu, en prenant de l'alcool et un bandage dans une armoire à pharmacie, et bon sang, ça me lançait drôlement quand j'ai désinfecté, et puis que j'ai essayé de resserrer les chairs là-dedans, mais c'était pas le moment de faire ma chochotte.

— On y va ? m'a fait Lobo quand le gardien était solidement ligoté.

— On y va, j'ai soupiré.

Il m'a encore tapoté sur l'épaule pour les encouragements. On est ressortis de la maison et on est allés rejoindre les autres, qui étaient planqués à l'arrière.

— Qu'est-ce qui s'est passé ? a fait Oscar en nous voyant arriver.

— Y avait un foutu clébard, j'ai dit en montrant le bandage de fortune sur mon bras ensanglanté.

— Merde ! C'était ça, le coup de feu ?

— Il a rejoint le paradis des chiens sans tête, a répondu Lobo.

— Et le gardien ?

— Le gardien, c'est bon. L'alarme ?

— Normalement c'est bon aussi, a fait Bulldog.

— Alors on entre.

Et c'est ce qu'on a fait. Si quelqu'un, malgré le silencieux, avait entendu le coup de feu, mieux valait accélérer le rythme. Le sergent d'armes des Wild Rebels a mis un méchant coup de pied dans la porte qui donnait sur le jardin, à l'arrière de la maison, et on est entrés comme des sauvages dans ce qui s'est avéré être un genre de salon.

Derrière une porte, on a entendu un type gueuler quelque chose comme « putain, c'est quoi ce bordel ? », et on est allés lui répondre. Il était sur le point de prendre une arme dans une commode quand Oscar l'a cueilli comme une marguerite. Il s'est mis aussi sec à le tabasser avec exagération, alors Lobo l'a retenu en rigolant un peu.

— Du calme, gamin !

Le type, qui devait avoir entre quarante et cinquante ans, était étendu sur le dos dans un état de choc intersidéral, avec le visage pas mal refait à la chinoise.

— C'est lui, l'enculé ? a fait Oscar.

— C'est lui, l'enculé, a répondu Lobo.

Alors Oscar lui a remis un coup de semelle dans la gueule, par principe et dédommagement, et je suis sûr qu'à ce moment-là il pensait aux foutus taudis dans lesquels M. Mallen entassait les gens et au fait que ça devait pas mal ressembler à la maison où vivaient sa mère, ses frères, ses sœurs et tout le bazar avec.

Lobo a ficelé le marchand de sommeil comme le gardien pareil, et il l'a installé sur une chaise en lui donnant des petites tapes sur le haut du crâne, et je vous jure que le type chialait, il chialait à grosses larmes comme avaient dû chialer pas mal de familles qu'il avait expulsées de chez elles sans sommation.

Bon sang, rien qu'à voir l'intérieur de la baraque, il avait dû s'en faire, des billets, en louant ses cages à marmottes. Alors nous, on s'est servis. Bijoux, montres, liquide, tout ce qui avait l'air d'avoir de la valeur et qui rentrait dans le sac de sport, on l'en a aimablement soulagé. Et comme on était d'humeur festive, on a aussi refait la décoration.

Évidemment, c'était à prévoir, quand on a trouvé le jacuzzi, Oscar, qui était toujours content

290

de pouvoir sortir sa bite, a fait pas mal pipi dedans pendant qu'au loin on entendait encore M. Mallen qui pleurait comme un gosse.

— Venez voir ça, les gars ! a balancé soudain Lobo, à l'étage.

On est montés et on a vu le coffre-fort planqué dans un genre de dressing qui faisait la taille d'une chambre.

— Bingo !

— Bulldog, va me chercher le vieux, a fait Lobo avec un sourire jusqu'aux oreilles.

L'instant d'après, Billy traînait le bonhomme jusque devant le coffre. Le type gigotait comme un agneau à l'abattoir.

Là, le président des Wild Rebels a sorti son arme, il l'a collée contre la tempe de M. Mallen, et il lui a dit :

— Alors, je t'explique, petit trou du cul : je vais t'enlever ton bâillon, et toi tu vas juste nous donner le code, et si tu le fais pas, je te promets que je te colle une balle entre les couilles et qu'après j'ouvre le coffre avec ta tête. Tu as compris ?

Le vieux tremblait.

— Tu as compris ? a insisté Lobo d'une voix plus autoritaire.

Mallen a fait oui de la tête et quand on lui a enlevé le papier adhésif de la bouche, il a donné le code en bégayant.

Bulldog a ouvert le coffre. À l'intérieur, il y avait juste des grosses liasses de papier.

— C'est quoi, ce bordel ? a fait Oscar, du genre déçu.

Mais Lobo a souri.

— C'est des bons au porteur, mon pote. Des foutus bons au porteur.

Moi, je savais pas trop ce que c'était, mais à en juger par le sourire de Lobo, ça devait être une bonne nouvelle. On a tout mis dans le sac.

— Et ce connard ? On en fait quoi ? a demandé Oscar. On le bute ?

Le type s'est mis à hurler, et nous, on avait vu le clin d'œil du Chinois, alors on rigolait comme des ânes. Bulldog lui a mis un bon coup derrière la tête et M. Mallen a perdu connaissance, ce qui était cocasse pour un marchand de sommeil.

Juste avant de quitter la maison, Lobo a aussi pris une bouteille de champagne.

— Ça s'arrose, il a dit.

Et on est ressortis comme on était entrés, mais un peu plus chargés. On était déjà loin quand l'infanterie est arrivée.

15

Le lendemain, l'affaire était déjà dans les journaux locaux, où le patron de la police disait qu'ils finiraient bien par retrouver les cambrioleurs tortionnaires, et il y avait même une photo de M. Mallen qu'était pas belle à voir, toute refaite avec nos godasses. Je me suis dit qu'il y avait sûrement un paquet de gens qu'il avait traités comme des chiens qui devaient bien se marrer comme nous en voyant son portrait de travers.

Au local, l'un des Wild Rebels qui s'y connaissait pas mal au rayon couture de la chair humaine m'a raccommodé le bras et m'a prescrit de l'herbe pour la douleur.

Histoire de brouiller les pistes, Lobo a envoyé un de ses gars dans une ville à des centaines de kilomètres de Clairemont pour aller échanger les bons dans une banque. Un vrai jeu d'enfant. Les bons, une fausse pièce d'identité, et on ressort avec de l'argent à la place. Le type qui a inventé les bons au porteur est un sacré bienfaiteur de l'humanité. De toute ma vie, j'avais jamais vu autant de fric posé sur une table et, quand Lobo a divisé le paquet de billets en deux et nous a donné notre part, j'en ai pas cru mes yeux. Moitié-moitié pour chaque club !

— Attends, j'ai dit, du genre gêné. C'est trop ! C'était votre coup à vous, nous on a juste filé un coup de main.

— Quand on fait un truc à deux, c'est cinquante-cinquante. Le jour où tu commences à pinailler sur les pourcentages, c'est là que les emmerdes commencent, gamin. Oublie jamais ça. Tiens, vous l'avez bien mérité.

J'ai pris le gros paquet de billets et j'ai regardé les autres : Alex, Oscar, Sam, Mani et Fatboy. Ils avaient tous le même sourire un peu idiot, comme la béatitude. Même divisé par six, ça faisait encore bien plus de fric qu'aucun d'entre nous n'en avait jamais tripoté, même le Chinois quand il faisait son commerce agricole à Providence.

— En revanche, si ça vous va, on garde les montres, les bijoux et la quincaillerie et, en échange, je vous fais faire les trois permis de conduire qu'il vous manque.

— C'est cool, j'ai dit en hochant la tête.

— Et les flingues ? a demandé Oscar, comme on les avait pas encore rendus.

— Vous pouvez les garder.

J'étais pas tellement amoureux de cette idée-là, mais j'allais pas faire d'histoires, alors j'ai fait semblant d'être aussi content que le Chinois.

Lobo a fait remplir les verres et on a trinqué au champagne en poussant des petits cris de victoire.

— Vendredi, il y a un grand rassemblement de motos sur la côte, à Laurel. Tous les plus grands clubs du pays vont venir. Si ça vous dit, vous pouvez nous accompagner. En général, c'est une jolie fête.

— Pourquoi pas ? j'ai dit. C'est sur la route de Vernon. On repartira directement de là-bas.

J'ai jeté un coup d'œil à Alex et il avait l'air content que j'aie pas oublié notre destination finale, avec tout le temps qui passait. Moi, je savais bien que la Fouine devait penser à son frère tous les soirs, se demander comment allaient se passer les retrouvailles. On en parlait plus tellement, de Ian, mais moi je savais que mon Alex, quand il avait une idée dans la tête, elle lui ressortait pas par-derrière. Et une promesse, c'est une promesse.

Ce soir-là, il y a eu une sacrée fête dans le local des Wild Rebels pour célébrer le bon coup qu'on avait fait ensemble. Des membres d'autres clubs sont venus fêter ça avec nous, et un paquet de filles vachement joyeuses aussi, et on a écouté de la sacrée bonne musique, et on a goûté à pas mal de produits qu'on trouve pas souvent en pharmacie.

À un moment de la soirée, Lobo est venu me chercher alors que je rigolais costaud au bar avec la bande, et il m'a fait signe de le suivre tout seul. Quand il a ouvert la porte de la salle des meetings, qui était réservée aux membres du club, j'en ai pas cru mes yeux. Je me demandais bien pourquoi il m'amenait là, dans leur royaume secret. Je savais qu'entrer là-dedans c'était un genre d'immense privilège, et ça devait se voir sur ma tête, parce que Lobo m'a fait un sourire avec clin d'œil.

Il a refermé la porte derrière nous.

C'était une pièce sans fenêtre, avec une longue table de réunion en bois, entourée d'une quinzaine de belles chaises. Aux murs, il y avait ici aussi de nombreux décors, des tableaux, des plaques et des photos des membres des Wild Rebels qui avaient passé l'arme à gauche.

— Assieds-toi, m'a fait Lobo en s'installant au bout de la table, sur la chaise qui devait être réservée au président.

— T'es sûr ? j'ai dit, vachement embarrassé.

— On fait des exceptions, de temps en temps. Assieds-toi, je te dis.

Alors je me suis installé lentement, impressionné et fier tout comme.

— Faut qu'on cause, toi et moi, il a dit en allumant un gros cigare et en croisant les pieds sur la table.

— Il y a un problème ? j'ai demandé.

— Aucun problème, tout va bien. S'il y avait un problème, tu ne serais pas assis ici. J'aimerais juste savoir ce que tu comptes faire, avec ton club.

J'ai haussé les épaules.

— Eh bien, je t'ai dit : on va à Vernon.

— OK. Mais après Vernon, vous allez faire quoi ?

— Ah. J'y ai jamais vraiment réfléchi, j'ai dit d'un air amusé.

— C'est le genre de choses auxquelles un président doit réfléchir, Bohem. Tu dois savoir ce que tu veux faire de ton club.

— Tu sais, nous, ce qu'on aime, c'est rouler. Après…

— Crois-moi, vous n'allez pas rouler toute votre vie. Rouler toute sa vie, personne n'a jamais fait ça.

— Il y a un début à tout.

— Je voudrais pas abîmer tes jolis rêves, mais il y a peu de chances que ça arrive. Toi, tu as envie, je le vois bien dans tes yeux, tu es prêt à rouler pour toujours, c'est écrit jusque dans ton nom, mais, un jour, certains de tes frangins voudront s'arrêter pour de bon. Se poser quelque part.

— J'y ai jamais réfléchi, j'ai répété.

Il a tiré de longues bouffées sur son cigare, d'un air pensif.

— Et Providence ? C'est chez vous, Providence, non ? Vous allez bien y retourner un jour…

— C'est pas une obligation. On n'y a pas que des bons souvenirs.

En disant cela, j'ai pas pu m'empêcher de penser à Freddy et de me dire qu'il était à lui seul l'unique raison qui aurait pu me pousser à retourner là-bas.

— Je vois. Il faut que tu penses à l'avenir, Bohem. Vous êtes six aujourd'hui, c'est un tout petit club, mais si vous continuez comme ça, un jour, tu auras un paquet de monde derrière toi, et plus vous serez nombreux, plus vous aurez de responsabilités.

— Je devrais faire quoi, selon toi ?

— Déjà, rester petit. Faire entrer trop de monde, c'est l'erreur que font tous les jeunes clubs comme le tien.

— Il n'y a pas de club comme le mien, j'ai dit, un peu fièrement, mais je le pensais vraiment.

— Tu sais, on croit toujours tout inventer, mais l'histoire se répète, depuis la nuit des temps, depuis l'époque de la Bible et même avant. Un jour, tu seras trahi par l'un de tes frères.

— Non. Pas les miens. Ils sont différents.

— Ils sont tous différents, mais ça change rien. C'est le propre de l'homme, Bohem. Dès qu'il y a du pouvoir, il y a de l'envie. Tu es leur président. Tu as quelque chose de spécial. Un jour, l'un d'eux t'enviera assez pour te trahir. Je sais que tu ne peux pas y croire aujourd'hui, parce que vous vivez ce qu'il y a de meilleur, mais nous sommes tous passés par là. C'est l'histoire de Jésus et Judas qui se répète encore et encore.

— Ah ouais, en fait, Jésus, il était prez' d'un MC ? j'ai dit en rigolant.

— Exactement ! Connaître l'histoire, c'est important, Bohem. C'est l'intérêt de tout ce que tu vois ici, tu sais ? Sur les murs autour de toi. Pouvoir apprendre de l'expérience de ses aînés. Le respect, c'est aussi faire confiance aux anciens.

— OK, j'ai dit sans trop de conviction.

— Par exemple, vos deux prospects, Mani et Fatboy, ne vous pressez pas pour en faire des membres à part entière. Chez nous, les prospects attendent au moins deux ans avant d'intégrer le club. C'est le temps qu'il faut pour être sûr d'un frère. Et même quand on en est sûr... Même Alex et Oscar, il faut que tu...

— Alex et Oscar, ils me trahiront jamais, je l'ai coupé. On est comme les doigts de la main. Avec Alex, on a partagé la même cellule, au centre de détention, et on était tombés parce qu'on voulait pas balancer Oscar. Entre nous, c'est du solide.

— Rien n'est jamais acquis, Bohem.

J'ai lentement hoché la tête, mais c'était un peu pour lui faire plaisir et pour qu'il me lâche les godasses, parce qu'au fond de moi, Lobo, il commençait à me taper sur les nerfs. Il était comme ces gens qui sont sûrs de tout savoir mieux que vous, sûrs que vous allez vivre la même chose qu'eux, comme si votre vie ne pouvait pas être différente de la leur. Mais nous, ma parole, nous on était différents pas pareils. Nous, ce qu'on vivait, personne d'autre l'avait jamais vécu, et je me retenais de lui dire que c'était pas parce qu'il avait fait des erreurs que j'allais faire les mêmes aussi.

Lobo m'a montré les photos de ses frères affichées sur le mur, et il m'a dit :

— Il y a un proverbe qui dit : « Que Dieu me protège de mes amis ; mes ennemis, je m'en charge. »

— Je ne crois pas en Dieu.

— Alors protège-toi tout seul de tes amis.

— Le jour où j'aurais besoin de me protéger d'eux, c'est qu'ils n'en seraient plus.

— C'est pas faux. Mais ce jour arrivera plus vite que tu le penses.

— Ce jour-là, je mourrai, Lobo. Sans mes amis, je suis rien. Je pourrais crever, j'en aurais rien à foutre.

J'ai pas beaucoup aimé son sourire. J'ai commencé à me relever pour aller rejoindre les autres, mais Lobo m'a coupé dans mon élan.

— Attends, gamin, t'emballe pas. J'ai une surprise pour toi. Reste ici.

Je l'ai regardé sortir de la salle des meetings et refermer la porte derrière lui. Je suis resté là, au milieu des vieux souvenirs du club, au milieu des fantômes. J'avais l'impression que tous les anciens membres me regardaient avec un air suspicieux, comme s'ils s'attendaient à me voir faire une connerie. De l'autre côté de la cloison, j'entendais la fête qui continuait et je me demandais ce que Lobo manigançait. J'ai même commencé à avoir de l'inquiétude. Et puis, soudain, la porte s'est ouverte de nouveau, et quand j'ai vu qui venait de l'ouvrir, j'en ai pas cru mes yeux.

Bon sang ! Ce petit gaillard costaud et barbu, cheveux longs, tatoué de partout, jamais j'aurais imaginé le revoir un jour ! Et pourtant, c'était bien lui. C'était Pat, le chef des 1 % du centre de détention de Sainte-Catherine ! Celui qui nous avait protégés, Alex et moi, contre la bande de nazis dégénérés !

— Pat ! j'ai gueulé en me levant de ma chaise, du genre tremblant incrédule.

Il souriait avec plein de gentillesse dans les yeux qui en disent long.

— Eh, le petit bohémien ! il m'a fait en me tendant les bras.

Je me suis approché et on s'est fait une belle accolade bien serrée, avec toute la vigueur des souvenirs. Les images de Sainte-Catherine me revenaient d'un coup. Les moches et les belles et, au fond, les deux étaient tristes, mais de cette jolie tristesse qui réchauffe un peu quand même.

— Ça alors ! Pat ! j'ai répété. J'en reviens pas ! Merde !

Il portait les couleurs des Wild Rebels sur son gilet de cuir. En prison, il m'avait jamais dit le nom de son club. Avec nos chemises bleues, on était tous pareils. Je savais juste qu'il était 1 %, mais je n'avais jamais poussé plus loin. Et maintenant, ma parole, maintenant, ça me paraissait évident, et c'était sacrément chouette de le retrouver ici ! Ça faisait comme un joli pont avec le passé, avec tout ce qui nous avait conduits ici, mes frangins et moi.

— Alex ! j'ai gueulé en direction du bar. Alex ! Viens voir qui est là !

Le visage de la Fouine s'est éclairé d'un coup quand il a reconnu Pat de loin, et il nous a rejoints avec l'émotion qui dépassait pas mal aussi de partout.

— Oh ! a fait Pat. Le vermisseau ! T'es là, toi aussi ? T'es encore vivant ?

— Salut, Pat, a fait Alex en lui faisant à son tour une belle accolade d'amitié.

— Alors c'est vous, les fameux Spitfires ? Merde ! J'aurais dû m'en douter. On parle pas mal de vous, dans le milieu.

— Ah ouais ? En bien, j'espère ?

— Ça dépend qui, s'est marré Pat. Quand je suis arrivé sur le parking et que j'ai vu la bécane avec la plaque *LH&R* que je t'avais offerte, Bohem, j'ai tout de suite su que t'étais à l'intérieur, même si j'en revenais pas. Merde, vous avez fait un sacré chemin !

— On fait que commencer, j'ai dit.

On lui a présenté le reste de l'équipe et on a fini la soirée au bar à parler de nos souvenirs communs comme des foutus anciens combattants et, dans nos regards, c'était plein de loyauté, d'honneur et de respect.

16

Et puis le jour du grand rassemblement de Laurel est arrivé et on est enfin remontés sur nos motos, et ça tombait bien parce que la route commençait à nous manquer drôlement dans les pattes. Ça a fait un sacré beau cortège pour remonter la côte. En tête, seize membres des Wild Rebels, dont Pat. Ensuite, nous six des Spitfires, puis une dizaine d'autres motards amis du club qui roulaient derrière. Ça faisait déjà une meute de plus de trente bécanes et, de ville en ville, on a retrouvé d'autres chapitres du club, les uns après les autres et, sans qu'on s'arrête, ces grandes colonnes se joignaient à la parade, ça faisait comme une boule de neige qui grossissait toute seule et, à un moment, on était pas loin de cent motos, ma parole, ça avait une méchante gueule le long de l'océan !

Les Rebels, ils envoyaient sévère de la poignée, à fond de caisse. On aurait dit que la terre tremblait sous nos pneus. La poussière se soulevait autour de nous comme les nuages autour d'un cyclone, et les gens le long des routes nous regardaient passer comme si les extraterrestres avaient débarqué sur la planète, moitié émerveillés, moitié terrorisés. À moi, ça faisait des frissons partout, cette communion, et je me disais que rien ne pourrait jamais nous arrêter, on était un putain de tsunami.

Plus on approchait de Laurel, plus on voyait d'autres cortèges de motos qui nous saluaient, mais de loin, car aucun n'osait venir s'insérer dans celui des Wild Rebels, et alors je mesurais bien l'honneur que Lobo nous faisait en nous prenant avec lui. Et puis, petit à petit, il a fallu ralentir tellement il y avait de motos autour et, quand on est arrivés dans la ville, il y en avait partout garées le long des trottoirs. On dit que, ce jour-là, il y a eu plus de cinq mille motos venues de tout le pays, on ne voyait que ça à perte de vue, alignées comme les briques d'un mur qui n'en finissait pas.

Il n'y avait qu'un seul bar dans tout le patelin qui acceptait les MC, et c'est là que Lobo nous a emmenés, et c'était un chouette bar de rock'n'roll. À l'intérieur, c'était bondé furieux, il y avait un monde du tonnerre, mais comme on était avec les Wild Rebels, on a fini par trouver de la place, et moi je me suis dit qu'il fallait vraiment que les autres patrons de bars soient nés sacrément crétins pour passer à côté d'un chiffre d'affaires pareil, vu les fûts de bière que ça descendait, tout ça.

En ville, il se passait tout un tas de trucs plus ou moins liés à la moto : concours du plus beau chopper, démonstrations, courses folles sur le flanc d'une colline foutrement pentue où les types se vautraient dans la boue en essayant d'arriver jusqu'en haut sur leur roue arrière, concours de t-shirt mouillé pour les demoiselles, concours de tatouage, et puis il y avait des camelots qui vendaient des pièces et des accessoires sous leurs barnums de fortune, ça faisait un joli bazar, comme une immense fête foraine motorisée. Les gens achetaient des t-shirts ou des patchs avec marqué Laurel dessus, parce que, visiblement, pour les motards de tout le pays, c'était une sacrée fierté que de venir à ce rassemblement.

Près de la mairie, il y avait un groupe qui jouait sur une scène, du genre pas mal, et ça se voyait que les gens autour n'avaient pas attendu longtemps pour s'envoyer des litres de bière par-derrière le gosier. Les bouteilles vides s'accumulaient déjà dans les caniveaux, on aurait dit des bouteilles à la mer.

Avec les Spitfires, on faisait des allers et retours entre les animations dans la ville et le bar où s'étaient installés les Wild Rebels. On en prenait plein la vue, c'était comme si on avait atterri sur une île secrète où tout le monde aimait la bécane, où tout le monde était un peu comme nous, mince, c'était incroyable ! À part Sam, qui était déjà venu dans un rassemblement, aucun de nous n'avait jamais vécu ça, et on était comme des gosses qui seraient entrés pour la première fois dans le plus grand magasin de jouets du monde. Ça nous ouvrait bien grand les yeux qui brillent.

Dans les rues, c'était un flot continu de bécanes, plus épatantes les unes que les autres, des choppers, des bobbers, des machines indescriptibles que les gars passaient des années à construire et venaient montrer là en paradant tout pleins de fierté. Les gens, ils avaient des allures d'enfer. Des couleurs, des cuirs, des foulards, des bijoux, une vraie tribu d'Indiens. Même les vieux étaient habillés en motards, avec de longues barbes blanches et les rides du sourire au coin des paupières qui montraient qu'ils avaient vécu dans une belle liberté qui faisait envie. Il y avait une chouette ambiance dans toute la ville, ça rigolait tout entier et, plus on approchait du soir, plus ça rigolait, avec l'alcool qui tournait pas mal entre autres, et les gens qui s'abandonnaient pour de bon. On aurait dit qu'ils se lavaient de tous leurs ennuis du quotidien triste et sale, que c'était comme une grande douche de bonheur collective. On sentait la chaleur humaine qui montait de partout comme une seule note de musique, les filles de plus en plus fantasques, les membres des clubs qui faisaient les fous sur les trottoirs, qui s'amusaient comme des gamins, ça ouvrait les pompes à incendie pour s'asperger torse nu, ça glissait à dix sur un toboggan dans le jardin public, ça tirait des pétards en l'air et ça allumait des feux de Bengale, ça faisait des danses psychédéliques devant la scène, ça grimpait sur les statues, sur les murs et sur les toits, ça dévalait les rues debout sur les motos, ça faisait des roues arrière, ça brûlait du pneu sur la chaussée, ça chantait, ça criait, ça vivait sous le regard inquiet des autochtones et des forces de l'ordre.

C'était comme si on avait permis à des adultes de retourner à la fête de l'école, juste entre eux. C'était pas bien méchant, mais ça faisait trembler les bourgeois. Et, faire trembler les bourgeois, faut bien l'admettre, ça nous plaisait pas mal.

À un moment, j'étais en train d'acheter une sacrée paire de belles bottes à un camelot quand un prospect des Wild Rebels est venu me taper sur l'épaule. Quand j'ai vu son air du genre bien grave, je me suis dit qu'il y avait un problème et, comme toujours, j'ai pas pu m'empêcher de me dire que ça devait être le Chinois.

— Qu'est-ce qui se passe ? j'ai dit.

— Lobo et Pat veulent te voir tout de suite. Ils t'attendent au bar.

J'ai hoché la tête et je l'ai suivi aussi sec. Je m'imaginais tout un tas de scénarios possibles comme catastrophes alors qu'on se faufilait dans la foule, et le prospect marchait drôlement vite et ça faisait pas vraiment bon signe. Quand on est arrivés dans le bar, il m'a amené jusqu'à une petite table tout au fond où Pat et Lobo étaient assis tout seuls, et les gens autour avaient l'air de s'être un peu éloignés, parce que c'était le seul endroit de l'établissement qu'était pas bondé, et ça c'était pas du genre rassurant non plus.

— Assieds-toi, a fait Lobo d'un air pas commode.

Je me suis assis en face d'eux avec la mâchoire bien serrée comme une presse à métaux. J'ai regardé Pat, mais il avait le visage sombre pareil.

— Qu'est-ce qui se passe ? j'ai dit.

— Tends la main devant toi, a fait Lobo.

— Quoi ?

Il m'a attrapé le bras d'un coup sec et il a répété :

— Tends la main devant toi !

— C'est quoi, ces conneries ?

Pat m'a fait un signe de tête un peu dur qui voulait dire qu'il valait mieux que je fasse ce qu'on me disait. Bon sang, si ça n'avait pas été Pat, s'il n'y avait pas eu tout ce qu'on avait traversé ensemble à Sainte-Catherine, je crois que je me serais levé et que je leur aurais dit d'aller se faire foutre !

Au lieu de ça, j'ai tendu la main devant moi.

— Tu trembles, a fait Lobo. T'as quelque chose à te reprocher ?

— Non, j'ai dit.

— T'es sûr ?

— Oui.

— Alors pourquoi tu trembles ?

— J'en sais rien. Ça doit être l'alcool, j'ai dit en espérant les faire sourire un peu, sauf qu'ils ont pas souri du tout.

Et alors Lobo a plongé la main dans la poche intérieure de son gilet de cuir, et moi je me suis dit qu'il allait en sortir un coutelard pour me couper un doigt ou quelque chose comme ça, pour une connerie, je savais même pas laquelle. Et puis, tout à coup, j'ai vu une sacrée grosse chevalière en argent apparaître dans la main du président des Wild Rebels, et alors il l'a donnée à Pat, et Pat a commencé à sourire et il a fait glisser la bague sur mon doigt en disant :

— Tiens, gamin, tu l'as bien méritée.

Dessus, il y avait le signe « 1 % » gravé dans un losange.

— Merde, putain ! j'ai fait d'un ton admiratif avec un peu de soulagement dedans quand même. Merde ! Vous... Vous êtes sûrs ?

Je tremblais encore plus, du coup. Bon sang, je savais ce que ça voulait dire, maintenant, de porter le signe « 1 % », je savais que c'était pas à la légère, je savais qu'on se décrétait pas « 1 % » comme ça du jour au lendemain et qu'on avait intérêt à savoir ce que ça représentait comme mode de vie quand on avait le culot de porter une bague pareille. Je savais que des types se faisaient tamponner la gueule pour moins que ça.

Lobo souriait aussi, tout fier de son coup, et il s'est levé pour m'attraper par les épaules de l'autre côté de la table, et il m'a fait une accolade en tapant tellement fort dans mon dos que ça me faisait sursauter tout entier chaque fois. Moi, comme un âne, je savais pas trop quoi dire, et j'avais les yeux un peu humides, et puis Pat s'est levé et il a fait pareil.

— T'as pas intérêt à la perdre ou à te la faire voler, gamin. T'as encore moins intérêt à la donner. Pas même à la prêter à qui que ce soit, même pas à tes frangins. T'es le seul à pouvoir la porter. C'est bien clair ?

— Évidemment ! j'ai dit.

Je la regardais comme ça sur mon doigt, elle était énorme, ma parole, ça avait une méchante allure, et c'était fou ce qu'un seul petit chiffre comme ça pouvait avoir comme symboles cachés à l'intérieur.

— Elle fait partie de toi, maintenant. T'es un 1 %, Bohem, essaie de toujours le rester. Essaie de ne jamais oublier tes rêves. La vie, les gens, tous essaieront de t'empêcher d'être libre. La liberté, c'est un boulot de tous les jours. Un boulot à plein temps. Cette bague, elle est là pour que t'oublies jamais.

Quand je me suis retourné vers le bar et que j'ai gueulé « Tournée générale ! » à l'intention du patron, Pat et Lobo ont éclaté de rire, et toute la salle a poussé des cris, bon sang, c'était un sacré moment !

Je l'ai encore au doigt, aujourd'hui, ma bague. Et elle a encore plus de valeur, maintenant, c'est sûr. C'est la seule chose que j'ai gardée.

17

Je suis resté comme ça jusqu'au milieu de la soirée à picoler pas mal avec les Wild Rebels. Ça rigolait fort, ça descendait du litre, ça gueulait de partout, et les membres du club me tapaient sur l'épaule comme s'ils étaient heureux pour moi, et puis petit à petit les gens se sont un peu éparpillés.

Alex – qui nous avait rejoints et qui m'avait félicité d'un air un peu jaloux quand même quand il avait vu ma bague –, c'est le seul à être resté à l'intérieur du bar. Quand je lui ai proposé d'aller se balader dans Laurel avec moi, il a souri en me disant d'y aller tout seul, qu'il préférait se poser un peu. On aurait dit qu'il était le paternel qui attend sagement à l'intérieur pendant que les enfants vont s'amuser au-dehors.

J'ai cherché un peu mes frangins dans la foule. Oscar traînait autour de la machine à coups de poing et réussissait à battre des types dont les bras faisaient deux fois la taille de ses cuisses. Sam buvait un verre avec deux filles qui gloussaient comme des oies sauvages en se collant à lui. Fatboy écoutait le concert en avalant des gaufres. Quant à Mani...

Mani, lui, je l'ai retrouvé tranquillement allongé sur un muret, pas loin de la grand-place, les mains croisées derrière la nuque, en train de regarder le ciel qu'il semblait trouver finalement bien plus intéressant que l'espèce humaine. Je l'aimais de plus en plus, Mani, à cause de la paix que ça faisait d'être avec lui. C'était pas un grand bavard, mais il y avait de la sérénité belle dans ses silences, et rien qu'à le regarder on perdait de l'inquiétude. On avait l'impression qu'il avait vécu plusieurs vies et que ça lui donnait un sacré recul. Mani, il avait été tellement triste dans le passé, à cause de sa grande histoire d'amour déglinguée, qu'il pouvait plus l'être. Question malheur, il avait dépassé la dose prescrite, alors, maintenant, il était immunisé.

— T'attends une étoile filante ? j'ai dit en m'asseyant sur le mur à côté de lui.

— J'en suis à la troisième.

— Il paraît qu'il faut faire un vœu.

— Je crois pas trop à ces trucs-là, il a répondu en souriant.

— Moi non plus. Mais si tu devais quand même faire un vœu, ça serait quoi ?

Il a hésité.

— Une petite baraque près de l'océan, du bon rhum et à manger tous les soirs, et personne qui vient m'emmerder.

— Ça te suffirait ?

— J'ai pas besoin de grand-chose, moi, tu sais.

Oui, je savais, et ça me faisait même un peu peur.

— T'es bien, avec nous ?

Il a rigolé, comme s'il s'était attendu à la question.

— Tant que vous me demandez pas plus que de rouler, je suis bien.

— Alors ça devrait le faire, j'ai dit. Rouler, c'est tout ce qui m'intéresse. On est pareils, toi et moi.

— Pas tout à fait. Toi, tu roules parce que tu cherches quelque chose. Moi je cherche plus rien.

— Ah oui ? Et je cherche quoi, moi ?

— Je sais pas... La vie, non ? Moi, j'attends juste qu'elle passe.

Ça sonnait vachement triste, dit comme ça, mais c'était Mani. J'ai haussé les épaules.

— L'essentiel, c'est qu'on roule, j'ai dit.

— L'essentiel, c'est qu'on roule, il a répété.

On est restés un bon moment comme ça sur le mur sans plus rien dire comme intelligences. Il y avait quelque chose qui me mettait mal à l'aise, avec Mani, c'est que je commençais à l'apprécier de plus en plus, mais que j'avais l'impression que lui, il s'en foutait, du genre intouchable, alors j'avais peur qu'il disparaisse, du jour au lendemain. Il faisait partie de notre univers, maintenant, et moi, j'avais toujours cette angoisse que cet univers s'effrite, quand je voulais tout garder. Ça me faisait presque peur de m'attacher à lui, tellement il avait l'air de pouvoir disparaître aussi vite qu'il était apparu. Et alors là, tout à coup, je vous jure que c'était comme si Mani avait lu dans mes pensées, parce qu'il a dit un truc du genre :

— N'aie pas peur, Bohem. On te suivra jusqu'au bout.

Je lui ai fait un gentil sourire d'amitié.

— Le problème, Mani, c'est que moi, je veux pas qu'il y ait de « bout ».

Il a encore rigolé.

— Tu es terrible. On verra bien quand on y sera, va.

Quand j'ai entendu les bruits de pas dans mon dos, il était déjà trop tard.

18

L'instinct.

J'ai juste eu le temps d'éviter le pire.

Un saut de côté et la lame s'enfonce dans ma hanche. Un souffle plus tôt, c'était la moelle épinière et adieu les amis.

Je tombe en avant, hurlant de douleur et de surprise et, quand je roule par terre, j'ai juste le temps de reconnaître Dozer, de l'autre côté du mur, avec un couteau dans la main, et trois autres Phantom Riders avec lui.

Comme toujours, dans ces moments-là, tout se passe trop vite et, quand on essaie de se souvenir, on est pas sûr de l'ordre des choses, ça fait des flashs dans la mémoire qui se mélangent un peu.

Je me relève en grognant, j'ai du sang qui coule dans mon dos, poisseux sur mes mains, Mani saute sur un Phantom et le castagne, des gens crient, la musique finit par s'arrêter, Dozer enjambe le mur, il a la mort dans les yeux, je crie « SPITFIRES ! » à m'en faire péter les boyaux, comme un réflexe de survie, ils sont encore trois devant moi et je suis tout seul, je lève les poings, je laisse la rage me guider, je tape dans le tas, avec le monde qui tourne autour de moi, je prends des coups comme j'en donne, la lame me frôle encore et encore, découpe mon t-shirt, et puis tout à coup je vois Oscar, mon bon Oscar, gueulant comme un sauvage, il entre dans la baston, ça vole dans tous les sens, j'entends des os qui se brisent et puis, du coin de l'œil, je vois cette raclure de Dozer qui s'éloigne, la douleur dans mon dos, la haine, et c'est le bout de ma colère, je cours, je le rattrape, je me jette sur le président des Phantom Riders et on se retrouve par terre et on roule dans le sable, on roule, on roule longtemps et quand ça s'arrête je suis au-dessus de lui et je tape, je tape, et plus je tape, plus ça pisse le sang, et la seule chose à laquelle je pense à ce moment-là c'est que je suis en train de lui enfoncer ma bague de « 1 % » dans la peau et que c'est un sacré pied de nez, et je crois que j'aurais pu lui écraser le crâne si, soudain, Lobo ne m'avait pas arrêté, parce que je suis dans un état second.

J'ai du sang dans les yeux, la tête qui vacille, je reconnais tout juste les couleurs de mes frères et celles des Wild Rebels autour de moi, et la sirène des flics qui approche, et Lobo qui me parle, mais je comprends pas tout. Alors il me secoue, il me fixe droit dans les yeux et il dit :

— Bohem ! Cassez-vous ! On s'occupe des flics, mais cassez-vous !

Alex arrive et me prend par-dessous l'épaule.

— Viens, Hugo, faut qu'on se tire.

Il m'a pas appelé Hugo depuis si longtemps que ça me fait comme un choc électrique. Tous mes frangins sont là. Alex, Oscar, Sam, Mani, Fatboy, ils m'entourent tous et me portent jusqu'aux bécanes. Derrière nous, les Wild Rebels organisent le désordre. Ils brouillent les pistes, enfument la scène, empêchent les flics de passer, plus personne ne comprend rien, et nous on arrive aux motos. On me porte sur la mienne. Je sais plus si le rouge que je vois est celui de ma blessure ou celui de *Lipstick*.

— Tu vas réussir à conduire ? demande Alex.

Je sais pas, mais je dis oui quand même.

Les motos démarrent. On met les voiles. Je sens la douleur dans mon dos. Je vais pas tenir long-temps. La dernière image dont je me souviens, c'est le visage de Pat dans la foule. Pat qui me regarde comme on s'éloigne. C'est le même regard qu'il m'a lancé quand je suis sorti du centre de détention de Sainte-Catherine. Il me regarde et ses yeux me disent qu'il a confiance en moi. Alors je tiens le coup. Par respect. Je roule tout droit.

19

Les jours qui ont suivi restent pour moi comme un brouillon de souvenir. J'ai pas tenu longtemps, mais j'ai tenu assez pour qu'on s'éloigne de Laurel et qu'on se planque dans une vieille maison abandonnée, à flanc de colline. Il y avait tellement de ronces qui poussaient partout autour qu'on a eu de la chance de la voir. À l'intérieur, ça sentait le vieux bois, un peu comme dans ma roulotte, et il restait des meubles cassés et même des bibelots du dernier propriétaire, avec la poussière des années dessus.

Il y avait deux filles avec nous, deux filles de Laurel que Sam et Oscar avaient emmenées derrière eux.

La première s'appelait Ally, et c'était une grande et jolie blonde pleine de tatouages, avec des yeux de loup, un corps tout musculeux de gymnaste, une vraie dégaine de rebelle du genre qui se laissait pas ennuyer ni par la vie ni par les gens. Ally, c'était une enfant sauvage.

La seconde s'appelait Melaine et, elle, c'était une bulle de douceur silencieuse aux cheveux châtains, un peu comme une hippie, avec les fleurs qu'elle se glissait derrière l'oreille. Melaine disait qu'elle était infirmière et ça lui allait bien. Elle s'est tout de suite occupée de ma blessure avec ce qu'elle a pu trouver dans la vieille baraque. J'avais perdu pas mal de sang, mais la lame n'avait touché aucun organe vital, elle disait. J'ai beaucoup dormi, et puis, lentement, j'ai repris des couleurs.

Fatboy et Mani, nos deux prospects, s'étaient chargés de nous trouver à manger. Ils étaient partis à pied, pour pas attirer l'attention avec le bruit des moteurs. On savait pas trop si la police nous cherchait vraiment, mais ça servait à rien de prendre des risques. Et au final on est restés planqués là quatre jours, assez de temps pour que je retrouve la force de rouler.

Moi, je bougeais pas de mon lit, à cause de la douleur et des idées noires. Avec la fatigue, j'avais la tête qui tournait dans le sombre et je faisais rien que de penser à Freddy, qui me manquait encore plus que jamais. Les gars venaient me voir, surtout Alex, qui aimait bien jouer ce rôle-là du bon gardien bienveillant. Il restait des heures à côté de moi et on parlait du passé, de Providence, de la fois où c'était lui qui était sur un lit d'hôpital à cause des Jags, et puis on parlait aussi de l'avenir et de Vernon, de son grand frère qui s'appelait Ian... Ça nous rappelait Sainte-Catherine, quand on était seuls tous les deux dans la cellule et qu'on se remontait le moral avec des mots et des regards. Sauf qu'en vrai je pensais rien qu'à Freddy.

Le soir, je les entendais dans la pièce à côté. Ils essayaient de pas faire trop de bruit, pour pas me déranger, mais je les entendais quand même se consoler drôlement avec les deux filles. Elles avaient l'air du genre très libéré, à les entendre passer d'un lit à l'autre. Ça faisait un peu communauté de beatniks, comme latitude.

Le matin, je voyais bien au visage de mes frangins que la présence de deux filles avec nous ça les détendait foutrement. Ça faisait des sourires, des rires et un peu de délicatesse. Ça faisait comme une vraie famille. Sans jalousie et sans histoires, juste du partage.

Le troisième jour, comme chaque soir, Melaine est venue changer mon pansement. Elle avait la voix douce, Melaine, et la peau aussi pareille. Elle a remplacé le bandage dans mon dos, et c'était vachement tendre, et puis doucement j'ai vu sa tête disparaître sous mon drap et glisser le long de mon torse, comme ça sans rien dire, avec des gestes délicats pour pas me faire mal. Quand j'ai senti sa bouche, c'était comme si la douleur avait soudainement disparu et, ma parole, j'ai oublié tout le reste. Ce soir-là, Melaine est restée dormir tout contre moi, blottie comme un chat et, chaque fois que je me réveillais à cause de ma blessure, elle était là pour me rendormir avec des caresses et des murmures, et moi je m'imaginais presque que c'était Nina.

Les filles, elles ont tout de suite trouvé leur place avec nous. C'était comme si elles avaient rempli un vide, chacune à sa manière. Petit à petit, on a appris à les connaître et elles ont presque fini par faire partie du club.

Ally, elle était comme nous, une vraie guerrière, foutre Dieu, elle savait même conduire une bécane ! C'était presque un frangin de plus, avec les mêmes blagues idiotes et grossières, la même énergie brute, la même envie de tout mettre en l'air, pour cause de mauvais souvenirs. Question picole, on avait pas de leçon à lui donner. Ça descendait tout seul, et c'était pas la dernière à se mettre la tête en chiffon. Et pour la fesse, bon sang, pour la fesse, c'était une vraie furie ! À part Alex, qui voulait pas, elle couchait avec tout le monde, beaucoup, et parfois même avec plusieurs à la fois, et on avait l'impression que c'était comme une envie frénétique de faire des pieds de nez à la vie à la mort. Fallait pas croire, quand on couchait avec Ally, c'était elle qui choisissait, et c'était elle qui terminait.

Melaine, c'était pas pareil. Il lui arrivait de fumer un peu d'herbe avec nous, mais l'alcool, elle y touchait pas, et ça allait plutôt bien avec sa douceur. Au début, elle a pas mal papillonné d'un lit à l'autre elle aussi, mais, très vite, elle s'est partagée juste entre Mani et moi, et elle disait qu'on était ses deux amoureux, pour de vrai, et nous, ça nous allait bien, comme c'était drôlement tendre. Elle se moquait de nous en disant que, sans elle, on était juste une bande de barbares un peu crétins, et alors elle nous chouchoutait comme une grande sœur pleine d'amour, elle nous faisait à manger, s'occupait de nos affaires, et c'était comme si un ange avait atterri chez les Spitfires. Au lit, c'était une vraie boule d'amour sucré et moi j'avais jamais connu ça. Même avec Nina, j'avais pas eu le temps. On recommençait, encore et encore, et il y avait de la délicatesse même dans les moments les plus passionnés et, chaque fois qu'on faisait l'amour, c'était comme si elle me comprenait tout entier, comme si elle savait éteindre tous mes incendies, et moi jamais j'avais touché de bras aussi doux que les siens et, quand je m'endormais niché dans sa poitrine, je me sentais comme un gosse qui sait pas encore combien la vie ça brûle.

Le matin du quatrième jour, Fatboy a rapporté le journal du coin en râlant.

— Fait chier, merde ! il répétait.

La une parlait des événements de Laurel et, quand on a vu le gros titre, on en a pas cru nos yeux : « Un motard tabassé par les Spitfires ».

Merde alors ! Les Spitfires à la une du journal ! On savait pas trop si on devait être fiers ou inquiets. L'article parlait de nous comme si on était un sacré grand club avec des centaines de membres, alors qu'on était six ! Comme souvent, le journaliste mélangeait tout et disait un peu n'importe quoi, du moment que ça faisait trembler les lecteurs, avec des phrases comme « la ville mise à sac », « les habitants terrorisés », « des hordes de motards avinés ont pris d'assaut la grand-place », et des questions idiotes comme « mais où s'arrêtera donc la violence meurtrière de cette jeunesse hors de contrôle qui a perdu toute forme de repères ? ». Le reste du papier faisait passer Dozer pour une victime, et moi je pouvais pas m'empêcher de rigoler en voyant la photo de sa face toute ratatinée par mes deux poings. Mais, ce qui ressortait surtout de l'article, c'était que la police locale cherchait encore la dangereuse bande des Spitfires, et ça c'était du genre moins drôle.

Le matin du cinquième jour, j'étais presque entièrement remis, alors on a repris la route. Melaine est montée derrière moi, Ally derrière Sam, et on a filé vers le nord, en direction de Vernon.

Quand je repense à cette époque, à ce qu'on a vécu avec les filles, je me dis que les gens pourraient pas comprendre, à cause de l'ignorance. Pour les gens, l'amour, ça se fait bien en rang deux par deux, mais nous on avait fait assez de chemin loin des codes pour pas réfléchir pareil comme eux. Les gens, ils auraient dit que c'était du vice, de la débauche ou de la provocation, mais, pour nous, c'était comme ça, c'était de l'instinct, on se demandait pas. On cueillait le fruit, on faisait ça sans y réfléchir.

À part Sam. L'amour libre, Prof, il avait des grands discours dessus, une théorie, ça se voyait même qu'il y avait déjà vachement réfléchi. Un soir, avec Alex, alors qu'on était assis autour du feu, ils se sont pas mal cherchés sur le sujet, et nous, autour, on écoutait, on comptait les points et ça nous faisait marrer.

— Le mariage, c'est de l'esclavage moderne, avait commencé Sam. Et, comme toujours, l'esclave, dans le mariage, c'est la femme.

— Comme si tu en avais quelque chose à faire, du sort des femmes ! s'est moqué Alex. La seule chose qui t'intéresse, c'est leur cul !

— Et alors ? Je préfère m'intéresser à leur cul plutôt qu'à leur capacité à faire le ménage, la bouffe et la vaisselle.

— Ça change pas grand-chose. Tu profites quand même d'elles !

— Profiter d'une femme, ce serait croire qu'elle n'est pas assez intelligente pour choisir de coucher ou non avec moi.

— Ah... Tu couches jamais avec des connes, alors ?

— Ça m'arrive, a répondu Prof en remontant ses lunettes, mais uniquement parce que les connes aussi ont droit au plaisir.

On a tous éclaté de rire.

Sam et Alex, il y avait vraiment qu'eux pour avoir des conversations pareilles. Ça pouvait durer des heures, il y en avait jamais un qui cédait, et c'était pas la mauvaise foi qui les arrêtait ni l'un ni l'autre.

— La monogamie comme code moral, c'est une ingérence de l'État et des religions dans un truc qui les regarde pas, a repris Sam. Ce que je fais avec ma bite ne regarde personne.

— Ça regarde quand même un peu la fille dans laquelle tu la mets.

— Si c'est fait avec respect, je vois pas le problème. Le manque de respect, c'est l'infidélité. À partir du moment où on dit ouvertement qu'on est pour l'amour libre, il n'y a plus d'infidélité.

— Ouais, est intervenu Oscar. En gros, dans l'amour libre, l'infidélité c'est quand t'arrêtes de tromper ta femme.

— Moi, avant, j'osais pas le dire, a continué Prof avec sa petite voix drôlement calme et sûre. Maintenant, j'assume, je dis que je suis pour les relations multiples, du coup je trompe personne.

— C'est vachement pratique, s'est moqué Alex. Et tu crois vraiment que tu fais souffrir aucune fille ? Tu fais quoi quand il y en a une qui s'accroche ?

— J'arrête.

— Et si elle te le dit pas, de peur que tu arrêtes ?

— Alors c'est son problème.

— Comme quoi tu t'en fous un peu de ce que ressentent les femmes...

— J'ai l'audace de penser qu'elles sont responsables de leurs actes.

— T'es jamais tombé amoureux ?

— Si. Souvent. Mais on peut être amoureux de plusieurs femmes en même temps, je vois pas où est le problème.

Moi, je disais rien, mais je me marrais bien à l'intérieur, parce que Sam, je commençais à le connaître. Il pouvait sortir tous les beaux discours qu'il voulait, toutes les belles théories, mettre un peu de philosophie là-dedans, ça en jetait pas mal, mais, au fond, la vérité, c'est qu'il avait juste envie de baiser.

— T'es amoureux de moi ? est intervenue Ally d'un ton coquin, en lui caressant la joue.

— Follement.

— Alors fais-moi l'amour !

Et comme ça, devant les flammes, elle lui a sauté dessus, et ils ont fait comme elle avait dit, ils ont fait l'amour devant nous, et Alex a secoué la tête, et nous on a bien rigolé.

C'est sûr, les gens pourraient pas comprendre. Ils pourraient pas, parce que, contrairement à ce que disait Sam, il n'y avait rien à comprendre. On faisait juste ce qu'on voulait. On rêvait juste de liberté.

21

Avec tout le fric que les Wild Rebels nous avaient permis d'empocher, on aurait pu se payer tous les soirs des chambres dans de sacrés hôtels de luxe et des dîners dans les plus grands restaurants. Mais c'était pas le moment de se faire remarquer, alors on dormait à la belle étoile au pied de nos bécanes, comme avant, et Melaine se débrouillait pour nous faire à manger avec les moyens du bord et, à part Alex qui aurait sans doute préféré un vrai lit, ça dérangeait pas grand monde, au contraire.

Comme les flics nous cherchaient certainement sur la côte, on a abandonné l'océan et on est retournés dans les terres, du côté du désert. On roulait tout le jour, les six bécanes en quinconce sous un soleil du diable et, ma parole, avec tous les kilomètres qu'on s'enfilait depuis presque trois mois, on aurait pu croire qu'on finirait pas se lasser, mais ça restait un satané plaisir. Un satané plaisir dont on pouvait pas se passer. On roulait comme on respirait : pour pas mourir. Avec les filles dans notre dos, on faisait toujours autant les fous sur la route, et ça faisait de belles tranches de rigolade en chemin. Sur la double voie bordée de buissons tout secs, on était comme seuls au monde, avec du sable à perte de vue d'un côté comme de l'autre et, au loin, les chaînes de montagnes qui dessinaient des pointes noires dans l'horizon qui tremble. De temps en temps, on doublait d'énormes camions pleins de chrome dont les chauffeurs nous saluaient par la vitre, et alors les filles leur montraient leurs nichons pour rigoler un peu. Dans les stations-service, on dépensait sans compter, à s'acheter des saloperies de sucreries comme des gosses et des canettes de bière qu'on descendait en roulant.

Comme j'étais le prez', c'était moi qui ouvrais la route et personne me passait devant, à part Alex, qui faisait semblant de pas faire exprès, et ça me faisait bien marrer quand même à l'intérieur. Alex, il avait beau dire, je savais bien qu'il aurait rêvé d'être le chef et, quand il se mélangeait pas trop à nous dans nos pires conneries, c'était pas seulement qu'il avait pas envie de déconner, c'était surtout qu'il avait envie de paraître un peu au-dessus du lot. Au-dessus de tout ça. Moi, je lui en voulais pas, parce que je savais que c'était à cause du manque de respect que la vie lui avait donné en le faisant maigre et tout petit.

Et, comme ça, on est passés à travers des petits villages déserts avec les volets qui grincent sur les vieilles maisons vides, et à travers des grosses villes aussi, comme Orange ou Quincy, et on aurait bien aimé s'arrêter dans les immenses casinos qui clignotaient de partout, mais c'était encore trop risqué à cause d'« un motard tabassé par les Spitfires ».

Avec une partie de notre pactole, Oscar avait acheté à Clairemont de méchantes réserves de cocaïne qui nous aidaient à tenir le coup contre la fatigue le soir, sauf que lui, il avait du mal à s'arrêter, et on était déjà tous bien perchés depuis longtemps quand le Chinois continuait de s'envoyer de sacrées lignes dans le museau. Un soir, alors qu'on venait de passer Quincy et qu'on s'était installés près du lac qui longe l'aéroport, on était là à regarder bêtement les avions qui atterrissaient dans la nuit avec tout le grand bruit des réacteurs et le sable qui s'envolait autour de nous – c'était chouette –, et Oscar s'envoyait des grandes traces blanches qu'il saupoudrait sur le ventre nu d'Ally en rigolant tous les deux comme des hyènes, et tout le monde était un peu abîmé comme il faut, sauf Alex, bien sûr, qui était à l'écart et qui lisait, allongé sur sa bécane.

Moi, ça faisait longtemps que j'avais arrêté de lire, mais la Fouine, lui, il continuait, il avait toujours un livre froissé dans la poche arrière de son jean.

— C'est quoi ? j'ai demandé en venant le rejoindre pendant que les autres continuaient leur abandon.

Alex m'a montré la couverture du livre. On y voyait un genre de sac en papier kraft dans lequel étaient accumulés une mitraillette, une télévision, une bouteille de whisky, un drapeau américain et ce qui ressemblait à des sous-vêtements. C'était un roman de cet auteur Norman Mailer dont il m'avait déjà parlé quand on était au centre de détention, et je m'en souvenais parce qu'il avait fait la guerre dans le Pacifique sud, comme Biggles.

— Ça parle de quoi ?

— De la désillusion. D'une descente aux enfers. Un peu comme la nôtre, il a dit.

J'ai froncé les sourcils.

— Tu trouves qu'on descend aux enfers ?

— Pourquoi, toi, tu trouves qu'on monte au paradis ?

— Je crois ni à l'un ni à l'autre. T'es pas content qu'on aille à Vernon ?

Il a souri.

— Si, bien sûr. C'était notre promesse.

— C'était notre promesse, j'ai confirmé.

— Mais j'ai l'impression qu'on est un peu en roue libre, qu'on contrôle plus grand-chose. L'autre jour, à Laurel, t'as failli y laisser ta peau, et je sens qu'un jour ou l'autre on va vraiment se manger le mur.

J'ai souri à mon tour.

— Ça m'étonne pas de toi, Alex. Toujours à imaginer le pire...

— Faut bien que je compense un peu, toi, tu crois toujours que tout va bien se passer. Tu réfléchis pas, tu fonces.

— Je fonce pas, je roule.

— Sans casque.

— Tu veux quoi, au bout du compte ? j'ai demandé en le regardant droit dans les yeux.

— Qu'on réfléchisse. Qu'on fasse un plan. Si on s'y prend bien, avec le club, on pourrait faire des choses extraordinaires, tu sais ?

— Mais on fait *déjà* des choses extraordinaires !

— Je pense qu'on pourrait faire bien mieux.

— Tu veux faire quoi ? Devenir maître du monde ? j'ai dit pour me moquer.

— Et pourquoi pas ? On est pas partis de Providence pour rester toute notre vie dans la merde, Hugo.

Ça m'énervait quand il m'appelait Hugo, et j'étais sûr qu'il faisait exprès.

— Dans la merde ? Tu plaisantes ? On a jamais eu autant de pognon de notre vie !

— Oui, mais on l'a gagné en prenant des risques énormes. C'est pas comme ça qu'on devient maître du monde.

— Mais j'ai pas envie d'être maître du monde, moi, nom d'un chien !

— Moi, j'ai envie qu'on le devienne. Nous, les petits gars de Providence, nous, les vauriens. Sinon ça sert à rien. Ça sert à rien de partir si loin si c'est pour arriver nulle part. Oui, exactement, toi et moi, je veux qu'on devienne les maîtres du monde, Hugo. Et on peut le faire. On vaut tellement mieux que tous les autres !

Ma parole, il était sérieux.

Je l'ai regardé un peu perplexe avec ses rêves de grandeur, et puis un dernier avion a atterri et je suis allé me coucher à côté de Mani et Melaine qui faisaient encore l'amour, et alors j'ai fumé de l'herbe pour dormir, un peu à cause de la cocaïne et de la blessure dans mon dos, un peu à cause de Freddy qui n'était pas là.

22

On a mis encore trois jours de plus pour arriver à Vernon, trois jours à rouler, boire, fumer, prendre de la poudre par le nez et faire l'amour sans se poser de questions beaucoup, trois jours rien qu'entre nous huit, comme des frères et sœurs, comme une meute de loups, et c'était beau de s'entendre aussi bien tous les huit, et je sais pas quelle magie faisait qu'on y arrivait, qu'on rigolait autant, ça devait être parce que, sur les routes, on était un peu nulle part. Nos soirées sous le ciel noir, c'étaient comme de foutus spectacles, avec toutes nos frasques, on était bien, on était hors du monde et rien ne pouvait nous atteindre.

Grâce à Melaine, Mani et moi, on était de plus en plus proches, son amour pour nous ça faisait qu'on était encore plus frères, comme si tous les trois on faisait un deuxième clan à l'intérieur du clan. Mani, il prenait ça comme un jeu, il souriait gentiment sans répondre quand Melaine lui soufflait des mots d'amour et il me disait tout le temps que si je la voulais pour moi tout seul, il comprendrait et que ce serait pas grave du tout parce que lui, il était pas attaché, il serait jamais attaché, vu qu'il était plus équipé pour. Moi, j'aimais bien les choses comme elles étaient, alors je disais à Melaine d'aller le voir quand elle restait trop longtemps avec moi. Par moments, c'est vrai, j'aurais bien voulu la garder pour moi tout seul mais, au fond – mince, c'est un peu cruel – je crois que j'aimais plus Mani que Melaine.

Les autres, ça n'avait pas l'air de les déranger, notre petit trio. Alex était de plus en plus excité à l'idée d'arriver à Vernon et il ne disait presque plus rien, la tête perdue sans doute dans ses plans pour qu'on devienne les maîtres du monde ; Ally se sentait comme une sacrée princesse avec ses courtisans autour, Sam et Oscar s'en donnaient à cœur joie comme ils aimaient foutrement les parties de jambes en l'air, et Fatboy râlait, ce qui était plutôt bon signe.

Un soir, Fatboy, comme ça, devant tout le monde, je lui ai demandé pourquoi il râlait tout le temps.

— Comment ça, je râle tout le temps ? il a dit du genre drôlement vexé.

Tout le monde a éclaté de rire.

— Oh, ça va ! C'est pas ma faute. Je suis juif.

On a encore rigolé parce qu'on savait bien que les juifs, justement, ils râlaient pas souvent, à cause de l'habitude de se faire emmerder depuis des siècles et des siècles qui leur faisait la peau dure et le bon sens de l'humour.

— Juif, mon cul ! a balancé Alex. Tu crois même pas en Dieu !

— N'empêche, ils m'ont quand même coupé la bite.

— Ah, alors c'est pour *ça* que tu râles !

— Vous faites chier, merde ! Je dois tenir ça de mon père et puis c'est tout. Mon père, il râlait tout le temps.

— Et maintenant il râle plus ?

— Moins, depuis qu'il est mort.

Ça n'aurait pas dû être drôle, comme réponse, mais on se connaissait assez pour se marrer quand même.

— Il est mort comment ? a demandé Melaine gentiment.

— En râlant ! Il a fait « Aaaaargh, fait chier, merde ! » et il est mort.

— Ta gueule, Oscar.

— Alors ? Il est mort comment ? j'ai insisté.

Fatboy a haussé les épaules.

— Un jour, quand j'avais treize ans, il a commencé à avoir mal à la tête, de plus en plus fort, et ça a continué pendant des semaines, de pire en pire. Tous les soirs, il rentrait du boulot et il avait mal à la tête, ça le rendait fou tellement il avait mal. Il a fini par aller à l'hôpital, ils lui ont fait faire un paquet d'examens, et puis ils ont trouvé qu'il avait une tumeur au cerveau.

Les sourires se sont lentement effacés de nos visages, à mesure qu'il racontait, et moi je commençais même à regretter d'avoir posé la question. En vrai, ça faisait bizarre de voir notre gros nounours raconter ça assis par terre, avec sa voix qui tremblait un peu l'air de rien.

— Les médecins ont dit que ça s'opérait, qu'on pouvait lui enlever la tumeur. Et puis voilà. Un soir, ma mère est entrée dans ma chambre, où j'étais en train de faire plein de dessins pour lui apporter à l'hôpital, et elle m'a expliqué qu'il était mort pendant l'opération.

Il a poussé un long soupir en traçant des cercles dans la terre avec son doigt. Ally a posé sa tête sur son épaule.

— Enfoirés de médecins. Ce qui est vraiment con, c'est que mon père, je vous jure, c'était un sacré chouette type. Il râlait tout le temps, mais c'est lui qui m'a fait aimer la musique et le dessin. Il dessinait vraiment bien, c'est lui qui m'a tout appris.

— T'as de la chance, j'ai dit, et ça m'avait échappé, mais je crois que Fatboy a compris ce que je voulais dire.

Après cette histoire, on lui a plus jamais demandé pourquoi il râlait tout le temps.

Et puis voilà, le temps a passé avec la route qui défilait et, un jour, vers midi, Vernon s'est lentement dessinée devant nous au beau milieu des arbres, et je sais pas si les autres pouvaient comprendre, mais, la Fouine et moi, ça nous a fait tout étrange comme terre promise. Avec le temps, Vernon, c'était devenu un mot un peu magique, un genre de légende, une chose qui n'existait pas vraiment et, maintenant, elle était là, sous nos yeux et, au fond, je savais pas ce qu'on allait y trouver, mais ça piquait un peu dans la poitrine.

Vernon, c'était la plus grande ville de la région, nichée entre deux grosses rivières, à une soixantaine de kilomètres de l'océan, et je crois bien que c'était aussi la ville la plus fleurie de tout le pays. Ma parole, à Vernon, il y a des parcs et des jardins à tous les coins de rue, et faut croire que le maire est un obsédé de la rose tellement il y en a qui poussent dans tous les sens. Ça fait de beaux espaces et de jolies couleurs pour une si grande ville. Nous, on est arrivés par l'est, où s'étendent des forêts gigantesques, et ça faisait aussi un sacré spectacle. Vernon, c'est comme si la campagne s'était invitée dans une immense cité, et même les deux rivières attirent des milliers de pêcheurs tellement les poissons sont contents d'être là. La plupart des gens se déplacent à pied ou à vélo, si bien qu'on se sentait un peu seuls sur nos bécanes, alors on est entrés dans la ville comme ça, au ralenti, tout transpirants dans la chaleur, et je suis sûr qu'Alex bouffait le paysage des yeux, comme moi, en se demandant à chaque carrefour si, par hasard, on venait pas de passer à côté de son grand frère.

C'était un peu étrange de se dire que, parmi les centaines de milliers d'habitants qui s'agglutinaient là, on était juste venu pour un seul.

Ian Nicol.

Bon sang, depuis le temps qu'on pensait à lui, on lui avait inventé au moins mille vies ! Même moi, j'avais fini par m'y attacher, à cette ombre. Est-ce qu'il ressemblait à la Fouine, façon petit et maigrelet à barbichette ? Ou bien est-ce que c'était un grand gaillard, tout plein de force ? Est-ce qu'il avait réussi dans les affaires, comme on l'avait rêvé, avec champagne et jacuzzi ? Peut-être qu'il était déjà maître du monde à notre place, Ian Nicol ! Je regardais les grands buildings et je l'imaginais tout en haut, à nous attendre sur une terrasse ensoleillée où on pourrait rester quelques jours comme des nababs. Chez le frère de la Fouine.

Le plan, c'était de trouver d'abord un hôtel un peu discret. On était assez loin de Laurel à présent pour espérer que les flics nous chercheraient pas jusqu'ici, mais ça empêchait pas de jouer la prudence.

On a tourné un peu au milieu des immeubles de verre et de pierre qui brillaient blanc dans le soleil, on a remonté les grandes rues perpendiculaires qui faisaient comme un labyrinthe pas très compliqué, et puis quand on est arrivés près de la rivière, on a traversé un pont tout en armature verte de ferraille boulonnée. Nos roues faisaient un bruit du tonnerre sur l'immense grille qui servait de chaussée et, enfin, de l'autre côté, on s'est arrêtés devant un grand hôtel qui donnait directement sur l'eau, avec une belle digue arborée à ses pieds où les gens pique-niquaient en famille. Ça nous a paru assez isolé, on a garé les bécanes sur un petit parking à l'arrière et c'est Alex qui s'est chargé d'aller réserver des chambres, comme c'était lui qui présentait le mieux, dans le club. Pour une fois, on l'a même laissé enlever ses couleurs, histoire de passer inaperçus.

Quand on est monté dans nos piaules, tout en haut de la tour, on est restés un long moment comme ça à regarder la ville par-dessus et c'était sacrément chouette de se prendre un peu pour des oiseaux qui planent. Sur la droite, il y avait un port de plaisance avec des rangées de bateaux blancs qui attendaient sur le fleuve qu'on les emmène à l'aventure et, sur l'autre rive, c'était une forêt de gratte-ciel bien alignés comme des soldats de cristal au garde-à-vous. Sur les trottoirs, les gens ressemblaient à des fourmis qui s'agitent et se croisent, résignées, sans faire de bruit.

Alex, quand j'ai tourné la tête vers lui, il avait le nez collé contre la vitre. On aurait dit un gosse devant la vitrine d'un magasin. Ça faisait de la buée devant sa bouche. J'ai souri d'être heureux pour lui. Depuis le temps qu'il en rêvait, Vernon, enfin, il pouvait la toucher du bout des yeux.

Dans une ville de plusieurs centaines de milliers d'habitants, trouver un type dont on a seulement le nom, ma parole, c'est l'aiguille dans la botte de foin. On est allés au plus simple : l'annuaire. Quand on a vu qu'il n'y avait que trois Ian Nicol dans tout Vernon, Alex et moi on s'est tapé dans la main avec grand sourire. Le tout était de savoir lequel de ces trois-là venait de Providence et avait trente-six ans. Ça n'a pas été une mince affaire. Un par un, on a essayé de les retrouver, et ça nous a pris une bonne semaine.

Pendant tout ce temps-là, les autres ont mené la vie belle, à sortir pas mal, à se balader dans la ville, à fréquenter un bar où venaient aussi d'autres motards et, le soir, dans nos chambres d'hôtel, c'était toujours la grande fête débridée, avec consommation de produits et parties d'escalade en règle. Le matin, on était réveillés par les femmes de ménage, et alors Fatboy gueulait son « fait chier, merde », caché sous sa couette comme une foutue marmotte en hiver, et nous on leur disait que c'était pas la peine de faire la chambre, on leur filait un billet pour qu'elles nous laissent tranquilles et, les pauvres, si elles avaient vu l'état des piaules elles auraient fait arrêt cardiaque et compagnie dans le couloir.

Le premier Ian Nicol, on l'a rencontré chez lui et, quand on a vu qu'il avait pas loin de quatre-vingts balais, on lui a même pas posé de questions. Il a ouvert la porte, on a grimacé et on a fait demi-tour, et il a dû nous prendre pour des sacrés débiles mal élevés.

Le deuxième, quand on est arrivés chez lui, c'est une dame qui nous a ouvert. Forcément, ça faisait un peu bizarre, comme requête, mais il n'y avait pas mille façons de poser la question :

— Bonjour madame, on cherche un Ian Nicol, mais on est pas sûr que celui qui est ici soit le bon.

— Comment voulez-vous que je sache ? elle a répondu en rigolant.

Mince, on avait vraiment l'air de deux crétins.

— Le nôtre a trente-six ans et il vient de Providence.

Elle a haussé les épaules d'un air désolé.

— Alors c'est pas le bon. Le mien a cinquante ans et il est né ici.

Le troisième, enfin, il correspondait pile, au niveau de l'âge et, quand on est allés le voir dans le restaurant où il travaillait, je peux vous dire que la Fouine en menait pas large.

— Je suis sûr que c'est lui, il m'a dit. Un restaurant ! Ouais. J'imagine bien mon frère tenir un restaurant ! Putain, je suis sûr que c'est lui, tu vas voir !

Quand on a demandé à rencontrer le patron à la réception, mon Alex, il tremblait comme une feuille.

Un type est arrivé, et j'aurais pas pu dire s'il ressemblait vraiment à la Fouine, à part qu'il était brun lui aussi et pas bien gros. Alex a essayé de poser la question, mais il était tellement ému que ça s'embrouillait dans sa bouche et ça voulait pas dire grand-chose, alors j'ai reformulé.

— En gros, on voudrait savoir si vous êtes le Ian Nicol qui vient de Providence.

Le type a eu l'air de trouver la question amusante.

— De Providence ? Non. Je suis désolé.

— Vous êtes sûr ? a demandé Alex tellement il voulait encore y croire.

— Écoutez, je n'ai pas un souvenir très précis de ma naissance, mais mes parents m'ont dit toute ma vie que j'étais né comme eux, ici même, à Vernon, et j'ai assez peu de raisons de ne pas les croire.

Il a dit ça gentiment sur le ton de l'humour, mais ça nous a pas fait rigoler du tout. J'ai vu dans les yeux de la Fouine le paquet de déception tombé du haut des toits.

— T'inquiète pas, je lui ai dit quand on est ressortis, on va le retrouver, ton frangin.

Pendant une semaine encore, avec Alex, on a joué les vrais détectives, comme dans les romans de Raymond Chandler. Avec le temps qui passait, j'essayais de pas lui montrer que j'y croyais plus tellement, parce que lui il avait besoin de croire et que, tout seul, c'est pas gagné. On épluchait les annuaires des villes environnantes et même ceux des années précédentes, on appelait tous les Nicol du coin pour demander s'ils connaissaient pas un Ian qui venait de Providence... Ma parole, on est même allés voir les journaux locaux pour fouiller dans leurs archives ! Rien.

Alex, il devenait de plus en plus sombre chaque fois qu'on tombait dans une impasse, il parlait de moins en moins, et moi je savais plus trop quoi dire pour pas qu'il perde courage. On a continué, comme ça, encore, et plus ça allait, moins on y croyait, et alors tout ce qu'on avait imaginé, tout ce qu'on avait rêvé quand on était à Sainte-Catherine s'écroulait lentement comme un château de sable. À un moment donné, bon sang, je l'avoue, je me suis même demandé si Alex n'avait pas inventé cette histoire, si Ian Nicol existait vraiment, ou bien si c'était comme un rêve qu'il avait fabriqué, pour croire à quelque chose dans notre cellule. Mais il était tellement triste dans les yeux, Alex, que je me suis dit que c'était pas possible, et que si lui il y croyait, alors je devais aussi y croire, un point c'est tout.

Un soir, ça faisait presque quinze jours qu'on était là quand, en rentrant tous ensemble du bar où on avait nos habitudes, on a vu une bagnole de flics garée en bas de l'hôtel, avec le gyrophare qui clignotait contre les murs.

— Eh merde ! j'ai fait en voyant les trois fenêtres de nos chambres allumées, en haut de la tour, qui laissaient plus tellement de doute.

— Évidemment... a soupiré Alex.

— Fait chier, merde, a dit Fatboy.

— Qu'est-ce qu'on fait ?

— On se casse, j'ai répondu.

— Et nos affaires ? a dit Ally.

— On s'en fout, de nos affaires. On se casse !

— Putain ! s'est énervé le Chinois. On peut pas se casser comme ça, bordel ! Y a un sachet

334

de blanche tout neuf dans ma chambre ! Et les flingues !

— Raison de plus pour se casser, lui a fait la Fouine sèchement.

— Les enculés ! Ah, putain, les enculés !

Je suis passé le premier, on a longé l'hôtel pour accéder discrètement derrière, sur le parking.

Ce qu'on avait pas prévu, c'était qu'un des agents de police était là, devant nos bécanes qu'il inspectait une par une avec une lampe de poche. S'il commençait à ouvrir les réservoirs, il risquait pas d'être déçu, avec toutes nos économies et les réserves de cocaïne planquées à l'intérieur. J'ai fait signe à tout le monde de se cacher derrière le mur, mais le Chinois était déjà bien trop perché en altitude et, ma parole, j'ai rien pu faire pour l'arrêter.

Alors on a serré les dents en le regardant marcher tout droit vers le flic avec sa dégaine de basketteur tout en hauteur et, avec ses deux poings bien serrés il a fait comme une massue et, d'un coup violent sur le crâne, il l'a assommé par-derrière. Le poulet s'est écrasé par terre comme une serpillière et Oscar lui a pris son arme à la ceinture, comme punition.

Un flic qui se fait piquer son arme de service, il passe pas une soirée rigolote.

— Putain, le con, a soupiré Alex.

— On y va ! j'ai dit.

On a rejoint le Chinois en courant et on a grimpé vite fait sur nos bécanes. On a démarré tous ensemble et on est partis comme des fusées sous les lumières du soir.

Je savais pas trop combien de temps de répit on aurait avant que tous les flics de la ville viennent à notre recherche, et c'était vraiment la mouise, bon sang ! Même le petit corps de Melaine tout serré contre moi et ses mains croisées sur ma poitrine pour pas tomber en arrière ça suffisait pas à me détendre, et je filais dans les ruelles sombres en grinçant de la mâchoire, bifurquant aussi souvent que possible dans l'espoir de brouiller les pistes, en direction du sud.

On a roulé comme ça à fond de caisse, les six motos bien collées comme une meute, le vent qui fouettait nos visages, et je pouvais pas m'empêcher de penser que chaque fois qu'on restait trop longtemps quelque part, fallait toujours que ça se termine mal, qu'on était pas faits pour ça et que jamais se poser, c'était sûrement ce qu'on avait de mieux à faire.

On a suivi la rivière et ça m'a rappelé mes premières virées avec Freddy, à Providence, quand on partait de chez lui en cachette et qu'on longeait la berge avec le visage tout plein de bonheur, et j'aimais pas trop penser à ça non plus.

Ça devait pas faire loin d'une heure qu'on roulait quand on a fini par se retrouver en pleine campagne d'arbres, et alors j'ai décidé qu'on pouvait s'arrêter, comme on avait même pas entendu de sirènes derrière nous depuis le départ.

On a trouvé un coin qui avait l'air tranquille, un genre de clairière au bord de la rivière, avec quelques sapins qui laissaient leurs branches traîner dans l'eau comme pour se rafraîchir, et le bruit des bêtes de la nuit tout autour. Quand on est descendu de nos bécanes, je voyais bien que tout le monde était tendu, surtout Alex qui avait des gestes nerveux dans le visage.

Oscar avait à peine posé un pied par terre que déjà il faisait des lignes de poudre sur la selle de sa moto en répétant « Putain, les enculés, les enculés ! » entre chaque prise. C'est là que la Fouine a vraiment perdu les pédales.

— Tu vois pas que c'est ta faute, tout ça ? il a gueulé sur le Chinois.

— Hein ?

Oscar, à genoux devant sa bécane, il le regardait bêtement en se frottant les narines.

— Tu commences à nous emmerder, avec tes conneries ! Tu peux pas rester un peu discret ?

— Mais de quoi tu parles ?

— L'hôtel ! Tu vois pas que c'est à cause de tes conneries que les flics ont débarqué à l'hôtel ? Avec toute cette merde que tu t'enfiles dans le nez ? Tu fais chier, Oscar ! Faut toujours que tu nous foutes dans la merde !

Si ça avait été quelqu'un d'autre, je pense que le Chinois lui aurait fracturé le crâne en trois ou quatre morceaux bien séparés, mais comme c'était la Fouine, il a juste rigolé, il s'est fait encore une ligne et il lui a tendu le billet de vingt roulé en paille.

— Putain ! Je vais le tuer ! a fait Alex.

Je l'ai arrêté sur le chemin.

— Calme-toi, j'ai dit. Calme-toi !

Je l'ai tenu par les épaules, et j'ai essayé de lui faire un regard tout plein de sérénité.

— On va trouver une autre solution, pour ton frère, je lui ai dit d'une voix toute calme.

Je savais bien qu'au fond, ce qui le rendait furieux, c'était qu'on ait toujours pas trouvé Ian.

— Ah ouais ? Et tu m'expliques comment on va faire pour le retrouver si on peut même plus aller en ville à cause de l'autre con ?

— L'autre con, il t'emmerde, a balancé Oscar.

— On va trouver une autre solution, j'ai répété. Alex a secoué la tête.

— Bon, eh bien moi, je vais me baigner, a soudain fait Ally en enlevant tout ce qu'elle avait sur elle sauf sa petite culotte.

On l'a tous regardée, un peu perplexes, comme ça tombait de nulle part, mais n'empêche que je me suis dit aussitôt qu'elle était sacrément douée pour transformer l'atmosphère, parce que quand elle a plongé comme ça presque à poil dans la rivière au milieu des reflets de la lune, tout le monde a fini par sourire, et puis alors Oscar, Sam, Fatboy et Mani se sont foutus à poil pour de bon en rigolant et ils ont couru dans la flotte en gueulant comme des gamins à la plage.

Melaine s'est approchée de moi avec son gentil sourire.

— Tu viens ? elle m'a demandé en enlevant son t-shirt, avec sa belle petite poitrine qui a rebondi en brillant sous la lune.

Quand elle a vu mes yeux un peu coincés sur ses nichons, elle a fait une petite moue de satisfaction.

— Non, j'ai dit en soupirant. Va les rejoindre, toi. Je vais rester un peu avec la Fouine.

— Tant pis pour toi.

Elle a posé ses lèvres sur ma bouche et elle est partie dans la rivière avec les autres, et elle était tellement belle qu'on aurait dit une foutue sirène.

Je me suis assis à côté d'Alex sur un rocher un peu en hauteur, et on est restés un moment à regarder la bande qui s'agitait dans l'eau et qui avait l'air d'une vraie colonie de vacances à faire les pitres dans les éclaboussures.

— Tu sais, chez moi, une promesse, c'est une promesse, j'ai fini par dire. Ton frère, on va le trouver. C'est pour ça qu'on est venus, et puis c'est tout.

— J'y crois plus tellement, il a dit. C'était une idée à la con. Au fond, je me demande même pourquoi j'y tiens à ce point.

— À cause de l'appartenance, j'ai dit comme ça, sans vraiment être sûr moi-même de ce que je voulais dire.

Il s'est allongé sur le dos et il a croisé les mains derrière sa tête pour regarder les étoiles, et moi je me suis dit que c'était un peu comme s'il cherchait son frère au milieu d'elles.

— Pourquoi lui, il est jamais venu me chercher ?

— Il sait peut-être même pas que tu existes.

— Et si on le trouve et que c'est un sale con ?

J'ai haussé les épaules.

— Si c'est un sale con, il te restera quand même ici une sacrée bande de frangins. Et même deux frangines, maintenant.

— Tu parles d'une famille !

— Eh ! j'ai dit en le poussant gentiment. C'est la plus chouette famille qui soit !

— Une sacrée bande de tordus, ouais.

— OK, j'ai dit, mais tordus dans le bon sens.

Enfin, il a un peu souri.

On a laissé passer un peu de temps, avec les voix des autres qui résonnaient sur la rivière et les étoiles qui avaient l'air de clignoter au-dessus de nos têtes.

— Tu m'as jamais dit comment tu avais su que tu avais un frère à Vernon. C'est tes parents qui te l'ont dit ?

— Non. Mes parents n'en ont jamais parlé.

— Alors comment t'as su ? T'étais même pas né quand il est parti.

Alex a tourné la tête vers moi, et il avait les yeux qui brillaient.

— Tu vas jamais me croire.

— Balance.

— Kolinski.

— Quoi ? C'est un putain de flic qui t'a appris que t'avais un frère ? j'ai dit, à moitié en rigolant.

— Ouais. Un putain de flic.

— Pourquoi il t'a dit ça ?

— J'en sais rien. Pour foutre la merde dans ma famille, peut-être.

— Et tu l'as cru ?

— Pas tout de suite. Je suis allé à la mairie de Providence, et j'ai retrouvé mon frangin sur le registre des naissances. C'est comme ça aussi que je connais son âge.

J'ai hoché lentement la tête. On est restés encore un moment sans rien dire, et puis, dans un soupir, j'ai balancé :

— Putain d'enfoiré de Kolinski, quand même.

— Putain d'enfoiré de sa mère la pute, ouais. On s'était pas juré d'aller lui éparpiller la gueule, d'ailleurs ?

— Une promesse à la fois, j'ai dit en rigolant.

Dans un sens, c'était à cause de Kolinski que tout avait commencé. C'était lui qui était venu nous arrêter dans ma roulotte. J'ai regardé nos potes qui faisaient encore les fous dans la rivière.

— On est quand même mieux ici, hein ? j'ai dit.

Alex a hoché la tête, il s'est redressé d'un coup sur le rocher, et puis, là, il a dit un truc auquel je m'étais vraiment pas attendu :

— On les rejoint ?

340

Je l'ai dévisagé avec les yeux grands comme la lune.

— Hein ? Tu veux te foutre à poil dans la rivière ? Toi ? j'ai dit, vachement perplexe, vu que c'était vraiment pas son genre.

Il s'est levé sans rien dire, il s'est foutu à poil, et il a couru dans la rivière. Bon sang, ce qu'il était petit et maigre, mon pote ! J'ai rigolé tout fort de voir ce bonheur simple qui nageait dans l'eau, et puis j'ai fait pareil.

Après la baignade, on est tous remontés dans la clairière, et puis, pour se réchauffer un peu, la plupart ont fait l'amour près des motos, mais moi j'avais pas trop envie, parce que ça tournait trop dans ma tête, alors je les ai regardés s'écrouler un par un et dormir comme des gosses, blottis les uns contre les autres. Allongé sur ma bécane à fumer des cigarettes, j'ai trouvé que ça faisait un beau tableau. Ma parole, ils dormaient tous comme s'ils n'avaient pas roupillé depuis des jours.

Tous, sauf Oscar.

Oscar, il avait reniflé tellement de poudre qu'il était pas capable de dormir, bon sang, il était même pas capable de rester en place, il marchait comme ça avec des allers et retours au bord de l'eau, tout tendu à me balancer des phrases sans queue ni tête, et puis il se frottait le nez sans cesse, et puis soudain il hésitait à aller se coucher, et puis finalement il renonçait et il se remettait à tourner en rond comme un vrai clébard, et moi je le regardais en me demandant quand est-ce qu'il allait atterrir.

À un moment, faut croire qu'il avait plus de jus dans les pattes arrière parce qu'il a fini par venir s'asseoir sur sa moto, à côté de moi, et il m'a demandé d'un air de celui qui comprend vraiment rien :

341

— Qu'est-ce qu'il a, Alex ?

J'ai rigolé.

— À ton avis, ducon ? Il a qu'on a pas trouvé son frère, et que toi t'as l'air d'en avoir rien à foutre.

— Ben c'est vrai. J'en ai rien à foutre. On le connaît même pas, son frère ! Et puis, il se doutait bien qu'on avait peu de chances de le trouver, non ?

— Il y tient. Chacun se raccroche à un truc. Lui, c'est son frère.

— Ah ouais ? Et toi ?

J'ai grimacé. Comme je parlais jamais de ça avec la bande, j'étais pas sûr d'avoir envie de lui répondre, mais c'était Oscar, et s'il y en avait un à qui je pouvais le dire, c'était bien lui.

— Moi ? À Freddy.

Le Chinois, il avait un genre de tic nerveux qu'il faisait tout le temps quand il était un peu mal à l'aise : il se tirait la lèvre du bas, entre le pouce et l'index. Bon sang, il tirait dessus comme si c'était un foutu store !

— Tu penses encore à lui ? il m'a demandé avec les doigts à moitié dans la bouche.

— Pas toi ?

— Non.

J'ai senti que c'était pas tout à fait vrai et qu'il disait ça en pensant que ça m'aiderait. On avait jamais vraiment reparlé de Freddy depuis le jour de notre départ. On en parlait tellement pas que ça pouvait pas être de l'oubli.

— Putain, il me manque, j'ai dit tout bas.

— Pauvre petit Hugo, il a dit d'une voix toute gentille, et je sais pas trop s'il disait ça pour se foutre de ma gueule ou s'il le pensait vraiment.

342

Oscar, c'était pas facile de savoir ce qu'il pensait vraiment. Il avait tellement pas l'habitude de dire des trucs gentils que ça sonnait jamais tout à fait juste.

— Et toi ? j'ai demandé.

— Quoi, moi ?

— Tu te raccroches à quoi ?

Il a pouffé.

— Ouh la ! À rien, mec !

— Allez ! On se raccroche tous à quelque chose !

— Je sais même pas ce que ça veut dire, ton truc ! À quoi tu veux que je me raccroche ? J'avais rien avant qu'on parte, j'ai rien aujourd'hui et, *a priori*, c'est bien parti pour que j'aie rien demain. Vous, vous avez tous quelque chose, mais moi, tu sais bien, j'ai que dalle. À part vendre et prendre de la dope, j'ai jamais rien su faire. Je suis une merde, dans l'ensemble.

— T'es pas une merde. On a quand même le club, aujourd'hui.

— M'en veux pas, Bohem, mais tu sais, moi, le club, j'en ai un peu rien à foutre.

J'ai rigolé, parce que je le savais et que je lui en voulais pas, et même je trouvais ça plutôt bien qu'il le dise.

— Alors pourquoi tu restes avec nous ? j'ai dit, pour le provoquer un peu.

— Ben, à ton avis ?

— Je sais pas.

Et là, le Chinois, il m'a cloué la tête sur place, et c'était bien fait pour moi, sans doute, comme je l'avais un peu cherché.

— Je reste pour toi, abruti.

23

J'ai eu la frousse de ma vie quand, en me réveillant au petit matin, j'ai vu le bateau accosté à quelques mètres à peine de l'endroit où on s'était endormis. Pendant un instant, j'ai même cru que c'était les flics qui nous avaient retrouvés.

Je me suis redressé d'un bond et j'ai réveillé Oscar à côté de moi. Le reste de la bande était encore à roupiller enchevêtrés les uns dans les autres. Personne, visiblement, n'avait entendu arriver ce gros machin. On s'est levés tous les deux et on s'est approchés lentement du bateau. C'était une sacrée grosse péniche tout en bois sombre, du genre que les vieux achètent pour vivre dessus avec leur retraite. Il y avait peut-être des gens qui dormaient à l'intérieur, qui avaient dû arriver là au milieu de la nuit, quand même Oscar et moi nous étions endormis.

J'ai lancé un regard au Chinois, il a haussé les épaules, il a soulevé sa chemise pour me montrer le flingue du flic qu'il avait toujours sur lui, et on a grimpé sur le pont.

— Y a quelqu'un ? j'ai dit en faisant le tour du machin.

À l'avant, il y avait une grande terrasse avec des chaises longues et une table et, à l'arrière, derrière la timonerie, une cabine qui faisait comme une petite bicoque en vieilles planches, mais qui continuait sans doute en sous-sol sur toute la longueur du bateau.

Tout à coup, la porte qui donnait accès à la partie abritée s'est ouverte. Oscar a plongé sa main

sous sa chemise et alors on a vu une fille apparaître en petite tenue, avec les cheveux bruns tout
en bataille et les yeux tout plissés, comme elle
venait sûrement de se réveiller.

— Bonjour, elle a dit en nous souriant.

Elle n'avait même pas l'air inquiet de voir deux
inconnus sur le pont de son bateau.

— Bonjour, on a répondu, un peu perplexes.

J'étais en train de me dire que c'était une sacrée
jolie fille quand la tête de son petit copain est
apparue aussi derrière la porte.

— Salut, il a dit.

— Salut.

Il avait les cheveux longs et frisés, des lunettes
de soleil du genre trop grandes, un bermuda militaire et une chemise à fleurs toute ouverte. Il est
sorti nous serrer la main, il a regardé la berge et
il a vu le reste de la bande et les bécanes.

— Ah mince ! On est chez vous, c'est ça ? il a
demandé d'un air embarrassé. On y voyait pas
grand-chose quand on s'est arrêtés cette nuit...
Vraiment désolé.

— Y a pas de problème, j'ai dit. Y a de la place
pour tout le monde.

— Ah. C'est cool. Euh... Vous voulez un café ?

J'ai encore échangé un regard avec Oscar, vu
que c'était un peu étrange comme situation, et
puis on s'est marrés tous les deux et après tout
on a dit OK. Le Chinois, il arrêtait pas de faire
des grimaces pour étirer sa mâchoire, comme il
faisait quand il avait vraiment abusé sur la coke
la veille au soir. Ça lui donnait un air un peu
dérangé, mais ça n'a pas eu l'air de faire peur à
nos hôtes.

On s'est installés sur la terrasse, on a bu un sacré bon café et, une heure après, nom d'une pipe, toute la bande nous avait rejoints à bord et on sirotait déjà des bières en bronzant sur le pont dans le soleil du matin.

Richard et Cassie étaient un couple du genre vachement peinard et ils faisaient pareil comme nous, mais en bateau : ils traversaient le pays, à vivre au jour le jour, ou plutôt à la nuit la nuit, et ça se voyait dans leurs yeux qu'eux aussi ils étaient partis de quelque part sans emporter les regrets dans leurs bagages. Ils avaient pas loin de la trentaine, tous les deux, et ils souriaient tout le temps, on aurait dit que la vie, pour eux, c'était un peu comme la rivière sous leur péniche, ça coulait tout seul, sans remous. Ils respiraient le bonheur, ça faisait plaisir à voir. Même leurs habits, tout amples avec pleins de fleurs, ça faisait comme de la joie en tissu.

— Et toutes les nuits vous vous arrêtez comme ça, n'importe où ? j'ai demandé en montrant la berge.

— Ouais ! a rigolé Richard. On voyage le soir et on se met loin des villes. C'est pas très légal, mais on s'en fout. Normalement, il faut payer. Mais nous, on a jamais payé, on est un peu comme des pirates.

— Ça tombe bien, nous on est un peu comme des pirates de la route, a dit Sam en souriant.

Richard et Cassie, ils se posaient pas de question, ils disaient que, sur l'eau, on est tranquille, c'est un peu comme si on avait quitté la terre pour de bon et qu'on était plus connecté à tout le merdier.

Alors on a passé la matinée comme ça à discuter sur leur bateau, à se raconter nos vies pareilles de différences, à leur montrer nos bécanes aussi, et puis on a déjeuné ensemble en faisant griller des poissons sur le pont, et c'était un peu le paradis à l'abri des regards. L'après-midi a filé tout seul et le soir on était encore là, et Richard et Cassie, ils avaient pas froid aux yeux non plus, on passait un foutu bon moment qui faisait oublier le reste, à se jeter dans l'eau tous à poil, à fumer de l'herbe en écoutant de la bonne musique et, quand la nuit est tombée tout ça s'est lentement mélangé, et petit à petit ça a fait de l'abandon, avec Oscar qui distribuait sa cocaïne et les couples qui se mêlaient de partout, d'abord de caresses et de baisers, et puis à faire l'amour les uns contre les autres, et puis ensemble, et c'était drôlement chouette comme n'importe quoi. Cassie, elle avait l'air d'aimer aussi les filles, parce qu'elle faisait tout le temps des trucs cochons avec Ally et Melaine, des trucs qui plaisaient drôlement aux garçons bien sûr, et puis comme ça la nuit nous est tombée dessus, et le lendemain pareil, et alors les jours ont passé sans qu'on s'en rende vraiment compte, ça a fait comme une bulle de temps qui s'arrête, et plus ça allait, plus on se réveillait tard et, bientôt même, les seules fois où on voyait le soleil, c'était à son coucher.

Cassie, elle avait un de ces drôles d'appareils photographiques instantanés qui vous crachaient directement dans la main le tirage de la photo, en quelques petites secondes, ma parole, c'étaient de sacrées poilades de se prendre en photo comme ça dans tous nos abandons. Elle faisait exprès de prendre des photos surprises, avec le flash qui nous dégoupillait les yeux, et puis des photos coquines, des photos idiotes, et alors on restait comme des gosses devant l'appareil à attendre que ces instants volés s'impriment sur le papier, on secouait le cliché en l'air pour que ça aille plus vite, et puis on découvrait, hilares, le résultat qui apparaissait lentement comme par magie. Dans un moment de vague lucidité, je lui ai demandé de faire une photo de nous, les Spitfires. On s'est tous mis comme ça debout sur le pont, avec nos couleurs, on a fait nos têtes de mauvais garçons, et moi j'ai gardé le résultat avant qu'un autre me le pique, je l'ai planqué bien précieusement dans la poche intérieure de mon blouson, parce que le temps est assassin.

Et les jours ont continué de passer.

C'était comme si le bateau avait un pouvoir sur nous, qu'il nous avait hypnotisés et qu'on sentait même plus les heures qui tournent. Mince, on prenait tellement de produits et on picolait tellement qu'on en sortait jamais tout à fait, et je sais même pas comment on faisait pour tenir tant on y comprenait plus rien à la disposition des choses et, dans mes souvenirs, c'est plus très cohérent tout ça, je vois des images qui se suivent pas vraiment, je vois des bouches qui disent des paroles confuses, des corps nus sur les banquettes, et des vêtements qui traînent, et nos couleurs, et des paquets de pâtes qu'on mange sans même les faire cuire pourvu que ça craque sous les dents, et je sais même plus avec qui je fais l'amour, à qui sont ces mains qui me touchent, et il y a des restes de cocaïne sur tous les meubles, des longues lignes blanches qu'on ne finit jamais comme on s'écroule, et le fleuve tangue autour de nous, mais c'est peut-être que dans ma tête, ou alors c'est un ouragan et le bateau vole dans les airs comme un tapis des mille et une putains de nuits, et Melaine qui bronze derrière la barre, allongée nue sur la terrasse, mais c'est peut-être pas Melaine, et c'est peut-être même pas le soleil, mais la lune, et puis Oscar qui s'énerve et qui casse des verres en les insultant parce que c'est eux qui ont commencé, et puis Richard qui fait brûler quelque chose dans une cuillère tordue, qui met un garrot sur le bras du Chinois, une seringue, la nuit, le bruit du vent dans les feuilles, on dirait qu'il essaie de nous dire quelque chose, comme le murmure d'une mère sur un premier cœur brisé, et nos motos au loin j'aurais juré qu'elles étaient plus près que ça, bon sang, qui c'est qui les a bougées, bande d'enfoirés, je suis sûr que c'est les flics, toujours à nous vouloir du mal ceux-là, et puis nos visages se creusent et ça commence à faire vraiment mal aux mâchoires, et je sais pas si c'est la faim qui me castagne le ventre par-dedans ou si c'est les ombres, parce qu'il y a de plus en plus d'ombres qui passent autour de nous et qui murmurent, je les vois, elles nous surveillent, faut pas croire, je vous vois dans les coins, mais putain, c'est quoi, ces foutues ombres, et j'ai la tête tellement lourde que je veux plus la porter avec moi, et maintenant ça suffit je veux que tout s'éteigne et que Freddy revienne, tu pouvais pas m'abandonner comme ça, Freddy, tu pouvais pas, on s'était promis, quand t'es pas là, je tombe, je sombre, je coule, et je veux qu'Alex retrouve son frère et devienne le maître du monde, et je veux voir ma roulotte renaître de ses cendres, et je veux voir ma petite sœur qui s'appelait Véra, et pourquoi fallait-il qu'il y ait cette satanée moto quand elle a traversé, pourquoi, et Papy Galo qui est parti, c'est pas dégueulasse un peu ça, peut-être ?

Tout se mélange. Tout est gris. Les corps, la rivière, le bateau, la nuit. Tout finit.

Je sais vraiment pas depuis combien de temps on était là, dans ce nuage collant d'absurdité, quand, un soir, soudain, dans un sursaut de réalité dégoûtante, je me suis rendu compte que j'avais pas vu Alex depuis un bon moment. Et alors c'était comme si mon cerveau s'était arrêté de voguer n'importe où et s'était accroché à cette pensée, comme à une bouée de sauvetage.

Où est Alex ?

Vacillant, dégoulinant de sueur, j'ai fait le tour du bateau, j'ai tourné en rond sur le pont, dans la cabine, la timonerie et, bon sang, il était nulle part.

— Putain ! j'ai dit en essayant de rester debout au milieu des corps enlacés. Putain ! Quelqu'un a vu la Fouine, aujourd'hui ?

Personne m'a répondu. C'étaient des râles et des ronflements.

— Oh ! j'ai gueulé. La Fouine ? Quelqu'un sait où est la Fouine ?

Richard s'est redressé avec les yeux un peu dans tous les sens, et il m'a juste dit :

— Je crois qu'il est parti ce matin. À bécane.

— Où ça ? j'ai dit. Où ça, bordel ?

Et là, Richard a vomi sur le tableau de bord du bateau, et moi je suis parti.

24

Le monde bougeait tellement librement autour de moi que je sais même pas comment j'ai réussi à monter sur ma bécane, et si j'avais pas été si ivre de drogue et d'alcool, j'aurais sans doute su que c'était vraiment pas le moment de prendre ma moto, mais j'avais pas la raison de mon côté et, par-dessus tout, je voulais retrouver Alex, mon petit Alex. Je voyais la route défiler sous mes roues, comme de grandes stries grises un peu floues, le bruit du vent qui me poussait en arrière comme pour me dire d'arrêter, et je luttais pour garder la tête droite. Je pouvais pas renoncer. J'étais sûr d'une seule chose : la Fouine était retourné à Vernon, comme ça, sur un coup de tête, et je pouvais pas le laisser là-bas tout seul. Il était parti chercher son frère à l'autre bout du monde, mais son frère, bon sang, son frère, c'était moi, et j'allais lui montrer.

Tant bien que mal, je suis remonté vers le nord, filant à fond de caisse le long de la rivière, et je voyais bien que j'arrivais pas à garder une ligne droite, et ça me déchirait les bras et ça m'énervait d'avoir été aussi loin avec les autres sur le bateau, bon sang, je voulais reprendre mes esprits maintenant, sortir de cette chape gluante qui m'écrasait la tête, mais j'y arrivais pas, c'était comme se battre contre un profond sommeil, et puis, tout à coup, alors que j'approchais de Vernon, je sais pas comment, des graviers dans un virage sans doute, la roue avant de la moto m'a échappé, et *Lipstick* est partie en glissade sur le côté.

Une gerbe d'étincelles, le bruit du métal qui frotte l'asphalte et je me suis retrouvé éjecté dans les airs. Quand je suis retombé, je me suis mis à rouler, rouler sur le sol comme un foutu tonneau, et je me rappelle encore cette sensation de ne pouvoir arrêter ce grand manège qui s'emballait tout seul, et tout haut je hurlais : « Mais quand est-ce que ça va s'arrêter ? Quand est-ce que ça va s'arrêter, bordel ? », tellement c'était long de tourner comme ça, avec la terre et le ciel qui se mélangeaient par-dessus par-dessous, et puis tout à coup, plus rien. Le noir.

Quand je suis revenu à moi, au pied de l'arbre qui avait stoppé ma course, le soleil m'éblouissait si fort que j'ai dû me retourner sur le ventre et me cacher les yeux. Lentement, j'ai essayé de me relever, et ça tirait partout sur mes muscles. Du bout des doigts, à tâtons, j'ai cherché les fractures sur mon corps. Rien. Des blessures, des brûlures sur le bras, du sang un peu partout, mais rien de cassé. Le miracle. Ou la drogue.

Je me suis mis debout, et alors j'ai vu ma bécane qui était si loin à l'horizon que j'arrivais même pas à y croire. Dans ma bouche, le goût du sang. J'ai arraché une dent qui tenait presque plus et je l'ai jetée par terre avec la rage en dedans. Et puis je me suis mis à marcher, et mes jambes savaient plus trop comment faire, et je me doutais bien que, bientôt, la douleur serait encore plus terrible, mais ce qui comptait, pour l'instant, c'était Alex, alors j'ai continué à marcher quand même.

Je suis retourné jusqu'à ma bécane. La vache, ma pauvre *Lipstick* ! La peinture était rayée de partout, comme par les griffes d'un fauve en furie, le réservoir enfoncé, le guidon tordu, l'un des deux

352

cale-pieds brisé, une vraie misère. Les mains trem-
blantes, je l'ai remise sur ses roues, digne, et j'ai
essayé de la démarrer. Un coup de kick. Rien. Un
deuxième. Toujours rien. Chaque fois que mon
pied enfonçait le levier, ça me faisait comme un
coup de poignard dans le dos. J'ai regardé sous
le moteur et alors j'ai compris qu'elle risquait pas
de repartir, et là c'était pire que de m'être cassé
quelque chose.

Je suis resté comme ça un moment à pousser
des cris de colère avec jurons et tout le bazar,
et puis j'ai fini par me résoudre à la seule solution. J'ai poussé *Lipstick* jusqu'à l'orée du bois,
je l'ai planquée derrière des arbres, je l'ai regardée comme ça un long moment en repensant aux
belles heures passées dans le garage Cereseto à
lui donner naissance, et avec la gorge qui faisait
mal je suis parti à pied en direction de Vernon.

Mince, je boitais comme un vrai zombie, j'avais
mal de partout mais, au moins, avec le choc, ma
tête était redevenue claire. C'était comme si j'avais
dessaoulé d'un seul coup.

J'ai marché longtemps au milieu des arbres. Pas
vite, mais longtemps. Et puis enfin, les immeubles
de Vernon sont apparus à l'horizon et autour de
moi les premiers signes de la civilisation. Alors j'ai
choisi une voiture pas trop récente, à la périphérie de la ville. Un vieux break marron du genre
cabossé mais solide. Pas d'alarme, plus facile à
démarrer. J'ai attendu un peu pour m'assurer que
personne pouvait me voir par les fenêtres des premières maisons pauvres, et, avec une barre de fer,
j'ai cassé la vitre avant.

Dans le garage de son père, Freddy m'avait
montré plusieurs fois comment démarrer une

voiture sans la clef. Enlever le cache sous le volant, connecter le fil du contacteur à la batterie, et puis frotter celui du démarreur comme ça, rapidement. Le moteur s'est mis en route à la deuxième tentative. Avec la barre de fer, j'ai fait levier à l'intérieur du volant pour faire sauter le verrou de la colonne de direction. Ça a fait un grand craquement, et la voiture était libre.

L'instant d'après, j'étais en route pour Vernon. J'ai commencé à arpenter les rues avec l'espoir un peu fou de retrouver Alex. Je suis passé devant le bar où on était allés si souvent, je suis passé près de tous les lieux où on s'était rendus pour chercher Ian, même si ça n'avait pas beaucoup de sens, et je scrutais les trottoirs comme un foutu policier. Je savais bien que mes chances de le retrouver étaient du genre infimes, mais je pouvais pas abandonner.

Je sais pas combien de temps j'ai tourné comme ça dans la ville, des heures certainement, ma parole je commençais à la connaître par cœur, et j'étais pas loin de me décourager quand, soudain, sur un trottoir, j'ai aperçu la bécane de la Fouine.

Quand j'ai vu où elle était, j'ai eu un frisson qui m'a couru partout dans tout le dos et j'ai tout de suite compris.

Alex s'était garé devant un cimetière.

25

C'était un grand cimetière tout plein de verdure, mais il était tellement plat et les tombes tellement espacées au milieu de l'immense pelouse qu'on pouvait voir à perte de vue, comme dans le désert.

Au bout d'une longue allée de cailloux, avec nos couleurs dans son dos, j'ai pas eu beaucoup de mal à reconnaître cette maigre silhouette, accroupie devant un tombeau. La tête baissée, de loin, on savait pas trop s'il pleurait ou s'il se recueillait, mais j'ai pensé que c'était sans doute un peu les deux. J'ai marché lentement jusqu'à lui et quand j'ai posé ma main sur son épaule, il n'a pas eu l'air d'être surpris. Il s'est même pas retourné.

Sur la pierre tombale, j'ai vu le nom de Ian Nicol gravé en lettres capitales, et l'année de mort, bon sang, l'année de mort, c'était l'année d'avant.

Je suis resté comme ça un long moment derrière Alex, avec ma main qui lui serrait l'épaule triste, parce que je savais pas trop quoi dire, et que même si c'était pas mon frère, j'avais moi aussi l'émotion qui rentrait bien dedans.

La Fouine, il bougeait même pas un peu, ma parole, c'était comme s'il était devenu lui-même une foutue pierre tombale et qu'il allait rester là pour les siècles des siècles. J'ai fini par m'accroupir à côté de lui, sans enlever ma main de son épaule.

— Comment t'as su ? j'ai demandé en regardant comme lui droit devant.

Il a avalé sa salive et il a attendu vachement longtemps avant de me répondre.

— J'ai fini par me dire qu'il était peut-être mort. Alors ça fait deux jours que je consulte les registres de tous les cimetières de la ville. Et puis voilà. Ian Nicol, né à Providence. Allée dix, rangée une. C'est ce que j'ai trouvé.

— Je suis désolé, j'ai dit un peu bêtement.

— Allée dix, rangée une. Tu te rends compte ? C'est tout ce que je sais de mon frère. Allée dix, rangée une. Je sais même pas de quoi il est mort.

Comme je savais trop quoi dire d'autre que « je suis désolé », j'ai rien dit du tout, j'ai juste serré un peu plus fort mes doigts sur son épaule.

On est restés comme ça encore un long moment, et puis Alex s'est mis une bouffée d'inhalateur dans la bouche, et il s'est relevé d'un coup. Alors il m'a regardé, et il a froncé les sourcils en découvrant le sang que j'avais encore un peu partout.

— T'es dans un sale état, toi, bon sang ! Qu'est-ce qui s'est passé ?

— Je me suis planté à moto en venant te chercher.

— Merde !

— Ça va.

— Ta bécane ?

— Je l'ai laissée sur le bord de la route. Dans un sale état elle aussi.

— Merde, il a répété. T'aurais jamais dû venir. Avec ce que vous foutez dans ce putain de bateau, merde, t'aurais jamais dû, Hugo.

J'ai haussé les épaules.

— Ça fait vraiment deux jours que t'es parti ? j'ai dit en me frottant le visage tellement j'avais du mal à y croire.

— Ouais. Deux jours.

— La vache. Faut vraiment qu'on arrête les conneries.

— Oui. Vraiment. Tu vois ce que je voulais dire, quand je parlais de descente aux enfers ?

J'ai souri. Pour une fois, on était un peu d'accord sur le sujet. Là, Alex, il a pris ma main, il l'a soulevée et il m'a montré la bague de 1 %.

— On peut pas faire n'importe quoi, quand on a une bague comme ça, Hugo. Quand on a une bague comme ça, on peut être l'esclave de personne ni de rien. Ce que vous faites sur ce putain de bateau, c'est pas ça, la liberté.

J'ai baissé ma main en serrant le poing.

— Viens, j'ai dit. On va chercher les autres.

26

On a laissé tomber la voiture volée, et je suis monté derrière Alex, sur sa moto. Vu le nombre de fois où je l'avais emmené, moi, sur la mienne, ça faisait bizarre de faire le contraire, pour la première fois.

On a fait tout le trajet inverse avec la Fouine qui conduisait plus vite que d'habitude. Je voyais pas son visage, mais je devinais qu'il devait être tout fermé, un peu dur. La ville a laissé place à la forêt, et puis quand on est passé devant l'endroit où j'avais planqué *Lipstick*, je lui ai montré comme ça du bout du doigt sans qu'on s'arrête, et c'était pas pour améliorer notre humeur.

Ce que je savais pas, à cet instant-là, c'est que j'allais jamais la revoir.

On est arrivés à la clairière, Alex a garé sa moto au milieu des autres et puis, en descendant, je lui ai donné une tape sur l'épaule avec sous-entendu. J'ai vu dans ses yeux qu'il était reconnaissant que je sois venu le chercher. La Fouine, avec tout ce qu'on avait vécu, Sainte-Catherine, le voyage, les joies et les peines, je l'avais dans le sang. On était pas toujours d'accord, mais qu'est-ce qu'on s'aimait.

On a marché vers le bateau, et c'est là qu'on a entendu les cris.

Les putains de cris.

Des cris d'horreur et de panique. J'ai reconnu les voix aiguës de Melaine et d'Ally, et puis celle de Fatboy aussi, qui hurlait des jurons.

On s'est mis à courir, avec le cœur qui battait le tonnerre d'appréhension. On a sauté sur le pont et, quand on est arrivés devant la cabine, on a vu le spectacle, et c'était une scène bien horrible qui restera à jamais gravée dans ma mémoire, et on a tout de suite compris, et peut-être même qu'on avait déjà compris avant de voir.

Richard tournait en rond en marmonnant des phrases sans queue ni tête et en se frottant le visage comme pour sortir d'un mauvais rêve, et il avait les yeux de la terreur. Sam, Fatboy, Mani et les filles étaient accroupis en rond autour du corps d'Oscar, et tous ils pleuraient, ils gueulaient, ils tremblaient.

Oscar, bon sang de merde, Oscar, il bougeait plus du tout, allongé sur le dos, les yeux grands ouverts, la bouche pareille, le corps rigide comme un foutu mannequin, le torse et le visage maculé d'un mélange de vomi et de sang. La position de ses bras était pas belle à voir tellement elle manquait d'humanité, et les bleus partout sur son bras droit avec le garrot au-dessus, c'était moche aussi.

— Qu'est-ce qui s'est passé ? j'ai gueulé en courant vers eux, comme si ça se voyait pas à mille kilomètres que c'était une overdose.

Le visage de Melaine s'est tourné vers moi, qui chialait tout entier.

— J'ai rien pu faire, Bohem, mon Dieu, j'ai rien pu faire ! elle répétait en boucle.

Je suis tombé à côté du Chinois et, comme si je voulais pas y croire, j'ai mis ma main sur son cœur, sur son cou, sur son pouls, mais ça voulait pas battre, bordel, ça voulait plus battre.

J'ai levé la tête et tout mon cou s'est tendu et toutes mes veines se sont gonflées et j'ai poussé un hurlement.

J'ai tellement de mal à décrire le vide qui m'a enveloppé à cet instant-là. Le refus, la peur et la peine dégueulasse. « Putain, Oscar, Oscar ! » je répétais, comme si dire son nom comme ça, ça pouvait le faire revenir, ça pouvait lui redonner de la vie, *Oscar, putain, Oscar*. J'avais l'impression que mon cœur devenait tout petit, qu'il rétrécissait dans ma poitrine et que j'allais en crever. J'avais l'impression qu'on me hurlait dans les oreilles. J'avais l'impression qu'on m'écartelait. J'ai tellement de mal à décrire. Les larmes et la gorge qui brûlent, et mes mains qui voulaient plus lâcher celle du Chinois, je la serrais entre mes paumes, je la frottais, je la suppliais de revenir.

Mais la vie, cette salope, avait quitté mon pote.

Je sais pas combien de temps je suis resté là, tout rempli de stupeur, avec les pleurs et les voix autour de moi qui semblaient venir de milliers de kilomètres, et les formes floues qui tournoyaient, et puis, tout à coup, les cris de Richard m'ont ramené tout droit vers la terre, comme une lame de guillotine.

Richard, ma parole, soudain, il est devenu raide fou.

— Dégagez-le de mon bateau ! Cassez-vous ! Cassez-vous, putain ! il hurlait en gesticulant.

Il avait la colère qui montait à travers toutes les artères jusque dans ses yeux injectés de sang, et il commençait à tout casser autour de lui en nous crachant sa haine.

— Dégagez-moi cette merde de mon bateau ! il a crié encore en donnant un coup de pied dans les jambes du Chinois.

— Mais ta gueule, connard ! a soudain gueulé Alex alors que nous on arrivait même pas à parler. C'est à cause de toi, enculé ! Alors ferme ta gueule !

— Dégagez-moi cette merde de mon bateau ! a répété Richard, et c'était la fois de trop.

Dans mon sang, dans ma tête, dans mes tripes, tout s'est retourné. Tout s'est accéléré, tout s'est mélangé. La colère, la haine et la douleur.

Je sens la main glaciale d'Oscar glisser entre mes doigts comme je me lève lentement. Je sens les yeux qui se tournent vers moi comme, d'un coup, je me jette sur Richard. Les griffes en avant, je lui tombe dessus, je l'attrape à la gorge et mon regard gonflé de sang se plante dans le sien, et je veux que ce soit la dernière chose qu'il voie avant de mourir, le salaud. Il tombe à la renverse et je tombe avec lui pareil. Mes doigts se crispent sur sa trachée. Il se débat, écarte mes bras en glissant ses mains au milieu, alors je le frappe, je le frappe de toutes mes forces, pendant que Cassie, au loin, me supplie d'arrêter. Je sens ses os qui se brisent sous chacun de mes coups, ça craque comme des coquilles d'œuf, et son crâne cogne contre le plancher du bateau. Les cris de Cassie se transforment en hurlements. Dans mon dos, je l'entends se précipiter vers la cuisine et prendre un couteau dans un tiroir, je l'entends, mais je ne comprends pas, parce que moi je frappe son mari et je le frappe encore, et le sang qui gicle chaque fois attise encore ma rage et je sais que je ne m'arrêterai pas.

Cassie n'est plus qu'à un mètre de moi quand, soudain, un coup de feu déchire l'air.

Aussitôt, mes poings s'arrêtent, se suspendent comme le temps aussi.

Je me retourne.

Je vois la tache rouge dans le ventre de Cassie, comme un trou qui s'étend, puis elle s'effondre devant moi, à quelques pas seulement, comme un vieil arbre.

Je lève lentement les yeux et je croise le regard d'Alex. Dans sa main, l'arme du policier qui était à la ceinture d'Oscar. Il est blanc, immobile, comme tout froid de l'intérieur, son bras encore tendu devant lui. Ses paupières grandes ouvertes ne clignent même plus. C'est comme si son esprit avait quitté sa chair. Je le vois pivoter lentement sur le côté, comme un automate, et diriger son arme vers Richard qui gémit encore à mes pieds.

Sam s'avance vers lui.

— Alex...

Le deuxième coup de feu semble plus fort encore que le premier. La balle ouvre le front de Richard en deux.

Éclaboussé d'une poisse rouge, je tombe en arrière, comme paralysé.

Et alors tout redevient calme et lourd, silencieux. Autour de moi, ça fait comme une fresque. Les filles ont les mains posées sur leur bouche ouverte avec la grimace de l'effroi. C'est comme si le bateau lui-même s'était arrêté de tanguer. Et puis j'entends le bruit métallique du revolver qui a glissé des mains de la Fouine et qui tombe par terre et rebondit. Deux fois.

Dehors, les battements d'ailes d'une nuée d'oiseaux et puis plus rien.

Je ne sais pas combien de temps encore dure ce silence assourdissant. La voix tremblante de Fatboy vient briser la glace. Je ne comprends pas ce qu'il dit. Je ne veux pas comprendre.

Je me traîne lentement jusqu'au corps d'Oscar. Ma tête tombe sur sa poitrine et je voudrais qu'elle s'enfonce dedans. Je voudrais disparaître avec lui. Mes sanglots se mêlent à ceux de Melaine et d'Ally, derrière moi.

— Putain, merde, les gars ! répète Fatboy.

— Faut qu'on se casse d'ici, murmure Mani.

Il ramasse l'arme du policier et va sur le pont pour la jeter par-dessus bord, puis il revient vers moi.

— Faut qu'on se casse d'ici.

— On peut pas le laisser là, je réponds en lui jetant un regard noir, mes mains accrochées au torse du Chinois.

— On n'a pas le choix, Bohem. Faut qu'on se casse d'ici. Tout de suite. Les flics...

Je secoue la tête.

— On peut pas le laisser là !

Il se penche vers moi pour me prendre par les bras, mais moi je le repousse, et avec lui je voudrais repousser la réalité tout entière.

— Dégage ! On peut pas le laisser là !

Alors Alex sort de sa torpeur. Il passe devant Mani et vient s'agenouiller près de moi. Il me regarde et, je ne sais pas pourquoi, dans ses yeux, ce sont ceux de Freddy que je vois. Avec des gestes d'une douce lenteur, il soulève le corps d'Oscar et enlève délicatement ses couleurs, puis il les tend à Mani derrière lui. Je le regarde faire et ma tête tremble, fait des petits soubresauts de refus impuissants. Il pose une main sur mon épaule, exactement comme je l'ai fait tout à l'heure dans le cimetière.

— On peut pas l'emmener, Bohem. Pas sur une moto. Viens. Il faut qu'on parte. Maintenant.

Je sens les mains de mes frères passer sous mes bras.

Mon corps se soulever du sol.

Et je n'ai plus la force de lutter.

Troisième carnet

RHAPSODIE EN NOIR

« Mama, just killed a man,
Put a gun against his head
Pulled my trigger, now he's dead
Mama, life had just begun
But now I've gone
and thrown it all away[1] »

QUEEN, *Bohemian Rhapsody*

---

1. « Maman, je viens de tuer un homme/J'ai mis un pistolet contre sa tempe/J'ai appuyé sur la détente et à présent il est mort/Maman, la vie venait de commencer/Mais maintenant je suis parti et j'ai tout envoyé promener. »

1

J'ai du mal à me souvenir de notre départ, du trajet qui nous a éloignés de cet enfer si laid de douleur et de sang. Je ne sais même plus comment j'ai fait pour rouler, pour tenir, tant la raison, la conscience m'avaient abandonné tout seul. Comme je n'avais plus la mienne, Fatboy et Mani m'ont hissé sur la bécane d'Oscar, et l'instinct, l'habitude ont fait le reste. Je les ai suivis, comme tiré par une chaîne invisible. Je me suis laissé porter par la moto, par le groupe, par mes frères, sans être vraiment là. Mes yeux, rivés à la route, ne la voyaient même pas, ils passaient à travers elle, et mes mains, sans doute, se contentaient de suivre le mouvement.

On a roulé deux heures, peut-être, aussi loin que notre réserve d'essence nous le permettait, et puis on s'est arrêtés dans une autre clairière, et je nous revois encore nous écrouler tous là, titubants, nous adosser aux arbres, chacun dans son coin, écrasé par l'horreur, le refus. La peur.

À un moment, Melaine est venue contre moi avec ses larmes partout sur son visage. Elle me serrait, de toutes ses forces peut-être, mais je ne ressentais rien, ni son étreinte ni son amour, je ne pouvais sentir que le gouffre sous nos pieds, et mes yeux, encore, se perdaient dans le néant.

La nuit commençait à tomber et personne n'avait prononcé la moindre parole quand, soudain, Alex, à genoux au beau milieu de la clairière, s'est mis à creuser avec ses doigts. Lentement, ses ongles s'enfonçaient dedans le sol et, avec des gestes tout brouillons, sans force, comme machinalement, ils enlevaient un peu de terre, poignée par poignée, alors que sa tête dodelinait doucement dans le vide. Bientôt, Sam est venu l'aider, et puis Fatboy, et puis Mani aussi. Je les regardais creuser comme ça sans rien se dire, qui ne voulaient faire qu'un, et peut-être que j'aurais dû creuser moi aussi avec eux, mais j'étais là, collé à mon arbre.

Quand je les ai vus déposer les couleurs d'Oscar au fond de leur trou, j'ai fini par les rejoindre, tout lentement. Nos mains se sont posées sur la tête d'aviateur, toutes ensemble, au milieu de la terre. Et puis elles ont commencé à reboucher le trou. Les neuf lettres de notre club ont disparu peu à peu dans le ventre de la forêt, et ça voulait dire quelque chose.

Le corps d'Oscar, on l'a jamais revu. Jamais. Et ça, bon sang, *ça*, je le pardonnerai jamais à la vie. Ça restera pour toujours comme une plaie saignante en plein milieu du cœur. Du Chinois, il ne restait que deux choses. Sa bécane, et une photo collée contre mon cœur.

Quand le trou a été rebouché, personne n'a trouvé les mots. Il n'y en avait pas. Nous avons bu et fumé jusqu'à nous endormir et, le lendemain, le silence pareil.

Ça a duré longtemps, le silence.

Comme ça, anéantis, on a roulé pendant trois semaines sans vraiment savoir où on allait, juste loin. Dans nos yeux mouillés se reflétaient la panique, la peur et le deuil. La honte aussi, un peu. Ce qui s'était passé ce jour-là, on en parlait jamais. Quand on avait vraiment pas le choix, on y faisait référence en disant juste « l'histoire du bateau », et ça suffisait pour glacer le sang de tout le monde dans nos veines.

Pendant longtemps encore, on a pleuré. Des larmes de plus en plus silencieuses, de plus en plus discrètes. Et Melaine, le soir, quand elle se serrait tout fort contre moi, bon sang, ce que c'était triste, comme besoin.

Un soir, sans rien dire, j'ai sorti les derniers sachets de cocaïne qu'il y avait dans nos réservoirs et je les ai vidés dans le vent, un peu comme quand on éparpille les cendres d'un mort. J'ai vu Alex qui me faisait des petits hochements de tête, pour le courage, l'approbation.

Moi, je voyais Oscar partout, même quand je fermais les yeux. Quand on fumait de l'herbe, on pensait à lui, on le cherchait presque dans les ombres. Sans cesse, il y avait ces choses qui nous rappelaient le Chinois. Sa moto, surtout, que je serrais entre mes jambes comme si j'avais peur qu'elle s'en aille, elle aussi. Je pensais même pas à la mienne abandonnée tellement je la serrais. Le matin, quand on se réveillait, je m'attendais parfois à voir mon Oscar en train de rigoler de sa bonne farce et, chaque fois, ça faisait un coup de surin dans les tripes de me rappeler qu'il était plus là. Ses conneries, sa violence, son abandon, l'irrévérence, putain, combien ça nous manquait, tout ça !

À cause de l'histoire du bateau, de toute la scène dégueulasse qui avait suivi la mort d'Oscar, on pouvait même pas en parler, tellement on avait peur, et ça facilitait pas les choses pour le deuil, pour la paix et l'oubli. Tout ce qu'on pouvait faire, c'était rouler. Rouler.

On a traversé le désert encore, on a franchi des montagnes, on a longé des lacs et des rivières, avalé des forêts, on a tourné en rond, pourchassé le soleil et la lune, et on a fui les villes, pour voir personne. Le plus dur, c'était le soir et ses longs silences quand on se regardait par en dessous, assis autour du feu.

Et puis le temps a passé. On savait que ça serait plus jamais pareil, mais le temps a passé.

Ça faisait trois semaines qu'on roulait quand, un soir, Alex est venu me voir en haut d'une dune où j'étais parti m'allonger tout seul, avec le sable qui me caressait les bras. Il s'est étendu à côté de moi, il m'a passé une cigarette et on est restés un petit moment comme ça dans le rien, mais je sentais bien qu'il avait besoin de dire quelque chose.

Moi, je voulais m'éteindre. Je voulais m'éteindre comme ma cigarette dans la nuit douce.

— À quoi tu penses ? j'ai fini par demander.

— Je pense qu'on peut pas rester comme ça indéfiniment. On a besoin de faire un truc pour tourner la page, Bohem.

J'ai poussé un soupir.

— J'ai pas envie de tourner la page, j'ai envie de la déchirer.

— Tout le monde en a besoin.

Moi, je pensais pas à tout le monde, je pensais à Oscar, et fallait pas m'en vouloir, mais c'était comme ça.

— Tu veux faire quoi ? j'ai demandé quand même.

— Je sais pas... Un genre de fête.

— J'ai pas envie de faire la fête, Alex.

— Personne. C'est justement pour ça qu'on doit en faire une.

— On a tué trois personnes.

— C'est pas nous qui avons tué Oscar.

— Si.

— Et les deux autres, c'est moi. C'est pas toi, Bohem. C'est moi qui ai tiré.

— Ça change rien. Richard, j'allais le tuer quand même. Et c'est moi, votre président. C'est moi qui vous ai entraînés là-dedans.

— Ce qui est arrivé est arrivé. Personne n'est innocent. Ni nous ni eux. Il faut qu'on passe à autre chose, Bohem. Qu'on oublie cette histoire. Qu'on en parle plus jamais. Que ça reste un secret entre nous et qu'on oublie. Comme tu dis, tu es notre président, alors on a besoin de toi pour passer à autre chose.

J'espérais qu'avec la nuit il voyait pas ces putains de larmes, ces salopes toutes salées qui coulaient encore sur mes joues.

— On verra, j'ai dit pour me débarrasser, et je me suis levé parce que je voulais pas l'entendre insister.

2

Les jours et les jours passaient, et ça commençait doucement à aller un peu mieux comme possible, on parlait, on souriait parfois, et même qu'avec Melaine on avait recommencé à faire l'amour avec plein de tendresse, et ça c'était quand même drôlement bien, pour oublier presque. Mani, elle allait plus avec lui, sans doute parce qu'elle savait que j'étais celui que la mort d'Oscar avait le plus abîmé à l'intérieur et qu'elle voulait être rien qu'avec moi pendant un moment. Elle était comme ça, Melaine, à penser seulement aux autres, à vouloir tout soigner et, à l'époque, je savais pas trop pourquoi, c'était comme si elle avait quelque chose à se faire pardonner et qu'elle voulait donner aux gens tout l'amour qu'il y avait dans son petit corps, ce qui faisait beaucoup.

Et puis un soir, alors qu'on venait de faire l'amour, on était étendus tous les deux à l'écart, tout transpirants, et moi j'étais collé contre son dos, dans la même position qu'elle tout pareil, avec nos jambes un peu pliées, comme deux cuillères bien rangées l'une derrière l'autre, les yeux grands ouverts on regardait dans le noir, et elle tenait ma main dans les siennes, contre sa poitrine et, je sais pas pourquoi, tout doucement, elle a commencé à me raconter son histoire, l'histoire qui était enfouie tout au fond d'elle.

— Un jour, j'avais à peine quatorze ans, elle a murmuré, je sais plus trop pourquoi, mon frère m'avait énervée, alors j'étais allée me coucher dans le grand lit de mes parents, comme ils étaient sortis. Ils sortaient souvent, mes parents, ils nous laissaient tout seuls, et je devais m'occuper de mon petit frère, lui faire à manger, lui lire des histoires, le coucher, tout ça, et je détestais ça, parce que, je l'aimais bien, mon frère, mais c'était une vraie petite peste. Je faisais croire aux parents que ça me dérangeait pas, parce qu'ils travaillaient tellement, ils travaillaient tellement que je pouvais pas les empêcher de sortir le soir pour se changer la tête. On avait pas trop les moyens de se payer des vacances, alors les sorties, le soir, c'étaient un peu leurs seuls moments de détente. Du coup, souvent, quand ils étaient pas là, j'allais me coucher toute seule dans leur grand lit à eux, et dès que j'entendais la porte de la maison s'ouvrir, je filais dans notre chambre sans faire de bruit. J'adorais ça. J'adorais me faufiler dans leur lit. Il y avait l'odeur de ma mère sur son oreiller, ses bagues sur la table de nuit que j'enfilais sur mes doigts, et le lit était tellement grand que je pouvais faire comme une étoile de mer, toute étendue, et puis les draps étaient tout froids sur ma peau… J'adorais ça. C'était mon petit secret. Je me disais qu'un jour je serais grande et que j'aurais un grand lit comme ça, pour moi toute seule. Et puis, ce soir-là, je me suis endormie pour de bon et je les ai pas entendus rentrer. Je me souviens encore très bien du moment où j'ai été réveillée parce que le lit s'était mis à bouger. J'entends encore le bruit des ressorts. Je sens encore le lit qui s'affaisse dans mon dos. J'ai ouvert grands les yeux dans le noir, avec les dents toutes serrées, avec la peur de me faire engueuler qui me tordait le ventre. J'avais tellement peur, Bohem, que j'ai pas bougé d'un millimètre. Je suis restée comme ça, comme paralysée, en espérant que, peut-être, mes parents verraient même pas que j'étais cachée dans leur lit. Et puis, tout à coup, j'ai senti une main sur mon épaule. Et...

Melaine s'est arrêtée de parler un petit instant, comme si elle revoyait l'image dans sa tête, et moi j'entendais bien dans son souffle que c'était la détresse et la peur, alors je l'ai serrée un peu plus fort, sans rien dire.

— C'était la main de mon père, Bohem. Et moi, j'étais toujours paralysée. Et alors j'ai senti sa main comme ça qui caressait mon épaule, et puis elle est passée devant, et moi j'étais glacée par la peur et, lentement, elle est descendue vers mon ventre, entre mes cuisses, et dans mon dos, mon Dieu, dans mon dos je sentais monter l'excitation de mon père, et alors j'ai eu tellement peur que c'est là que je me suis mise à crier, à hurler et à me débattre. La lumière s'est allumée tout à coup et ma mère est apparue sur le pas de la porte, et elle a porté ses mains devant sa bouche d'un air horrifié. Mon père bégayait : « J'ai cru que c'était toi, j'ai cru que c'était toi ! » et alors ma mère s'est mise à crier, et moi aussi je criais, et mon Dieu, c'était horrible, je te jure, et moi je me disais que c'était pas possible, que mon père pouvait pas s'être trompé, tu comprends ? J'avais à peine quatorze ans, Bohem ! Il pouvait pas m'avoir confondue, c'était pas possible ! Alors je criais, je criais, et ma mère hurlait, elle lui tapait dessus avec l'oreiller, elle lui tapait dessus en lui hurlant des insultes, et moi je suis partie en courant et je me suis enfermée dans le placard de ma chambre, et j'ai pleuré, pleuré, je pleurais tellement que j'arrivais plus à respirer, et mon petit frère tapait

contre la porte en disant « Qu'est-ce qui se passe ?
Qu'est-ce qui se passe, Melaine ? », et je suis restée
toute la nuit comme ça, à pleurer dans le placard,
à plus jamais vouloir sortir, comme si l'horreur
pouvait rester enfermée dehors et, au loin, j'entendais les cris de mes parents, et je voulais tellement
que tout ça s'efface. Parfois, la nuit, je fais encore
des rêves où je suis enfermée dans ce petit placard
bleu où personne peut me voir. Le lendemain, ma
mère est allée porter plainte à la police et mon
père a été arrêté. Ils sont allés le chercher à son
travail et ils l'ont mis en prison en attendant le
jugement, et puis... En prison, Bohem, en prison
mon père il...

— Chut, j'ai dit en lui attrapant son petit visage
plein de larmes qui lui secouaient tout le corps,
chut.

Elle tremblait. Elle tremblait entre mes doigts,
et j'aurais pu lui dire de se taire, d'oublier, mais je
voyais bien qu'elle avait besoin de me le dire, alors
j'ai serré doucement ses joues entre mes mains,
et mes yeux lui ont dit de continuer.

— Il s'est suicidé, Bohem. Mon père s'est taillé
les veines dans sa cellule.

Lentement, ses larmes se sont arrêtées et, dans
le noir, je voyais quand même ses yeux tout grands
ouverts qui regardaient droit vers le ciel, comme si
elle n'était plus vraiment là, derrière. Peu à peu, sa
respiration s'est calmée et, d'une voix toute douce
et toute froide, elle a chuchoté :

— Quand je suis avec toi, le soir, comme ça, je
peux pas m'empêcher de repenser à cette nuit-là,
Bohem. Je peux pas m'empêcher de me demander
si c'était vrai. S'il s'était juste trompé. S'il avait
vraiment cru que j'étais sa femme... Tu vois ?

Je peux pas. J'aimerais tellement lui demander pardon.

J'ai hoché lentement la tête et je l'ai embrassée sur le front, et alors elle s'est encore plus blottie contre moi, et elle m'a serré, serré comme si elle voulait qu'on disparaisse tous les deux ensemble dans le sable, et moi, à ce moment-là, juré, ça m'aurait pas tellement dérangé qu'on disparaisse dans le sable.

3

Ça s'est passé la quatrième semaine.

Vers la fin de la journée, on était passés par une petite ville d'une centaine d'habitants à peine, du genre bien sinistrée et, dans cette ville, ma parole, il y avait le local d'un MC. Paumé au milieu des cactus et de nulle part, dans le fin fond du fond de la terre, loin des regards et du monde, un foutu local de MC ! Il y avait quatre bécanes du genre rafistolées de partout garées devant l'entrée. Nous, dormir dans un lit, ça commençait à nous manquer un brin, alors on a arrêté les nôtres juste à côté, et j'ai demandé aux gars de m'attendre pendant que j'allais voir un peu à qui on avait affaire.

Sur la porte, il y avait les couleurs du club et, c'est pas une blague, ils s'appelaient les « Desert Rats ». J'ai frappé, et puis au bout d'un moment un type de dix mètres de haut comme de large est sorti et a croisé les bras devant moi comme un satané guerrier de l'Antiquité.

— Qu'est-ce tu veux ? il a dit avec un regard bien méchant.

— On est les Spitfires et...

— Dégage, il a fait, sans me laisser terminer ma phrase.

Et il m'a fermé la porte au nez. D'un seul coup.

Je suis resté un bon moment comme ça devant le bâtiment, du genre perplexe, et puis je suis retourné vers les autres.

— C'est quoi, ces conneries ? a demandé Sam.

J'ai haussé les épaules.

— J'en sais rien. Des connards. On se casse.

— Comment ça, on se casse ? a demandé Fatboy. Et le respect ?

— On se casse, j'ai répété.

— Putain ! J'y crois pas ! il s'est énervé, notre Fatboy. On se casse comme ça, sans rien dire ? T'es pas sérieux, Bohem ? C'est quoi, ces connards ? Si Oscar avait été là...

— Oscar est plus là ! je l'ai coupé tout sec. Tu la fermes et on se casse.

Fatboy est remonté sur sa moto en secouant la tête, et on est partis. On a roulé encore un bon quart d'heure et on a fini par trouver un endroit pour s'arrêter, près d'un lac. En descendant des motos, tout le monde tirait un peu vers le sombre, au niveau du visage.

On a commencé à déballer nos affaires comme on faisait chaque soir, et là Alex a dit :

— On a plus rien à boire, plus rien à manger, c'est la misère.

— Faut que quelqu'un aille chercher du ravitaillement, a fait Prof. Je m'en occupe...

— Non, j'ai dit, encore un peu énervé. Les prospects, ça sert à ça.

Alors je me suis tourné vers Fatboy et Mani, et je leur ai dit, un peu sèchement :

— J'ai vu un panneau qui indiquait une épicerie plus bas sur la route, tout à l'heure. Allez-y, les prospects.

D'habitude, je leur parlais pas comme ça, même si ça se faisait beaucoup dans les autres clubs de traiter les prospects comme des bonniches, mais quand ils ont vu dans mes yeux que j'étais foutrement sérieux, ils ont hoché la tête, ils ont grimpé sur leurs bécanes, et ils sont partis vers l'ouest sans rien demander.

Ce qui leur est arrivé après, c'est Mani qui me l'a raconté.

Ils ont roulé dix bonnes minutes l'un à côté de l'autre jusqu'à trouver l'épicerie sur le bord de la route. Là, ils ont acheté un peu à manger et pas mal à boire, ils ont fumé une cigarette et ils sont revenus tranquillement vers notre campement.

Sauf que quand ils sont arrivés, il n'y avait plus rien ni personne. Ni nous, ni nos bécanes.

— C'est quoi, ces conneries ? a fait Fatboy en descendant de sa moto.

Ils nous ont cherchés des yeux tout autour, vers le lac, ou de l'autre côté, mais rien. On était plus là.

Mani a regardé par terre les traces de pas, les marques laissées par les pneus, et alors il a vu que ça s'embrouillait pas mal tout ça, qu'il y en avait partout comme s'il y avait eu une bagarre et, quand il a vu que ça repartait vers l'est, vers le petit village qu'on avait croisé, il s'est mordu les lèvres.

— Putain ! il a fait.

— Quoi ?

— Le MC de tout à l'heure...

Du coin de l'œil, Fatboy a aperçu quelque chose de blanc, coincé dans la branche d'un buisson. Il s'est approché et il a reconnu le t-shirt d'Ally.

— Merde, il a murmuré.

Il était maculé de sang.

Ils sont remontés sur leur moto aussi sec, avec le cœur qui battait la mitraillette, et ils ont foncé tout droit vers l'est. Mani, d'ordinaire, c'était plutôt un calme, mais là, il filait comme une fusée sans même se demander si Fatboy arrivait à le suivre et, tout en roulant, il touchait régulièrement le manche du coutelard qu'il avait à la taille, comme pour s'assurer qu'il était encore là.

Ils ont traversé le petit village à fond de caisse et quand ils sont arrivés en vue du local des Desert Rats, il n'y avait plus une seule bécane devant l'entrée. Rien. Quand ils se sont arrêtés et qu'ils ont vu que la porte avait été laissée à moitié ouverte, ils ont commencé à se dire que ça sentait vraiment, vraiment mauvais.

— Putain, merde ! a fait encore Mani en descendant de sa moto.

— Qu'est-ce qu'on fait ?

Mani a sorti son couteau, il s'est essuyé le front et il a fait :

— On va voir dedans.

Fatboy a acquiescé, qui en menait pas large, et ils ont avancé tout doucement vers le local. Même s'il y avait plus une seule moto devant, ils sont restés sur leurs gardes, prêts à tout.

Mani est passé le premier. Du bout du pied, il a poussé la porte pour l'ouvrir en grand. La main crispée sur leur couteau, ils ont commencé à fouiller la première pièce, qui ressemblait à un vieux bar du genre pas très bien arrangé, des tables artisanales, des tabourets déglingués, pas deux pareils, des vieux cadres sur les murs... Un vrai taudis.

— Ils sont où, ces enculés ? a murmuré Fatboy.

Et puis il a fait un signe de tête à Mani pour lui montrer une porte tout au bout de la pièce.

Sans faire de bruit, ils ont avancé dans cette direction, pas après pas, et ils étaient sur le point de l'ouvrir quand, tout à coup, ils ont entendu le claquement d'une arme qu'on rechargeait derrière eux.

Tout doucement, ils se sont retournés, et alors ils ont vu l'immense bonhomme qui avait dû se planquer dehors et qui venait d'entrer à son tour. C'était le grand costaud qui m'avait claqué la porte au nez. Et puis un deuxième est apparu, et puis un troisième. Tous avaient un flingue pointé vers eux.

— Si vous voulez avoir une chance de rester en vie, les gars, posez gentiment vos couteaux sur la table.

Fatboy et Mani se sont regardés.

— Plus vite que ça !

Ils ont poussé un soupir et ils ont fait ce qu'on leur demandait, avec le visage tout crispé.

— Maintenant, enlevez vos blousons !

— Mec... a commencé Mani d'une voix glaciale.

— Ta gueule, connard ! Enlevez vos blousons et posez-les aussi sur la table.

Avec trois canons d'acier pointés vers eux, ils ont pas eu beaucoup d'autre choix que d'obéir. Bon sang, il y a rien de pire qu'on puisse faire à un motard que de le forcer à enlever ses couleurs, et la haine pouvait se lire dans leurs yeux à tous les deux.

— Maintenant, retournez-vous, a dit le type. Les mains contre le mur.

L'un des trois gaillards s'est approché et, sans lâcher son flingue, il les a fouillés. Et puis, avec des cordelettes, il leur a attaché les mains dans le dos et les deux pieds bien ensemble. Après il les a obligés à s'asseoir sur deux vieux fauteuils en ruine, et il les a regardés l'un après l'autre bien droit dans les yeux, avec une espèce de sourire dégueulasse de mépris.

— Vous faites moins vos malins, là, hein ?

Pendant que ses deux potes continuaient de tenir Fatboy et Mani en joue, il s'est assis en face d'eux, de l'autre côté de la table, et il a pris un des deux couteaux posés devant lui, et le premier blouson. Avec son petit air dédaigneux, il a posé le gilet sur ses genoux, et il a glissé la lame du couteau sous un patch.

— Fais pas ça, mec, a grogné Mani.

L'autre l'a regardé avec un sourire de défi.

— Fais pas ça, a répété Mani. Si mes frangins…

— Tes frangins, on s'en est occupé, connard.

Et d'un grand coup de lame, il a fait sauter les fils, et le premier patch a sauté du gilet.

— Qu'est-ce que vous voulez, bon sang ? a gueulé Fatboy.

Mais l'autre a continué sans répondre. Il a terminé d'enlever les patchs du premier gilet, et puis il s'est occupé du second et, chaque fois que les fils sautaient, Mani serrait un peu plus les dents de frustration et de colère silencieuse.

— Qu'est-ce que vous voulez ? a répété Fatboy, de plus en plus agité sur son fauteuil.

Le type s'est retourné vers ses deux potes et il a fait :

— Vous entendez ça, les gars ? Le gras du bide demande ce qu'on veut. Dis-lui, toi, Vince. Dis-lui ce qu'on veut.

L'un des deux molosses s'est approché, il s'est approché tout près, et lui aussi il avait un sacré sourire bien vicieux, et il a dit :

— Ce qu'on veut, mec ? Ce qu'on veut, c'est vous donner vos putains de vraies couleurs, espèce de banane !

Et là il a éclaté de rire, et Fatboy et Mani, ils comprenaient plus rien, et alors ils ont vu la porte du fond s'ouvrir, et Sam, Alex, Melaine, Ally et moi, on est entrés dans la pièce en pleurant de rire, et alors vous auriez dû voir leurs têtes toutes accablées de désarroi et d'incompréhension, ma parole, on aurait dit qu'ils avaient pissé dans leur froc !

Ils nous regardaient comme ça, comme des abrutis, les yeux écarquillés, et nous on tapait dans les mains des Desert Rats tellement on était contents de notre sacré bon coup, et on gueulait comme des ânes à s'en faire péter les vaisseaux.

Moi, j'ai regardé Alex et je lui ai fait un clin d'œil, parce que c'était lui qui avait tout manigancé à l'avance comme un sacré metteur en scène, ma parole, c'était lui qui avait préparé le coup en contactant les Desert Rats la veille, et il avait imaginé toute l'histoire depuis le début, et c'était une vache de belle idée, avec le t-shirt d'Ally en sang et nos bécanes planquées derrière le local et tout le bazar, et c'était bien le genre de la Fouine de prévoir une chose pareille.

— Putain, les cons ! il répétait Mani en récupérant lentement son sourire. Putain, les cons, j'ai eu la peur de ma vie, merde !

— Vous êtes vraiment des malades, disait Fatboy en secouant la tête, un peu vexé quand même. Des grands malades !

Alors Melaine et Ally se sont approchées d'eux, elles les ont détachés et elles leur ont roulé une sacrée pelle à chacun, venue du haut des cieux.

Quand ils se sont relevés, encore tout pleins de honte et de gêne et de soulagement, tout le monde s'est un peu calmé et s'est mis en cercle autour d'eux, et moi j'ai pris les deux jeux de couleurs tout neufs que me tendait Prof, et je suis venu me mettre juste devant nos deux foutus prospects.

— Mani, Fatboy, mettez un genou à terre !

Ils ont un peu hésité, et puis ils ont fait comme les chevaliers du Moyen Âge et, dans leurs yeux, ça commençait à briller pas mal.

— Répétez après moi, j'ai dit d'un air vachement solennel.

Et alors j'ai énoncé devant eux le serment des Spitfires que j'avais préparé avec Sam et, à la fin de chaque phrase, je m'arrêtais pour les laisser répéter d'une seule voix, et même si c'était un peu drôle, c'était aussi sacrément émouvant.

« Je jure de respecter à jamais mes frères et les couleurs du Spitfires MC de Providence.

Je jure de ne jamais abandonner un frère sur la route et de lui porter secours même au péril de ma vie.

Je jure de ne jamais laisser personne me manquer de respect, d'être bon envers autrui sans jamais essuyer moi-même le moindre manque de respect.

Je jure de ne jamais trahir mes promesses et de toujours traduire mes paroles par des actes.

Je jure de ne jamais trahir, de ne jamais mentir et de ne jamais voler mes frères Spitfires.

Je jure de ne jamais moucharder et, si je suis témoin d'un mal, de le combattre moi-même, car les mouchards sont les êtres les plus viles qui habitent sur la terre.

Je jure de ne jamais abandonner, que ce soit dans un combat ou un virage trop serré, car un Spitfire n'abandonne jamais.

Je jure de ne jamais laisser s'éteindre ma passion pour la route et de rouler, rouler aussi longtemps que la vie me le permettra.

Et enfin, je jure de ne jamais abandonner mes couleurs, de ne jamais les perdre, de ne jamais les laisser traîner, et de ne jamais laisser quiconque leur manquer de respect. »

Quand ils ont eu terminé de répéter la dernière phrase du serment, je leur ai donné à chacun les couleurs entières du club, avec la tête de mort d'aviateur et tous les patchs, et je vous jure qu'ils avaient les mains qui tremblaient drôlement.

— Mani, Fatboy, au nom de tous mes frères, je vous nomme membres à part entière du Spitfires MC de Providence, pour les siècles des siècles !

— Amen !

Alors je leur ai fait une accolade en les serrant fort dans mes bras, et puis tout le monde a fait pareil, et c'était un drôle de chouette moment, et alors les larmes qui coulaient dans nos yeux, si c'était des larmes de joie, nous savions tous qu'elles étaient aussi un peu pour Oscar, et on avait pas besoin de se le dire.

Ce soir-là, on a fait dans le local des Desert Rats une fête comme on en avait pas fait depuis très longtemps, avec l'alcool et la musique et les rires qui se multiplient, et même Alex il s'est bien retourné la tête, comme il le faisait jamais d'habitude, et ça voulait bien dire ce que ça voulait dire comme besoin de réconfort.

Bon sang, tout ça, c'est quand même de sacrés beaux foutus souvenirs à jamais.

4

Le lendemain, quand on a repris la route en début d'après-midi, encore tout chiffonnés par la fête, ça se voyait que quelque chose avait changé, parce que, pour la première fois depuis des semaines, on a recommencé à faire les pitres sur nos bécanes, à se doubler en gueulant des drôleries idiotes, à se faire des signes obscènes d'une moto à l'autre, et les couleurs tout entières dans le dos de Fatboy et Mani, ça nous mettait un sacré beau sourire à nous comme à eux.

On a roulé comme ça pendant presque une semaine, en retrouvant petit à petit nos vieilles habitudes, et c'était bon de se sentir un peu légers, de refaire des pieds de nez à la vie à la mort, sentir de nouveau l'odeur de la liberté, faire peur aux bonnes gens en faisant pétarader nos moteurs comme des batteries de canon au milieu des villages, parler le soir jusqu'à ce que nos yeux se ferment tout seuls, avaler les kilomètres comme si la route était un sirop, et c'était bon de s'aimer et de continuer tout droit sans penser au lendemain, ni trop aux hiers. Parfois, j'avais un peu la tristesse de me dire qu'on oubliait Oscar, mais comme j'y pensais ça voulait dire qu'on l'oubliait pas vraiment, et lui il aurait sûrement pas aimé du tout qu'on passe notre vie à faire des gueules de mort, alors je touchais un peu sa moto et ça me redonnait du sourire.

Et puis, un jour, on est arrivés à Fremont.

Fremont, bon sang, je dois bien l'avouer, c'était une ville faite pour les gens comme nous. Ça sentait le voyage et l'aventure. Ici, les habitants n'avaient pas peur des motards, il y en avait plein la ville, depuis longtemps, et à peine entrés on avait déjà l'impression de faire partie du décor. Même les flics, ma parole, ils étaient plutôt cool, comme flics, et quand ils nous croisaient sur leurs bécanes à eux ils nous faisaient des signes amicaux comme si on était des enfoirés de notables. Fremont, c'était le paradis des motards. Le paradis tout court, disait Alex.

Je dirais que c'était une ville trois fois plus grande que Providence, mais sans la sinistrose dedans. Planquée contre la baie que formait une presqu'île foutrement grande, elle se terminait par un grand port commercial qui suffisait à lui seul à faire vivre au moins la moitié des habitants. Tous les jours, c'étaient des milliers d'allers et retours de marchandises qui transitaient par là. En ville, ça faisait pas mal de camions qui s'ajoutaient au bruit des bus, et puis ça faisait aussi un paquet d'immigrés venus de Chine et même de tous les autres pays du monde, qui donnaient aux rues de jolies couleurs exotiques, avec des restaurants où on pouvait manger comme si on était à des milliers de kilomètres. En se promenant rien qu'une journée dans Fremont, juré, on avait l'impression de faire

386

le tour du monde. Alex, il disait que les immigrés, il y en avait trop et qu'il aimait pas ça, que le gouvernement en laissait venir trop, qu'on se sentait plus dans notre pays, et moi ça me faisait marrer, parce que mon pays je lui devais pas grand-chose de plus qu'aux leurs, et qu'entre Freddy qui venait d'Italie et Oscar qui venait du Vietnam, j'étais plutôt reconnaissant que ça circule un peu. Alex, il disait que les immigrés ils nous piquaient notre travail et, ça, ça me faisait encore plus marrer vu que, dans la bande, il y en avait pas un qui bossait vraiment. Alex, il disait que les immigrés ça faisait de la délinquance, et là, je me demande encore s'il se foutait pas un peu de notre gueule.

Je sais pas trop pourquoi, on a tout de suite aimé Fremont. Peut-être parce qu'une ville avec un port aussi grand, ça fait tout de suite penser aux nouveaux départs. On l'a tellement aimée qu'on est restés dedans sans y penser. Je revois encore les quais garnis de bateaux de toutes les tailles, avec ces immenses paquebots qui semblaient parés pour parcourir tous les océans d'un seul coup, et puis ces jetées toutes droites qui se terminaient jamais. Au milieu de la baie, il y avait une petite île couverte de verdure où je me demandais s'il y avait jamais eu des habitants, et nous on l'appelait l'île au trésor, pour rêver un peu.

Le centre-ville, c'était un quadrillage de grandes et larges rues qui étaient toujours animées, bordées de belles maisons, certaines vachement belles même, comme elles venaient des négociants bien riches aux as qui avaient vécu là dans le siècle d'avant. Autour, c'étaient les quartiers pauvres, où on se sentait bien mieux à cause du désordre. Au loin, derrière les toits des maisons bien rangées,

on devinait les collines verdoyantes qui entou-
raient tout l'est de Fremont et se fondaient un peu
dans la lueur du matin et dans la rougeur du soir.

Le premier jour, on s'est trouvé un genre de
vieux terrain de sable abandonné au pied d'une
colline, à l'extérieur de la ville, et on s'est installés
là comme des vrais bohémiens à la Papy Galo.
On a passé la soirée dans le quartier près du port
où il y avait un chouette bar, avec des filles qui
dansaient sur le comptoir les nichons à l'air, et
avec la bonne musique qui faisait une ambiance
du tonnerre. Finalement, on était bien contents
de retrouver des gens et des couleurs et du bruit.

On est restés comme ça deux ou trois jours, à
découvrir la ville, à se reposer, à picoler pas mal
au pied de nos bécanes, et puis, un soir, alors
qu'on rentrait du même bar à danseuses, un vieux
type est arrivé sur notre terrain avec un vrai chapeau de cow-boy sur la tête.

— Salut les gamins, il a dit avec un accent de
fermier qui faisait un peu rigoler. Vous comptez
rester longtemps, ici, vous aut' ?

— On sait pas trop, j'ai répondu en haussant
les épaules. Pourquoi ?

On était en train de bouffer des sandwiches
assis sur les bécanes, et lui il était là, tout seul
devant nous, comme un damné shérif.

— Parce que c'est ici que je vais foutre mes foutus canassons demain, et que si vous voulez rester
longtemps, sacré Dieu, vous seriez quand même
ben mieux là-d'dans, il a dit en pointant du doigt
vers un genre de vieux chalet en bois qui était
sur le bord de la route, à une centaine de mètres.

Ma parole, avec son pouce coincé dans la
ceinture et ses bottes et sa chemise à carreaux

dégueulasse, il avait une vraie dégaine de John Wayne, mais sans les dents.

— C'est sûr, mais c'est chez qui, là-d'dans ? j'ai demandé en me foutant un peu de son accent.

— Ben, c'est chez moi, couillon !

Et là, c'est mes potes qui se sont un peu foutu de ma gueule.

— Dans l'temps, c'était la bergerie du grand-père. Mais comme on a plus d'moutons à cause de la modernité, c'est vide. C'est pas aménagé là-d'dans, mais vous y serez toujours mieux que l'cul dans l'sable, vous aut'. J'vous la laisse pour cinquante billets tous les quinze jours, si vous voulez.

J'ai regardé mes frangins. Cinquante billets tous les quinze jours, c'était même pas notre budget d'essence quand on était sur la route.

— Marché conclu, j'ai dit en lui tapant dans la main.

— Le premier loyer est payable d'avance, il a dit en remontant un peu son chapeau sur son front avec le bout de l'index.

J'ai rigolé, et puis je lui ai donné ses cinquante billets, et c'est comme ça que le Spitfires MC de Providence a eu son premier local, à la périphérie de Fremont.

5

Ça nous a pris un mois.

Sam, Mani et moi, on se chargeait du gros œuvre. Fatboy, de la peinture et de la décoration. Les filles, de l'aménagement. Et Alex... Eh bien, Alex, il se chargeait de faire des plans et des calculs dans sa tête, et on en avait pas vraiment besoin, mais comme il était pas foutu de porter des trucs lourds entre son pneumothorax, son ulcère, ses hernies discales, son cancer et sa fibromachin, on faisait semblant de trouver ça vachement utile.

De temps en temps, le vieux fermier – M. Bayou, il s'appelait – il venait voir les travaux et, ma parole, il était tellement impressionné de voir qu'on bossait si bien qu'il a refusé qu'on lui paie les loyers suivants, et il a dit que tant qu'on entretenait bien la bergerie comme ça, on pouvait rester dedans à l'œil, à condition qu'on lui paie un coup de temps en temps quand il venait s'occuper de ses chevaux. Il avait une sacrée descente, M. Bayou, et comme il s'emmerdait pas avec les bonnes manières, pour un vieux, on s'entendait drôlement bien. Et comme à la maison, il avait pas le droit de boire, le fermier, il venait de plus en plus souvent s'occuper de ses maudits canassons.

D'abord, on s'est occupés de l'isolation et de la solidité de la baraque, qui laissaient un peu à désirer, depuis la mort du grand-père Bayou. Le plus dur, ça a été de refaire tout le plancher de l'étage et l'escalier pour y accéder. On enlevait toutes les planches pourries et on les remplaçait par du bois neuf. Ma parole, on en a monté, des arbres, là-dedans. Moi, ça me rappelait quand, avec Freddy, on avait construit nos motos : quand on fabrique quelque chose pour soi, on y met drôlement du cœur, alors chaque clou qu'on enfonçait, c'était comme un petit pas de plus vers le bonheur. On donnait tout ce qu'on avait, on transpirait, on se blessait parfois mais, le soir, quand on s'écroulait de fatigue, on buvait une bière en regardant le travail accompli et ça faisait du bien dans le cœur et dans la tête. Construire quelque chose.

En haut, on a fait des chambres et un dortoir. En bas, la pièce principale avec un grand bar qui faisait aussi coin cuisine, et on s'est pas mal inspirés des locaux de tous les MC qu'on avait connus pour donner à tout ça une gueule d'enfer. Sur l'un des quatre murs, Fatboy a fait une vachement grande fresque avec nos couleurs, la tête de mort d'aviateur avec tout plein de détails et de reliefs, juré, ça avait une méchante allure ! Ally et Melaine, elles se débrouillaient sacrément bien pour dénicher aux quatre coins de la ville dans des vieilles brocantes des meubles qu'on retapait tous ensemble. Les filles, elles savaient donner au local un air de jolie vieillerie. Un vrai saloon.

Le bar, c'est moi qui l'ai construit, et j'ai insisté pour le monter tout seul, parce que j'avais une idée bien précise de ce que je voulais et que ça faisait longtemps que j'en rêvais, un putain de chouette bar avec le dessous tout en bois. Pour le comptoir, j'ai trouvé pas loin un ferrailleur qui m'a vendu des grandes plaques de laiton, avec des baguettes pour les angles et des boules pour les coins, la vache on se serait crus dans un vrai hôtel de luxe. Les verres glissaient dessus comme dans les vieux westerns. Sur le mur derrière, j'ai installé des grands miroirs, avec Fatboy qui a encore peint nos couleurs sur celui du milieu, et autour des étagères en verre pour les bouteilles et la vaisselle.

Et, comme ça, petit à petit, le local des Spitfires est devenu un sacré bel endroit, décoré de partout, et puis, un jour, on a pu organiser une inauguration, avec tous les motards qu'on avait déjà rencontrés dans le coin à force de faire des allers et retours et, mazette, ça faisait quand même du monde ! À Fremont, il n'y avait pas de MC à proprement parler – nous, on était à l'extérieur de la ville et on s'appelait toujours Providence –, mais il y avait pas mal de types qui roulaient comme nous, des petits clubs, des bandes de potes, des mécanos avec des garages spécialisés pour les choppers et, dans les villes environnantes, il y avait un chapitre des Wild Rebels à Saint-François et trois ou quatre autres clubs qui nous avaient à la bonne, si bien que, ce soir-là, on était pas loin d'une centaine, et même si on faisait pas payer les boissons comme c'était une première, les gars pouvaient laisser un petit billet dans une boîte à l'entrée, et finalement ça a fait quand même un peu d'argent.

C'était une sacrée belle fête, pleine de sourire et de bière, et puis, à minuit pile, je suis allé chercher tous mes frangins aux quatre coins du local, avec un sourire malicieux, et je leur ai demandé de venir avec moi derrière le bar.

Là, j'ai plongé la main dans la poche intérieure de mon blouson et j'ai sorti la photo qu'on avait faite sur le bateau. Cette photo instantanée que j'avais gardée précieusement contre mon cœur pendant tous ces foutus mois. Un peu jaunie déjà, elle était pleine de souvenirs, des beaux et des très dégueulasses, mais c'était la seule photo qu'on avait de nous six, avec encore Oscar dessus. Sur ce bout de papier, il y avait ce qu'on avait de plus cher, nous six, soudés, bras dessus dessous, beaux comme des fauves en liberté, et ce qu'on avait de plus horrible, l'histoire du bateau. Moi, je me disais qu'on devait oublier ni l'un ni l'autre. Que les Spitfires, c'était tout ça mélangé, et que, de toute façon, on pouvait pas ouvrir ce foutu local sans une photo d'Oscar quelque part, et il n'y en avait pas d'autres.

J'ai bien vu dans le regard de mes frères que ça faisait un sacré mélange d'émotions contradictoires, et j'avais la gorge toute serrée comme eux, mais j'ai pris une punaise, et j'ai attaché la photo sur le long meuble fixé au plafond où on rangeait les réserves de bouteilles, juste au-dessus du comptoir, de telle sorte qu'on pouvait seulement la voir quand on était derrière le bar à servir les gens. Et comme personne d'autre que les Spitfires n'avait le droit de passer derrière le comptoir, c'était notre photo à nous, notre secret, notre trésor. On s'est tous embrassés sans rien dire comme paroles inutiles, et alors Oscar était un peu là quand même.

Comme ça, les semaines ont passé, et notre local est devenu un lieu de rencontre pour les motards du coin, qui venaient surtout le vendredi et le samedi soir, et nous ça nous faisait du plaisir en plus des rentrées d'argent. Les types nous offraient des cadeaux qu'on pouvait accrocher aux murs, tout le monde participait, et c'était un peu comme si on avait eu l'idée du siècle parce qu'à Fremont, bizarrement, il y avait jamais eu de bar de motards.

Alex, ça se voyait qu'il adorait ça. Le soir, quand on fermait, il passait des heures derrière le comptoir à faire les comptes, à regarder combien de bières on avait vendues, combien de marge on faisait sur chacune d'entre elles, comment faire pour rentabiliser tout ça, et moi ça me faisait marrer, parce que c'était bien mon Alex tout craché, ça, qui aimait déjà les cases et les chiffres à l'époque où on jouait aux jeux de rôle dans ma roulotte, et je vous jure que je l'ai rarement vu aussi heureux que quand il s'est mis à s'occuper des comptes de notre local. Un vrai petit commerçant.

Avec le temps, on a même accueilli de nouveaux prospects dans le club, des types qui étaient prêts à tout pour faire partie de l'aventure, qui se démenaient comme des diables, et puis, un soir, Franck, le président des Wild Rebels de Saint-François, est venu me voir.

Franck, il ressemblait pas à tous les prez' de clubs que j'avais pu rencontrer jusque-là. Ma parole, il était tellement propre sur lui, tellement bien rasé-coiffé-habillé qu'on aurait dit le patron d'une grande entreprise. Ses couleurs, elles étaient toutes rutilantes, sur un gilet en cuir qu'on aurait dit taillé sur mesure, tellement droit qu'on oubliait presque que c'étaient des fringues de motard. Ses jeans, ils étaient repassés. Et même quand il parlait, Franck, on aurait dit un homme d'affaires.

— On peut aller dans votre salle de réunion ? il m'a demandé quand on l'a accueilli dans le local avec les deux prospects qui l'accompagnaient.

— Euh... On en a pas, j'ai dit en souriant.

— Il va vous en falloir une. Où est-ce qu'on peut parler tranquillement, tous les deux ?

J'ai fait signe à tout le monde de sortir.

— Ici, j'ai dit en l'amenant vers le coin où les filles avaient installé de sacrés beaux fauteuils en cuir en forme de crapauds.

Il a dit à ses deux prospects de l'attendre dehors, et il s'est assis en face de moi.

— Bon, je vais pas y aller par quatre chemins, Bohem. Ce que vous avez fait ici, c'est très bien, mais vous l'avez pas vraiment fait en respectant l'usage.

— On...

— Ne me coupe pas la parole, il a dit sèchement. Vous ne l'avez pas vraiment fait en respectant l'usage, mais j'ai laissé couler, parce que vous avez gardé « Providence » sur vos couleurs, et que vous avez l'air plutôt réglos. Mais maintenant, vous commencez à grossir, et ça fait jaser. Alors j'ai un peu parlé avec Lobo et Pat, de Clairemont, qui te connaissent bien, et même si je n'aime pas trop la façon dont vous vous êtes installés sans m'en parler avant, on est d'accord pour que vous ouvriez un chapitre à Fremont.

Je l'ai regardé comme ça un long moment sans rien dire, non seulement parce que je savais pas trop s'il avait fini de parler et que je voulais pas lui couper la parole, mais aussi parce que... Eh bien parce que je savais pas trop quoi dire, vu que je comprenais pas vraiment ce qu'il me proposait. Et comme le silence s'installait de manière vachement gênante, j'ai fini par lui demander :

— Mais, concrètement, ça consisterait en quoi, d'ouvrir un chapitre à Fremont ?

— Pratiquement, ça changerait pas grand-chose pour vous. Vous pourrez rester ici, dans ce local. Sur la porte et sur vos couleurs, vous mettrez Fremont à la place de Providence. Et puis... vous aurez la responsabilité du territoire de Fremont.

J'ai froncé les sourcils.

— Ça veut dire quoi, la responsabilité du territoire ?

— Ça veut dire que si un autre MC veut venir s'installer, c'est vous qui les foutez dehors. Et qu'une fois par mois, on organise une réunion pour se tenir au courant de ce qui se passe chez les uns et chez les autres. Le business en cours. Les échanges de bons procédés. Tout ça.

— Je vois, j'ai dit. Nous, pour l'instant, du business… À part le bar et deux ou trois bricoles, on fait pas grand-chose.

— Ça vous regarde. L'idée, c'est qu'on ne se marche pas sur les pieds d'une ville à l'autre, et surtout qu'on ne laisse pas d'autres gens venir nous marcher sur les pieds. On se soutient les uns les autres, dans le respect. Tu comprends ?

— Je comprends.

Il y a eu encore un silence, et puis j'ai dit :

— Je vais en parler aux autres.

— Vous avez quarante-huit heures.

— Et si ça nous intéresse pas ?

Franck s'est levé, il m'a regardé avec un genre de sourire que j'aimais pas trop, et puis il a dit :

— Si ça vous intéresse pas, vous allez vous installer ailleurs.

6

Le soir, quand on a fermé le local, j'ai dit à tout le monde qu'il fallait que je leur parle, et on s'est rassemblés autour du bar, sous la photo de nous six avec Oscar qui semblait me surveiller depuis là-haut, et alors je leur ai répété exactement ce que m'avait dit Franck. Et, comme c'était le vice-président du club, j'ai demandé à Alex en premier ce qu'il en pensait.

— C'est un peu brutal, comme approche, mais ça me semble une belle opportunité, il a dit en caressant sa barbichette.

— Tu trouves ?

— Avec tout le boulot qu'on a fait pour monter ce local, on va quand même pas laisser tomber juste parce qu'un type veut qu'on s'appelle les Spitfires de Fremont au lieu des Spitfires de Providence !

— C'est pas la seule chose qu'il nous demande, Alex. Il nous demande de « prendre la responsabilité du territoire », comme il dit. Tu comprends ce que ça veut dire ? Ça veut dire pas mal d'embrouilles en perspective si un autre MC vient mettre son nez là-dedans.

Il a haussé les épaules.

— Je trouve ça plutôt bien qu'on se laisse pas marcher sur les pieds. C'est comme ça que ça fonctionne, dans le milieu, tu sais bien.

— Oui, mais on sait pas exactement ce que ça implique, quand il parle d'« échanges de bons procédés ». Et puis, surtout... Je suis pas sûr d'avoir envie de rester ici indéfiniment. On va finir par s'encroûter. Ça vous manque pas, la route ? j'ai demandé aux autres en les regardant. On a quand même pas fait tous ces milliers de kilomètres pour venir s'enfermer comme ça définitivement dans un local !

Ils ont eu l'air d'hésiter un peu, comme s'ils étaient gênés par ma question, et puis Fatboy a fait :

— On est pas mal, ici, je trouve...

— Ouais, a fait Sam. On est pas mal. Et puis, ça nous empêche pas d'aller rouler de temps en temps.

Mani, il a rien dit. Il a rien dit, parce que, dans le fond, je pense qu'il en avait un peu rien à foutre.

J'ai poussé un soupir. Moi, c'était pas trop comme ça que j'avais vu notre futur, et puis, surtout, je me souvenais très précisément de ce que m'avait dit Phil, le président des Salem's Freaks : « *Si vous voulez un conseil, restez des nomades toute votre vie. Le jour où vous prenez un local, les emmerdes commencent.* » Sauf que mes frangins avaient l'air d'être tous d'accord pour s'installer vraiment ici, dans les règles de l'art, et que je pouvais pas aller contre ce que voulaient mes frangins. Bon sang, j'aurais tellement aimé qu'Oscar soit là, parce que le Chinois, lui, je suis sûr qu'il aurait vite pété les plombs entre quatre murs et que, comme moi, il aurait voulu reprendre la route en disant merde à tout.

— Bon. On a qu'à voter, j'ai dit pour le principe. Qui est pour qu'on ouvre un chapitre à Fremont et qu'on s'installe ici pour de bon ?

Sans surprise, ils ont tous levé la main, même Mani.

— OK. Mais Providence ? On peut quand même pas abandonner Providence comme ça ? j'ai dit.

Mince, jamais de ma vie j'aurais cru que je pourrais un jour défendre la ville qui nous avait vus partir. La ville de Kolinski, la ville de Da Silva, la ville de ma roulotte brûlée. Providence, quand j'y étais, je n'avais eu qu'une envie, c'était la quitter. Mais, au fond de moi, ce que je voulais défendre, c'était pas la ville. C'était nos racines.

Les raisons de notre départ. Et puis Providence, c'était Freddy. C'était Oscar.

— On peut peut-être garder deux chapitres ? a suggéré Sam.

— Ça n'a pas beaucoup de sens, a dit Fatboy. Providence, on y est pas. La plupart d'entre nous n'y sont même jamais allés. Au fond, ils ont raison, les Wild Rebels, c'est quand même plus logique qu'on s'appelle les Spitfires de Fremont, non ?

— Peut-être, j'ai dit, et je pouvais pas leur expliquer en quoi ça me faisait de la peine.

Je me suis retourné, j'ai attrapé des verres et une bouteille de whisky sur les petites étagères, et j'en ai versé pour tout le monde, j'ai jeté un coup d'œil à la photo punaisée au-dessus de moi, j'ai pensé au Chinois, et puis j'ai levé la main et j'ai dit :

— Alors, aux Spitfires de Fremont !

J'ai senti leur soulagement à tous, et c'était déjà pas mal.

— Aux Spitfires de Fremont ! ils ont répondu.

Et la fête a commencé.

7

Il était pas loin de trois heures du matin quand, au milieu du bazar qui continuait à l'intérieur du local, j'ai fait signe à Alex de m'accompagner dehors.

— Tout va bien ? il m'a demandé d'un air inquiet.

Il devait se demander pourquoi, ce soir-là, je faisais pas comme tout le monde à me mettre la tête à l'envers. Je lui ai fait un sourire pour le rassurer, mon Alex, et on a marché ensemble jusqu'à la barrière du terrain de M. Bayou. On a grimpé dessus et on s'est assis comme ça, l'un à côté de l'autre, comme des vrais cow-boys.

— J'ai bien réfléchi, je lui ai dit.

— Ah. Je vois, il a fait en souriant.

J'ai laissé passer un moment, pour trouver les mots qui traduisaient le mieux ce que j'avais dans le cœur.

— Je suis pas fait pour ça, moi, Alex. Tu sais bien, non ?

Il m'a regardé avec ses petits yeux malins.

— Pas fait pour quoi ?

— Je suis pas fait pour rester enfermé quelque part. Tiens, regarde les canassons de M. Bayou, là.

Devant nous, les chevaux bougeaient à peine sur le terrain du vieux fermier. Leur poil luisait à la lumière de la lune tellement ils bougeaient à peine et, de temps en temps, on les entendait renâcler, avec leurs narines qui faisaient comme un ronflement, ma parole, ils avaient l'air de s'emmerder un brin.

— C'est pas fait pour rester comme ça dans un enclos, des putains de chevaux, tu comprends ?

— Où tu veux en venir ? Tu veux libérer les chevaux de M. Bayou ?

Il me facilitait pas les choses, l'enfoiré.

— Je pense que c'est mieux si c'est toi qui deviens le président du chapitre de Fremont.

Il a hoché lentement la tête, l'air de dire « ha ha, je le savais », parce qu'Alex il fallait toujours qu'il ait l'air de déjà savoir ce qu'on allait lui dire.

— En gros, tu me laisses le sale boulot, c'est ça ? il a dit en rigolant.

— Arrête tes conneries. Tu en rêves. Devenir le maître du monde, tout ça... Je vois bien comment tu es, avec le local.

— C'est pas dans un bar qu'on devient le maître du monde.

— C'est un bon début. Me dis pas que ça te plaît pas. Je t'ai jamais vu aussi heureux.

— Bohem, ce club, c'est toi qui l'as créé. Sans toi, on serait pas là.

— Oui. C'est moi qui l'ai créé. Mais c'est toi qui vas le faire grandir.

— Et toi, tu vas faire quoi ?

— Revenir aux sources. Déjà, je vais laisser Providence écrit en bas de mes couleurs, j'ai dit en souriant.

— T'y tiens tant que ça ?

J'ai haussé les épaules.

— Je sais pas. Toi et moi, on est tout ce qui reste de Providence. Tout ce qui reste des débuts. J'ai pas envie qu'on efface tout, tu comprends ? Pour Oscar.

— Je comprends. Mais tu vas rester avec nous, quand même ?

J'ai bien aimé cette question-là. Je l'ai bien aimée, parce qu'elle sonnait vraie, dans sa bouche. Alex, il rêvait peut-être de prendre ma place, sûr, mais il avait quand même besoin de moi. Je le rassurais. J'avais toujours été là à ses côtés, à Sainte-Catherine, sur les routes, à Vernon... Et je dois bien avouer que ça me faisait un peu plaisir qu'il dise qu'il avait encore besoin de moi.

— Pour l'instant, oui. Je vais vous aider avec le local et tout ça. Mais je pourrai pas rester ici toute ma vie, Alex. Tu sais ?

— Oui. Je sais.

— Tu m'en veux ?

— T'es fou ? Pourquoi je t'en voudrais ? Chacun son chemin.

— Chacun son chemin, j'ai répété, et je lui ai frotté les cheveux sur sa petite tête de fouine.

Et, comme ça, en une nuit, Alex est devenu le président du Spitfires MC de Fremont, et Sam est devenu son vice-président, et tous les membres du club ont changé le patch sur le dos de leur blouson pour avoir Fremont écrit dessus.

Tous, sauf moi.

8

Je suis resté encore six mois à Fremont, pour aider mes frangins, et c'était chouette. Petit à petit, les choses se sont mises en place, et tout le monde travaillait ensemble pareil pour que ça marche.

Ce qui est sûr, c'est qu'Alex, c'était un sacré bon président. Ma parole, il avait ça dans le sang. Il a vite compris le système. Avec les Wild Rebels, il négociait comme s'il avait fait ça toute sa vie. La Fouine, quand il voulait quelque chose, il arrivait toujours à l'obtenir en faisant croire à l'autre qu'il lui rendait service. Et même quand quelqu'un croyait avoir entubé Alex, le pauvre bougre s'était déjà fait retourner sans le savoir et, quand il s'en rendait compte, il était déjà trop tard. Moi, je pouvais pas m'empêcher de trouver ça mignon, de voir mon pote comme ça, s'épanouir comme un foutu poisson dans la flotte. Un vrai petit génie des affaires. C'était comme si, pendant tout ce temps, il avait attendu sagement dans l'ombre, dans mon ombre, et que maintenant il pouvait éclore et, juré, il nous en mettait plein la vue.

Plus les jours passaient, plus le bar marchait bien, et on trouvait toujours des bonnes idées pour faire venir encore plus de monde, avec des concerts, des parties de poker, et puis Melaine et Ally qui servaient derrière le bar en petite tenue, mazette, ça faisait venir tous les motards du coin ! Moi, comme je commençais à avoir une certaine réputation dans le milieu des MC, sans doute grâce à Lobo et Pat – mais aussi grâce au journal qui avait raconté comment j'avais tabassé Dozer alors qu'il m'avait attaqué au couteau –, je me baladais dans la région, de club en club, et je faisais la publicité de notre bar. Ça me permettait de rouler un peu et de rencontrer du monde, pour retrouver, quelques heures, la saveur du voyage.

Et puis le soir, je passais derrière le bar avec les filles, et je jouais au barman, et je dois avouer que j'adorais ça. Je faisais le pitre avec les bouteilles, je faisais mon spectacle, je papotais avec les clients, je m'amusais avec Melaine et Ally, mince, on passait de sacrés bons moments derrière ce comptoir.

Le club a encore accueilli d'autres prospects et, sous la direction d'Alex, on s'est diversifiés dans les affaires. L'herbe, la cocaïne, les pièces de motos qui tombaient des camions... Alex passait des accords avec les Wild Rebels, et moi je voulais pas trop savoir les détails, il se débrouillait bien, je m'en foutais un peu des dessous de cartes, je voulais juste aider. Je voulais juste lui faire plaisir. Quand il y avait besoin d'aller casser les dents à un type, j'y allais avec un ou deux prospects, ça faisait de l'aventure, j'étais pas contre. Bon sang, quand j'y repense, j'en ai cassé, des dents, pour Alex !

Un jour, comme ça, pour me moquer un peu, j'ai dit à la Fouine qu'il avait quand même vachement changé d'avis sur la cocaïne et tous ses beaux discours, avec le temps, et alors il m'a répondu que c'était drôlement plus intelligent d'en vendre que d'en prendre, ce qui n'était pas loin d'être vrai.

Tous les jeudis soir, on fermait le bar pour faire la réunion privée du club. Alex et Sam nous disaient où on en était, où on allait, comment on ferait, avec qui on devait devenir amis, avec qui on devait devenir ennemis, et moi je regardais un peu de loin, et je donnais mon avis de temps en temps, et les gens m'écoutaient, parce que, même si c'était marqué Providence en bas de mon dos, les gens n'oubliaient pas que j'avais été le premier président. Et puis après, on faisait la fête. Des sacrées fêtes. Le jeudi soir, c'était devenu un truc mythique. Les gens qui ne faisaient pas partie du club rêvaient même d'y participer, mais ils pouvaient se brosser les fesses. C'était notre petit moment à nous, précieux, le moment où on se rappelait qui on était, d'où on venait, et d'ailleurs personne n'aurait pu comprendre nos blagues, personne n'aurait pu partager ça. Le jeudi soir, c'était magique.

Et puis, bien sûr, comme l'argent rentrait de partout, le club a fini par racheter la bergerie de M. Bayou, avec un peu de terrain autour et, un matin, Alex est arrivé devant nous tout content avec tout un tas de plans qu'il avait faits pour agrandir le local. Ma parole, il avait dû y passer la nuit, avec tous les dessins à l'échelle, les légendes, le matériel nécessaire, le coût... Mani et moi on se regardait du coin de l'œil en souriant, parce qu'on pensait la même chose : notre pote, il réalisait un rêve de gosse, il était en train de jouer aux Lego avec la vie.

Le dimanche soir, c'était repos. Le club fermait et chacun faisait un peu ce qu'il voulait, à droite, à gauche. Moi, la plupart du temps, j'emmenais Melaine sur la moto d'Oscar et on se perdait ensemble dans le petit bonheur la chance.

Ce soir-là, on avait roulé tous les deux pendant une heure le long d'un chemin de terre qui bordait la côte, et on s'était arrêtés sur un grand rocher noir qui surplombait l'océan pas très calme. On fumait des cigarettes en écoutant le bruit des vagues qui claquaient contre la roche et redescendaient vaincues, impuissantes et, au loin, les eaux se confondaient avec le soir, et l'odeur de l'océan se mélangeait aux effluves de tabac, et nos doigts se mêlaient les uns dans les autres.

On était comme ça à regarder le monde depuis un bon moment déjà quand Melaine a posé sa tête contre mon épaule et m'a demandé, de sa toute petite voix :

— Tu vas vraiment partir, Bohem ?

Je me suis dit qu'elle devait lire dans mes pensées. Ou bien c'était l'océan qui nous avait donné les mêmes songes.

— Un jour, oui.

— Tout seul ?

Je me suis tourné vers elle, j'ai souri et j'ai demandé :

— Pourquoi ? Tu voudrais venir ?

Elle a hésité longtemps, par politesse, je crois.

— Non. Je voudrais que tu ne partes pas. J'aime pas quand les familles se quittent.

— Je suis un nomade, Melaine. Je partirai toute ma vie.

— Il y a rien qui puisse te retenir ?

— Non.

Elle a serré ma main un peu plus fort, et elle a demandé dans un souffle :

— Et si Freddy était là ?

J'ai fermé les yeux. Melaine, je lui avais parlé de Freddy, souvent. Je lui avais dit. Elle savait. Alors, comme j'aime pas mentir, j'ai répondu :

— Si Freddy était là, je resterais.

— C'est horrible, ce que tu me dis, Bohem. Pour moi, tu ne resterais pas. Mais pour Freddy...

Je l'ai regardée avec le sourire désolé. J'aime pas mentir. Elle avait son air tout triste, Melaine, comme une mère qui sait que son fils va partir.

— J'aimerais bien le rencontrer, ton fameux Freddy.

— Je crois qu'il t'aimerait bien.

— Je voudrais qu'il soit là, pour que tu partes pas.

On est restés encore un moment sans rien dire, et je m'en voulais un peu d'être cruel, je m'en voulais un peu d'être libre.

— Tu reviendras ? m'a demandé une toute petite voix de douces larmes.

Je l'ai juste embrassée.

9

Ça faisait six mois qu'on était à Fremont avec nos affaires qui fleurissaient joliment quand, un jeudi soir, Alex nous a fait part de son nouveau projet.

Je me souviens encore de la scène comme si c'était avant-hier. On était assis autour de la longue table en bois qu'on avait installée dans la nouvelle salle de réunion, une salle réservée exclusivement aux membres du club, comme il y en avait dans tous les grands MC.

Le début de la réunion était toujours réservé aux membres à part entière, sans les prospects. C'est-à-dire qu'on était cinq. Alex, Sam, Mani, Fatboy et moi.

Alex nous a fait un long discours sur les finances du club. Avec tout un tas de chiffres et de jolis tableaux, il nous a expliqué qu'on gagnait beaucoup d'argent, énormément, même, mais qu'on en investissait beaucoup aussi, pour développer tout ça, et qu'au final on manquait toujours de cash, et que c'était compliqué pour lui qui tenait les comptes, qu'il devait toujours se battre avec les traites, avec les avances, avec les débiteurs et les créditeurs, et alors il nous montrait encore les graphiques, les virgules, tous ses petits papiers compliqués qui faisaient que ça avait l'air vachement savant.

— Bref, on a besoin de cash, il a dit. J'ai retourné tout ça dans tous les sens, j'ai beaucoup réfléchi, et j'ai trouvé la solution.

Et là, il a encore sorti un nouveau dossier avec plein de feuilles noircies de calculs dedans, ma parole, ça devait faire des semaines qu'il préparait son machin, et nous quatre on regardait ça drôlement admiratifs.

Et là, il nous a dévisagés un par un, et puis, d'un ton drôlement solennel, il a dit :

— Le cul.

J'ai haussé un sourcil.

— Pardon ?

— Le cul. On va embaucher des filles et les faire travailler à l'étage.

Moi, je sais pas ce qui m'a pris, j'ai éclaté de rire. Et puis très vite, je me suis rendu compte que j'étais le seul à rire et qu'Alex il me fixait avec son air foutrement calme.

— T'es pas sérieux ? j'ai demandé.

— Si. Très.

Et alors il a ouvert son dossier, et il a fait passer à tout le monde ses jolis tableaux, et dedans, les putes, c'étaient des chiffres.

— En faisant bosser trois ou quatre filles, on pourrait gagner deux fois ce qu'on gagne avec le bar, sans avoir besoin de racheter sans cesse de matière première. La beauté d'un service, c'est qu'on marge dessus beaucoup plus que sur une marchandise. Les filles, on leur donne un pourcentage, et le reste, on le garde. Sans frais. Sans investissement. Et l'avantage, c'est qu'en plus ça fera venir encore plus de monde dans le bar.

Moi, j'en croyais tellement pas mes oreilles que je suis resté comme ça, comme un con plein de silence, à regarder les trois autres qui étudiaient très sérieusement les tableaux d'Alex. Ma parole, on aurait dit des enfoirés de comptables.

— Ouais. Pourquoi pas ? Ça me paraît une bonne idée, a fait Fatboy en hochant lentement la tête.

— Mani ?

— Oh, moi, tu sais, des filles en plus dans le bar, je demande que ça, il a dit en rigolant.

— Sam ?

— L'idée est intéressante. Ça mériterait qu'on y réfléchisse.

J'ai regardé mes quatre potes en me demandant s'ils me faisaient une blague, si c'était un genre de coup monté pour me flanquer une bonne grosse frousse, et comme ils avaient l'air sacrément sérieux, j'ai commencé à sentir une espèce de colère qui montait dans mon ventre.

— Les gars, vous êtes pas sérieux, bordel ? Des putes ? Vous voulez gagner du fric sur le dos de gamines ? Merde ! Sérieux ? Vendre de l'herbe, vendre de la coke, vendre des pièces de motos, je peux comprendre, mais vendre des êtres humains ? Vendre des filles ?

— On les vend pas, on les loue.

— C'est pas nous, ça, les gars ! Ça, c'est une frontière que même nous on peut pas dépasser.

— Ça fait longtemps qu'on a dépassé toutes les frontières, Bohem.

— Pas celle-là ! j'ai dit en tapant du poing sur la table. On ne vend pas des êtres humains. Pas nous !

Mani, Sam et Fatboy me regardaient d'un air gêné, et je sentais dans leurs yeux la peur que je me fâche pour de bon, qu'Alex et moi on s'engueule pour de bon devant eux et, ma parole, j'aimais pas du tout ça, j'aimais pas du tout leur air gêné.

Je me suis pris la tête entre les mains un instant, pour me calmer, pour me demander si c'était moi qui avais tort, si pas vouloir devenir un enfoiré de maquereau, c'était un principe à la con et qu'au fond, vendre des filles, c'était pas beaucoup plus grave que vendre de la coke. Mais j'arrivais pas à m'y résoudre, bon sang ! Je pouvais pas dire pourquoi, mais c'était là, c'était dans mes tripes, c'était pas un principe à la con, c'était un instinct. Une certitude. On pouvait pas faire ça. Pas nous.

Mais quelque chose me disait que je pourrais pas les convaincre comme ça. Que la morale, ils s'en foutaient un peu, et que je pourrais pas les faire changer d'avis avec des histoires de conscience.

Alors j'ai triché.

J'ai essayé de leur faire peur.

— Attendez, les gars. Juste deux secondes. Posez-vous juste deux secondes, et réfléchissez. Je vous demande juste de bien comprendre ce que ça veut dire, embaucher des putes. C'est plus du tout le même univers. C'est plus du tout le même monde. La coke, c'est un petit sachet en plastique. Tu l'achètes, tu le revends plus cher, point final. Un jeu d'enfant. Une pute, c'est pas pareil. Une pute, c'est un être vivant. Un humain qui peut vous péter entre les mains à tout moment. Une pute, c'est une bombe à retardement. Une pute, ça tombe malade. Une pute, ça moucharde. Une pute, ça se révolte. Et puis... Vous imaginez si un jour on embauche une gamine qui s'est fait faire des faux papiers ? Une mineure ? Une gamine à qui vous faites sucer la queue de tous les enfoirés de motards qui passent dans notre bar ? Et qu'après ça nous pète à la gueule ? Vendre de la drogue, on sait faire. Oscar faisait ça avant même que le club existe. On connaît. Mais les putes ? C'est pas notre truc, ça. Et en face ? Vous avez réfléchi à qui on aura, en face ? À qui on aura affaire ? Nos

410

concurrents ? La traite des femmes, c'est un truc de mafieux, les mecs. Les problèmes, dans cette cour-là, on les réglera pas à coup de poings dans la gueule. En face de nous, on aura des putains de vrais malfrats, avec des putains d'armes lourdes.

— T'as pas l'impression d'en faire un peu trop, Bohem ? s'est moqué Alex.

— Tu as pas l'impression d'avoir les yeux plus gros que le ventre, ducon ? Je te préviens, mec, là-dessus, je te suis pas. Je suis pas avec toi. Le jour où ça te pétera dans les doigts, faudra te démerder sans moi. Le jour où tu seras tombé sur la mauvaise fille et que tu te retrouveras avec son père qui te pointe un pétard sous le menton, je serai pas là pour l'arrêter.

Je les ai regardés un par un, et d'une voix vachement menaçante, je leur ai dit :

— Réfléchissez bien, les gars. Pour moi, c'est non. Définitivement. Si vous faites ça, je vous lâche. Alors réfléchissez bien. Qu'est-ce que vous préférez ? Gagner plus de fric, ou me garder, moi ?

— On va voter, a dit Alex et, ma parole, j'avais jamais vu une colère pareille dans ses yeux, et ça devait être la même que dans les miens, sauf que lui, sa colère, il savait pas la transformer, alors ça lui faisait plein de tremblements dans les mains, ça lui faisait la peau du cou toute tendue et les yeux bien rouges. Qui est pour qu'on embauche des filles ?

Il a lentement levé la main, et il s'est tourné à droite vers son vice-président.

Sam a enlevé ses lunettes en soupirant, et il est resté un moment comme ça à nettoyer les verres avec le petit mouchoir qu'il avait toujours dans la poche de son gilet. Il m'a regardé, et il a regardé Alex, et puis il a secoué la tête en grimaçant.

— Désolé, Alex. Je suis avec Bohem, sur ce coup. Il en rajoute peut-être un peu, mais je suis avec Bohem. C'est pas notre came.

La Fouine a hoché la tête en faisant semblant de pas être énervé, et il s'est tourné vers Fatboy.

Fatboy a levé la main.

Alex s'est tourné vers moi.

— Vous connaissez ma position, j'ai dit. C'est un non ferme et définitif.

Ça faisait deux voix contre deux. Alors tous les regards se sont tournés vers Mani, et la décision était entre ses mains.

Mani, il rigolait triste. Et puis il nous a regardés, Alex et moi, et il a dit :

— Vous faites chier, les gars. J'ai l'impression d'être entre papa et maman, et de devoir trancher. Vous faites chier. Si je pouvais, je voterais pas.

— Oui, mais tu peux pas, Mani. Alors ?

Alors Mani s'est tourné vers moi, et je sais pas combien de temps il m'a fixé comme ça, mais j'ai eu l'impression que ça durait toute la vie. Dans ses yeux, j'ai vu qu'il m'en voulait. Il m'en voulait de le mettre dans cette situation. De *nous* mettre dans cette situation. J'avais l'impression d'entendre ses pensées, de le voir faire la somme de tout ce qu'on avait vécu, avec les images qui défilaient.

Il a poussé un long foutu soupir, et puis il a dit :

— Bohem... Si ça t'emmerde tant que ça, alors on le fera pas.

Alex s'est levé, et il a quitté la salle de réunion en claquant la porte.

10

Le lendemain, je me suis réveillé à l'aube, à côté du corps de Melaine tout endormi. Je suis resté un long moment sans bouger, à regarder le soleil sur ses épaules nues, qui faisait plein de jolis petits grains sur sa peau. Et puis, sans faire de bruit, je me suis levé, sans faire de bruit, j'ai rempli mon sac avec quelques affaires, et sans faire de bruit je suis sorti de la chambre avec le cœur qui faisait mal.

En bas, je suis allé me servir un café derrière le bar, je l'ai bu d'une traite qui m'a brûlé la gorge, et j'étais sur le point de sortir quand, tout à coup, une voix m'a fait sursauter dans mon dos.

— Tu comptes partir combien de temps ?

Je me suis arrêté devant la porte et mes épaules se sont affaissées.

C'était la voix d'Alex.

— Aucune idée, j'ai dit tout bas en me retournant. Longtemps, sans doute.

Il était assis sur l'un des fauteuils crapauds, les jambes croisées, les yeux grands ouverts. Il avait dû passer la nuit ici à éteindre sa colère, et moi je l'avais même pas vu.

Il a hoché la tête.

— Tu vas nous manquer, il a dit.

— Vraiment ? j'ai demandé avec un sourire un peu moqueur.

— Vraiment.

— Tu m'en veux pour hier ?

Il a gonflé la poitrine comme ça sur son fauteuil, et puis il a tout relâché dans un souffle.

— Disons que j'ai passé beaucoup de temps là-dessus pour rien, et que ça se voit que c'est pas toi qui dois te démerder avec les comptes.

— Tu trouveras une autre solution, Alex. Et puis, sans moi, ça fera déjà une bouche de moins à nourrir.

— T'es con, il a dit. Tu as besoin de quelque chose ?

— Non.

— Si un jour tu as besoin, tu sais qu'on est là.

D'un geste de la main, il a montré le club autour de nous.

— Il y a une part de tout ça qui te revient.

J'ai hoché la tête en souriant.

— Je sais. Prends-en bien soin.

Il a fini par sourire aussi.

— Quand tu reviendras, j'en aurai fait de l'or.

— Et on sera les maîtres du monde, hein ?

— Une promesse est une promesse, Bohem. On sera les maîtres du monde.

— Bon courage, j'ai dit. Je t'aime, mec. Comme un frère.

Et je suis sorti.

Quand je suis monté sur la moto d'Oscar, du coin de l'œil, j'ai vu le visage de Melaine collé à la fenêtre de l'étage. Et alors mes yeux se sont coincés dans les siens, qui étaient pleins de tristesse. Ça piquait drôlement, mais j'ai fait semblant de lui envoyer un sourire, et je suis parti.

11

Et alors j'ai roulé, j'ai roulé tout seul, et j'étais tellement tout seul que ça a duré plus d'un an.

J'ai roulé dans le désert, j'ai roulé sur les montagnes, j'ai roulé dans le soleil et la neige, j'ai vu des terres familières et des territoires inconnus, j'ai vu des forêts et des lacs, des champs et des collines, des routes bien droites et des lacets, des pentes et des plaines, j'ai vu mille visages, mille paysages, j'ai connu les joies sublimes et le désespoir, la peur et l'espérance, j'ai connu les pannes, de fuel et de courage, j'ai connu la haine et l'amitié, la faim, le froid, la canicule, j'ai reconnu des frères, enlacé des passantes, j'ai bu dans mille bars, dormi sous mille étoiles, j'ai cru mourir mille fois et dans mes songes, toujours, il y avait notre bande, il y avait Melaine, il y avait Oscar et il y avait Freddy. J'ai laissé pousser ma barbe et mes cheveux pour pas couper trop loin mes racines, et chaque jour était un nouveau départ et jamais mes yeux ne se sont posés sur une carte. J'ai vu des motards qui semblaient me connaître, qui disaient même qu'on parlait de moi, et alors ils avaient l'air fiers de rouler quelques heures à mes côtés, comme si j'étais un autre que je ne connaissais pas. Pour pas les décevoir, je leur disais que je vivais les plus belles heures de ma vie et que, non, la solitude me pesait pas, qu'elle était une douce compagne, et alors ils me regardaient partir avec des yeux jaloux.

Sur la route, j'ai revu plusieurs fois ma vie tout entière, j'ai eu tout le temps, dans la longue caresse du soleil et du vent, de me poser toutes les questions, de faire le tour de moi-même et de nous tous et, dans ma solitude, j'étais si fier de nous. J'ai appris à sourire même de la mort d'Oscar, pour ce qu'on avait pu partager. J'ai appris la paix, j'ai appris la vanité, l'éphémère, la fragilité des choses et le souffle léger de la vie, j'ai vu la brièveté de l'existence, j'ai vu le temps qui passe et qui n'est rien, j'ai ri de nos espoirs idiots, de nos combats imbéciles, et plus rien ne m'a paru aussi grand que la route elle-même.

Parfois, j'ai cru devenir fou à me parler à moi-même comme à un inconnu, ou bien à converser avec les fantômes du souvenir. À me répondre, même, à me moquer de moi. Les jours me paraissaient des semaines, et les semaines des jours. J'ai vécu de nuit et j'ai vécu de jour. Mille fois j'ai perdu le fil, en me demandant, merde, ce que je foutais là et, chaque fois, l'aventure était là pour me répondre un peu.

Freddy ne m'a jamais autant manqué que pendant cette année-là. Plus ça allait, plus je voyais son visage sur les choses, partout. J'avais des images qui revenaient de Providence. Quand je croisais un fleuve, je nous revoyais traverser la rivière en caleçon, derrière le garage Cereseto. Quand j'entrais dans un bar, je m'attendais à le voir près du flipper. Bon sang, il me manquait tellement que mes rêves me faisaient peur.

Et puis un jour, ça faisait au moins huit mois que ma barbe poussait et que ma peau s'approchait de mes os quand, dans un bar, à l'autre bout de nulle part, j'ai rencontré un drôle de type.

Un sacré drôle de type.

— 883 cm³, XLCH Ironhead de 1966.

— Pardon ?

Il venait de s'asseoir au bar, à côté de moi et, les deux coudes posés sur le comptoir à siroter sa bière, il m'avait balancé ça comme ça, sans même me regarder.

— Votre bécane. C'est une Ironhead de 1966, n'est-ce pas ?

J'ai froncé les sourcils et j'ai regardé le gaillard de haut en bas. Ma parole, il avait une vraie dégaine de débile un peu malsain, des lunettes tellement grandes qu'on aurait dit qu'il les avait volées dans un foutu cirque, un pantalon en velours marron comme on en portait plus passé la petite enfance, une chemise rayée trop petite, boutonnée de travers et qui lui boudinait son ventre un peu trop plein de houblon. Il avait d'épais cheveux gras et dégueulasses, bruns, plaqués tout court vers l'avant, à la romaine.

— C'est pas vraiment la mienne, j'ai dit. Mais ouais, c'est une Ironhead.

— Belle bête. J'en ai eu deux, moi-même.

J'ai hoché lentement la tête, l'air de dire : *OK, super, merci, mais maintenant j'aimerais bien finir mon verre tranquille.*

— À présent, je roule sur une anglaise. Vous aimez bien les anglaises ?

J'ai haussé les épaules sans plus le regarder.

Il a pas insisté.

Quand j'ai eu fini mon verre, il a demandé au patron de m'en resservir un, et moi j'ai dit non merci au revoir et je suis reparti.

Ça faisait pas loin d'une heure que je roulais quand, soudain, dans mon rétroviseur, j'ai vu apparaître une bécane dans un nuage de poussière jaune, et cette bécane approchait drôlement vite, et puis tout à coup elle était à ma hauteur et, ma parole, dessus c'était l'autre énergumène du bar. Son anglaise, elle filait comme une fusée de compétition. Le type portait un casque avec des grosses lunettes d'aviateur par-dessus qui lui faisaient des yeux immenses et globuleux et, en me doublant, il a tourné la tête vers moi, couché sur son réservoir comme un pilote de course, et il m'a tiré la langue comme si on était des gosses de quatre ans. C'était tellement n'importe quoi que j'ai pas pu m'empêcher de rigoler. J'ai même pas essayé de mettre les gaz pour faire la course, parce que je savais que c'était perdu d'avance et j'ai regardé ses fesses ridicules s'éloigner devant moi jusqu'à disparaître. Sauf qu'encore une heure après, bon Dieu de poilade, j'ai vu se dessiner au loin la silhouette du gros malin, accroupi au bord de la route à côté de sa moto qui fumait comme des signaux indiens.

Je me suis arrêté à sa hauteur et, sans descendre de ma bécane, je l'ai regardé avec le sourire bien en évidence.

— Alors ? Elle fait moins la maligne, l'anglaise !

Le type s'est relevé en se frottant la tête, le nez tout plissé de frustration.

— Bordel à queue, mec, je crois que j'ai un peu trop tiré dessus !

Ma parole, il avait vraiment une tête de crétin ! J'ai éclaté de rire et j'ai fini par baisser ma béquille.

— On dirait, ouais.

— Chris, il a dit en me tendant la main tout content de ce qu'il était.

Je lui ai serré la main sans rien dire et je suis allé voir son moteur. Ça pissait l'huile bouillante.

418

— Joint de culasse, j'ai dit en me redressant. Peux rien faire pour vous ici. Faut la laisser refroidir, et puis rouler peinard jusqu'au prochain garage. Si vous tirez trop dessus, c'est la casse moteur à tous les coups.

— Bordel à queue !

— Ouais.

— Bon. Ben, on va attendre, alors. Cigarette ?

J'ai hésité un instant. J'avais plutôt envie de partir, vu le personnage, mais ça se faisait pas de laisser un pauvre type comme ça sur le bord de la route, alors j'ai pris la cigarette et je suis allé m'asseoir sur ma bécane en espérant qu'il allait pas trop me courir.

Il a regardé les patchs sur mon blouson, il a reniflé comme un gosse enrhumé, et il a balancé :

— C'est vous, Bohem ?

J'ai froncé les sourcils.

— Comment vous savez ça ?

Le type a fait un sourire tellement immense et débile que j'ai cru qu'il allait décoller.

— La vache ! C'est vraiment toi ? Sérieux ? Merde, ça fait des semaines que j'essaie de te trouver, mec ! J'étais sûr que je finirais par y arriver. Oh, bordel à queue, mec !

Il était excité comme une puce, à faire des bonds dans le sable comme un foutu kangourou.

— C'est quoi, ces conneries ? T'es de la police ?

Il a gloussé.

— De la police ? Ah non, alors ! Non ! Ha ha ha ! T'y es pas du tout, mec.

— Alors pourquoi tu me cherches ?

Il s'est redressé d'un air solennel et il a lissé sa chemise rayée dégueulasse sur sa bedaine pareille.

— Chris Talbot, journaliste, il a fait en me tendant de nouveau la main avec son sourire de dinde.

— C'est bon, j'ai dit, on va pas se serrer la main toutes les dix minutes...

— Ah oui. Putain, mec ! Bohem ! J'en reviens pas. Si ça, c'est pas un coup de bol d'enfoiré de merde ! Ho ho ho, ma parole ! J'en étais sûr ! Quand j'ai vu ta bécane dans le bar tout à l'heure, mec, j'en étais sûr ! Bordel à queue ! Bohem des Spitfires !

— Tu m'expliques ?

— Mec, oh putain, mec, tu vas pas me croire, j'ai cette idée de reportage pour mon magazine, mais c'est pas un simple reportage, c'est un truc qui n'a jamais été fait, mec, un feuilleton-portrait-reportage, tu vois ? Des gens m'ont parlé de toi, des motards hors la loi, ils m'ont parlé de ton épopée métallique et solitaire, et alors, bim ! C'était exactement ça que je cherchais, mec ! Alors je t'ai cherché partout. Putain, j'en ai chié, mon pote !

— Je suis pas ton pote.

Il était tellement parti que j'avais même plus l'impression d'être à côté de lui.

— Non, mais voilà, tu es là, mec ! T'es pas mon pote mais t'es quand même là et tu t'es arrêté pour me sauver la vie, mec ! Ça commence bien, comme reportage, nom d'une pipe en bois ! Je vois déjà les mots qui s'écrivent tout seul, la vache, j'ai jamais aussi bien senti le truc. La poussière, la bécane, le cuir et la sueur, le chevalier des temps modernes qui traverse le pays sans jamais s'arrêter, tu vois ? Où va-t-on à bécane quand on a déjà franchi toutes les nouvelles frontières ? Mais dans le ciel, mec ! Les Spitfires ! Bordel à queue, le nom de ton club, vous êtes des génies, mec, des cracheurs de feu, des dragons de métal qui brûlez les ruines de notre sinistrose et roulez pleins gaz sur les cendres du passé ! Des Attila en cuir, là où roulent vos bécanes, l'herbe ne repousse pas. Des motos avec des ailes ! Des Gary Cooper en blouson noir, mec, un genre de mise en abîme sur la putain de traversée du désert de la civilisation tout entière, avec la soif et la colère, le retour aux sources, l'homme et sa machine, la domination de la matière, tu vois ? Mec, vous êtes des alchimistes ! Vous transformez l'acier en gouttes de vie ! Le motard sauvage comme figure de la résistance, avec le guidon pour glaive et le chrome comme armure, tu vois ? Un truc pour faire remuer tout ce foutu silence, pour faire pisser les vieilles salopes de peur dans leur petite culotte, que ça pétarade un peu dans les chaumières, tu vois ?

— Je vois rien du tout.

— Mais si, mec ! Tu vois ! Des photos en noir et blanc, du surexposé dans le foutu soleil de plomb, l'huile de vidange et la fumée, le sable à perte de vue comme l'océan Pacifique, un putain d'enfoiré de guide du routard de la désolation, le visage caché de la ruralité crasse traversé par une putain d'étoile filante ! T'es une étoile filante, mec, tu vois ?

Je me suis levé, j'ai attrapé gentiment le journaliste par l'épaule, je l'ai regardé droit dans les yeux, et je lui ai dit :

— Tu me saoules, mec.

Je lui ai donné une petite tape sur la joue, je suis remonté sur ma bécane, et je me suis tiré de là.

12

Le lendemain après-midi, bon Dieu de merde, ce foutu pot de colle est apparu de nouveau dans mon rétroviseur !

Ma parole, cette fois, j'étais prêt à lui coller aimablement mes osselets dans les maxillaires, sauf que ce ragondin est resté à distance derrière moi. J'ai eu beau ralentir pour le laisser passer, l'imbécile faisait pareil aussi, et il restait tout le temps une centaine de mètres exprès dans ma roue. Et ça a continué comme ça jusqu'au soir. Quand j'accélérais, il accélérait, quand je freinais, il freinait. Quand je m'arrêtais, il s'arrêtait et il me faisait un gentil signe de la main comme ça, de loin, avec son sourire crétin, et à peine j'avais démarré que, rebelote, il me filait le train, l'andouille. Au bout d'un moment, j'ai essayé de plus y penser, je me disais qu'il allait finir par me lâcher les bottes, mais dès que je regardais dans le miroir, il était là, fantôme vacillant dans les vibrations de mon bicylindre. Une vraie putain de sangsue.

Le soir, je me suis arrêté près d'une rivière, et ce con a fait pareil, cent mètres plus haut. J'étais en train d'allumer une cigarette pour me calmer dedans quand je l'ai vu de loin sortir son appareil photo et commencer à me mitrailler de l'objectif.

Là, c'en était trop. J'ai poussé un juron et j'ai marché tout droit vers lui comme un satané sanglier qui charge, et lui, foutre Dieu, il continuait de prendre des photos à mesure que j'approchais !

— Cool, mec, il disait en appuyant sur le déclencheur. Ouais, c'est cool ! Trop cool ! Vas-y, marche comme ça dans la lumière du soir, putain, t'es un foutu cow-boy, mec !

Je lui suis tombé dessus sans sommation. Une bonne droite dans la mâchoire. Il est tombé par terre comme une vieille pomme pourrie, j'ai craché vers son appareil photo et je suis retourné vers ma moto.

Quand je me suis assis au pied d'un arbre, j'ai jeté un coup d'œil vers le gusse et, merde alors, il était toujours par terre. J'ai poussé un soupir et j'ai mangé le sandwich que j'avais acheté une heure plus tôt. Mais quand j'ai eu fini, l'autre n'avait toujours pas bougé, et j'ai commencé à avoir des remords, alors, en pestant quand même, je suis retourné là-bas.

Quand je suis arrivé au-dessus de lui, il était en train de pousser des petits râles ridicules comme un hérisson. Il m'a regardé en clignant des yeux comme si j'avais le soleil dans le dos, sauf qu'il faisait déjà presque nuit.

— Putain, mec, tu m'as déboîté la mâchoire.

Il saignait un peu de la lèvre.

— Je t'ai rien déboîté du tout. T'es un casse-couilles et une chochotte.

Il a regardé autour de lui et, du bout des doigts, il a attrapé son appareil qui était tombé pas loin.

— OK, OK, tiens. Fais une photo ! Mec, fais une putain de photo de ma mâchoire déboîtée, c'est parfait, ça ! Chris Talbot qui se fait défoncer la gueule par le motard sauvage, mec ! Oh, s'il te plaît, fais une photo !

Je me suis pincé le haut du nez entre le pouce et l'index, dans un geste de désespérance, puis j'ai poussé un soupir et je lui ai tendu la main.

— Lève-toi, trouduc. Et arrête avec tes conneries, je vais pas faire une photo !

Il a agrippé ma main et il s'est relevé péniblement en faisant des exercices avec sa mâchoire pour voir si elle était toujours bien accrochée à son crâne.

— C'est cool, mec. Bordel à queue ! Ouais, c'est excellent même, pour le début de ma série ! Excellent. Ouais, tu parles d'une entrée en matière, mec ! Le journaliste intrépide qui se fait défoncer la gueule. Ouais, comme un putain de fauve qui te mord à travers les barreaux, tu vois ? Le motard indomptable, c'est parfait. T'es sûr que tu veux pas faire une photo ? Tiens, attends, je me remets par terre.

— Non ! T'es un vrai malade, toi ! Tu veux pas fermer ta gueule, un peu ?

— OK, OK, je ferme ma gueule, OK, mec !

Il souriait. Cet imbécile me regardait, et il souriait. Et puis, tout à coup, il a plongé la main dans le sac qu'il portait en bandoulière et il a sorti un petit sachet en plastique.

— Tu veux un buvard, mec ?

J'ai pas pu m'empêcher de sourire. Ma parole, c'était un vrai psychopathe.

— Non, merci.

— De l'herbe ? De la C. ? Des amphét's ? Tu veux des amphét's ? Putain, j'ai du speed, mec, t'en prends deux, t'as plus faim pendant une semaine.

J'ai secoué la tête.

— Non, merci.

— Du cristal ? Oh, bordel à queue, le cristal, mec, les visions, je te jure, tu vois des dragons à écailles vertes sortir des dunes jaunes, mon pote, c'est l'éclate totale, c'est du cinémascope directement dans les pupilles...

— Non !

— Tu veux rien ? Vraiment ?

J'en pouvais plus de ce type.

— Allez, va pour de l'herbe, j'ai dit pour me débarrasser.

Et c'est comme ça que, perdu dans le grand rien, je me suis retrouvé un soir à fumer un joint avec Chris Talbot, un enfoiré de journaliste. Faut dire ce qui est, son herbe, promis, j'avais jamais rien pris de pareil.

Et voilà. Il est resté pendant deux mois. Deux longs mois de grand n'importe quoi, à rouler derrière moi à travers le pays, à prendre pas mal de produits qu'il sortait je savais pas d'où, et il avait l'air tellement content que je pouvais pas l'abandonner. Et puis... Chris payait pour tout, l'essence, les repas, les bars, et je dois bien avouer que ça m'arrangeait un brin, parce qu'à ce moment-là de mon exode j'étais pas loin d'être sec comme un coucou sec.

Chris, faut reconnaître, c'était pas un journaliste comme les autres. Il avait été reporter de guerre, et écrivain, et chroniqueur politique et je ne sais quoi d'autre encore. D'un reportage à Katmandou il avait gardé comme habitude de se défaire la gueule tous les foutus jours qu'il tenait encore debout sur ses pattes arrière, et il disait qu'il pouvait pas écrire autrement que sous influence, sinon c'était la même merde que tous les autres enfoirés de journalistes. Ma parole, il se nourrissait que de ça, de buvards, de cristaux, de poudre, et il avait des grands discours sur l'expansion de la conscience et les bienfaits du LSD et toutes ces conneries. Plus tard, j'ai appris que c'était en fait une sacrée figure du journalisme, un genre de star qui passe à la télévision, un type qui connaissait tout le monde et les secrets de tout le monde, qui signait des bouquins dans les grandes surfaces et tout ça, mais il me l'avait pas dit et, d'ailleurs, ça n'aurait pas changé grand-chose. L'année d'avant, il avait écrit un bouquin entier sur la campagne présidentielle en suivant pendant un an l'un des candidats, et c'était un sacré best-seller, apparemment. Mince, il était tellement connu que son nom, c'était presque devenu un adjectif. Quand un type faisait un article un peu barré, on disait que c'était « talbotesque ». Mais, pour moi, c'était juste un compagnon de route complètement siphonné de la citrouille, qui me faisait rigoler, de plus en plus, alors j'ai fini par lui dire qu'il pouvait écrire ce qu'il voulait sur moi, que j'en avais rien à foutre du moment qu'il donnait pas mon nom. Dans ses articles, il m'appelait « le motard sauvage », et j'avais beau lui dire que c'était ridicule, il me jurait que non, il disait des trucs comme : « Tu comprends pas, mec ? T'es une icône, t'es une putain d'allégorie, tu vois ? L'image du motard sauvage, c'est toi, ta barbe, mon pote, c'est le symbole à elle toute seule de tout un pan caché de notre culture, l'archétype transcendantal, t'es un emblème, mec, tu vois ? » Et moi je voyais pas.

Il me suivait partout, du matin jusqu'au soir, et il parlait tout le temps, et entre chaque phrase il faisait une photo, ça arrêtait pas de cliquer autour de moi, et au bout d'un moment je m'en rendais même plus compte tellement il en faisait. Merde, Chris Talbot, il m'a photographié dans toutes les conditions possibles et imaginables, il m'a photographié à poil, en train de dormir, en train de me réveiller, en train de pisser, en train de baiser, en train de péter la gueule à pas mal de types, en train de me faire casser la gueule par quelques autres, en train de me retourner le cerveau, en train de rouler, de marcher, de réparer ma bécane, de réparer la sienne, en train de parler à d'autres motards, de parler à des vieux, en train de rien foutre assis sur un rocher, il m'a photographié dedans, dehors, la nuit, le jour, et le soir je m'endormais en l'entendant gratter sur le papier, écrire des pages et des pages comme une saloperie de maniaque, et je me demandais, bordel, comment on pouvait écrire autant de pages au sujet d'un type qui roulait à moto.

— Tu dis du mal de moi dans tes articles ? je lui ai demandé, un jour.

— Mais non, mec ! C'est des autres, que je dis du mal, tu vois pas ? Tous ces putains de sédentaires cérébraux, mec, les casaniers de la tête, ils avancent tellement pas qu'ils reculent, tu comprends ? Toi, t'es la liberté en mouvement, mon pote.

— Arrête tes conneries. Tu peux dire du mal de moi, si tu veux. Je m'en fous. Tu peux dire tout ce que tu veux, du moment que tu mens pas.

Et je pense qu'il ne mentait pas. Chris, c'était un sacré malade, un vrai détraqué de toxico, mais c'était aussi un chic type. Par moments, rares, il se calmait, entre mescaline et cocaïne, il retombait, et alors dans ces catalepsies dépressives je voyais apparaître, par une toute petite et brève ouverture, l'autre versant de la montagne, triste et grave, belle et touchante. Chris, il était encore plus seul que moi.

— Pourquoi t'es parti, mec ? il m'a demandé comme ça un soir avec une voix vachement plus triste que d'habitude.

— Parti ?

— De Fremont. Pourquoi t'as laissé tes frangins ?

— Je pourrais très bien te répondre que ce sont eux qui m'ont laissé...

— Trop facile.

— Je suis parti, parce que j'aime pas trop les maisons.

— Pourquoi ?

— Parce qu'elles sont pleines de portes.

Il a souri, et puis il m'a demandé encore :

— Qu'est-ce que tu cherches, ici ?

— Rien de spécial.

— Mon œil !

— Tu m'emmerdes, avec tes questions.

— En prenant la route comme ça, c'est toi qui la poses, la question. Tu nous la poses à tous, mec, tu vois ?

— Je cherche la paix. La vraie. Faut être tout seul pour avoir la paix. Dès qu'on est deux, c'est déjà la guerre.

— Et pourtant tu parles toujours des autres. Des Spitfires, de la bande à Freddy... Tu dis que tu veux être tout seul, mais c'est pas vrai : tu veux être en bande.

— Sûrement parce que je veux pas être tout seul à être tout seul, j'ai dit pour rigoler.

— Ça se tient. Parle-moi de Freddy.

J'ai soupiré.

— Tu m'emmerdes.

— Pourquoi tu penses tout le temps à Freddy ?

J'ai réfléchi un peu, pour lui donner une réponse définitive et qu'il arrête.

— Parce que Freddy, c'est le seul type avec lequel, même ensemble, j'avais l'impression d'être seul.

— Tu devrais retourner le voir, mec.

— Il ne me pardonnera jamais d'être parti.

— Mais si ! Tu penses tellement à lui que t'es pas vraiment parti. Freddy, c'est lui que tu cherches, pour de vrai, mais tu le trouveras pas sous un caillou, mon pote.

Il a arrêté avec ses questions, il a repris un buvard, et le lendemain c'était reparti sur les bécanes avec les photos et tout son tralala.

13

Et puis un jour, après deux mois de route ensemble, Chris Talbot a mis les voiles. Nos chemins se sont séparés, comme ça, du jour au lendemain. Sa série sur moi était finie, son rédacteur en chef l'appelait ailleurs en gueulant sur les notes de frais, et c'était tout. Il m'a donné quelques billets, il m'a serré dans ses bras en chialant comme un gosse et il a disparu.

Je l'ai jamais revu. Nom d'un chien, je vous jure que, pendant quelques jours, tout seul sur la route, il m'a manqué ! Et puis j'ai fini par l'oublier aussi.

Au bout du compte, ça faisait un an et trois mois que j'étais sur les routes quand, sans y avoir vraiment pensé, ou alors si peu, je me suis retrouvé, un beau matin, à l'entrée de Fremont.

Un an et trois mois, et j'étais revenu sur mes pas. Revenu au point de départ, plus léger encore que quand j'étais parti. Le sac vide.

Je me souviendrai toute ma vie de l'impression que j'ai eue en coupant le moteur de ma bécane devant le local du Spitfires MC de Fremont. L'impression que dix années avaient passé. L'impression que la terre avait tourné plus vite que moi. J'étais un cosmonaute revenu du cosmos. Devant moi, je reconnaissais à peine le port qui m'avait vu partir.

Le local avait doublé de volume. Il était plus large, plus haut et plus profond, avec deux entrées distinctes. D'un côté, la partie ancienne, celle que je connaissais, celle qu'on avait construite ensemble, avec une nouvelle porte blindée sur laquelle étaient peintes les couleurs du club, et des caméras de surveillance comme chez les grands MC. De l'autre, un nouveau bâtiment, tout en belles briques rouges, une vraie entrée de vrai établissement, avec la longue vitrine et les enseignes de bières qui clignotaient dessus et, à travers, on devinait une vraie salle de vrai bar, deux fois plus grand que l'ancien. Tout autour, un parking bétonné, un grillage, un panneau lumineux plus haut qu'une éolienne. Le champ de M. Bayou avec ses canassons avait disparu sous un tapis d'asphalte. Sur le côté droit, dans un enclos, une vingtaine de motos aux couleurs du club. La plupart que je n'avais jamais vues. Des motos toutes neuves, énormes, pleines d'accessoires et de petites lumières, des satanés paquebots.

Je suis descendu de ma bécane, un peu fragile, et je suis resté un long moment à regarder tout ça, et je sais pas trop ce qui me paralysait comme ça, la joie ou la peur de retrouver les miens.

Et puis, tout à coup, la porte blindée s'est ouverte, et alors j'ai senti mon cœur partir en galopade quand Melaine est apparue dans les rayons du soleil.

Bon sang qu'elle était belle !

J'ai eu peur qu'elle me reconnaisse pas, avec ma barbe et mes cheveux et la peau sur mes os. Mais quand elle a souri, je me suis souvenu que c'est dans les yeux que les gens se connaissent.

Elle était belle, oui, mais il y avait quelque chose.

J'ai pas compris tout de suite. Ses cheveux châtains qui tombaient sur ses épaules, ses petits yeux tout verts tout emplis de douceur, et son sourire qui grandissait à mesure qu'elle me voyait approcher. Tout était là, mais il y avait quelque chose. *Elle* avait quelque chose. Et alors mon regard est descendu lentement, et comme une évidence j'ai vu son ventre rond.

J'ai eu un arrêt, une seconde, de mon cœur et de mes jambes, et puis les derniers pas, je les ai faits en courant presque, et alors j'ai pris Melaine dans mes bras et je l'ai serrée, serrée contre moi, et je sentais son ventre si rond contre le mien si creux, et je crois bien qu'on pleurait un peu tous les deux, et je savais pas trop quoi dire et elle non plus, alors on se serrait seulement et ça en disait bien plus que mille paroles. Je sais pas combien de temps encore on s'est blottis comme ça, l'un contre l'autre, avant qu'elle rompe le silence en glissant dans mon oreille tout bas tout tendre :

— Tu m'as manqué, Bohem. Tu m'as tellement manqué !

Je me suis reculé un peu pour bien la regarder, et alors dans un sourire je lui ai demandé en caressant son ventre tout plein de vie nouvelle :

— Garçon ou fille ?

— Fille !

— Et... Elle est... Elle est de qui ?

Elle a posé sa main sur ma main sur son ventre, et puis elle a souri pareil en haussant juste une épaule.

— Mani.

Mani. C'était bien. Je l'ai prise encore dans mes bras, et j'étais tellement heureux que j'ai pleuré encore un peu.

— Ils sont où, les autres ? je lui ai demandé en regardant le local derrière elle.

Il était pas loin de midi et j'entendais du bruit nulle part.

— En ville.

— Qu'est-ce qu'ils foutent en ville ?

— Ils travaillent. On a ouvert un deuxième bar en centre-ville.

— Un deuxième bar ? j'ai dit, perplexe.

— Oui. Ça marche bien. Mais, du coup, ils bossent comme des fous. Les choses ont changé, Bohem.

J'aurais juré qu'elle était un peu triste en disant ça.

— Alors ils te laissent toute seule ?

— Il y a deux prospects à l'intérieur. Tu ne les connais pas.

— Et Ally ? Elle travaille aussi ?

Elle a poussé un soupir avec des yeux tout désolés.

— Ally, elle est partie il y a six mois.

— Partie ?

— Elle s'est disputée avec Sam. Alex l'a mise dehors.

— Disputée avec Sam ? Pourquoi ?

— Des histoires de fesses.

— Ah. Merde. Je vois.

— Ouais. Bon sang, Bohem, tu as tellement maigri !

Elle a essayé de sourire en me caressant la joue.

— Et cette barbe ! Mon Dieu, Bohem ! On a bien ri quand on a vu les photos !

— Quelles photos ?

— Dans le magazine. Le *motard sauvage* ! T'es une vraie rock star, mon petit loup. Tous les MC parlent de toi !

— Merde.

— Non ! C'est bien ! Je t'ai trouvé tellement beau, sur ces photos. Et puis j'avais l'impression d'être un peu avec toi, en suivant les articles. Les autres se sont un peu moqués de toi, c'est sûr, mais je t'ai trouvé tellement beau. Tellement toi.

— C'est des conneries, tout ça. C'est ce journaliste...

— T'as rencontré des gens célèbres ?

— Hein ? Ça va pas ?

— Ici, tout le monde dit que t'es devenu un genre de célébrité.

— N'importe quoi ! C'est des conneries, j'te dis. J'ai roulé, c'est tout.

— Moi, je m'en fous, t'es mon Bohem.

Elle m'a encore caressé la joue, et ça faisait tellement longtemps que j'avais pas vu autant de tendresse dans les yeux d'une femme !

— Viens. Tu pues comme un vieux rat pourri. Je vais te faire couler un bon bain. Je vais m'occuper de toi, comme avant.

Alors elle m'a pris par la main et elle m'a entraîné à l'intérieur.

Quand je suis entré dans le local, les deux prospects se sont levés et sont venus me serrer la main avec un mélange de fierté et de timidité dans les yeux, comme si j'étais un foutu héros de guerre.

— Salut, les gars.

— Salut, Bohem, bienvenue, mec !

J'ai souri. Ça faisait un peu bizarre de voir deux types que je connaissais pas me souhaiter la bienvenue dans mon propre club. En bas de leur gilet en cuir, j'ai vu le petit losange brodé. J'ai souri encore, avec un peu d'étonnement dedans. Le club entier était donc passé « 1 % »…

De ce côté-ci du bâtiment, notre local, qui était devenu la partie interdite au public, les choses n'avaient pas beaucoup changé. Les fauteuils en cuir choisis par les filles, la fresque de Fatboy sur le grand mur, le bar que j'avais construit de mes mains… Tout était là, avec quelques bibelots de plus, quelques tableaux sur les murs, et puis une vache de pompe à bière en cuivre qui trônait sur le comptoir et qui lui faisait une méchante gueule.

Melaine, comme attendrie, elle me regardait avancer tout doucement au milieu de mes souvenirs tout durs. Je suis passé de l'autre côté du bar. Mes mains ont glissé sur la surface de laiton, caressé les bouteilles… Et puis, tout à coup, je me suis arrêté.

J'ai lancé un regard à Melaine, la tête penchée.

— Où est passée la photo ? j'ai demandé. La photo de nous tous avec Oscar ?

J'ai vu qu'elle se mordait un peu les lèvres avec son air un peu triste.

— Alex l'a enlevée.

— Pourquoi ?

— Je sais pas. Tu lui demanderas.

J'ai hoché la tête. Il devait avoir une putain de bonne raison. Il avait intérêt.

Elle m'a tendu les bras, et je l'ai suivie à l'étage où elle m'a fait couler un bon bain chaud plein de mousse et de parfum, qui était comme autant de caresses oubliées. Et puis, alors que je me prélassais et que les kilomètres s'en allaient tout doucement de mes épaules, elle a pris des ciseaux et elle m'a coupé les cheveux, taillé la barbe, et c'était bon de se livrer comme ça, les yeux fermés.

Quand elle a eu fini, elle m'a embrassé le front tout doucement, et moi j'ai entendu un petit soupir et j'ai cru deviner ce qu'elle pensait dans sa tête.

— Alors, c'est devenu du sérieux, avec Mani ? j'ai demandé.

Elle a posé la main sur son ventre.

— Oui. Pas mal. Tu... Tu m'en veux ?

— T'en vouloir ? Mais tu es folle ! C'est moi qui suis parti...

— Mais quand même...

— Arrête ! Je vais être tonton ! C'est le plus beau cadeau du monde !

Et, mince alors, ça l'a encore fait un peu pleurer, cette idiote. Je lui ai dit qu'elle était bête et qu'elle était belle et que j'étais tellement heureux pour elle et pour Mani, et alors elle s'est encore un peu occupée de moi à me masser le dos, à me câliner, à me dire des mots tendres, à me donner des vêtements propres, et puis on est redescendus et elle m'a fait à manger, et tout ça c'était ma Melaine toute crachée qui aimait tant les gens.

Au milieu de l'après-midi, le visage tout frais tout neuf, alors que j'étais affalé sur l'un de nos fauteuils en cuir à siroter un foutu bon whisky avec les deux prospects qui me posaient tout plein de questions, Fatboy et Sam sont arrivés au local.

— Tiens ! T'es là, toi ? m'a lancé Fatboy.

Je me suis levé pour les embrasser avec le cœur. Les yeux de Prof étaient tout brillants derrière ses petites lunettes de vieux docteur. Ceux de Fatboy, j'ai pas vu. Par contre, ce que j'ai vu, c'est qu'il avait sa mauvaise tête qui grogne et encore plus de bide qu'avant et que, lui, il y avait quand même peu de chances que ce soit un gosse à l'intérieur.

— Alors, c'était bien, ta virée ? il m'a demandé comme ça en passant, comme si j'avais juste fait une petite balade d'une semaine dans les bois.

— Euh... Ouais, j'ai dit, un peu étonné.

— Bon, ben moi je vais préparer le bar à côté pour l'ouverture, il a dit.

Il s'est tourné vers les deux prospects.

— Allez, venez m'aider. Fait chier, merde, il est presque quatre heures !

Et puis il est ressorti dehors pour aller dans l'autre partie du bâtiment, sans rien dire de plus.

J'ai regardé Sam en fronçant les sourcils.

— Qu'est-ce qu'il a ? Il fait la gueule ?

Sam a haussé les épaules.

— Bah, c'est Fatboy, tu sais bien. Il est un peu tendu, en ce moment. On a vachement de boulot.

— Je vois ça. Ma parole, on dirait de vrais petits chefs d'entreprise ! j'ai dit en souriant.

— Ben, en fait... c'est exactement ça, Bohem.

Il s'est servi un verre de whisky comme le mien et on est allés s'asseoir dans le petit salon.

— Alors ? il m'a dit d'un air chaleureux. Raconte un peu !

Je lui ai raconté. J'ai essayé de dire les choses comme je les avais vécues, les paysages et les gens, la solitude et la plénitude, les routes, les villes, les belles rencontres et les moins belles, le temps qu'on passe à réfléchir, mais dans des mots ça paraissait tout petit, tout ridicule. Sam, pourtant, il souriait, il hochait la tête, je crois bien qu'il comprenait un peu et qu'il avait l'air heureux pour moi, pour de vrai.

— Tu as de la chance, Bohem, il a dit à la fin avec sa voix calme et mélancolique. J'aimerais bien retourner sur les routes. Retrouver le temps de la méditation, du partage avec la nature, le retour sur soi, tout ça...

J'ai froncé les sourcils.

— Ça tient qu'à toi, non ? Moi, si tu me le demandes, on part demain ! Ma parole, si tu voulais, on partirait même ce soir !

— J'aimerais bien... Crois-moi, j'aimerais vraiment bien.

— Eh bien alors ?

Il a haussé les épaules.

— On a lancé plein de trucs ici. Ça se passe plutôt bien. C'est fatigant, mais c'est passionnant, aussi, c'est excitant. On est en train de construire quelque chose de grand, Bohem. Quand je vois avec quoi on a commencé il y a presque deux ans, et ce qu'on a aujourd'hui... Tu te rends compte ?

— Oui. C'est impressionnant. Melaine m'a dit que vous avez ouvert un deuxième bar en centre-ville ?

— Oui. On ira faire un tour ce soir, si tu veux. C'est assez... différent.

— C'est chouette. Je suis heureux pour vous.

— C'est en grande partie grâce à toi, Bohem.

— Pas moi. Nous.

— Si tu veux. En tout cas, le club gagne très bien sa vie, maintenant. On est à l'abri du besoin. Mais ça fait pas mal de soucis.

Comme il avait l'air content, j'ai pas osé lui dire que, du besoin ou d'autre chose, être à l'abri, ça m'excitait pas vraiment, et que moi, je préférais être à la belle étoile.

— Je comprends. Mais vous avez quand même un peu de temps pour rouler, j'espère ?

Il a fait une grimace amusée.

— Putain, plus trop, en vrai ! On est ouverts tous les jours sauf le dimanche et, la gestion, ça nous bouffe tout le temps de libre. Merde, même la réunion du jeudi, on peut plus la faire le soir. C'est le matin à huit heures et demie, mon pote !

— À huit heures et demie ? Merde !

— Ouais.

J'ai souri.

— Alex doit être content. C'est ce qu'il voulait, tout ça.

— Il est crevé, mais il est content. Il le montre pas, tu sais bien comment il est, mais il est content.

— Je vais le voir, quand même ? j'ai demandé, un peu blagueur.

— Ce soir, sûrement.

— Y a intérêt !

— Melaine t'a dit aussi qu'on allait ouvrir deux nouveaux chapitres des Spitfires ?

— Non. Des nouveaux chapitres ?

— Ouais. On attendait que tu sois là, pour que tu donnes ton accord, comme c'est un peu toi qui as créé le club...

438

— Un peu, j'ai rigolé.

— Il y a deux petits MC dans des villes pas très loin d'ici qui veulent changer leurs couleurs et devenir des Spitfires. C'est des bons gars. Alex a préparé une patente, il te montrera.

— Une patente ?

— Ouais. C'est un genre de charte qu'on leur fait signer, et après une période où ils restent tous prospects, ils peuvent ouvrir leur chapitre de Spitfires et porter nos couleurs, en échange d'une cotisation mensuelle. C'est comme ça que ça marche.

— Ah bon...

— C'est aussi une bonne source de revenus pour nous. Alex t'expliquera ça mieux que moi ! Tu te rends compte ? C'est moi qui lui ai tout appris, sur les MC, et, maintenant, il en connaît deux fois plus que moi ! Mais pour l'instant, viens, je te montre ce qu'on a fait à côté.

Je l'ai suivi dans la seconde partie du bâtiment, qui était donc un nouveau bar pour le public, beaucoup plus grand que celui qu'on avait construit dans le local. Mazette, c'était un vrai bar de motards rock'n'roll, comme on en voyait seulement dans les grandes villes, avec la belle décoration, un billard, un flipper, un juke-box, une scène pour accueillir des groupes de musique, des belles tables cerclées de métal, des fauteuils assortis, un comptoir qui n'en finissait plus de longueur... J'arrivais à peine à y croire tellement c'était grand, tout ça. Et Fatboy était là, qui s'affairait partout et qui m'adressait à peine un regard.

— Mince, c'est vous qui avez fait tout ça ? j'ai demandé à Sam, du genre abasourdi.

— Non. On a fait faire. Ça a pris au moins quatre mois, mais ça nous a permis de doubler la clientèle. Tu vas voir.

Et j'ai vu.

À six heures, ils ont ouvert les portes. À sept, le bar était presque plein, le parking bondé de bécanes et de belles bagnoles qui n'arrêtaient pas d'arriver encore et encore. La plupart des clients avaient l'air d'être des sacrés habitués, qui parlaient avec Sam et Fatboy et les prospects en leur tapant sur l'épaule, et certains venaient me voir qui avaient l'air de me connaître, ils me demandaient comment s'était passé mon périple, et ils disaient que c'était vachement chouette ce que j'avais fait, que j'étais un putain d'exemple pour les motards, et que ce que j'avais fait avec les Spitfires, ça aussi c'était quelque chose, et moi j'étais un peu étouffé par tout ça, j'avais l'impression que ça nous échappait un peu de partout, mais j'étais heureux pour mes frères. Bon sang, j'étais vraiment heureux pour mes frères !

Vers dix heures du soir, j'étais déjà correctement retourné de la tête, avec le whisky et les joints en accompagnement, et alors Sam m'a dit qu'on pouvait aller dans l'autre bar, en centre-ville, pour voir Alex et Mani.

On a laissé Fatboy qui faisait encore un peu sa gueule et, quand j'ai vu Prof sur le parking se diriger vers une voiture, je l'ai attrapé par l'épaule et je lui ai dit :

— Qu'est-ce que tu fais, mec ?

— On prend la bagnole, pour les ramener après.

— La bagnole ? Tu déconnes, j'espère ?

— Ben non. On fait ça tous les soirs, c'est plus pratique.

440

J'ai secoué la tête, pour être sûr que je rêvais pas.

— On est un club de moto, Sam ! On roule à moto.

Il a rigolé.

— Ben, je sais, mais ils vont quand même pas rentrer à pied !

— On les prendra derrière nous, bordel ! Ce sera pas la première fois que je trimballerai la Fouine sur ma selle, foutre merde !

Il a hésité, d'un air embarrassé, et ça m'a un peu énervé quand même.

— Mec, t'es un putain de Spitfire, tu te souviens ? Si je te vois monter dans une saloperie de bagnole, je te crève les pneus. Allez, viens !

Il a écarté les bras d'un air résigné.

— OK...

On est partis sur nos bécanes, et moi je commençais à me demander s'ils n'étaient pas devenus fous.

14

Pour un chouette bar, c'était un sacré chouette bar, mais pas vraiment ce à quoi je m'étais attendu. Mince alors, c'était un bar de riches ! Avec des gens plutôt du genre jeunes et chics à l'intérieur, avec chemises et mocassins de riches, une décoration de riches, des jolis matériaux de riches, une lumière tamisée de riches, et de la musique d'ambiance de riches, et c'était peut-être un peu mignon si on voulait, mais ça manquait drôlement de rock'n'roll de pauvres.

J'ai failli éclater de rire, à cause du contraste qui nous ressemblait drôlement pas, mais comme il y avait un paquet de clients à l'intérieur, je me suis retenu et je me suis contenté de hocher la tête, pour faire plaisir à Sam.

— C'est pas la même chose, hein ? il a dit, comme s'il se doutait de ce j'avais dans la tête.

— En effet. C'est… C'est euh… cosy ?

Et alors, droit devant moi, derrière le comptoir en bois sombre, dans une lumière orangée, j'ai vu Mani. Mon Mani. Lui aussi il avait pris quelques kilos, mais c'était toujours un sacré beau gosse quand même.

Ma parole, le sourire de Mani, quand il m'a vu entrer dans le bar, ça non plus je l'oublierai jamais ! C'était un foutu beau sourire avec les yeux, plein de passé dedans. J'ai traversé la salle, un peu gêné de pas vraiment me sentir à ma place, et là j'ai embrassé mon frère et tant pis pour les convenances.

Il m'a tenu comme ça par les épaules, à me regarder d'un bloc comme s'il en croyait pas ses yeux, et puis il a dit :

— Tu as l'air bien, Bohem !

— Toi aussi.

Il a hoché la tête.

— Viens, viens, je t'offre un verre !

— Et tes couleurs ? j'ai demandé en réalisant soudain que Mani portait une saloperie de belle veste, comme un vrai pingouin !

— Alex veut pas qu'on les mette quand on sert ici… Mais tu peux garder les tiennes, il y a pas de problème.

442

— J'espère bien, ma parole !

— Allez, viens.

Je me suis installé au bar, un peu agacé, et je sentais bien que les clients me regardaient bizarre, mais ils pouvaient aller se faire foutre à l'autre bout du monde par une école d'experts-comptables, j'étais avec mon frère et je les emmerdais.

Sam est passé près de moi, il nous a dit qu'il montait « là-haut » et il a disparu derrière une porte à côté du comptoir.

— Alors, c'était beau ? m'a demandé Mani en me servant un whisky.

— La vache, Mani, j'aurais tellement aimé que tu voies tout ce que j'ai vu ! Toi qui aimes le ciel et les océans et les étoiles, bon sang, j'en ai vu des millions. Merde, j'ai vu tellement de choses que tu aurais aimé voir !

Il a souri.

— On a suivi tes aventures dans le magazine.

— Me parle pas de ça, on s'en fout, du magazine ! Les vraies images, c'est dans la tête, j'ai dit en me tapant du doigt sur la caboche.

Il a fait un clin d'œil.

— Alors ? T'as vu un peu ce qu'on a fait ici ? il a demandé, et il souriait tellement que ça se voyait qu'il devinait dedans mes impressions bizarres.

— Ouais, j'ai dit... C'est... C'est spécial.

Il a éclaté de rire.

— La folie des grandeurs, hein ? Alex, quoi ! On a beau dire, il est doué pour ces trucs-là.

— Ouais. On dirait. T'aimes bien ? j'ai demandé avec sous-entendu.

— De base, c'est pas trop mon truc, hein, tu sais bien, mais je regarde, et je me marre, tellement

c'est gros. Qu'est-ce que tu veux que je te dise ?
Faut vivre avec son temps !

J'ai fait un genre de grimace pleine de doute.

— On peut dire ce qu'on veut, c'est quand même
une sacrée réussite, il a ajouté. Alex, on le laisse
faire. Il tient la baraque comme un chef. On bouffe
tous à notre faim, on manque jamais de rien, il
arrive à faire vivre tout ça, tout le monde, c'est
impressionnant. Si c'était moi, je serais même pas
foutu de faire tourner une seule boutique, alors
je dis chapeau !

— OK. Mais vous vous marrez, au moins ?

— Ouais, ouais... C'est beaucoup de boulot,
mais ça nous arrive encore de nous marrer.

— OK... Ça vous *arrive encore*...

— Soyons réalistes, Bohem. Fallait bien qu'un
jour on se pose un peu. Gagner sa vie en construi-
sant quelque chose, c'est pas mal non plus. Pour
nos vieux jours.

J'ai rigolé en secouant la tête.

— Merde alors ! Si un jour on m'avait dit que
tu sortirais un truc pareil !

— Je sais ! il a dit en souriant d'un air désolé.

— Moi, je pensais que t'étais un vrai putain de
nomade, Mani. Un voyageur, comme moi. Que le
fric, tu t'en foutais un peu, que tu voulais voir du
pays et ne rien devoir à personne.

— Moi aussi... Mais bon... Tu as vu Melaine ?

J'ai souri.

— Oui. J'ai vu Melaine. Elle est belle comme
une fleur dans le désert. Félicitations, frangin.

Je lui ai tapé dans la main.

— C'est du sérieux, avec elle ?

— On dirait.

— Tu vois ? Finalement, tu crois encore à l'amour...

— Il n'y a que les imbéciles qui ne changent pas d'avis.

J'ai levé mon verre pour qu'on trinque à la santé de la petite fille qu'il y avait dans le ventre de notre amoureuse. Au fond, c'était ce qui pouvait nous arriver de mieux. Que notre trio termine comme ça, par une jolie histoire.

— Et Alex, alors ? j'ai demandé. Il est où, cet enfoiré, que je lui fasse la surprise ?

— Il doit être là-haut, dans le bureau, pour la compta. C'est lui que Sam est monté voir.

— Ah ! Alors c'est raté pour la surprise, j'ai dit, sans oser ajouter que je trouvais ça un peu bizarre que la Fouine ne soit pas descendu, puisque Sam avait dû lui dire que j'étais là.

— Tu montes les escaliers derrière la porte, et c'est la deuxième à droite. Monte, il sera content de te voir !

Je commençais à plus en être aussi sûr, mais je suis monté quand même.

Dans les escaliers, sur les murs, il y avait tout un tas d'articles de presse encadrés, avec des journalistes qui parlaient du succès des deux bars, qui disaient que c'était la plus belle réussite de l'année à Fremont et des choses comme ça. Il y avait des photos d'Alex et de Sam avec des grands sourires, des photos des deux établissements... Je me suis arrêté devant le plus beau cadre et j'ai lu le début du papier qui était une interview de la Fouine.

Quand j'ai vu que ça commençait par « *Quand j'ai créé le club des Spitfires, il y a trois ans...* », j'ai eu un genre de frisson dans le dos, un peu comme un coup de surin entre les omoplates, du genre pas très agréable, et j'en revenais tellement pas que je me suis dit que le journaliste avait dû mal comprendre, comme souvent les journalistes.

« *Quand j'ai créé le club des Spitfires...* »

Arrivé en haut, je suis entré dans la pièce sans frapper, et alors j'ai vu Sam confortablement installé dans un énorme fauteuil, les jambes croisées, et Alex, mon Alex, assis comme un satané ministre derrière un grand bureau en chêne qui était plus long que lui les bras tendus.

Ma parole, si c'était possible, la Fouine, il était encore plus maigre qu'avant ! Pour le coup, on avait vraiment l'impression qu'il était du genre malade en phase terminale. Il avait des cernes sous les yeux on aurait dit deux vieilles figues toutes séchées.

— Ah ! Te voilà ! il a dit en me regardant entrer, sans lâcher le stylo qu'il avait dans la main.

— Eh bien ! j'ai dit en le dévisageant assis comme ça derrière son bureau. Te lève surtout pas, enfoiré ! Cache ta joie !

— M'en veux pas, Bohem, je suis en pleins calculs compliqués, là. Va boire un coup au bar, je descends dans dix minutes.

— T'es pas sérieux, trouduc ? j'ai dit, avec la tête de celui qui veut pas y croire.

— Dix petites minutes et je suis à toi.

— Mon cul, ouais ! Tu vas lever tout de suite tes petites fesses de ta chaise, tu vas me rouler la galoche du siècle, j'ai dit pour rigoler, et tu vas descendre boire un putain de verre avec moi, enfoiré !

Et là, je vous jure, Alex, il a regardé Sam comme pour le prendre à témoin et il a poussé un soupir.

— Allez ! Hop ! Tu les feras plus tard, tes calculs compliqués, j'ai dit en me moquant.

Je me suis précipité de l'autre côté du bureau pour le choper par le col et soulever ses quarante kilos du sol.

— C'est bon, c'est bon ! J'arrive ! il a dit en se levant. Tu fais chier, Bohem ! Tu te rends pas compte, c'est un truc sérieux, là...

— Ah, parce qu'un de tes frangins qui revient après plus d'un an, c'est pas un truc sérieux, peut-être ? Allez, fais pas le con et viens boire un verre, bordel de merde !

En vrai, j'avais la colère qui montait en moi comme un foutu volcan, et j'aurais aussi bien pu lui dire de rester dans son petit bureau à faire ses petits calculs, mais ça se faisait pas, comme retrouvailles, alors j'ai juste fait semblant d'être un peu vexé seulement, et je l'ai tiré par le bras comme on tire un enfant qui veut pas aller à l'école.

On a fini par redescendre, et alors on a bu quelques verres, et puis on a parlé, longtemps, et enfin c'était chouette, même si Alex était pas foutu de parler d'autre chose que des bars et de la gestion des bars, et du club et des finances du club, et des soucis que ça faisait, tout ça, et des projets qu'il avait pour l'avenir, et moi ça me faisait marrer, et j'arrêtais pas de l'appeler *monsieur le maître du monde*, et puis vers deux heures du matin le bar a fermé, et nous on est restés encore une heure à parler dedans, en buvant d'autres verres, et petit à petit c'était presque comme au bon vieux temps. Presque.

Alex, nom d'un chien, il avait drôlement changé, pas que du côté du corps. Et, dans un sens, ça m'énervait pas mal, parce que c'était comme s'il reniait un peu ce qu'on avait été, mais, dans l'autre, ça me faisait plaisir aussi, parce qu'il avait l'air de réaliser un genre de rêve et qu'il s'était débarrassé de mon ombre comme un jour je m'étais débarrassé de celle de Freddy. Il n'était plus le bon vice-président qui me suivait partout sans trop rien dire, il était libre, et fort, et tout épanoui. Et alors je me suis dit que j'avais sans doute bien fait de partir, pour lui laisser un peu de place.

Et comme ça on s'est raconté nos vies, et il y avait tant à dire, et Alex était tout fier de m'expliquer comment ça marchait, le montage financier, les contrats, les bars et le business qui allait autour.

— Et les putes ? j'ai demandé pour le charrier un peu.

— Les putes, on a pas fait. On a respecté notre parole, Bohem. Et je peux te dire que ça nous aurait quand même bien aidés, pour la trésorerie.

— Vous avez très bien réussi sans, on dirait !

— Ça n'a pas été facile.

J'ai secoué la tête, et puis on a parlé d'autre chose, du passé, des jeux de rôle dans ma roulotte, de la bagnole de Da Silva avec ses magazines vachement cochons, de Nina ma première amoureuse, des Jags, de Dozer que j'avais rétamé, des clubs qu'on avait rencontrés, de la vieille qui avait soigné la jambe de Fatboy dans son camping-car tout déglingué, mais comment s'appelait-elle, déjà ? Anna ? Oui, c'était ça, Anna ! Et à chaque nouveau souvenir on se marrait comme des gosses et c'était bon comme du miel.

Quand, tout au bout de la nuit, bourrés comme des canons, Sam et moi avons annoncé à la Fouine qu'on était venus à bécane, ma parole, tout à coup, il a pété les plombs.

— Putain ! il gueulait. Vous êtes lourds ! Comment on va rentrer, maintenant ?

J'ai rigolé, tellement c'était idiot.

— C'est bon, crevard, je te ramène ! Comme avant !

— Non ! Je suis crevé, Bohem ! Bordel, tu fais chier ! Tu te rends pas compte les journées qu'on se paie !

Ma parole, il était tellement énervé que j'ai même pas su quoi répondre. Quand il a appelé les prospects pour qu'ils viennent le chercher en voiture, j'ai compris que c'était pas seulement une histoire de fatigue.

La Fouine, le putain de président du Spitfires MC de Fremont, il voulait juste plus jamais monter derrière quelqu'un. Derrière personne. Même pas moi.

15

Les jours suivants, un peu désorienté, je suis resté au club et, la plupart du temps, j'étais dans le local avec Melaine et les prospects.

Je les aimais bien, les prospects, et je me demandais comment ils faisaient pour supporter de devoir bosser comme ça, comme des chiens. Alex et Sam, ils y allaient pas de main morte, avec eux. Ils les traitaient comme on traite pas un frère. Et moi, je comprenais pas comment on pouvait être prospect d'un club de moto sans jamais faire de moto. Mais ils étaient tellement fiers de faire partie du MC qu'ils se plaignaient même pas un peu, et moi je leur faisais des clins d'œil en espérant que ça leur faisait un peu de bien et, chaque fois que je sortais à moto, j'en emmenais un ou deux avec moi, juste pour qu'ils roulent.

Dans mon coin, je regardais comment ça marchait, tout ça, les affaires en cours, les MC qui venaient nous rendre visite, les motards de passage. Je me glissais derrière notre vieux bar, comme avant, et je me souvenais de l'époque où c'était nous, les gens de passage.

Avec Melaine, on s'amusait pas mal. On se moquait gentiment d'Alex qui se réveillait toujours le dernier et qui descendait le matin avec sa tête de mort-vivant, toujours en retard, en disant qu'il n'avait pas fermé l'œil de la nuit à cause de ses maladies, alors qu'on l'avait entendu ronfler comme un grizzli. Il disait qu'il avait fait rien que de travailler dans sa chambre jusqu'à l'aube et qu'on se rendait pas compte, et qu'il était de plus en plus malade, et moi je pense que la Fouine, à force de dire qu'il était malade, il finissait par l'être un peu vraiment, et c'était même plus drôle, c'était triste.

Un soir, Franck, le président des Wild Rebels de Saint-François, est venu nous rendre visite avec deux ou trois de ses frères et, comme les autres devaient s'occuper des deux bars, je suis resté au local avec Melaine et les prospects pour recevoir nos invités.

Franck, ma parole, quand il m'a vu, il m'a serré dans les bras avec pas mal d'émotion, et ça faisait bizarre de se dire qu'il avait l'air plus content de me retrouver que certains de mes propres frangins.

— Alors, gamin ? Ce putain de voyage ?

— C'était chouette, j'ai dit en lui servant à boire.

— Tout le monde a parlé de toi...

— Il paraît.

On a trinqué et il a regardé le local d'un air admiratif.

— T'as vu un peu ce que c'est devenu, ton club ?

— Ouais, j'ai dit en hochant lentement la tête.

— Quand t'es parti, au début, je t'avoue que je t'en ai un peu voulu. Moi, j'aime pas trop changer d'interlocuteur. Quand j'ai affaire à quelqu'un, c'est avec lui que j'ai affaire, point final. Mais je dois avouer que ton vice-prez', Alex, il s'est bien démerdé.

— C'est plus mon vice-prez'. Ici, c'est lui le président.

— Oui. Et il fait ça très bien. Et toi, tu vas faire quoi ?

— Je sais pas trop encore.

— Tu vas repartir sur les routes ?

— Il y a des chances.

— Tu veux pas rester un peu ici ? Profiter de tout ça ? Gagner un peu de blé ?

J'ai haussé les épaules.

— Oh, tu sais... Le blé, c'est pour eux, c'est eux qui bossent. Moi, je regarde, j'admire.

— Tu prends quand même un peu de blé, non ?

— Non. Si un jour on revend tout ça, j'aurai ma part, c'est tout.

— Je vois. À ta place, il a dit en rigolant, je m'installerais un peu, et je prendrais du pognon.

— M'installer, c'est pas mon truc.

Et on a discuté comme ça jusque tard dans la nuit, et quand ils ont décidé de partir, j'ai pris ma bécane pour les raccompagner jusqu'à

451

Saint-François, parce que j'avais envie de rouler avec un MC, comme au bon vieux temps, et que je pouvais plus trop le faire avec le mien.

Sur le chemin du retour, j'étais tout heureux dans la fraîcheur des nuits quand, soudain, la moto d'Oscar est tombée en panne. Pour de bon. Plus d'un an j'avais fait le tour du pays sans qu'elle me lâche jamais, et là, comme ça, moteur fendu. La vraie tuile.

Je me suis retrouvé au milieu de la pénombre à pousser la bécane comme un cheval de trait, et j'avais beau avoir la haine en dedans, je pouvais pas m'empêcher de penser à l'époque où Freddy et moi poussions la machine de son frère sur toute la berge pour nous éloigner sans faire de bruit, et ça me faisait un peu sourire, du coup.

Quand je suis arrivé au local tout plein de sueur, j'ai vu Alex devant la porte blindée, tout petit, tout inquiet.

— Qu'est-ce qui s'est passé ? il m'a demandé. J'ai cru que tu t'étais encore barré pour de bon.

— J'ai cassé le moteur en rentrant.

— Merde.

— Ouais. Merde. Je crois que je vais même pas pouvoir le réparer.

Je me suis accroupi pour regarder encore les dégâts à la lumière du local et, pendant ce temps-là, la Fouine est rentré. Quand il est ressorti, il m'a tendu une enveloppe.

— Tiens. Laisse tomber, t'iras t'acheter un moteur demain. C'est pas un souci.

Je l'ai regardé en me mordant les lèvres, parce que c'était un peu humiliant, comme moment.

— Non, non, c'est bon, j'ai dit. Je vais me démerder, t'inquiète pas.

— Tu vas rien te démerder du tout, Bohem. C'est notre club. Ça te revient aussi.

J'ai poussé un soupir, parce que c'était à la fois gentil de sa part et un peu bizarre, j'avais l'impression de faire la manche à mon propre frangin, mais, bon sang, j'avais plus un rond en poche, et sans moto j'étais plus rien, et réparer un moteur comme ça, vrai de vrai, c'était pas gagné d'avance.

— T'es sûr ? j'ai dit.

— T'es con ou quoi ? Prends ça et arrête de faire des manières !

J'ai pris l'enveloppe et, le lendemain, j'ai acheté un nouveau moteur.

16

Ça faisait pas loin de trois semaines que j'étais revenu à Fremont quand, un jour, en fin d'après-midi, je me suis retrouvé de nouveau en tête à tête avec Alex, au local. On était là à parler de ses affaires en buvant des bières sur mon vieux bar quand je me suis décidé enfin à lui poser la question qui me brûlait la langue et les tripes depuis le jour de mon arrivée.

— C'est toi qui as enlevé la photo ? La photo de nous tous avec Oscar ?

— Ah. La photo. Oui. C'est moi.

Il a dit ça comme si ça l'énervait déjà que je pose la question. Moi, comme je savais que c'était un sujet du genre sensible, j'y allais avec des pincettes, la voix douce.

— Pourquoi ?

— À ton avis ? Parce qu'elle nous rappelait à tous un très mauvais souvenir.

— Je vois. Mais c'est la seule photo qu'on a avec Oscar dessus, Alex...

— Tu voulais que je fasse quoi ? Que je découpe juste Oscar et que j'enlève tout ce qu'il y avait autour ?

— Autour, c'était nous.

— Et le bateau, Bohem ! Le foutu bateau ! J'ai pas particulièrement envie qu'on me rappelle l'histoire du bateau chaque fois que je passe derrière ton putain de bar !

J'ai froncé les sourcils, parce que j'aimais pas grand-chose dans tout ce qu'il venait de dire, et encore moins le ton sur lequel il l'avait dit.

— Moi, je pense que, justement, ça ferait de mal à personne de se rappeler tous les matins l'histoire du bateau, Alex ! Se rappeler d'où on vient. Ce qu'on a vécu. C'est pas bien de vouloir effacer le passé. Elle est où, cette photo ?

Il a soupiré, comme si j'étais rien qu'un sale gamin qui fait son caprice.

— Je sais pas. Elle doit être dans un carton, quelque part.

Là, j'ai commencé à vraiment m'énerver des yeux et de partout.

— Comment ça, dans un carton quelque part ? Tu te fous de ma gueule ? Avec sa moto, c'est tout ce qui nous reste d'Oscar ! C'est ma photo !

— Bohem, tu m'emmerdes. J'ai des millions de choses à gérer, ici. Tu crois que j'ai que ça à foutre de savoir où est rangée une putain de photo ?

S'il avait fait dix ou quinze kilos de plus, je me serais levé et je lui aurais balancé la mère de toutes les droites. Au lieu de ça, je lui ai donné

454

un regard tout rempli de mépris, je suis allé dehors et je suis parti sur la bécane d'Oscar avec la mâchoire bien serrée.

J'ai roulé comme ça dans le soir qui tombait, à fond de caisse, et il y avait cette boule dans ma gorge qui voulait pas partir, et je faisais rien que de penser à Oscar en voyant le paysage défiler autour de moi, et j'arrivais pas à comprendre, j'arrivais pas à comprendre comment Alex avait pu faire ça, et ça m'énervait, et je voyais aussi passer toutes les images d'avant, de Providence et de Sainte-Catherine, je voyais cette petite chambre d'hôtel où Alex avait écrit à la main le nom de notre club sur le blouson d'Oscar et le mien, je voyais les jours heureux du passé pas si lointain et je me disais que c'était pas possible d'en arriver là. Et puis j'ai roulé encore longtemps et le vent a fini par souffler doucement sur ma rage, et la route a fait son devoir en me redonnant lentement un peu de paix.

Vers dix heures, je me suis arrêté en centre-ville, devant le nouveau bar des Spitfires. Il y avait plein de belles bagnoles garées devant. Je suis entré et j'ai vu encore le sourire de Mani derrière le comptoir, et alors c'était comme si tout pouvait s'oublier. Je suis allé le rejoindre, j'ai enlevé mes couleurs et je suis passé derrière le bar avec lui, pour servir les gens comme je le faisais avant, avec Ally et Melaine dans leurs petites tenues.

Pendant une heure, j'ai joué au barman un peu chic, et avec Mani on rigolait drôlement, je parlais aux clients comme si j'étais un satané employé de palace de luxe, avec les belles manières et tout le bazar.

Mani, il avait beau être l'un des derniers arrivés dans la bande, j'avais l'impression de me sentir maintenant plus proche de lui que de tous les autres. Et pas seulement à cause de ce qu'on avait vécu, tous les trois avec Melaine. Il avait cette espèce de sérénité en lui qui me disait qu'il ferait jamais de mal à personne, que son amitié s'abîmerait jamais, parce qu'il n'avait rien à perdre ou à gagner. Mani, c'était un juste. Il ne comptait rien, ni l'amour qu'il donnait ni celui qu'il recevait. On aurait dit un vieux sage, comme dans les contes d'Afrique et, quand il me regardait, j'avais l'impression qu'il voyait tout à l'intérieur de moi. Mani, il était libre, et ça faisait du bien de sentir sa liberté juste à côté.

— À quoi tu penses ? il m'a demandé en rigolant, comme il voyait que je le regardais les yeux un peu dans le vague.

— À l'amitié, j'ai dit.

— C'est ton grand truc, ça, hein, l'amitié ?

— Pas toi ?

— Si, bien sûr, mais c'est pas pareil. Ton pote Freddy, ça se voit que c'est pas pareil. Quand il est venu...

— Pardon ? je l'ai coupé, avec le cœur qui était remonté dans ma gorge.

— En mai dernier, quand il est venu ici...

— Freddy est venu ici ? j'ai demandé, et ma tête a eu l'air de lui faire peur.

— Tu savais pas ? Je croyais qu'Alex te l'avait dit.

— Freddy est venu ? je répétais comme un vrai débile, tellement j'arrivais pas à y croire.

— Oui. Il te cherchait. On lui a dit que tu étais sur les routes, on lui a même montré les articles sur toi dans le magazine. Il a passé la soirée avec Alex, et puis le lendemain, il est reparti.

Je me suis laissé tomber sur le tabouret qui était près de la caisse, derrière le bar, et je suis resté comme ça un long moment sans rien dire.

Vers onze heures, Alex est arrivé à son tour et, quand il m'a vu derrière le bar, il a fait une drôle de tête, et avec une espèce de sourire crispé il est venu me voir et il m'a demandé de le rejoindre « là-haut ».

Je l'ai vu disparaître dans l'escalier avec des petits pas nerveux, j'ai regardé Mani, qui a haussé les épaules avec la lumière de l'espièglerie dans les yeux. J'ai renfilé mes couleurs et je suis monté voir la Fouine.

— Bohem, je suis désolé, mais ici, je ne peux pas te laisser passer comme ça derrière le bar.

J'étais assis sur le gros fauteuil en cuir en face de son bureau et, ma parole, je vous jure, j'ai cru qu'il plaisantait, mon Alex. Sauf que comme ça se voyait qu'en vrai il ne plaisantait pas du tout, j'ai éclaté de rire.

— Euh... T'es sérieux, là, en fait ?

— Oui.

— Ah. Et pourquoi tu peux pas *me laisser passer comme ça derrière le bar* ?

— Pour des questions d'assurance.

Je suis resté un long moment à le regarder avec mes yeux tout ronds, à me demander s'il se rendait compte du ridicule de ce qu'il venait de dire, à me demander s'il y croyait vraiment, s'il était devenu fou ou s'il avait juste envie de m'emmerder, à cause de la photo.

— Pour des questions... d'assurance ? j'ai demandé.

Il a fait le gonflement de poitrine de celui qui n'en peut plus, mais qui essaie de garder son calme.

— Bohem. C'est un vrai bar ici. Je paie des gens, je paie des taxes, je paie des assurances.

— Tu les paies personnellement ? j'ai dit en rigolant.

— Non. C'est le club. Mais c'est moi qui en suis responsable, c'est *vous* qui m'avez nommé responsable, c'est *toi* qui m'as demandé d'être le président et, s'il se passe quelque chose, c'est sur moi que ça retombera.

— Mais tu veux qu'il se passe quoi, derrière ce foutu bar ? T'es pas sérieux, Alex ? Tu vas quand même pas me casser les couilles pour une histoire d'assurance à la con, quand même ?

Et, tout à coup, la Fouine, il a tapé du poing sur la table et, bon sang, je me demande encore s'il se rendait compte à quel point il était à côté de ses chaussures. À le voir s'énerver comme ça derrière son petit bureau de chef, j'hésitais entre lui faire un câlin tellement c'était attendrissant, et lui mettre une mandale tellement c'était pathétique.

— Bohem ! Tu sais ce que c'est ton problème ? il a dit en gueulant comme je l'avais jamais entendu gueuler. C'est que tu supportes pas qu'on te dise non. Depuis le début. Il faut toujours que t'en fasses qu'à ta tête ! T'en as toujours fait qu'à ta tête ! Alors pour une fois, voilà, je te dis non, et je t'emmerde !

Là, ma parole, je dois bien le dire, j'ai perdu moi aussi ce qu'il me restait d'intelligence. Quand j'y repense, je me dis que peut-être j'aurais dû simplement sortir de son bureau en rigolant et le laisser tout seul dans sa colère idiote et ridicule, mais j'ai pas pu. J'ai pas pu, parce que ça montait depuis des jours, la rage dans mon cou, la rage de voir les choses qui devenaient trop tristes, la rage de voir Alex qui n'était plus vraiment Alex, le club qui n'était plus vraiment le club, Ally qu'on avait jetée loin dehors, ces prospects qu'on traitait comme des chiens, ces comptes en banque qui grossissaient tellement que, dans tout ça, l'amitié, la joie et la liberté avaient tout perdu leur place.

Je me suis levé et j'ai donné un coup de pied dans sa saloperie de bureau.

— Tu m'emmerdes ? *Toi*, tu m'emmerdes ? Mais tu te prends pour qui, espèce de petite merde ? Tu te prends pour qui pour me traiter comme ça ? Tu crois que tu serais là, sans moi ? Qui était là pour toi, au tout début ? À Providence ? À Sainte-Catherine ? Qui s'est toujours occupé de toi ? Et qui l'a créé, ce club ? Qui a construit le local pendant que tu chialais sur ton pneumothorax ? Qui t'a permis d'en arriver là ? C'est nous tous ensemble, Alex. Nous tous ! Tu t'es pas fait tout seul, mon pote. T'avais du monde autour de toi. T'as la mémoire courte, on dirait. J'étais là dès le début, même si tu prétends dans les interviews que c'est toi qui as monté le club. Oui, oui, je l'ai vue, ton interview, placardée dans l'escalier. T'es tellement perché que tu vois même plus les gens autour de toi !

— Va te faire foutre, Bohem ! Tu t'es barré pendant un an, pendant que nous on a bossé comme des tarés, et tu reviens et tu crois que tu peux faire tout ce que tu veux sous prétexte que c'est toi qui as créé le club ? Et toi, tu te prends pour qui ? Le *motard sauvage* ? Tu te prends pour une star ? À qui on doit tout ? Ça t'est monté à la tête, d'être un héros de magazine. Nous, on bosse, et on est pas tes chiens !

— Mais je vous ai rien demandé, moi, Alex ! C'est vous qui avez décidé de bosser comme ça, de fabriquer tout ça !

— Tu nous as rien demandé ? Et ton moteur ? Qui est-ce qui l'a payé ?

Ce coup-là, il m'a fait encore plus mal que les autres.

— C'est une histoire d'argent, c'est ça ? Si tu veux, je te le rends, le moteur. Je m'en fous, moi, de ton fric !

— Ça t'a pas empêcher de le prendre.

— Putain, j'arrive pas à y croire qu'on en arrive à parler de ça ! D'argent. Pourtant, de l'argent, vous en manquez pas, il me semble ? Vous vous payez grassement, même. Et tant mieux pour vous, d'ailleurs, si le club qu'on a créé ensemble vous permet de vous payer grassement. Moi je vous ai rien demandé ! À part du respect. Avec tout ce que j'ai fait pour toi, avec tout ce que j'ai fait pour ce club, je pense que, le minimum, ce serait de pas me casser les couilles quand, un soir, j'ai envie de passer derrière le bar pour filer un coup de main à Mani et me détendre un peu ? Non ?

— Quand tu nous as laissés pour partir tout seul sur les routes, tu as fait ton choix, Bohem.

— Et quand je vous ai aidés à construire le local, c'est quoi, le choix que j'ai fait ? Celui de me faire traiter comme un étranger un an plus tard ?

Il a pris une grande inspiration en se frottant les tempes, et j'ai cru qu'il allait redescendre sur terre, sauf que non.

— Si tu bosses pas pour nous, t'as rien à foutre derrière le bar, et puis c'est tout, il a dit. Si t'as vraiment envie de bosser derrière le bar, t'as qu'à le dire et alors je te ferai un contrat, avec un salaire, et il n'y aura pas de problème.

— Ah ! C'est ça ! C'est ça, en fait ! T'as envie d'être mon patron, comme avec les autres, c'est ça ? T'as envie de pisser partout autour du club pour marquer ton territoire ? T'as envie d'être le maître du monde, c'est vrai, j'oubliais ! Mais j'ai pas envie de ton putain de salaire, moi, Alex. J'ai pas envie d'un contrat. J'ai juste envie que tu me traites avec le respect qu'on se doit. Tu te souviens ? Loyauté, honneur et respect ? Ça te dit plus rien, tout ça ?

— Le respect, ça marche dans les deux sens.

— Pourquoi tu ne m'as pas dit que Freddy était venu ici ? Pourquoi ?

— Va te faire foutre, Bohem.

Et là, je suis vraiment devenu fou, et comme je pouvais vraiment pas taper sur la Fouine, parce que sinon il serait mort, j'ai défoncé son bureau à la place. Tout son bureau. Les meubles, les tableaux, les étagères, tout. Ça volait en éclats dans tous les sens, et la Fouine, il se cachait derrière une armoire en se tenant la tête. J'avais les yeux tellement gonflés que j'avais l'impression qu'ils allaient s'enfuir et aller lui casser les dents à ma place. Je l'ai regardé comme ça, tout tremblant de peur et de petitesse au milieu du bazar, j'ai craché par terre et je lui ai dit :

— Désolé pour les meubles. T'auras qu'à faire marcher ta putain d'assurance.

Et je suis sorti en claquant la porte si fort que ça a fait trembler les murs.

Sous le regard de Mani, j'ai quitté le bar avec mes yeux rouges et blessés, j'ai sauté sur la moto d'Oscar, et je suis parti droit devant, le plus vite possible.

Le plus loin possible.

J'ai roulé toute la nuit.

Le vent me fouettait le visage et faisait une excuse pour les larmes. Au début, je savais pas trop pourquoi je roulais comme ça, tout droit vers le sud-est, et puis j'ai fini par comprendre où mes tripes m'emmenaient toutes seules.

Elles m'emmenaient vers lui. Vers Freddy.

Alors j'ai roulé, en ne m'arrêtant que pour l'essence. Pendant deux jours, j'ai roulé. Sans dormir. J'ai refait tout le trajet en sens inverse. Dans ma tête et sur la route pareil. J'ai quitté l'eau de l'océan pour traverser la terre, m'enfoncer dans le feu du désert et me donner au vent des montagnes, j'ai revu tout seul ces villes qu'on avait traversées ensemble, Quincy, Orange, Clairemont, où nous avions rencontré les Wild Rebels, j'ai revu Albas, où Sam était devenu l'un des nôtres, j'ai revu Andelain, Saint-Antoine, Beaumont, je suis même passé près du motel qu'Oscar avait fait brûler, et tout ça me paraissait si petit, et jamais de ma vie je n'avais roulé aussi vite et aussi droit, tant m'appelait Providence.

J'étais plein de tristesse et d'espoir qui se mélangent et, quand la dispute avec Alex ne résonnait pas comme un foutu écho strident dans ma tête, alors je revoyais le visage de Freddy, et mon cœur battait de le retrouver enfin.

Retrouver Freddy Cereseto.

Mon premier frère. Mon âme sœur perdue. Mon arbre avec les belles racines qui soulèvent la terre et s'enfoncent dedans. Je me souvenais de ses premiers mots. « Alors, c'est toi, le petit nouveau ? », il avait dit, et tout avait commencé. Je me souvenais de notre première bagarre, des convocations dans le bureau de M. Galant, de nos premiers éclats de rire, je me souvenais de cette amitié fulgurante et belle, de nos secrets, les heures passées dans ma roulotte, les petites phrases discrètes qui disaient tant de choses, les escapades sur la moto de son frère, le garage Cereseto tout empli de belles heures, nos doigts noircis de cambouis, je revoyais son regard dur et exigeant, qui n'attendait rien de moins que la plus pure et plus profonde fraternité, et je m'en voulais tellement de n'être pas revenu plus tôt. Je mesurais à présent mieux que jamais combien Freddy comptait pour moi, je mesurais le prix d'une connexion si grande que j'avais lâchement laissé se défaire dans la cruauté du temps qui passe et qui est une belle salope.

Et alors que le pays de poussière défilait sous mes roues, c'était comme si tout devenait clair, maintenant. Freddy était celui qui m'avait appris la liberté, appris la confiance du dedans, et moi je m'étais forgé sous ses yeux, guidé par l'image qu'il me donnait de ce que je pouvais devenir, j'étais comme un foutu moineau qu'il avait sorti d'une cage et qu'il avait laissé s'envoler pour qu'il grandisse comme un aigle dans le vent qui sent bon la liberté. C'était comme si notre rupture, même, prenait tout son sens, et que Freddy m'avait laissé me brûler au feu de l'expérience, pour que la vérité m'apparaisse enfin sous les cendres. Aujourd'hui, je comprenais. Je *nous* comprenais. Je comprenais qu'il n'y avait rien de plus précieux que l'amitié pure, celle qui n'a ni décor ni manières, celle qui ne roule ni devant ni derrière, mais à côté.

Et alors plus rien n'avait d'importance que de revoir Freddy. Plus rien n'avait d'importance parce que je savais que rien, ni les ans ni la distance, ne peut effacer ces liens-là, parce que je savais tout au fond de moi qu'il ne pouvait pas avoir oublié, parce que je ressentais encore ce qui nous unissait et que je savais qu'il était là. Juste là, au bout de cette route.

Il était là, à Providence, et ses yeux me reconnaîtraient.

Sur le chemin, lentement, j'ai retrouvé la paix, avec la douceur qui fait sourire. La distance parcourue me donnait le recul. Alex n'était plus rien. Ses mots ne pesaient plus rien, et je lui pardonnais. D'ailleurs, tout ça, c'était ma faute. Je m'étais accroché à des clous qui ne tenaient pas. J'avais mis de l'orgueil au mauvais endroit, au lieu de mettre du rire. Je m'étais attaché à des artifices, j'avais donné trop d'importance à ses petits soubresauts de colère idiote. Au fond, Alex avait raison en disant que mon problème était de ne pas supporter qu'on me dise non. Je voulais tellement tout contrôler que, moi-même, j'étais devenu un voleur de liberté. La leur. Je n'avais pas su leur donner du lest, comme Freddy m'en avait donné à moi, en me laissant partir. Leur donner le choix de se brûler, et me contenter de les aimer, jusque dans leurs erreurs. Mon voyage à moi était fini, je devais les laisser faire le leur et rentrer.

Rentrer pour retrouver Freddy et, avec lui, me retrouver moi. Je n'ai jamais été autant moi-même que dans les yeux de Freddy.

17

Ils sont arrivés pendant mon sommeil.

Providence n'était plus qu'à une journée de route, et ils sont arrivés alors que je passais ma dernière nuit sous les étoiles avant de retrouver Freddy.

Six policiers. Armés jusqu'aux incisives, habillés comme des soldats des forces spéciales. Ils m'ont sauté dessus comme on saute sur un animal enragé. Couché au pied de ma moto, la tête encore perdue dans mes rêves, je n'ai même pas eu le temps de mordre.

Six policiers rien que pour moi, ma parole. Finalement, les gars avaient raison : j'étais devenu une enflure de célébrité !

J'entends encore le bruit des menottes. Je sens encore la douleur dans mon dos comme on me tord les bras, mes lèvres qui laissent la bave couler dans le sable, je revois dans leurs yeux la victoire d'une belle prise, la nervosité, la satisfaction pleine de mépris, leurs poings qui ne demandent qu'à me battre si je résiste. Mon sac qu'ils vident par terre. La moto d'Oscar qu'ils renversent, dépècent et violent. Ils se défoulent sur elle, déçus sans doute que je ne me sois pas battu. J'entends encore celui qui me dit avec un sourire vicieux que *la récréation est finie*, et je comprends pas ce qui peut tant le réjouir de m'écraser comme ça la gueule par terre, comme si j'étais l'accomplissement de toute sa satanée carrière de flic.

À cet instant, ma parole, à cet instant je vous jure que j'ai ri. Le nez dans la poussière, j'ai ri et ils ont dû me prendre pour un fou. Mais voilà, la vie était tellement dégueulasse, à toujours choisir le pire mauvais moment pour vous couper les ailes, que je pouvais rien faire d'autre que me foutre de sa gueule, à la vie. La poisse, quand vous la connaissez trop bien, vous finissez par l'accueillir avec le sourire, comme un hommage à sa fidélité.

Ils m'ont traîné jusqu'au fourgon blindé qu'ils avaient garé plus loin pour me prendre par surprise au petit matin, et ils m'ont jeté à l'arrière comme on jette un gros sac de riz.

Pendant trois jours ils m'ont transporté là-dedans, et pendant trois jours je n'ai rien dit. Enfermé dans ma cage, menotté, je voyais même pas le monde défiler tout autour de moi pour lui faire mes au revoir. Je sentais seulement les secousses de la terre, comme si elle me tapait un peu sur l'épaule pour me dire de pas trop m'en faire la tête.

Je les ai laissés me porter comme un fardeau, me jeter ici et là, me parler comme on parle même pas à un rat, et je voyais dans leurs yeux qu'ils attendaient le moindre faux pas, qu'ils me provoquaient aussi exprès, mais moi je voulais pas leur donner ce plaisir, alors je n'ai rien dit, et pendant tout le long, j'ai pensé à Freddy.

Et puis, un soir, le fourgon s'est arrêté et les portières se sont ouvertes sur une grande prison grise de partout, et alors je me suis souvenu de la dernière phrase que j'avais dite à Freddy. La toute dernière, quand j'avais quitté Providence. Et j'aurais tellement aimé pouvoir lui dire une nouvelle fois.

J'ai besoin de toi.

18

Cette fois-ci, je n'étais plus mineur. J'avais le droit au pénitencier. Au vrai. Avec tout ce que ça a comme dégueulasserie dedans. On m'a placé dans le centre de détention de La Fayette, près de Vernon.

Jusqu'au procès, je suis resté tout seul dans une cellule tout en béton rugueux qui dépassait pas deux mètres sur trois, sans même une ouverture vers la vie en haut des murs, et un néon pour seul soleil. Un jour, la lumière a cassé, et je suis resté pas loin d'une semaine dans le noir avant que ces enfoirés viennent réparer le bidule, et faut croire qu'ils avaient fait exprès, comme ça les faisait rire. Les visites et les promenades étaient interdites au menu, alors je voyais pas un seul visage, pas un seul regard, juste ces mains blanches toutes pleines d'indifférence qui me glissaient les plateaux-repas ou mon habit de rechange par la petite ouverture et, toute la journée, j'entendais au loin ces foutus bruits de clefs et de portes qui grincent. Ma parole, les portes, on aurait dit qu'elles se foutaient de ma gueule.

Quand vous croisez plus un seul regard et que personne vous voit, vous finissez par vous demander si vous existez encore. Pas de livre, pas de radio, pas de compagnon de cellule, ma seule distraction, c'était mes souvenirs. Les plus chouettes un peu, et les plus sales beaucoup. Je tournais en rond dans mon cachot comme un maudit poisson rouge qui n'a rien d'autre à foutre que d'attendre qu'on lui jette à bouffer, et puis qui s'engraisse et puis qui meurt, la bouche ouverte.

J'ai retrouvé la solitude noire et l'angoisse de Sainte-Catherine, le désespoir qui retourne le ventre et que rien ne vient jamais consoler, pas même les rêves, parce qu'en prison, les rêves, ils sont aussi moisis que le reste. Pour passer le temps, je me bouffais tellement les ongles qu'à la fin c'était mes doigts. Au loin, derrière les murs, du côté de la liberté, j'entendais parfois gronder le moteur d'une moto qui passait le long de la prison et, mince, c'était le seul petit bout de bruit qui me rappelait la vie, alors je les comptais, les bécanes, je les comptais comme des pierres précieuses et, chaque jour, j'espérais qu'une nouvelle allait passer, et qu'elle roulerait lentement, pour que le bruit me soutienne encore un peu, et puis quand elle s'effaçait dans le lointain, ça me faisait comme une nouvelle porte qui se ferme sur le bout de mes doigts.

Un jour, ils sont venus me chercher, comme ça, sans un mot. Ils sont entrés dans la cellule, avec leurs matraques prêtes à me fracasser le crâne. Face au mur, ils m'ont repassé les menottes bien serrées sur ma peau, puis ils m'ont traîné de couloir en couloir jusque dans une salle où je me suis retrouvé tout seul face à un gros type en costume qui n'avait pas l'air d'être beaucoup plus content que moi d'être là. Ma parole, il était gras comme un panda, et avec un vieux mouchoir tout froissé il arrêtait pas de s'éponger son large front brillant de sueur dégueulasse.

— Bonjour, monsieur Felida, il a dit. Je suis Mᵉ Perez, votre avocat commis d'office, et je suis là pour vous défendre.

Il a fait un sourire, et il a ajouté :

— On va vous sortir de là.

Ça faisait longtemps que j'avais pas rigolé alors ça m'a fait quand même un peu de bien. Lui, il disait *commis d'office*, et moi j'entendais *perdu d'avance*.

Je l'ai écouté m'expliquer ce qui m'arrivait, et j'étais tellement pas là que j'avais l'impression qu'il me racontait la vie de quelqu'un d'autre, et je ne la trouvais pas terrible.

Un an plus tôt, la police de Vernon avait retrouvé les corps de trois personnes sur un bateau à l'abandon. Oscar, Cassie et Richard. Trois cadavres qui étaient restés plusieurs mois comme ça sans que personne vienne voir à l'intérieur, alors ils ressemblaient plus vraiment à des gens, tout gris décomposés. À l'autopsie, les flics avaient expliqué qu'Oscar était mort d'une overdose d'héroïne, et Cassie et Richard d'une overdose de balles dans la tête. Et puis les indices s'étaient accumulés. Les cartouches qui venaient d'une arme volée quelques jours plus tôt à un policier de Vernon. Le sang partout, les affaires abandonnées, les photos instantanées qui traînaient ici et là et où on nous voyait tous dans la foutue débauche, et puis ma moto cassée, abandonnée dans la forêt un peu plus loin... Très vite, la police de Vernon était remontée jusqu'au club des Spitfires, sauf qu'ils connaissaient pas nos vrais noms et qu'ils savaient pas où nous trouver. Et puis les articles de Chris Talbot dans le magazine avaient précipité les choses, avec ironie du sort et compagnie. Un homme avait fait le lien entre une photo de nous tous sur le bateau qui avait été publiée dans la presse au sujet du drame, et la série d'articles sur le *motard sauvage*. Ma gueule. Cet homme m'avait reconnu et il avait appelé la police pour m'identifier. Hugo Felida, alias Bohem, né à Providence, plus ou moins porté disparu par des parents qui n'en avaient pas grand-chose à foutre. Cet homme, je l'ai appris plus tard, c'était notre enflure de Da Silva, surveillant général du lycée de bons petits chrétiens, et il devait être sacrément fier de lui et content, comme vengeance de la pisse dans sa saloperie de bagnole et de ses magazines vachement cochons étalés sur son capot.

Alex, Sam, Fatboy et Mani avaient été arrêtés eux aussi pareil, le même jour que moi, à Fremont. On était venu les cueillir dans le local au petit matin. Mais ils étaient éparpillés dans d'autres prisons et ils avaient leur propre défense.

— Un ténor du barreau, il a dit mon avocat perdu d'avance. Ils ont les moyens, vos copains. Avec lui à nos côtés, on va vous sortir de là, je vous le promets.

Il a essayé de me faire un truc qui ressemblait vaguement à un sourire rassurant, il s'est encore essuyé le front humide, et puis il a posé les mains sur la table et il m'a regardé bien droit dans les yeux avec pas mal de hauteur.

— Bien. Alors, monsieur Felida, ici, personne ne peut nous entendre, vous pouvez me parler librement, vous êtes protégé par le secret professionnel. Racontez-moi ce qu'il s'est passé sur le bateau.

J'ai eu un petit ricanement, et j'ai répondu :

— Non.

— Comment ça, non ?

— Je ne vous raconterai pas.

— Pourquoi ?

470

— Parce que j'ai promis de ne rien dire et que je tiens mes promesses. C'est une question d'honneur.

— D'accord, je comprends, il a dit en hochant lentement la tête comme si j'étais un gosse. C'est très louable de votre part. Je respecte ça, les hommes d'honneur. Mais là, c'est juste entre vous et moi, pour que je puisse choisir un angle de défense, vous comprenez ? Alors racontez-moi tout ça dans les grandes lignes et on verra ensuite comment vous défendre le mieux possible. Quand vous me parlez à moi, c'est comme si vous vous parliez à vous-même, Hugo.

Comme j'aime pas trop me répéter, je l'ai regardé comme ça, sans rien dire, sans rien faire. Il a insisté encore et encore, et puis il a fini par s'agacer un petit peu.

— Monsieur Felida ! Si vous voulez que je vous défende, il faut me donner quelque chose, bon sang !

Je lui ai rien donné.

Il a soupiré, il a refermé le dossier et il est parti.

Les semaines ont encore passé, toutes pareilles de vide, et moi je rêvais de Freddy, de routes et de belle étoile, et ça faisait encore plus mal. Et plus ma barbe poussait, plus ça faisait mal.

Un jour, Me Perez est arrivé dans la salle où il essayait de me convaincre de faire la balance, sauf que, cette fois, il n'était pas tout seul, il y avait un autre type avec lui en costume pareil.

— Je vous présente Me Ehrenstein, un confrère qui va m'assister pour vous défendre, monsieur Felida. Ses honoraires sont pris en charge par un ami à vous.

— Je suis l'avocat des Wild Rebels, Hugo. C'est Pat qui m'a demandé de m'occuper de vous.

J'ai hoché la tête en essayant de faire un sourire, parce que même si ça changeait pas grand-chose, ça faisait quand même du bien de me dire qu'il y avait quelqu'un dehors qui pensait à moi.

— Mon confrère m'a expliqué que vous ne souhaitiez pas raconter les détails de ce qu'il s'est passé sur le bateau, et je peux comprendre. Loyauté, honneur et respect. En revanche, il faut que vous nous disiez comment vous voulez présenter les choses au juge. Vous comprenez ?

— Au juge, on lui dira qu'on est désolés, que ça aurait pas dû se passer comme ça, que c'est Richard qui a pété les plombs et qu'on est désolés.

L'avocat numéro deux m'a regardé avec une sorte de sourire gêné.

— Si vous dites ça au juge, vous êtes bon pour la peine maximum, mon garçon.

— Alors vous lui direz ce que vous voulez. Mais moi, je dirai rien.

Ils s'y sont mis à deux pour essayer de me faire changer d'avis, ils me parlaient comme à un gamin irresponsable, et moi j'étais presque triste pour eux de les voir se débattre comme ça sans pouvoir les aider. Quand ils sont repartis, on aurait dit que c'était eux qui risquaient la prison.

Un jour, alors que je croupissais sans rien dire dans ma solitude dégueulasse et que les semaines ressemblaient à des millénaires, Mᵉ Perez est revenu me voir tout seul, et il avait l'air drôlement décidé, cette fois, tout grave et définitif.

— Monsieur Felida, la donne a changé. Il va vraiment falloir me donner quelque chose, maintenant. C'est votre seule chance de vous en sortir.

J'ai souri encore un peu, tellement il était touchant comme ça, de faire croire qu'il en avait quelque chose à foutre.

— Pourquoi ? j'ai demandé, pour lui faire plaisir.

Sa réponse m'a glacé le sang.

— Parce que vos quatre petits camarades vous rejettent toute la responsabilité du double homicide, Hugo.

19

C'était tellement pas possible comme répugnance que je l'ai pas cru tout de suite. Je lui ai dit que c'était sûrement un mensonge bien pourri des flics ou du juge, pour essayer de me faire parler, un coup bien tordu pour nous monter les uns contre les autres.

— Malheureusement, non, monsieur Felida, il a dit comme s'il était drôlement triste.

Et alors il a ouvert le dossier devant lui et il l'a fait glisser sur la table métallique pour me montrer. Comme je commençais à avoir le doute, ça me tirait partout dans le corps et dans la gorge, j'avais même l'impression de peser dix fois mon poids tellement je m'enfonçais dans le sol avec la boule au ventre.

Une par une, j'ai lu les dépositions d'Alex, Sam, Fatboy et Mani, signées de leurs propres saloperies de mains. Et c'était sacrément dégueulasse et j'ai failli vomir à en crever tellement l'univers entier s'est retourné d'un seul coup sans prévenir.

Je comprenais pas comment l'impossible était devenu possible, comment le pire pouvait s'ajouter au pire, je comprenais pas, et ma tête disait non, non, c'est pas possible non.

Sauf que c'était écrit noir sur blanc.

Tous les quatre racontaient la même histoire, qu'était pas la vraie histoire, mais ils la racontaient tellement bien, avec des détails, que ça ressemblait à une vraie histoire, et merde ils disaient que tout était ma faute à moi, que c'était moi le salaud de tous les temps, et ça me faisait tellement mal à la tête, et putain, merde, j'en crevais de sentir les larmes et la haine qui montaient dans mes yeux devant l'autre panda plein de sueur, j'en crevais de me dire qu'il pouvait pas comprendre et que j'étais si seul à me noyer dans le dégueulasse.

— Il va falloir vous défendre, maintenant, il a dit en refermant le dossier devant moi.

Je suis resté là tout rigide, comme si mon corps était pétrifié avec de l'incompréhension, et les mots venaient pas, et ça me déchirait le ventre comme basculement crasseux de la réalité. Je le regardais avec ma tête qui tremblait toute seule, et puis enfin ma bouche a réussi à bouger.

— Pourquoi ils ont fait ça ? j'ai balbutié, et l'autre il croyait que je lui posais la question à lui, tellement il pouvait pas comprendre.

— Pour sauver leur peau, monsieur Felida. Leur avocat a dû négocier quelque chose avec le juge. Alors il va falloir me laisser vous défendre, maintenant. Vous comprenez, n'est-ce pas ?

Mais moi je comprenais rien du tout et, de toute façon, je n'étais déjà plus dans cette pièce, j'étais dans une crevasse toute noire qui m'aspirait et se refermait au-dessus de moi et me laisserait plus jamais ressortir.

Et alors c'était fini et je lui ai plus jamais rien dit.

20

Blotti dans ma cellule, je me suis enfermé dans le silence, parce que les murs, ça suffisait pas. J'étais tout recroquevillé comme une coquille de noix qui attend qu'on l'éclate.

Jamais je n'ai eu le moindre espoir, parce que, quand soudain vous croyez même plus en vos propres frères, comment pourriez-vous croire en la justice ? Je suis resté là à chercher dans mes mains des réponses qu'elles voulaient pas me donner. Et j'ai attendu.

J'ai attendu six mois et, chaque fois que Me Perez me suppliait de parler, de dire la vraie histoire, je n'avais même plus la force de lui expliquer que je ne voulais pas, alors je le regardais tout droit, comme un vrai débile. Un jour, même, il s'est énervé, pour de bon, en disant que je sabotais son travail, que c'était du suicide et qu'il ne comprenait pas.

— Ça commence à bien faire, vos histoires d'honneur ! C'est complètement stupide, monsieur Felida ! Vous allez les laisser vous traîner dans la boue sans rien faire ? Pour des histoires d'honneur ? Vraiment ?

J'ai levé tout doucement la tête vers lui, et puis j'ai murmuré :

— Mais l'honneur, maître, l'honneur, c'est tout ce qui me reste pour vous payer.

Il m'a regardé comme si j'étais définitivement devenu fou, et il est reparti, pour la dernière fois. Je ne l'ai revu qu'au jour du procès.

Ça a eu lieu au tribunal de Vernon, dans la ville même où j'avais retrouvé Alex accroupi sur la tombe de son frère, et je pouvais pas m'empêcher de penser à l'ironie de la chose. Ce jour-là, je lui avais dit que son frère, c'était moi. Je croyais qu'il savait ce que ça voulait dire. Mais maintenant, c'était pas sur une tombe qu'il marchait. C'était sur ma gueule.

La salle était presque vide. Pas de famille, pas d'amis, même pas de foutus curieux. Faut croire qu'on n'intéressait pas grand monde, finalement. Nos vieux, ils savaient peut-être même pas qu'on était là. Quant à Richard et Cassie, ils manquaient visiblement à personne eux non plus. Dans un coin, j'ai seulement aperçu Pat, qui portait ses couleurs et qui me regardait d'un air vachement triste, et un peu plus loin il y avait Chris Talbot, le journaliste siphonné, avec sa chemise rayée toute de travers, et lui il me regardait comme on demande pardon, et il était tout accablé, alors je lui ai fait un sourire qui voulait dire *t'inquiète pas, mec*.

« Nous avions à peine vingt ans et nous rêvions juste de liberté. » Voilà, au mot près, la seule phrase que j'ai été foutu de prononcer devant le juge, quand ça a été mon tour de parler.

Ça l'a pas beaucoup ému, le juge. C'est vrai qu'avec les accusations que j'avais au-dessus de la tête, l'émotion, elle était pas du bon côté. Peut-être que s'il avait connu toute l'histoire, toute cette satanée histoire, la sentence aurait été moins lourde.

Mais moi, j'avais promis. J'avais promis de jamais rien dire, alors je n'ai rien dit d'autre que ça : « Nous avions à peine vingt ans et nous rêvions juste de liberté. »

Les quatre autres ont maintenu leur version. C'était moi le salaud, ils n'y étaient pour rien.

Je les écoutais me lyncher de leurs paroles, sur un banc juste à côté du mien, et je n'arrivais plus à rien éprouver d'autre que du dégoût. Le voir écrit sur leurs foutues dépositions, c'était une chose, mais les entendre me crucifier comme ça, juste à côté de moi, ma parole, c'était comme s'ils m'avaient attaché pour me torturer tous ensemble. Mes propres frères. Mes compagnons de route.

Sûr, ils étaient pas fiers pas beaux, à me trahir froidement comme si je valais plus rien.

Un par un, je les ai regardés dans leur saleté.

Alex, petit Alex, tout fourbe tout calculateur, avec son ego tellement grand qu'on se demandait comment ça tenait dans un corps aussi fragile. Sam, avec ses yeux noirs qui regardaient en l'air tout pleins de déshonneur et de lâcheté. Fatboy, qui avait dû se convaincre qu'il m'en voulait vraiment, pour trouver la force de me trahir, il avait dû se convaincre que c'était moi qui les avait trahis et que je ne méritais rien de mieux.

Et puis Mani.

Mon Mani, tout loin, tout engoncé d'une gêne idiote et, bon sang, j'arrivais pas à croire qu'il pouvait assumer ça, lui, qu'il pouvait aller jusqu'au bout de leur déshumanité. Jusqu'à la dernière minute, jusqu'à la dernière seconde même, j'ai cru qu'il allait craquer, lui. Qu'il allait tout faire basculer, dans un dernier sursaut de mémoire ou de conscience. Qu'il allait me tendre la main et me dire qu'il pouvait pas me trahir, pas lui, pas comme ça, qu'il était mon frère et que ces choses-là se faisaient pas, qu'il se foutait de sa liberté si je n'avais pas la mienne, et que jamais plus il ne pourrait se regarder dans une glace s'il les laissait faire ça.

Mais voilà, Mani est resté tout droit dans son indifférence. Pour sauver sa peau, il a vendu la mienne.

Pendant tout le temps du procès, ils m'ont pas adressé un regard, pas un seul, et moi je les dévisageais et j'espérais au moins que, cette distance, c'était à cause de la honte qui les rendait tout petits, tout enfermés dans leur médiocrité. Je les ai vus baisser les yeux vers leurs pieds ridicules, pour fuir mon regard, et c'était presque pire, de les voir se noyer dans leur honte, parce que ça voulait dire qu'ils savaient ce qu'ils faisaient. Ils savaient très bien. Je les ai observés avec leurs visages défaits, tordus de douleur et, ma parole, ils avaient l'air de souffrir comme si c'était à eux qu'ils faisaient du mal. Les pauvres.

Et puis le marteau est tombé.

J'ai été reconnu seul coupable du double homicide, sans circonstances atténuantes, messieurs dames.

Les deux avocats m'ont supplié de faire appel. Je n'ai pas eu la force. Pour moi, la condamnation était déjà tombée depuis longtemps. Et elle venait pas du juge.

21

Depuis que je suis enfermé ici, je n'ai reçu qu'une seule visite.

C'était quelques jours à peine après le procès. Un matin, un surveillant est venu me chercher. Celui que j'aime un peu bien, malgré tout. Quand il me regarde, on dirait qu'il est triste pour moi, mais je suis sûr qu'en vrai c'est pour lui. C'est gentil quand même. Il m'a passé les menottes dans mon dos qui me faisait mal. C'est ce qu'ils font pour les visites. C'est quand même drôle de penser que, quand on met ces menottes, c'est parce qu'on va avoir droit à un tout petit moment de liberté. Ils font ça pour compenser, sûrement. Pour pas qu'on se fasse des idées.

Il m'a conduit comme ça jusqu'au parloir, et je me suis laissé tomber dans la cabine, avec les grandes vitres sales en plexiglas et les petits trous dedans. Comme une strip-teaseuse dans un peep-show. Je me demandais bien qui pouvait venir me voir comme ça tout à coup dans ma merde. Je savais bien que ça pouvait pas être mes parents, ma parole : ils étaient même pas venus au procès. Si ça se trouve, mes parents, ils sont morts. S'ils sont morts, là-haut, j'espère bien que Papy Galo leur a pas mal cassé leur gueule.

Alors je me suis mis à rêver que c'était Freddy. Je me suis imaginé qu'il avait entendu parler du procès dans les journaux, et qu'il avait remué le ciel et la terre pour venir me voir, avec ses petits yeux noirs et son sourire pareil, et qu'il allait me dire que l'amitié existe un peu quand même.

Mais c'était pas lui.

Quand je l'ai vu s'asseoir de l'autre côté de la vitre, je me suis rendu compte que c'était la première fois de ma vie que je voyais pleurer Mani.

Même pour la mort d'Oscar, il était le seul à n'avoir pas versé une larme. Au procès, rien non plus pareil. Mani, dedans, il était dur comme le roc. Et maintenant, là, derrière le plexiglas dégueulasse, il pleurait tout silence, et dans ses larmes je voyais la honte et la misère, et je vous jure que si j'avais pu je l'aurais pris dans mes bras pour le consoler un peu, vu que là où j'étais, je servais pas à grand-chose d'autre.

On s'est regardés comme ça sans rien dire, avec le sourire sacrément triste, et il essuyait un peu ses larmes en secouant doucement la tête. Il avait les mains bien nerveuses qui trouvaient pas où se mettre tellement elles savaient pas par où commencer. Il cherchait des mots qui auraient pu avoir un sens, et faut bien reconnaître qu'ils étaient bien cachés.

Alors comme on avait droit qu'à quinze minutes, je l'ai aidé. Je lui ai posé la seule question que je pouvais lui poser :

— Pourquoi ?

Le mot est sorti tellement tout rauque de ma gorge que j'ai cru que c'était quelqu'un d'autre.

Mani est resté un long moment à me dévisager avec les paupières qui pissent. Et puis il a poussé un de ces enfoirés de longs soupirs en posant la tête de côté contre le mur.

— Alex, il a dit. Alex nous a demandé de faire ça, de faire tous ça, pour qu'on puisse continuer… Continuer de s'occuper du club, de tout le bordel.

— Alex ? j'ai demandé, en faisant un peu semblant d'être surpris.

Il a lentement hoché la tête.

— Et vous avez accepté ?

Il a fermé les yeux.

— Vous avez accepté, comme ça ? j'ai insisté.

— Il nous a dit que c'était toi ou nous, Bohem.
Que c'était notre seule chance.

— Et toi... Toi, tu as accepté ?

J'ai dit ça sans colère, juré, je voulais vraiment
savoir, je voulais vraiment comprendre, tellement
ça ressemblait pas à Mani, tout ça, toute cette
crasse ignoble. Ça ressemblait pas à l'image que
je m'étais toujours faite de Mani.

— J'ai accepté de le suivre lui, oui. Parce que
c'est lui qui s'occupe de nous, Bohem. Lui qui
nous fait vivre. Toi, tu t'occupes plus de nous. Je
ne sais pas quoi te dire.

— Tu ne sais pas quoi me dire ? Mais alors, tu
es venu pour quoi ? Pour me demander pardon ?

— Non. Pour te le dire en face. Je n'ai pas
besoin de ton pardon et je ne le mérite probable-
ment pas. J'ai fait un choix. Un choix dégueulasse,
mais je l'assume. Je voulais te le dire en face.

— Je ne comprends pas, Mani. Comment tu
as pu assumer ça ? J'ai seulement besoin de comprendre, pour pas devenir fou, tu vois ? Je t'ai fait
du mal ? Est-ce qu'un jour je t'ai fait du mal sans
m'en rendre compte ?

— Tu es parti, Bohem. Tu nous as laissés.

— Laisser, c'est pas trahir. On peut être très
loin par le corps et tout près par l'esprit, tu sais ?

— Ce que tu as fait dans le bureau d'Alex. Tout
casser, comme ça... Tu es allé trop loin.

— Trop loin. Et donc, je méritais ça ? J'ai mérité que, tous les quatre, vous vous débarrassiez de moi ? Que vous reniiez toute notre histoire, nos liens, nos promesses ? Que vous m'enfonciez la tête dans la merde, pour pas marcher dedans vous-mêmes ? Ça fait cher le bureau, quand même.

Il a haussé les épaules.

— C'est le choix que nous avons fait collectivement.

— Tu ne fais plus tes choix tout seul, Mani ? Tu as perdu ta liberté ?

— J'ai choisi de faire comme les autres. C'était nous ou toi. Et puis… Il y a Melaine, et le bébé… Je dois m'occuper de notre fille.

Notre fille. Quand il a dit ça je me suis demandé si je faisais partie du *notre*.

— Comment elle s'appelle ?

— Véra.

J'ai senti la boule dans ma gorge.

— Véra ?

— Oui. C'est joli, hein ? il a dit comme ça en souriant un peu bêtement. C'est Melaine qui a choisi ce prénom. Je ne sais pas pourquoi.

Moi, je savais.

— Je suis tellement désolé, Bohem.

J'ai laissé passer un long moment de silence qui fait mal. J'ai hésité à lui mentir. Lui dire que je comprenais, que je lui pardonnais, lui dire qu'il devait s'occuper de Melaine et de leur enfant qui portait le nom de ma petite sœur que j'avais et qui était morte, lui dire de plus penser à moi. Mais j'ai pas pu.

— Je comprendrai jamais, Mani. Jamais.

Et je suis parti, parce que je voulais pas pleurer moi aussi devant lui.

22

Six années ont passé.

Parfois, je me demande si je sais encore conduire une moto. Je m'assieds comme ça sur ma chaise, à califourchon, je pose mes mains sur un guidon imaginaire, un sacré putain de guidon de chopper tout en hauteur, et je pars. J'entends le gros bruit du moteur qui vibre et les pots d'échappement qui font *potato potato*, et je fais des petits bons rapides sur ma chaise pour ressentir encore le cadre rigide qui me tape méchamment dans le cul, et alors je vois la route qui s'éclaire doucement tout orange, avec le soleil levant, les poteaux électriques jusqu'à l'horizon devant, et je sens le vent qui me caresse les joues, qui fait cligner les yeux, l'asphalte qui glisse en dessous de moi, et je roule comme ça longtemps à travers le désert, et je vois les gens sur le bord de la route qui me font des signes de la main et je leur souris, je leur fais des clins d'œil et, comme dans ma moto imaginaire il n'y a pas d'essence, j'ai jamais besoin de m'arrêter et je monte dans les montagnes grandes et fières, et les virages s'enchaînent tout serrés qui font basculer mon corps comme un avion qui plonge, et puis après la montagne voici l'océan, bon sang, ce que c'est beau, l'océan, et tiens, voilà Freddy et Oscar sur leurs bécanes eux aussi qui font les cons et qui rigolent vachement comme on est libres, ça sent tellement bon avec indépendance, on fait la course comme avant et, ma parole, c'est toujours Freddy qui gagne, sacré Freddy quand même.

Bon sang ce que c'est beau, l'océan.

Pendant des mois, j'ai demandé aux surveillants de me donner un crayon et du papier. J'ai jamais rien demandé d'autre, mais j'ai demandé tous les jours. Sans m'énerver. Bonjour, j'aimerais un crayon et du papier. Bonjour, j'aimerais un crayon et du papier.

Un matin, ils ont fini par céder.

Alors j'ai écrit toute l'histoire. Et de l'avoir écrite, j'ai fini par l'aimer. Même le dégueulasse. Je crois que j'ai trouvé dedans la force du pardon.

Toutes ces phrases que j'écris, j'ai peur que ça s'efface, avec le temps. Le crayon, c'est comme l'amitié, ça tient pas toujours bien. De toute façon, je sais pas trop qui va bien lire tout ça, toute cette foutue histoire. Je sais pas pour qui je me prends, à m'imaginer comme ça que ma vie intéressera quelqu'un pour la lire. Je sais pas qui vous êtes. Je sais pas si vous êtes.

Mais j'ai écrit quand même.

Six années ont passé, et demain, je serai libre.

Libre. Enfin.

Alors je voulais quand même écrire une dernière page, avant de sortir. Comme un exutoire. Le médecin dit que c'est ça, le mot : un exutoire. Le médecin, il me conseille d'écrire, de traduire ici cette boule d'angoisse que j'ai dans le ventre, parce qu'il faut que ça sorte. Et maintenant qu'il ne me reste plus qu'une seule journée à attendre, je veux la passer à écrire. Pour dire mon angoisse.

Mon angoisse, c'est que demain je sois libre, et que Freddy ne soit pas là pour moi.

J'en ai tellement rêvé.

Dans ma tête, ça se passe comme ça : Freddy est là. Il est venu, parce qu'il a appris que c'était demain qu'on me libérait enfin. Quand la porte s'ouvre, il est là, juste derrière, avec sa petite chemise à carreaux d'immigré italien, et il m'attend peinard avec une foutue clope au coin du bec, et c'est comme si c'était hier qu'on s'était vus pour la dernière fois, et alors je retrouve le seul vrai frère que la vie m'a donné et, ma parole, qu'est-ce qu'on rigole de tout ça ! Dans nos yeux, il y a tous les souvenirs, le lycée, les bécanes, le garage de son père, les bagarres, les journées passées au bar chez José à picoler drôlement, la baie des Boucaniers où on pouvait rouler jusqu'au bord de l'eau sur la jetée, et puis il y a la promesse que rien ne s'est cassé, que ce qui nous unissait alors est toujours bien là, bien solide, pour les siècles des siècles, qu'il s'en fout des chemins par lesquels je suis passé, du moment qu'ils m'ont enfin ramené près de lui.

Bon sang, demain, je serai libre et j'aimerais tellement que Freddy soit là. Je me rappelle ce jour où je suis entré dans la bande à Freddy, quand j'ai sauté dans le vide du haut de la grange, les yeux bandés. Je me rappelle ce que Freddy m'a dit. *T'es un des nôtres, maintenant. On sera toujours là pour amortir la chute, mon pote.*

Demain, je serai libre, mais faut pas rêver, Freddy ne sera sans doute pas là.

Épilogue

Hugo,

Ils m'ont donné ton manuscrit.

*Je suis là, sur la baie des Boucaniers, comme
quand on y allait tous les deux tout seuls, et je l'ai
lu d'une traite. Je te jure, je l'ai même lu deux fois !
Merde alors, je savais bien que t'étais fait pour ça.
Tu vois, je m'étais pas trompé, hein ? T'es un enfoiré
d'écrivain. Tu l'aurais publié, ton livre ! Merde, un
vrai putain de livre, mon pote, comme tous ceux
que tu planquais dans ta roulotte et que tu lisais en
cachette avec cette petite fiotte d'Alex. Je te dis même
pas combien de fois tu m'as fait chialer. Chialer
comme un gosse.*

*Il faut que je te dise, tu sais, pendant toutes ces
années, promis, j'ai pensé à toi, moi aussi, tous
les jours. Mille fois j'ai failli prendre ma bécane
– ouais, je l'ai toujours, Rascal, toute noire et
qui roule encore du feu de Dieu, mec –, j'ai failli
la prendre et tout envoyer balader, le garage, ma
femme, mes gosses, prendre la route et sillonner le
pays, en long en large et en travers, jusqu'à venir te
choper par la peau des fesses, mon Hugo, te choper*

par la peau des fesses et te dire que rien ne m'a jamais autant fait souffrir que ton absence.

Mille fois j'ai regretté de t'avoir laissé partir, de ne pas t'avoir suivi. Mille fois je me suis traité de sacré con, avec ma fierté idiote. Et puis, quand je suis venu dans ton club, à Fremont, et qu'Alex m'a dit que tu n'étais pas là, je me suis dit que c'était peut-être mieux comme ça. Que peut-être tu n'avais vraiment plus besoin de moi.

T'en as fait, des conneries. T'en as dit aussi pas mal, dans ton bouquin, mais il y a une chose sur laquelle tu t'es jamais trompé : je suis ton frère. Un frère comme toi, j'en aurai jamais d'autre. C'est écrit là, en rouge, sur ma poitrine, et ça partira jamais.

Et maintenant, j'ai lu ton livre, et ça n'arrête pas de tourner dans ma tête, tout ça.

T'arrêtes pas de parler de liberté, t'arrêtes pas de dire que c'est la chose la plus importante au monde, tu lui mets des majuscules, tu dis tout le temps que c'était notre truc à nous, la Liberté, qu'on pensait rien qu'à ça, qu'on vivait que pour ça.

Mais au fond, moi, je voyais pas les choses comme toi. Mon truc à moi, c'était pas la liberté, c'était la déconne. La liberté, Hugo, j'y ai jamais cru. Et c'est justement pour ça que j'aimais tant déconner. C'était mon seul remède, c'était ma seule issue. Rappelle-toi : tous les matins, on se levait, on se retrouvait sous le kiosque à musique, et on se demandait quelle nouvelle connerie on allait pouvoir inventer pour se marrer un bon coup. On parlait pas de liberté, Bohem. On parlait de déconne.

Ce que je savais pas, c'est que ça existait. C'est toi qui me l'as prouvé. La liberté, elle existe. Elle coûte drôlement cher, mais elle existe.

488

Alors je suis là, au bord de l'océan, et je me marre. Je t'écris, et je me marre. Je pense à tout ce qu'on a vécu tous les deux et je souris.

La naissance et la mort sont deux expériences qui ne se partagent pas. On naît tout seul, on meurt tout seul. Entre les deux, on se débrouille. Moi, entre les deux, j'ai eu la chance de te rencontrer, et même quand t'étais pas là, je me suis jamais senti seul. Parce que, en vrai, t'étais là. Tu as toujours été à côté de moi, et je sais que tu m'as toujours senti à tes côtés.

Tu vois, t'avais peur que je sois pas là, hein ?

Que je vienne pas le jour de ta « libération ».

J'étais là, Bohem. T'as vu, hein ? J'étais là, de l'autre côté de la vitre, et je te jure que, même si ça se voyait pas à cause des larmes quand ils t'ont mis sur le fauteuil matelassé, qu'ils ont foutu ces deux putains d'aiguilles dans tes bras, quand ils t'ont injecté leur produit bien dégueulasse, je te jure que je souriais.

Je souriais comme toi. Tu es parti en souriant, Bohem. Parce que j'étais là. Parce que t'étais libre. Petit frère

Freddy.

Remerciements

J'ai écrit *Nous rêvions juste de liberté* de juillet 2013 à décembre 2014, entre Paris et les terres rouges du Minervois. Ce roman est habité de l'âme de ceux qui ont partagé tout ou partie de ma route jusqu'à ce jour.

Fabrice Mazza, Hugues de Moncuit, Emmanuel Reynaud, Samuel Devisme, les anciens de Ravel et de Picpus, tous ces gens qui ont fait de mon adolescence la plus belle époque de mon existence.

Yves Ragazzoli et sa bande, les membres du SRHDC, qui m'ont pris sans bagage et m'ont redonné goût à la fraternité. Les Anges de Paris pour leur accueil, si loin des clichés.

Christophe Zalewski et Paolo Bevilacqua qui étaient avec moi sur les routes de Galice.

Mes parents, qui sont un exemple de générosité, et mon ex-épouse, Delphine, qui m'a tant soutenu quand rien n'était acquis.

Merci aussi à ces anciens « amis » devenus de bons gros patrons bien tristes, qui m'ont appris la saveur amère de la désillusion et de la trahison. Je leur dois au moins un peu ce livre.

Un immense merci à Alix Penent, dont l'exigence est un cadeau tombé du ciel, et à tous ceux avec qui j'ai la chance de travailler aux éditions Flammarion et J'ai lu.

Un grand merci à Mlle Scheuer, à qui il faut tant de patience pour me soutenir.

Mes plus tendres pensées, enfin, vont à ma princesse Zoé et à mon dragon, Elliott, qui sont chaque jour un émerveillement et un réconfort.

Table

11250

Composition
NORD COMPO

Achevé d'imprimer en Slovaquie
par NOVOPRINT SLK
le 25 janvier 2022.

Dépôt légal : mars 2017.
EAN 9782290119075
OTP L21EPNN000300A008

ÉDITIONS J'AI LU
87, quai Panhard-et-Levassor, 75013 Paris

Diffusion France et étranger : Flammarion